康輶紀行校箋

下

〔清〕姚瑩 撰
劉建麗 校箋

上海古籍出版社

卷之十

痕都斯坦即中印度

默深以痕都斯坦爲中印度。余按：「南懷仁坤輿圖『瀕南海有地曰印度斯單』，即痕都斯坦之音轉也。」印度者，地名。斯單、斯坦者，國王之稱。亦作算端，亦作算灘，亦作士丹，皆君長之稱也。坤輿圖之奔加剌，即孟加剌，亦即東印度。其西有安日河，長四千八百里，分七坌入海。〔一〕而印度斯單在安日河之西，其西南爲本斯利巴當，西北爲莫卧爾，其西爲西天竺。又西爲印度河，長四千里，〔二〕然則印度斯單，正在其中。此可爲痕都斯坦即中印度之證。

〔一〕坤輿圖説卷上天下名河：「安日得河長四千八百里，濶約五里，深十丈餘，分七岔入海，及水産金沙。」

〔二〕坤輿圖説卷上天下名河：「印度河長四千里，入海口處濶一百六十里。」

莫卧爾即北印度

南懷仁又云：「莫卧爾印度有五，惟南印度仍其舊，餘四印度皆爲莫卧爾所并。〔一〕其國甚廣，分十四道，象三千餘。嘗攻西印度，其王統兵五十萬，馬十五萬匹，〔二〕象二百。每象負一木臺，容人二十，載銃十門，大者四門。每門駕牛二百，載金銀五十巨罍以禦。不勝，盡爲莫卧爾王所獲。東印度有大河，名安日，謂經此水浴，作罪悉得消除。五印度人咸往沐浴，冀滅罪升天。」

余按：「據此之言，莫卧爾兼四印度，則痕都斯坦亦在所并内矣。圖内莫卧爾在印度斯單之北，明爲二地。〔三〕印度斯單既是痕都斯坦，爲中印度，則莫卧爾當爲北印度，豈即克什彌爾耶？圖内印度斯單及西天竺之南，有國曰阿里沙，曰古爾官韃，曰木斯利巴當，曰加納剌，曰昆斯納加，又總名曰印地亞，蓋皆南天竺矣。」

〔一〕坤輿圖説卷下亞細亞州：「餘四印度皆爲莫卧爾所併。」

〔二〕坤輿圖説卷下亞細亞州：「馬十五萬。」

〔三〕哈佛燕京圖書館藏本、中復堂全集本（同治六年本）皆載爲「二地」，叢書集成三編本、筆記小説大觀本皆爲「三地」。今從哈佛本。

俄羅斯方域二條〔一〕

一統志曰：「俄羅斯在喀爾喀楚庫河以北，東南至格爾必齊河北岸，自大興安嶺之陰以東至海，與黑龍江所轄北境接界。西接西洋，西南至土爾扈特舊國及準噶爾界，北至海。」〔二〕瑩按：「海國聞見録：俄羅斯在細密里也之西，南濱死海，西接普魯社。」〔三〕死海〔四〕又名裏海，〔五〕死海之南，爲東多爾其、西多爾其。西多爾其臨地中海。俄羅斯西南之境，或有近地中海者。若其西境，則隔普魯社、外黄祁、荷蘭、佛蘭西、是班呀、葡萄呀諸國，方至西洋，約近萬里，少亦六七千里，不能接也。南懷仁坤輿全圖無俄羅斯，惟死海之西稍北，有我羅定，其北有没箇斯未亞，一作莫哥斯未亞。艾儒畧職方外紀云：「亞細亞西北，有大國曰莫哥斯未亞，東南徑萬五千里，南北徑八千里，中分十六道。」〔六〕魏默深云即俄羅斯也。顛林圖：「死海之北有北叨思國，又北有羅沙國。」余謂羅沙國即俄羅斯國都，北叨思國，蓋其南藩新地耳。

〔一〕哈佛圖書館藏本、中復堂全集本（同治六年本）、筆記小説大觀本、叢書集成三編本，皆在目録中有「俄羅斯方域二條」，而正文後均無，今據目録增補。

〔二〕大清一統志卷四二三俄羅斯：「在喀爾喀楚庫河以北……北至海，去中國二萬餘里，其貢道由恰克都經喀爾喀地，進張家口，以達於京師。」

〔三〕此引文系姚瑩歸納之語，其史料來源於海國聞見録卷上大西洋記：「普魯社係俄羅斯種類也，西北接吝因，東鄰細密里也，南接葱鹿葱也。沿海而至細密里也，皆屬北海。」「細密里也，東鄰加里忽，東南接噶爾旦、三馬爾丹，南至里海，西鄰俄羅斯，係北海。」「自俄羅斯而東至細密里也。」

〔四〕海國聞見録卷上小西洋記：「死海者即黑海，源從地中北俄羅斯，南西多爾其，東葱鹿葱也，西民哖呻，四面環繞，不通大海，故爲死海。而西多爾其、民哖呻二國不通小西洋之海，而濱於中海之東北。中海係從大西洋之海而入。」

〔五〕海國聞見録卷上小西洋記：「裏海者，諸國環而繞之，東北細密里也，西北俄羅斯，東三馬爾丹，西葱鹿葱也，西南東多爾其，南包社大白頭，内注大海，不通海棹，其水惟從包社出海，故爲裏海。」

〔六〕職方外紀卷二莫斯哥未亞：「亞細亞西北之盡境，有大國曰莫斯哥，東西徑萬五千里，南北徑八千里，中分十六道，有窩兒加河最大，支河八十，皆以爲尾閭，而以七十餘口入北高海。」

歐羅巴人四洲志曰：「俄羅斯舊國即古時額利西，意大利之東北邊地，所謂西底阿土蕃是也。近數百年始强盛，疆域甲于諸洲。有在阿細亞洲者，有在歐羅巴洲者，有在墨利加洲者。其在歐羅巴洲七區，曰東俄羅斯、西俄羅斯、南俄羅斯、大俄羅斯、小俄羅斯、加匽俄羅斯。並有所得南隅回教之新藩地，東界阿細亞洲内部落，西界波蘭、普魯社及歐塞特界，南界都魯機，北抵冰海，幅員二百零四萬方里。又有所得阿悉亞洲即阿細亞洲，南懷仁作亞細亞洲。之新藩地，共四部落，總分二區，曰東悉比里阿、西悉比利阿。東抵海，北抵冰海，西界歐羅巴洲内部落，南界中國蒙古索倫，幅員五十萬方里。在墨利加洲内部落者，僅葛西模斯一小隅之地，方里無紀載。其國都原建於大俄羅斯之莫斯科，後改都於東俄羅斯之比特格，今仍還舊都。」

余按：「四洲志所言方里者，開方法也。開方法：方十里者，爲方一里者百；方百里者，爲方一里者萬；方千里者，爲方百里者百；爲方一里者一百萬。今云在歐羅巴洲者，幅員二百零四萬方里，是僅長二千里，寬一千里，又長二百里，寬二百里耳。衍而伸之，以方五百里計，亦僅長四千里，闊五百里，又長二百里，寬二百里耳。在阿細亞洲者，五十萬方里，以方二百里計之，當長二千五百里，寬二百里。然東自黑龍江之東海邊，西至普魯社，實近二萬餘里，此方數殊不合，則所云方里者，不足據也。」志又云：「在阿細亞洲者，户百有三萬八千三百五十六口，在歐羅巴洲者，户六千五百萬口。既有户口之數，則幅員方里，不應不確，豈譯數有誤耶？如職方外紀所云「東西萬五千里，南北徑八千里者」，似爲近之。若西域聞見録言其國「東西距二萬餘里，南北窄狹，自千里至三千餘里不等」，〔一〕猶約畧之辭耳。

〔一〕西域聞見録卷四外蕃紀畧：「鄂羅斯，北邊之大國也，東界海，南界中國，西北鄰控噶爾，東西距二萬餘里，南北窄狹，自千里至三千餘里不等。」

南北都魯機

默深西洋沿革圖：「死海之西南，有南都魯機，一名度爾格，又名西女國。其西北爲北都魯機，一名度爾格，又名額力西，又名厄勒祭，〔一〕又名㖼哖呻。」余按：「此云南、北二都魯機，皆俄羅斯之南屬，即陳倫炯圖内之東、西多爾其也，西人地圖作土爾其。土、都音近。㖼哖呻又在西多爾其之西北，陳圖不誤。默深謂㖼哖呻，即北都魯機，恐誤。」又按：南懷仁圖「死海之南，臨小西洋，東接回回，有地名法爾齊，地産五色石、金剛石、青石。其西北又有地名百爾西亞，在莫斯哥未亞之極南，疑即陳圖之兩多爾其，魏圖之兩都魯機也。南圖百爾西亞之北，爲大白理斯單，東連回回，豈即陳圖之包社大白頭耶？大、小白頭皆回回國也。默深以百爾西亞即包社回國。」

陳倫炯曰：「大小白頭二國，北接三馬爾丹，即噶爾旦之本國也。三馬爾丹之北，鄰細密里也國。細密里也之西，爲俄羅斯國。〔二〕小白頭東鄰民呀國，民呀人黑，穿著皆白，類似白頭。英機黎、荷蘭、佛蘭西聚此貿易。民呀之東，接天竺佛國。民呀東南，〔三〕遠及暹邏。民呀之南臨海，民呀之北，接哪嗎西藏及三馬爾丹國屬。」余以南懷仁圖考之，五印度莫卧爾之北，有撒白勒斯單，即三馬爾丹也。東南隔大流沙爲西蕃，即天竺佛國矣。北有箇拉散，似即陳圖之噶爾丹也。又北有阿被河，長七千二百里。其河之西北近冰海，爲西北里亞。亞、也，音相近，似即陳圖北近冰海之細密里也。

〔一〕海國圖志卷四八北土魯機國：「此即古時額力西國。職方外紀作厄勒祭者也。與翁加國合成此國，其南境在阿細亞洲內者，曰南土魯機。歐羅巴洲各國皆奉天主教，其奉回教者，惟此一國耳。」

〔二〕海國聞見録卷上小西洋記：「小西洋居于內午，丁未，方從馬喇甲、暹羅繞西沿山而至於白頭番國，人即西域之狀，捲髮環耳，衣西洋布，大領小袖緾腰，裹白頭，故以白頭呼之。國有二，東爲小白頭，西爲包社大白頭。二國北接三馬爾丹，即噶爾丹之本國也，而三馬爾丹之北，鄰細密里也國，而細密里也之西，爲俄羅斯國。」

〔三〕海國聞見録卷上小西洋記：「民呀之東南」。

控噶爾

西域聞見録言鄂羅斯之外有控噶爾國，更大於鄂羅斯。〔一〕余以歐羅巴人四洲志考之，所云「控噶爾國在鄂羅斯西北，即普魯社。其北即冰海，其西爲綏林國、那威國、璉國、瑞丁國、大尼國。其南爲波蘭國，即波羅尼，爲歐色特里阿國，一作莫爾大未亞，其西南即地中海」。據此言之，控噶爾初不甚大，何至如聞見録之所云乎？蓋回子行商其國，彼國人故作夸大之詞。而七椿園以所聞記之，非其實也，松湘浦諸人已辨之矣。

〔一〕西域聞見録卷四外藩紀畧附絕域國：「控噶爾，西北方回子最大之國，地包鄂羅斯東西界之外。」

程文簡論莊

程文簡論莊子曰：

莊周之書，大抵以無爲至，以有爲初。其内篇之首，寓意於逍遥遊者，是其特起一書類例，示「化有入無」宗本，而人多不之察也。〔一〕夫遊而至於逍遥，則意欲鄉而神已達，了無形迹，得爲拘閡矣。其曰遊，豈真遊哉？精神之運，心術之動，念慮所及，莫非遊也。其遊也，與聖人「過化」之「過」同也。其不遊也，與聖人「存神」之「存」同也，而可求諸足跡踐履閒哉？夫遊而得至於此，則既從心不踰矩，而猖狂蹈大方矣。借欲舉以告人，亦將無地可以寄言，則夫託物以喻遊，而絕迹以明無，乃其出意立則，與人致覺者也。是故鳩之決起，鷃之騰躍，鯤鵬之摶擊，列子之御風，雖大小精粗，絕不倫等。率皆於假物乎言道，非徒設詭怪以騁辨博而已也。二蟲笑鵬，〔二〕物是未及乎培風者也。不風之藉，而羽翰之恃，正如下愚自用，不從格物以求致知。雖作勢而上，槍枋榆，〔三〕翔蓬蒿，稍起輒墮，無與爲力焉，故也。鵬摶扶搖，上至九萬里，〔四〕由北海望南海，背負青天，而風反在下。無一物能爲隔閡，〔五〕則假物之效，殆極於是。是猶躐善信而致美大，超乎其爲大人，亦既洪矣。洪即弘字，宋人諱弘。然有不能逍遥者，勢資之翼，翼資之風，其人也以物，〔六〕曾不若列子謝棄行跡，御風泠然，更爲無著也。凡此三義者，每況愈上，以至列子則至矣、盡矣，不可以有加矣。然亦必有泠然者以供其禦，而非能自往自復也。反覆致意，既已詳盡，然後直抉其奥而爲之言曰：「此雖免乎行，猶有所待也。若夫秉天地之正，而御六藝之辨，〔七〕以遊無窮者，彼夫且惡乎待哉！」〔八〕

〔一〕考古編卷六莊子一：「而人多不察也。」
〔二〕考古編卷六莊子一：「二蟲笑鵬。」
〔三〕考古編卷六莊子一：「槍榆枋。」
〔四〕考古編卷六莊子一：「一上至九萬里。」
〔五〕考古編卷六莊子一：「無一物能爲隔礙。」
〔六〕考古編卷六莊子一：「其大也以物。」
〔七〕考古編卷六莊子一：「而御六氣之辨。」
〔八〕考古編卷六莊子一：「彼且惡乎待哉。」

夫其以有待無待，譬喻有無深淺。〔一〕而鵬與列子皆未得爲逍遥，則其化有復無之指，其不因事而自著哉。〔二〕得此説而通之，凡其寓言所向，雖精密荒唐，意緒不一，而要其歸宿瓦礫塵垢，無適而非至理也。古今多罪周之詆訾堯舜，孔子則相與引繩排根，〔三〕一切斥爲異端，此爲世立教者所當然也。然而虞仲、夷逸，隱居放言，身中清，廢中權，尚見稱於夫子。則周之所以自處者，清淨無欲，而其所排棄者，又皆推見禮法敗壞之，自而歸諸見素抱樸之域，其折衷輕重自有深意。雖放其言，〔四〕亦隱遯疾邪者之常，不足多責也。若夫談道之極，深見蘊奧，或時假設古人事爲，以發其欲言之心；肖寫世間物象，以達其難言之妙。凡魯論、周易微見其端者，至周而播敷展暢，焕乎其若有狀可觀，而有序可循，何可少也？夫子嘗曰：「君子不以人廢言。」〔五〕又曰：「三人行，必有我師焉，擇其善者而從之。」〔六〕則周之言，其當槩廢乎？至於放言已極，太無町畦，周亦自傷其過也。則又取治道本末而究言其精，如九變五本，〔七〕使遇堯、舜之君，出爲陳之，其真放蕩無檢，如槌提絶滅所云乎哉！〔八〕

余謂文簡之言，於莊子可謂得其要矣。當周、程、張子諸大儒講明理學之時，文簡能爲此言，是其天資誠有過人者矣。右見程氏考古編，從高明府借閲。

〔一〕考古編卷六莊子一：「譬曉有無深淺。」

〔二〕考古編卷六莊子一：「其不因事而自著矣哉。」

〔三〕考古編卷六莊子一：「孔子則相與引繩批根。」

〔四〕考古編卷六莊子一：「其折衷輕重有深意，雖甚放其言。」

〔五〕論語注疏卷一五衛靈公第一五：「子曰：君子不以言舉人。注：包曰：有言者不必有德，故不可以言舉人，不以人廢言。注：王曰：不可以無德而廢善言。」

〔六〕論語注疏卷七述而第七：「子曰：三人行必有我師焉。擇其善者而從之，其不善者而改之。」

〔七〕考古編卷六莊子一：「如九變五木。」

〔八〕考古編卷六莊子一：「如槌提絶滅所云也哉。」

唐時官給月俸

攷古編：「今外官給肄驛券，〔一〕其色目有傔錢人，〔二〕有衙官，本唐制也。唐制，在官者，給防閤、伏身、〔三〕白直、親事、守當等人，以供役使，已乃敕身，當是役者，出錢代役，數各有差。開元二十四年，令百官防閤、庶僕俸食雜用，以月給之，總稱月俸。則始以所入防閤、白直等顧錢，正供百官俸入也。今其事日遠，而給券者猶載其初色目多少之則。」

余按：「百官自有食俸，其在官之人，供役使者，自不可少，故定其制。其身當役而不能供者，出錢於官，顧他人代役耳，非徒出錢已也。若役可免，則當裁其役矣，豈得敕使出錢乎？今制，外官有俸、有養廉，皆給本官。又有役食，以給吏役諸色官人，皆徵自地丁，由布政司給領，按月計之，即唐制遺意也。惟養廉一項，始自本朝雍正年間，前古所無。程文簡謂唐以所入防閤、白直等顧錢，正供百官俸入，恐非也。」

〔一〕哈佛燕京圖書館藏本載爲「肄」，中復堂全集本（同治六年本）、筆記小說大觀本、叢書集成三編本皆爲「津」。今據考古編卷一〇官俸有傔錢：「今外官給驛券。」删改。

〔二〕考古編卷一〇官俸有傔錢：「其色目有傔人。」

〔三〕考古編卷一〇官俸有傔錢：「給防閤、仗身。」

伊川坐講遵祖制

程伊川爲講官，坐而授經，哲宗不悦，以爲妄自尊大。此小人不悦於伊川，讒害之也。程文簡攷古編曰：「舊講筵，雖當講者亦坐。仁宗富於春秋，乃立侍，便於指示，遂爲故事。」〔一〕然則宋之初制，講官本得坐講，伊川依祖宗舊制，何妄之有？續通鑑：「宋神宗熙寧元年，〔二〕吕公著、王安石等言：『故事，侍講者皆賜坐。自乾興以來，講者始立，而侍者皆坐听。臣等竊謂侍者可使立，而講者當賜坐。』禮官韓維、刁約、胡宗愈：〔三〕『宜如天禧舊制，以彰陛下稽古重道之意。』劉攽曰：『侍臣講論於前，不可安坐。避言語，〔四〕乃古今常禮。君使之坐，所以示人主尊道樂德也；〔五〕若不命而請則異矣。』龔鼎臣、蘇頌、周孟陽、王汾、韓忠彦，皆同攽議，曰：『乾道以來，〔六〕侍臣立講，歷仁宗、英宗兩朝，行之且五十年，豈可輕議變更？』帝問曾公亮，公亮曰：『臣侍仁宗書筵亦立。』後安石因講賜留，帝面諭曰：『卿當講日可坐。』安石不敢坐，遂已。」

瑩謂：「吕、王之言韙矣。劉以經術名者，而其言卑鄙如此，何哉？既知使坐以示人主尊道樂德，則不使坐者，爲不尊道樂德矣。何不以尊道樂德，成其君之美，而陷其君於惡乎？又不命而以請爲異，獨不思一爲定制，即上命矣。況此坐講本祖宗之命乎！且講官自請，或猶以爲嫌。呂、王當時非講官，何得以請爲嫌耶？仁宗幼年登阼，不知坐講故事，而其後遂無言者，諸臣之誤也。今不從天禧以前之美，而蹈乾興以後之失，何取乎經術哉？龔、蘇以下，更不足責矣！明道是時，亦以侍者皆坐而講者獨立爲悖，疏論之，明道亦未爲講官也。神宗既納此言命坐，而安石不敢，是亦爲斂言所惑矣。」

〔一〕上述引文爲考古編卷一〇立講所載。

〔二〕續資治通鑑卷六六宋紀六六神宗熙寧元年夏四月庚申。

〔三〕續資治通鑑卷六六宋紀六六神宗熙寧元年夏四月庚申：「禮官韓維、刁約、胡宗愈言。」

〔四〕續資治通鑑卷六六宋紀六六神宗熙寧元年夏四月庚申：「避席言語。」

〔五〕續資治通鑑卷六六宋紀六六神宗熙寧元年夏四月庚申：「所以示人主尊德樂道也。」

〔六〕續資治通鑑卷六六宋紀六六神宗熙寧元年夏四月庚申：「乾興以來。」

海島逸誌

嘉慶之末，余令龍溪，得邑人王大海所著海島逸誌，嘉慶初年刻本也。載東南洋及西洋海國風俗、地圖、遠近甚詳。自琉球、小呂宋、噶喇巴至英吉利諸國悉備，與陳倫炯海國聞見録二書，攜至臺灣，爲觀察胡公承琪借去，本之作海天客話。余罷官，以憂内渡，二書未還，其所著海天客話亦未見之也。道光十八年，余復至臺，購得海島逸誌刻本，則已非原刻。其原書言英吉利蓄心叵測，製爲鴉片煙土，以毒中國，既竭我之財，又病我之人。而於其本國夷人立法甚嚴，食之者死。其説甚長。王蓋隨其鄉人賈於噶喇巴之巴寶瓏，贅於呷必丹，久之乃歸，故習諸洋夷國情事也。後刻之本，不知出何人手，凡言鴉片煙事，皆全削去。胡公已歿，原刻無從得之，惟海國聞見録則書坊猶多舊刻，而字多漫漶矣。

綱目取孫甫唐史論斷

朱子修綱目，編年、書法，多采前人論説之善者。如三國之帝蜀漢，蓋從習鑿齒之漢晉春秋也。唐中宗廢爲廬陵王，每於歲首必書「帝在房州」。世以爲從春秋書「公在乾侯」之例，不知此從孫甫唐史之論斷也。孫之論曰：「武后僭竊位號，唐史臣修實録，撰國史者，皆爲立紀，繫后事於帝王之年，列僞周於有唐之史，〔一〕名體大亂，史法大失矣。後史臣沈既濟奏議曰：『中宗以始年登大位，季年復大業，雖尊名中奪，而天命未改，足以首事，足以表年。昔魯昭公之出也，春秋歲書其居曰『公在乾侯』。君雖失位，不敢廢也。今請併太后紀則紀合中宗紀，每於歲首，必書中宗所居曰某年春正月，皇帝在房陵，太后行某事，改某制。則紀稱中宗而事述太后，俾名不失正，〔二〕禮不違常。此得春秋之法，足正唐史之失也。』故從所其議，〔三〕書武后事于中宗紀中。武后改年，是皆妄作。〔四〕今起嗣聖，繼以景龍，武后所改，但存其名，備證他事，〔五〕而不以表年焉，所以正帝統而黜僭號也。」

右論如此，是唐世史臣已有正議，而孫從之，故爲千秋之公論，非一人私言也。孫字之翰，歷官散大夫、尚書刑部郎中，充天章閣待制兼侍讀，上輕車都尉，賜紫金魚袋。其所修唐史，始以仁宗康定元年庚辰，至皇祐四年壬辰草具。嘉祐元年丙申，成書七十五卷。未上而病，但有紀、傳而無表、志，以意在明治亂，昭法戒，制度儀文則有司存也。古人著書皆採輯衆善，言多册重，例不標明所自，非如考訂家以多證爲長也。

〔一〕唐史論斷卷上不稱武后年名：「列僞國於有唐之史。」

〔二〕唐史論斷卷上不稱武后年名：「庶名不失正。」

〔三〕唐史論斷卷上不稱武后年名：「故從其議。」

〔四〕唐史論斷卷上不稱武后年名：「皆是妄作。」

〔五〕唐史論斷卷上不稱武后年名：「備證它事。」

烏臺詩案讞辭二條

蘇文忠烏臺詩案，起於元豐二年三月，〔一〕御史裏行何大立摘其出知湖州謝上表中語，〔二〕指爲訕謗，未及他詩文也。奏入，神宗但批送中書而已。至七月，御史裏行舒亶始搜取外間印行詩文四册，奏之，請用重典，付有司。國子博士李宜之亦摘靈壁張氏園亭記奏之，上猶批送中書。是時吕公著爲相，未究按之也。於是御史中丞李定遂爲「四可廢」之奏，請斷自天衷，特行典憲。神宗意動，乃令以前後四狀并册子，送御史臺根勘矣。

御史臺檢會送到册子，題名是元豐續添蘇子瞻學士錢塘集全册，内目録一卷，詩文三卷，録付中書門下，奏據審刑院刑部尚書刑部狀。御史臺根勘到祠部員外郎、直史館蘇軾，爲作詩、賦并諸般文字，謗訕朝政及中外臣僚。絳州團練使、駙馬都尉王詵，爲留蘇軾譏諷文字及上書奏事不實按之。是當時提勘到御史臺者，惟公及晉卿二人，其詩文牽涉諸人，初未按勘也。

公自徐州改知湖州，以元豐二年四月二十一日到任，七月二十八日中使皇甫遵至湖州勾攝。〔三〕八月十八日赴御史臺根勘。〔四〕二十日供狀，除山村詩外，其餘文字并無干涉時事。九月二十三至二十七日始供，自來有與人詩賦往還，人數、姓名，有此罪愆，甘伏朝典。

十月十五日奉御寶批，見勘治蘇軾公事，應內外文武官，曾與蘇軾交往，以文字譏諷政事，該取會驗問看若干人聞奏。至十一月二十一日，準中書批送下本所，伏乞勘會蘇軾舉主。奉旨：李清臣按後聲説，張方平等並收坐。又奉旨：王鞏説執政商量等言，特與免根治外，其餘依次結按聞奏。二十八日，權御史中丞李定劄子云：「蘇軾公事，見結。按次，其蘇軾欲乞在臺收禁，聽候敕命斷遣。」奉旨依奏。三十日，御史臺根勘結案狀云：「前令王詵送錢與柳校丞，後留僧思大師畫數軸，并就王詵借錢一百貫，爲婢出家及相識僧與王銑處，許將祠部瑩按：「即度牒也。」來取。并曾將畫與王詵裝褙，并送李清臣詩。欲於國史中載所論，并湖州謝上表譏用人生事擾民。準敕：臣僚不得因上表稱謝，妄有詆毀，仰御史臺彈奏。又條：海行條貫，不指定刑名，從不應爲輕重，準律。瑩按：「又條者，律文又一條也。海行條貫者，海內通行之條貫也。凡諸定罪有專條之律，無專條者，不指定刑名。」不應爲事理重者，杖八十，斷合杖八十私罪。又到臺累次虛妄，不實供通。瑩按：「通，明也，如今讞文不實供明也。」準律：別制下問按推。瑩按：「別制者，猶今特旨。」報上，不以實，徒一年。未奏，減一等，合杖一百，私罪。瑩按：「此擬罪之一條。」一作詩、賦等文字，譏諷朝政闕失等事，到臺被問，便具因依招通。瑩按：「因依，如今之犯事人自具遵依。招通者，如今之切結狀也。」準律：作匿名文字，謗訕朝政及中外臣僚，徒二年。準敕：罪人因疑被執，贓狀未明，因官監問自首，依案問欲舉自首。又準刑統，瑩按：「刑統，宋刑書名。」犯罪按問，欲舉而自首，減二等，合比附，徒一年，私罪係輕，更不取旨。瑩按：「此擬罪之二條。」一作詩、賦及諸般文字，寄送王詵等，致有鏤板印行。各係譏諷朝廷及謗訕中外臣僚。準敕：作匿名文字，嘲訕朝政及中外臣僚，徒二年，情重者奏裁。準律：犯私罪以官當徒者，九品以上，一官當徒一年。準敕：館閣貼職。瑩按：「貼職，如今之兼斷加銜，非實官也。」許爲一官，或以官，或以職，臨時取旨。瑩按：「此擬罪之三條。」據按蘇軾見任祠部員郎、直史館，并歷太常博士，其蘇軾合追兩官，勒停放。瑩按：「勒停放者，勒令停其放官也。」準敕：比附定刑，慮恐不中者，奏裁。其蘇軾係情重及比附，并或以官，或以職。」瑩按：「官者階銜，職者見任。」奉旨：蘇軾可責授檢校水部員外郎，充黄州團練使，本州安置，不得簽書公事。瑩按：「李定，王安石所薦也，陳襄彈之，未行間，除御史。宋次道、李大臨、蘇子容不草制，封還之，固宜與此獄矣。」

〔一〕東坡全集東坡先生年譜：「元豐二年己未，先生年四十四，在徐州任。正月己亥，同畢仲孫、舒煥八人游泗之上，登石室，使道士戴日祥鼓雷氏琴，先生有記。按玉局文云：僕在徐州，王子立子敏皆館於官舍，而蜀人張師厚來過，二王方年少，吹洞簫，飲酒杏花下。三月自徐州移知湖州。按：先生作張氏園亭記云：余自彭城移守吳興，由宋登舟，三宿而至。其記乃三月二十七日所作，乃知三月移湖州明矣。」年譜又載：「元豐二年七月七日，予在湖州暴書，見畫廢卷而哭失聲。是歲言事者以先生湖州到任謝表以爲謗。」

〔二〕東坡全集卷六七湖州謝上表：「臣軾言：蒙恩就移前件差遣，已於今月二十日到任上訖者。風俗阜安在東南，號爲無事，山水清遠，本朝廷所以優賢，顧惟何人，亦與茲選，臣軾中謝。伏念臣性資頑鄙，名迹堙微，議論闊疏，文學淺陋。凡人必有一得，而臣獨無寸長，荷先帝之誤恩，擢寘三館，蒙陛下之過聽，付以兩州。非不欲痛自激昂，少酧恩造，而才分所局，有過無功。法令具存，雖勤何補，罪固多矣！臣猶知之。夫何越次之名邦，更許借資而顯，受顧惟無狀，豈不知恩。此蓋伏遇皇帝陛下天覆羣生，海涵萬族，用人不求其備，嘉善而矜，不能知其愚，不適時，難以追陪新進，察其老不生事，或能牧養小民，而臣頃在錢塘，樂其風土魚鳥之性，既自得於江湖，吴越之人亦安，臣之教令，敢不奉法，勤職息訟平刑，上以廣朝廷之仁，下以慰父老之望，臣無任。」

〔三〕東坡全集東坡先生年譜：「元豐二年七月二十八日，中使皇甫遵到湖追攝。按子立墓誌云：予得罪於在吴興，親戚故人皆驚散，獨兩王子不去，送予出郊曰：『死生禍福，天也。公其如天何？』返取予家致之南都。』」

〔四〕東坡全集東坡先生年譜：「八月十八日，赴臺，獄中有寄子由詩二首及賦榆槐竹栢四詩。」

右余從高糧務假得烏臺詩案，録其始末如此。蘇公事，稍涉史者無不知之，惟獄具之辭及宋時根勘官中文狀，文學之士多未見，故詳記之。宋以前未有以詩文搆禍者，唐人於明皇、楊太真事，播爲詩歌，人主曾不寘問。蓋猶存古人「瞍賦」、「矇誦」之義，昭法戒於來茲。俾人主知有儆畏，雖孝子慈孫不能諱祖宗之惡也。前乎此者，惟周厲王使巫監謗者，告則殺之，道路以目。三年流王於彘。自此後人主監之。至宋神宗，專信王安石，始不畏天怒，不畏人言。然安石在朝時，不過貶黜言官異己者。兹已去位，而其黨乃興文字之獄，前古以來所未有也。御史臺勘按，援引律文，初無文字謗訕應作何罪名之條，不得已比附作匿名文字，徒二年律。夫匿名者，匿己之名，作爲飛語，陷害他人也。今友朋文字來往，以詩、賦寓諷刺之義，是古人騷雅之作也。聞者不知爲戒，反怒而罪之。罪之者，羣小也。觀神宗見表，初不問之。既見御史彈奏，亦僅送中書，數月不問，是猶有人君之度也。迨獄既成，始予貶謫，猶存員外官階，非始終愛才之主乎？以此見宋朝忠厚寬大，德澤於士大夫者，不可及也。仁宗時，衛尉寺丞邱濬作詩訕謗，執政請誅之。帝曰：「狂夫之言，聖人擇焉。古有酈謨哭市，其斯人之徒歟！」乃薄降饒州軍事推官。盛德事也。

蜀孟昶有善政

五代孟昶時，蜀中久安，賦役俱省，斗米三錢，城中人子弟，不識稻、麥之苗。村落閭巷間，絃筦歌聲四合，筵會晝夜相接。城上盡種芙蓉，九月間盛開，望之皆如錦繡。昶謂左右曰：「自古以蜀爲錦城，今日觀之，真錦城也。」〔一〕其後石曼卿爲芙蓉城主，故知爲成都之神矣。後苑有瑞牡丹，其花雙開者十，黃白各三，紅白相間者四。昶宴羣臣，皆有賦詩。又于芳林園賞紅梔花，青城山中所進。其花六出而紅，清香如梅，亦異品也。嘗八月遊浣花溪，富民夾江皆刱亭榭游賞之處，都人士女，傾城遊玩。珠翠綺羅，名花異香，馥郁森列。昶御龍舟觀水嬉，上下十里，人望之如神仙之境。昶曰：「曲江金殿鎖千門，殆未及此。」〔二〕王廷珪賦詩曰：「十字水中分島嶼，數重花外見樓臺。」〔三〕其盛如此。今則浣花溪去江頗遠，岸上民居亦寥落矣。孟知祥頗好學，性既寬仁，待人以禮，有威惠。薨之日，蜀人甚哀之。昶亦好學愛民，爲文皆依理。嘗以王衍浮薄，好輕豔之辭，非之。今所傳戒州縣文，「爾俸爾禄，民脂民膏，下民易虐，上蒼難欺」者，其所作也。戒文凡二十四句，此四語尤警策，洵足怵目動心矣。又嘗刻石經於成都。宋世書傳，蜀本最善。又嘗纂集本草，作書林韻會。宋儒黄公紹韻會舉要，蓋祖之也。〔四〕五代僭僞之君，文學惟昶爲最。其父子享國四十年，上下太平無事。蜀檮杌稱王全斌入蜀，昶降歸宋。登舟行日，萬民擁道，哭聲動地，昶以袂掩面而哭。自二江至眉州，沿路百姓，慟絶者數百人。〔五〕得民如此，於歷代亡國之君，洵爲可取也。

〔一〕蜀檮杌卷下：「城上盡種芙蓉，九月間盛開，望之皆如錦繡。昶謂左右曰：『自古以蜀爲錦城，今日觀之，真錦城也。』」

〔二〕蜀檮杌卷下：「（廣政）十二年八月，昶遊浣花溪，是時蜀中百姓富庶，夾江皆[扌邠]亭榭。游賞之處，都人士女，傾城遊玩。珠翠綺羅，名花異香，馥郁森列。昶御龍舟觀水嬉，上下十里，人望之如神仙之境。昶曰：『曲江金殿鎖千門，殆未及此。』」

〔三〕蜀檮杌卷下：「兵部尚書王廷珪賦曰：十字水中分島嶼，數重花下見樓臺。」

〔四〕升庵集卷七二王錯藏書：「至後蜀，孟昶又立石經於成都，宋世書傳蜀本最善，此五代僭偽諸君，惟吴蜀二主有文學，李昪不過作小詞工畫竹而已。孟昶乃表章五經，纂集本草，有功於經學矣。今之戒石銘亦昶之所作，又作書林韻會，宋儒黄公紹韻會舉要，實祖之，然博洽不及也。」

〔五〕蜀檮杌卷下：「昶之行，萬民擁道，哭聲動地，昶以袂掩面而哭。自二江至眉州，沿路百姓慟絶者數百人。蓋與王衍不同耳。」

韓昭好賂被嘲

王衍時，韓昭爲吏部侍郎、判三銓。昭受賂徇私，選人詣鼓院訴之。又嘲曰：「嘉、眉、邛、蜀，侍郎骨肉。導江清城，疑當作青城。侍郎親情。果、閬二州，侍郎自留。巴、蓬、集、壁，侍郎不惜。」昭後爲王宗弼所殺，梟其首，金馬坊百姓皆溺之。〔一〕右見張唐英蜀檮杌。余爲詩弔之曰：「廣南自古著貪泉，蜀錦澄江色更鮮。猶有巴蓬能不惜，坊過金馬爲君憐。」唐時果州，今順慶府南充廳。閬州，今保寧府閬中縣。壁州，今通江縣。集州，今南江縣也，宋爲難江縣。唐人撰有難江公山威惠廟記，縣神乃漢張魯也。見王象之蜀碑記。〔二〕

〔一〕蜀檮杌卷上：光天三年十月，以韓昭爲吏部侍郎，判三銓。昭受賂徇私，選人詣鼓院訴之。又嘲曰：「嘉眉邛蜀，侍郎骨肉。導江清城，疑當作青城。侍郎親情。果閬二州，侍郎自留。巴蓬集壁，侍郎不惜。」衍召而問之。昭曰：「此皆太后太妃國舅之親，非臣之親。」衍默然。昭字德華，長安人，衍北巡以爲文思殿學士，京城留守判官。李台嘏云：韓公凡事如僧剃髮，無有寸長。昭以便佞恩傾一時。出入宮掖，太妃愛其美風姿而專有辟陽之寵。唐兵入蜀，王宗弼與之有隙，先捕而殺，梟其首，金馬坊百姓皆溺之。

〔二〕輿地碑記目卷四巴州碑記：「唐難江公山威惠廟記，唐天寶改元，田彥識撰。廟在難江縣，神乃漢張魯之神也。」

酌丁成之詩

大士閣階下楊柳一株，舊葉方脱，新葉青已滿枝。成之别駕轉益思歸，余酌酒爲一絶[一]慰之曰：「又是黄花爛漫天，錦成秋色憶無邊。階前楊柳還相妬，蚤遣青枝忤客延。」

〔一〕後湘續集卷四酌丁成之。

東坡烏臺供狀

東坡烏臺供狀云：

祠部員外郎、直史館蘇軾，年四十四歲，本貫眉州眉山縣。高祖祐，曾祖杲，並不仕。祖序，故任大理評事，致仕，累贈職方員外郎。父洵，故任霸州文安縣主簿，累贈都官員外郎。軾嘉祐二年進士及第，初任河南府福昌縣主簿，未赴任間，應中制科，授大理評事、鳳翔府簽判，覃恩轉大理寺丞，磨勘轉殿中丞，差判登聞鼓院，試館職，除直史院。丁父憂，服闋，差判官誥院，兼判尚書祠部，權開封府推官，磨勘轉太常博士，通判杭州，就差知密州，磨勘轉祠部員外郎，就差知河中府。未到任，改差知徐州。未滿，就移知湖州，元豐二年四月二十一日到任。歷仕舉主：陝西轉運副使陸詵，舉臺閣清要任使。提點兩浙刑獄晁端彦，舉外擢任使。權兩浙提刑潘良器、京東安撫使向京，並舉召還侍從。權京東路轉運副使王居卿、轉運判官李察，並舉不次清要任使。安撫使陳薦、蘇澥，舉外陟侍從。提舉李清臣，舉不次外擢任使。提刑孔宗翰，奏乞召還禁近。軍判章，字闕，此「軍判」當是「章傅」。奏乞召置侍從。安撫使葉康，奏乞顯用。提舉李孝孫，乞召還侍從。安撫使賈昌衡，奏乞召還近侍。

軾任鳳翔府簽判日，爲中元節假，不過知府廳，罰銅八斤。任杭州通判日，不舉駁王文敏盜官錢，官員公按，罰銅八斤，皆公罰，並無過紀，紀當作犯。歘招登科。後來入館，多年未甚進擢。兼朝廷用人多是少年，所見與軾不同，以此撰作詩賦文字譏諷，意圖衆人傳看，以軾所言爲當。軾與張方平、王詵、李清臣、黄庭堅、司馬光、范鎮、孫覺、李常、曾鞏、周邠、蘇轍、王鞏、劉摯、陳襄、錢藻、顔復、盛僑、王紛、錢世宏、吴琯、王安上、杜子方、戚秉道、陳珪相識，其人等與軾意同，即是與朝廷新法時事不合，及多是朝廷不甚進用之人，軾所以將譏諷文字寄與。

右東坡先生履歷、官階及當時舉主、往來同志之人，具於所供狀内，記之於此，爲慕先生者有所考觀，亦見宋時對簿之制。

東坡自解諷刺詩

東坡烏臺詩案，自説詩文，最爲明白。遊孤山詩〔一〕曰：「誤隨弓旌落塵土，坐使鞭箠環呻呼。」言朝廷新法行後，公事鞭箠之多也。又曰：「追胥保伍罪及孥，百日愁嘆一日娱。」言鹽法收坐同保，妻子移鄉，法太急也。又曰：「歲荒無術歸亡逋，鵠則易成虎難模。」言歲既饑荒，欲出奇畫賑濟，又恐朝廷不從，乃畫虎不成反類狗也。

〔一〕東坡全集卷三李杞寺丞見和前篇復用元韻答之。

戲子由〔二〕云：「任從飽死笑方朔，肯爲雨立求秦優。」意取東方朔傳「侏儒飽欲死」，〔三〕及滑稽傳：「優旃謂陛楯郎：汝雖長何益，乃雨立；我雖短，幸休居。」〔三〕言弟轍家貧官卑，而身材長大，所以比東方朔、陛楯郎，而以當今進用之人，比侏儒優旃也。又云：「讀書萬卷不讀律，致君堯舜終無術。」〔四〕是時朝廷新興律學，軾意非之，以謂法律不足以致君於堯舜。今時專用法律而忘詩書，故言我讀萬卷書，不讀法律，蓋聞法律之中，無致君堯舜之術也。又云：「勸農冠蓋鬧如雲，送老齏鹽甘似蜜。」以諷朝廷新開提舉官，所至苛細生事，發擿官吏，惟學官無吏責也。弟轍爲學官，故有是句。又云：「平生所慚今不恥，坐對疲氓更鞭箠。」是時多徒配犯鹽之人，例皆例當作類。饑貧，言鞭箠此等貧民，軾平生所慚，今不恥矣，以譏朝廷鹽法太急也。又云：「道逢陽虎欲與言，〔五〕心知其非口諾唯。」是時張靚、俞希旦作監司，意不喜其人，然不敢與爭議，故毀詆之爲陽虎也。

〔一〕東坡全集卷三戲子由。
〔二〕前漢紀卷一〇孝武一：上召問（東方）朔，朔對曰：「侏儒長三尺，臣朔長九尺三寸，俸祿正等侏儒，侏儒飽欲死，臣朔饑欲死。臣言可用，宜異其祿，不可用，罷之，無但虛索長安米也。」
〔三〕史記卷一二六滑稽傳第六六：優旃者，秦倡侏儒也。善爲笑言，然合於大道。……優旃臨檻大呼曰：「陛楯郎！」郎曰：「諾。」優旃曰：「汝雖長，何益，幸雨立。我雖短，幸休居。」於是始皇使陛楯者得半相代。
〔四〕東坡全集卷三戲子由：「致君堯舜知無術。」
〔五〕東坡全集卷三戲子由：「道逢楊虎呼欲言」。

又山村詩第（三）〔二〕首〔一〕云：「煙雨濛濛雞犬聲，有生何處不安（身）〔生〕？但令黃犢無人佩，布穀何勞也勸耕。」是時販私鹽者多帶刀杖，故取前漢龔遂令人賣劍買牛，賣刀買犢，則自力耕，不勞勸督也。第（二）〔三〕首〔二〕云：「老翁七十自腰鐮，慚愧春山筍蕨甜。豈是聞韶解忘味，邇來三月食無鹽。」意謂山中之人饑貧無食，雖老猶自採筍、蕨充饑。時鹽法峻急，僻遠之人，無鹽食動經歲月也。第四首云：「杖藜（晨）〔裹〕飯去怱怱，〔三〕過眼青錢轉手空。贏得兒童語音好，一年強半在城中。」言百姓雖得青苗錢，立便於城中浮費使卻。又言鄉村之人，一年兩度夏秋稅，又數度請納和預買錢，今更添青苗助役錢，因此莊家子弟，多在城中，不着次第，但學得城中語音而已。以諷青苗助役不便也。

〔一〕哈佛燕京圖書館藏本、中復堂全集本（同治六年本）、筆記小說大觀本、叢書集成三編等版本皆爲「第三首」。據東坡全集卷四山村五絕所載爲第二首，故改「三」爲「二」。

〔二〕哈佛燕京圖書館藏本、中復堂全集本（同治六年本）、筆記小說大觀本、叢書集成三編等版本皆爲「第二首」。據東坡全集卷四山村五絕所載爲第三首，故改「二」爲「三」。

〔三〕東坡全集卷四山村五絕第四首：「杖藜裹飯去怱怱。」

又差開運鹽河〔一〕云：「居官不任事，蕭散羨長卿。胡不歸去來，留滯愧淵明。鹽法星火急，〔二〕誰能卹農耕？薨薨曉鼓動，萬指落溝坑。〔三〕天雨助官政，泣愁淋衣纓。〔四〕人如鴨與猪，投泥相濺驚。下馬荒隄上，四顧但胡弸。淺路不容足，又與牛羊爭。〔五〕歸田雖賤辱，豈識泥中行。寄語故山友，慎勿厭藜羹。」是時盧秉提舉鹽事，擘畫開運鹽河，差夫千餘人。軾於大雨中，部役其河，只爲般鹽，既非農事，而役農民，秋田未了，有妨農事。又其河中間，有湧沙數里，軾宣言開河不便，自嗟泥雨勞苦，羨司馬長卿居官而不任事，又愧陶淵明不早棄官歸去也。農事未休，而役夫千餘人。故云：「鹽事星火急，誰能卹農耕？」又言百姓已勞苦不易，天雨又助官政勞民，轉致百姓疲役，人在泥水中，辛苦無異豬鴨。軾亦泥中與牛羊爭路而行，若歸田，豈至此哉！故云「寄言故山友」，勿厭藜羹而思仁宦，以諷朝廷開運鹽河不當，妨農事也。

〔一〕東坡全集卷四湯村開運鹽河雨中督役。
〔二〕東坡全集卷四湯村開運鹽河雨中督役：「胡不歸去來，滯留愧淵明。鹽事星火急」。
〔三〕東坡全集卷四湯村開運鹽河雨中督役：「薨薨曉鼓動，萬指羅溝坑。」
〔四〕東坡全集卷四湯村開運鹽河雨中督役：「泫然淋衣纓。」
〔五〕東坡全集卷四湯村開運鹽河雨中督役：「下馬荒堤上，四顧但湖泓。線路不容足，又與牛羊爭。」

知徐州日寄和李清臣祈雨〔一〕云：「高田生黃埃，下田生蒼耳。蒼耳亦已無，更問麥有幾。蛟龍睡足亦解慚，二麥枯時雨如洗。不知雨從何處來，但聞呂梁百步聲如雷。試上南城望城北，〔二〕際天菽粟青成堆。饑火燒腸作牛吼，不知待得秋成否？半年不雨坐龍慵，但怨天公不怨龍。今年一雨何足道，〔三〕龍神社鬼各言功。無功日盜太倉粟，嗟我與龍同此責。勸農使者不汝容，因君作詩先自劾。」言本因龍神慵懶不行雨，卻使人心怨天公。以譏大臣不任職，不能燮理陰陽，使人怨天子。以天公比天子，以龍神社鬼比大臣及百執事。又自言無功竊祿，與大臣無異也。

〔一〕此非知徐州日寄和李清臣祈雨，而是東坡全集卷八和李邦直沂山祈雨有應。
〔二〕東坡全集卷八和李邦直沂山祈雨有應：「試上城南望城北。」
〔三〕東坡全集卷八和李邦直沂山祈雨有應：「今朝一雨聊自贖。」

又和李清臣云：「五（十）〔斗〕塵勞尚足留，閉門却欲治幽憂。差爲毛遂囊中穎，未許朱雲地下遊。〔一〕無事會須成好飲，思歸時欲賦登樓。羨君幕府如僧舍，日向城西看浴鷗。」軾爲屢言新法不便，不蒙施行。以朱雲自比，言聖明之世，無誅戮之事，故軾未許與朱雲地下遊。

〔一〕欒城集卷七次韻邦直見答二首之二：「五斗塵勞尚足留，閉門聊欲治幽憂。羞爲毛遂囊中穎，未許朱雲地下遊。」

王粲在荊州依託，作登樓賦，〔一〕中有懷鄉思歸之意，軾亦欲作此賦也。清臣差修國史，送詩云：「珥筆西歸近紫宸，太平典策不緣麟。傳君此事全書漢，〔二〕載我當時舊過秦。門外想無千斛米，墓中知有百年人。看君兩眼明如鏡，休把春秋坐素臣。」軾於仁宗朝曾進論二十五首，〔三〕皆論往古得失，妄以賈誼自比，欲清臣於國史中載所進論也。

〔一〕湖廣通志卷七三流寓志：「王粲，魏志列傳：字仲宣，高平人，徙長安，左中郎將蔡邕常倒迎之。年十七徙辟，詔除黃門侍郎。以西京擾亂，皆不就，乃之荊州依劉表，作登樓賦。

〔二〕東坡全集卷八臺頭寺雨中送李邦直赴史館分韻得憶字人字兼寄孫巨源二首之二：「付君此事寧論晉。」

〔三〕蘇軾於仁宗朝曾進論二十五首，即東坡全集卷四二論一十首：宋襄公論、秦始皇論、漢高帝論、魏武帝論、伊尹論、周公論、管仲論、士燮論、孫武論上、孫武論下、子思論。卷四十三論十一首：孟軻論、樂毅論、荀卿論、韓非論、留侯論、賈誼論、鼂錯論、霍光論、楊雄論、諸葛亮論、韓愈論。卷四十四論十一首中所載嘉祐八年作思治論，至和二年作正統論三首即總論一、辯論二、辯論三，以及大臣論上、下。另有卷四四論十一首中的續歐陽子朋黨論、屈到嗜芰論、龍虎鉛汞論、上張安道養生訣論、續養生論。

次章傳韻〔一〕云：「馬融既依梁，班固亦事竇。效顰豈不欲，頑質謝鎸鏤。」梁冀、竇憲因時君不明，遂躋顯位，竊威福用事。而馬融、班固二人，皆儒者，並依託之。軾詆毀當時執政大臣，不能效班固、馬融，苟容依附也。

〔一〕東坡全集卷四次韻荅章傳道見贈。

送劉述〔一〕云：「君王有意誅驕虜，椎破銅山鑄銅虎。聯翩三十七將軍，走馬西來各開府。」是時朝廷遣使諸路點檢軍器，及置三十七將官。軾將謂今上有意征討胡虜，以諷朝廷諸路遣使，及置將官張皇不便。又云：「南山伐木作車軸，東海取鼉搊戰鼓。汗流奔走誰敢後，恐乏軍資污刀斧。保甲連村團未便，方田訟牒紛如雨。邇來手實降新書，決剔根株窮脈縷。〔二〕詔書惻怛信深厚，吏能淺薄空勞苦。」以諷朝廷法度屢更，事目煩多，吏不能曉。又云：「況復年來苦饑饉，剝啄草木啖桑土。今年雨雪頗應時，又報蝗蟲生翅股。憂來洗盞欲強醉，寂寞空齋卧空甒。公厨十日不生煙，更望紅裙踏筵舞。」〔三〕又云：「近來屢得山中信，只有當歸無別語。猶將鼠雀偷太倉，未肯衣冠挂神武。」〔四〕意謂邇來饑饉，飛蝗蔽天之甚，以諷朝廷政事闕失，新法不便之所致也。「酒食無備，齋厨索然。」〔五〕以譏朝廷行新法，減削公使錢太甚。公事既多，旱、蝗又甚，二政巨藩，尚如此窘迫，所以言山中故人寄信令歸。但軾貪祿，未能便掛冠而去也。又云：「四方冠蓋鬧如雲，〔六〕歸作二浙湖山主。」以諷朝廷近日提舉所至，生事苛碎，故劉述之宮觀歸湖山也。

〔一〕東坡全集卷七寄劉孝叔。

〔二〕東坡全集卷七寄劉孝叔：「南山伐木作車軸，東海取鼉漫戰鼓。汗流奔走誰敢後，恐乏軍興汙質斧。保甲連村團未遍，方田訟牒紛如雨。爾來手實降新書，抉剔根株窮脈縷。」

〔三〕東坡全集卷七寄劉孝叔：「況復連年苦饑饉，剝齧草木啖泥土。今年雨雪頗應時，又報蝗蟲生翅股。憂來洗盞欲強醉，寂寞虛齋卧空甑。公厨十日不生煙，更望紅裙踏筵舞。」

〔四〕東坡全集卷七寄劉孝叔：「故人屢寄山中信，只有當歸無別語。方將雀鼠偷太倉，未肯衣冠挂神武。」

〔五〕東坡全集卷七寄劉孝叔中無「酒食無備，齋厨索然」二句，代之爲「吳興丈人真得道，平日立朝非小補」。

〔六〕東坡全集卷七寄劉孝叔：「自從四方冠蓋鬧。」

潁州別子由云：「至今天下士，去莫如子猛。」〔一〕爲弟轍曾在制置條例充檢詳文字，爭議新法不便也。杭州寄子由云：「獨眠林下夢魂好，回首人間憂患長。殺馬破車成此誓，當作逝。子來何處問行藏。」〔二〕又云：「眼看時事力難勝，貪戀君恩退未能。」〔三〕意謂新法青苗、助役等事，煩雜不可辨，亦言己才力不能勝任也。

〔一〕東坡全集卷二潁州初別子由二首之一：「征帆挂西風，別淚滴清潁。留連知無益，惜此須臾景。我生三度別，此別尤酸冷。念子似先君，木訥剛且靜。寡詞真吉人，介石乃機警。至今天下士，去莫如子猛。嗟我久病狂，意行無坎井。有如醉且墜，幸未傷輒醒。從今得閒暇，默坐消日永。作詩解子憂，持用日三省。」

〔二〕東坡全集卷六捕蝗至浮雲嶺山行疲苦有懷子由弟二首之二：「霜風漸欲作重陽，熠熠溪邊野菊黄。久廢山行疲犖确，尚能村醉舞淋浪。獨眠林下夢魂好，回首人間憂患長。殺馬毁車從此逝，子來何處問行藏。」

〔三〕東坡全集卷三初到杭州寄子由二絶之一：「眼看時事力難勝，貪戀君恩退未能。遲鈍終須投劾去，使君何日換聾丞。」

遊徑山留題云：「近來但覺世議隘，每到勝處差安便。」〔一〕以譏朝廷之用人，多是刻薄褊隘之人，不少容人過失，見山中寬閒之處爲樂也。杭州觀潮第四首云：「吴兒生長狎濤淵，冒利忘生不自憐。〔二〕東海若知明主意，應教斥鹵變桑田。」〔三〕蓋言弄潮之人，貪官中利物，致其間有溺死者，故朝旨禁斷。軾謂主上好興水利，不知利少而害多。「東海」二句，言此事之必不可成，諷朝廷水利之難成也。

〔一〕東坡全集卷三遊徑山：「近來愈覺世路隘，每到寬處差安便。」

〔二〕東坡全集卷五八月十五日看潮五絶之四：「冒利輕生不自憐。」

〔三〕東坡全集卷五八月十五日看潮五絶之四：「應教斥鹵變桑田。是時新有旨，禁弄潮。」

依黄庭堅韻答和古風〔一〕云：「嘉穀臥風雨，莨莠登我場。陳前讒方寸，〔二〕玉食慘無光。」以譏今之小人勝君子，如莨莠之奪嘉穀。又云：「大哉天宇間，美惡更臭香。君看五六月，飛蚊隱回廊。茲時不少假，〔三〕俛仰霜葉黄。期君看蟠桃，此日終一嘗。〔四〕顧我如苦李，全生依路傍。紛紛不足惜，〔五〕悄悄徒自傷。」意言君子小人，進退有時，如夏月蚊虻縱横，至秋自息。比庭堅(放)[俟]〔六〕蟠桃進必遲，自比苦李以無用全生。詩云：「憂心悄悄，愠于羣小。」〔七〕以譏當今進用之人，皆小人也。

〔一〕東坡全集卷九次韻黄魯直見贈古風二首。

〔二〕東坡全集卷九次韻黄魯直見贈古風二首之一：「佳穀臥風雨，莨莠登我場。陳前讒方丈。」

〔三〕東坡全集卷九次韻黄魯直見贈古風二首之一：「茲時不少暇。」

〔四〕東坡全集卷九次韻黄魯直見贈古風二首之一：「期君蟠桃枝，千歲終一嘗。」

〔五〕東坡全集卷九次韻黄魯直見贈古風二首之一：「紛紛不足愠。」

〔六〕哈佛燕京圖書館藏本爲「放」，中復堂全集本(同治六年本)、筆記小説大觀本、叢書集成三編本皆爲「俟」，今從中復堂全集等所載。

〔七〕毛詩注疏卷三國風邶：「憂心悄悄，愠于羣小。」

差往湖州相度堤堰利害與知州孫覺〔一〕云：「若對青山談世事，直須舉白便浮君。」〔二〕言時事多不便，更不可説，説亦不盡。又云：「天目山前淥浸蕪，〔三〕碧瀾堂下看銜艫。作堤捍水非吾事，閑送苕溪入太湖。」軾爲先曾言水利不便，却被轉運司差相度堤捍，本非興水利之人，以譏時世與昔不同，而水利不便也。

〔一〕東坡全集卷四贈莘老七絕。

〔二〕東坡全集卷四贈莘老七絕之一：「嗟余與子久離羣，耳冷心灰百不聞。若對青山談世事，當須舉白便浮君。」

〔三〕東坡全集卷四贈莘老七絕之二：「天目山前淥浸裾。」

題張方平樂全堂雜詠〔一〕云：「人物已衰謝，〔二〕微言難重尋。清談未足多，感時意殊深。」晉元帝時，衛玠初過江左，不意永嘉之末，復聞正始之音。軾意言晉元帝時，人物衰謝，不意復見張方平之文章才氣，以譏今時風俗衰薄也。以衛玠比方平，故云：「清談未足多，感時意殊深。」言我非獨多衛玠清談，但感時之人物衰謝，微言難繼，此意殊深遠也。又云：「少年有奇志，欲和南風琴。荒林蜩蚻亂，廢沼蛙蟈淫。遂欲掩兩耳，臨文但噫喑。」言軾少年本有志，欲和天子薰風之詩。因見學者皆空言無實，雜引佛老異端之書，文字雜亂。故以荒林廢沼比朝廷新法，屢有變改，事多荒廢，致風俗虛浮，學者誕妄，如蜩蚻之紛亂，故遂掩耳，不欲論文也。又云：「蕭然王郎子，來自緱山陰。云見浮邱伯，〔三〕吹蕭明月岑。遺聲落淮泗，蛟鼉爲悲吟。」以王子晉比王鞏，以浮邱伯比方平也。瑩按：「公時在徐州，方平令王鞏將詩來。」「願公正王度，祈招繼愔愔。」據楚靈王欲求九鼎於周，求地於諸侯，令尹子革諫王。其詩曰：「祈招之愔愔，式昭德音，思我王度，式如玉，式如金。〔四〕形民之力，而無醉飽之心。」楚靈王不能用，以及於難。軾欲張方平勿爲虛言之詩，當作譏諷朝廷政事闕失，如祭公作祈招之詩也。〔五〕

〔一〕東坡全集卷一〇張安道見示近詩。

〔二〕東坡全集卷一〇張安道見示近詩：「人物一衰謝」。

〔三〕東坡全集卷一〇張安道見示近詩：「云見浮丘伯」。

〔四〕春秋左傳注疏卷四五：其詩曰：「祈招之愔愔，式昭德音。注：愔愔，安和貌；式，用也；昭，明也。思我王度，式如玉，式如金。注：金玉取其堅重。形民之力，而無醉飽之心。注：言國之用民，當隨其力任，如金冶之器，隨器而制形。故言形民之力，去其醉飽過盈之心。」

〔五〕漁隱叢話前集卷四四東坡七：「昔周穆王欲巡行天下，皆將有車轍馬迹，祭公謀父作祈招之詩以諫王。其詩曰：祈招之愔愔，式昭德音。思我王度，式如玉，式如金。形民之力，而無醉飽之心。楚靈王不能用，以及於難，意欲方平勿爲虛言之詩，當作詩諷諫朝政闕失，如祭公謀父作祈招之詩也。」

東坡諷刺不同謗訕

坡公在烏臺，初不肯延累衆人。王晉卿先以往還詩文陳出，李定等又執詩册苦詰之。公遂暢所欲言，欲悉以上聞，冀神宗之有感悟也。

瑩嘗論人臣事君，固當稱美而不稱惡，乃作爲詩歌，昌言譏諷朝廷之失，可乎？曰：「譏諷可也，謗訕則不可。」「有別乎？」曰：「有。」所謂譏諷者，心在君國，不謀己私，見有不利於君國之政，不利於君國之人，力不能去，言不見用，則假物以陳言，因事以明狀。陳小民之疾苦，昭前人之炯戒，俾得輾轉上聞，庶幾吾君有萬一之悟耳。不幸而終不能悟，或更以爲罪，雖九死而無悔。此其忠愛之誠，惟知有君國。其譏諷也，猶之在位之諫諍也，是小雅騷人之旨也。且必君國之失，已明章於天下，天下之人皆已嗟怨吾君，非可隱諱之比。在位亦既言之、爭之，未嘗面欺而腹〔一〕誹也。不用，出外，不忘吾君，又親見民之困苦憔悴於虐政，顧如未見者而置之，則向日所言、所爭者何事乎？拳拳不已，復欲言之、争之。而職非言官，既不得顯然上奏；班非侍從，更不能面對從容。計無復之，不覺其即事、即物而感發也。夫徒有感發，而九重高遠，何由上達？則思從而播之。如風之動於四方上下，乃可以達。其順而爲君子采之以進耶，誠所願也。不幸而爲小人摭以搆焉，亦所弗怨也。曰：「吾目見於外，欲告吾君者，果得告之，猶之夫前此之言、前此之爭之心云爾，而以所目見者爲言，較前益爲切實，安知吾君不憬然悟而信之乎？即不遽信，亦必有惕然不安於中者，則庶有萬分之一，緩民命而利吾國者矣。」此忠臣之所以爲譏諷也。

小人則不然，何者有利君國，何者有害君國，泛泛然不切於心也。心志之所存，步趨之所嚮，惟知有身家耳、子孫耳。何以利吾身家？曰富貴；何以利吾子孫？亦曰富貴。故有能益我之富貴者，則師之，且父之矣，不問其人之姦否也。如有損我之富貴者，則怨之，且讎之矣，不問其人之賢否也。彼其所師、所父者，深矣，更何知有君哉！此私門所以有死黨，而公家所以少忠臣也。小人失位，則以爲嗟怨，雖不利於國，亦歸過於君，而播其君之惡，（夫）

是〔一〕之謂謗訕。孔子曰：「惡居下流而訕上者。」〔三〕下流者，小人也，焉有君子而訕上者哉！觀烏臺詩案，然後知蘇公之所以爲忠也。

〔一〕「腹」，哈佛燕京圖書館藏本載爲「復」，中復堂全集本（同治六年本）、筆記小説大觀本、叢書集成三編本皆爲「腹」，今從中復堂全集等本所載。

〔二〕哈佛燕京圖書館藏本載爲「夫」，中復堂全集本（同治六年本）、筆記小説大觀本、叢書集成三編本皆載爲「是」，今從中復堂全集等本所載。

〔三〕論語注疏卷一七陽貨第一七：「子貢曰：君子亦有惡乎？子曰：有惡，惡稱人之惡者。注：包曰：好稱説人之惡所以爲惡。惡居下流而訕上者。注：孔曰：訕謗毁，惡；勇而無禮者，惡。」

益州名畫録

宋景德中，李畋作〔一〕益州名畫録，自唐肅宗乾元初，至宋太祖乾德間，圖畫之精者，目之所擊，五十八人，品以四格。

逸格一人：

孫位，號會稽山人。〔二〕僖宗時入蜀。畫西方天王部衆，人鬼相雜，矛戟鼓吹，縱横馳突，交加戛擊，欲有聲響。龍水松石，筆精墨妙，雄壯氣象，不可記述。

〔一〕益州名畫録系宋黄休復撰，前有景德三年李畋序。直齋書録解題卷一四音樂類：「益州名畫録，三卷，黄休復撰。中興書目以爲李畧撰，而謂休復書今亡。案：此書有景祐三年序，不著名氏，其爲休復所録明甚。又有休復自爲後序，則固未嘗亡也。未知題李畋者與此同異。案：文獻通攷有益州名畫録三卷，載陳氏之言。此本脱去，今補入。」

〔二〕益州名畫録卷上逸格一人：「孫位者，東越人也。僖宗皇帝車駕在蜀，自京入蜀，號會稽山人。」

神格上品二人：

趙公祐，長安人。寶曆、開成間，爲李贊皇所禮。〔一〕范瓊不知何許人，開成中，與陳皓、彭堅仝寓蜀中。皆喜畫天王、佛像、鬼子、天女、大悲變相人物。〔二〕

〔一〕益州名畫録卷上神格二人：「趙公祐，公祐者，長安人也。寶曆中，寓居蜀城，攻畫人物，尤喜佛像天王神鬼。初贊皇公李德裕鎮蜀之日，賓禮待之。自寶曆、太和至開成年，公祐於諸寺畫佛像甚多。」

〔二〕益州名畫録卷上神格二人：「范瓊者，不知何許人也，開成年，與陳皓、彭堅同時同藝寓居蜀城。三人善畫人物、佛像、天王、鬼神。三人同手於諸寺圖畫佛像甚多。」

妙格上品六人：

陳皓、彭堅不知何許人。〔一〕畫之六法：一曰氣運，生動是也；二曰骨法，用筆是也；三曰應物，象形是也；四曰隨類，賦采是也；五曰經營，位置是也；六曰傳移，模寫是也。六法名輩少該，唯范瓊與皓、堅俱盡其美，而范爲冠。張騰，大和末年，止蜀川。〔二〕趙温奇，公祐子。德齊，温奇子。唐乾寧、蜀光天間，三代居蜀，一時名振。盧楞伽，京兆人。明皇時，自汴入蜀。〔三〕張素卿，簡州人，爲道士。乾符中，居青城山。有老子過流沙、五嶽朝真、九皇、五星、老人星諸圖，二十四化真人像，容成子、董仲舒、嚴君平、李阿、馬自然、葛玄、長壽仙、黄初平、葛永璝、竇子明、左慈、蘇耽十二僊像。〔四〕

〔一〕益州名畫録卷上妙品上格六人：「陳皓、彭堅者，不知何許人。開成中，與范瓊寓止蜀城，大中年，府主杜相公悰起淨衆等寺門屋，相國知二人中范瓊年齒雖低，手筆稱冠矣。因請陳、彭二公各畫天王一堵，各令一客將伴之。以幔幕遮蔽，不令相見，欲驗誰之強弱。至畫告畢之日，相國與諸府寮徹其幃幕，南畔仗劍振威者彭公筆，北畔持弓箭奮赫者陳公筆，二公筆力相似，觀者莫能昇降。」

〔二〕益州名畫録卷上妙品上格六人：「張騰者不知何許人也，大和末年，寓止蜀川。於諸寺壁圖畫，亦多會昌年除毁皆盡。大中初，佛寺再興，於聖壽寺大殿畫文殊一堵，普賢一堵，彌勒下生一堵。浴室院北，對范瓊畫持弓北方天王一堵，大聖慈寺文殊閣下畫報身如來一堵，並騰之筆見存。」

〔三〕益州名畫録卷上妙品上格六人：「盧楞伽者，京兆人。明皇帝駐驛之日，自汴入蜀，嘉名高譽，播諸蜀川，當代名流，咸伏其妙。」

〔四〕益州名畫録卷上妙品上格六人：「張素卿，……又於簡州開元寺畫容成子、董仲舒、嚴君平、李阿、馬自然、葛玄、長壽仙、黄初平、葛永璝、竇子明、左慈、蘇耽十二僊君像。」

妙格中品十人：

辛澄，建中間在蜀。〔一〕李洪度，蜀人。元和中，武元衡重之。〔二〕左全，蜀人。寶曆中，畫諸佛變相。〔三〕張南本，中和年間，寓成都。〔四〕相傳於金華寺大殿畫八明王，纔畢，一老僧入寺，蹶仆於門下，不知是畫，但見大殿遭火所焚。其時孫位畫水，南本畫火，代無所及者。又於寶曆寺畫天神、地祇、三官、五帝、雷公、電母、岳瀆、神仙，自古帝王一百二十餘幀。高道興，成都人。攻雜畫，觸類皆長。〔五〕房從真，成都人。攻畫甲馬、人物、鬼神。有寧王獵射圖、羌人移居圖、冷朝陽、王昌齡、常建冒雪入京圖、陳登斫鱠圖。〔六〕趙德元，雍京人。天福年入蜀。畫車馬、人物、屋、木、山水、佛像、鬼神，獨步川中。〔七〕裴孝源公私畫録云：「自魏、晉以來，終於貞觀，祕府并人間畫，共集成二百九十八卷。」〔八〕張懷瓘云：「昔梁武帝博雅好古，鳩集名畫，令鑒者數人，共詳名氏，兼定品格，供御賞玩。及侯景作亂，江陵府將陷，元帝先焚内庫書畫數萬卷，深可歎惜。其後帝王亦有兼愛，人多進之，又盈祕府。天后朝，張易之奏召天下名工，修諸圖畫，因竊換真本，私家收藏，僞本將進。〔九〕易之殁後，爲薛稷所得。稷殁，岐王所獲，慮帝忽知，乃盡焚爇。〔一〇〕吁！天下重寶再經灰燼。當時天府所藏，多涉於僞，人間所畜，或乃是真。古畫頻經焚燒，積年散失，能祕在者，得非希世之寶耶！蜀因二帝駐蹕，昭宗遷幸，自京入蜀者，將到圖書、名畫，散落人間，固亦多矣。杜天師在蜀，集道經三千卷，儒書八千卷。德元將到梁、隋及唐百本畫，或自模搨，或是粉本，或是墨跡，無非祕府散逸之本，相傳在蜀，後學之幸也。」〔一一〕常粲，雍京人也。咸通年入蜀，路巖禮之。〔一二〕粲善傳神雜畫，有七賢像、六逸像，女媧、伏羲、神農像，謂之三皇圖。立釋迦像、孔子西周問禮像、名醫下蟲像、龍樹驗丹圖。驗當作煉。玉局北壁，道門尊像甚多。〔一三〕常重胤，粲之子。僖宗幸蜀回日，蜀民請留寫御容於大聖慈寺。宣令重胤中和院上壁，及寫隨駕文武一百餘人。〔一四〕黄筌，成都人。幼有畫性，刁處士教之竹石花雀。又學孫位龍水松石，李昇山水竹樹，皆曲盡其妙。〔一五〕孟知祥建元，授翰林待詔，淮南通聘。有生鶴數隻，蜀少主命筌寫鶴於偏殿之壁，警露者、啄苔者、理毛者、整羽者、唳天者、翹足者，精彩體態，更愈於生。往往生鶴立於畫側，蜀主歎賞，遂目爲六鶴殿。又於八卦殿壁畫四時花竹、兔雉鳥雀。五坊使呈進白鷹，誤認殿上畫雉爲生，掣臂數四。蜀主歎異，命翰林學士歐陽炯撰壁畫奇異記以旌之。筌有春山圖、秋山圖、山家晚景圖、山家早景圖、山家雨景圖、山家雪景圖、山居詩意圖、瀟湘圖、八壽圖。

〔一〕益州名畫録卷上妙格中品十人：「辛澄者，不知何許人也。建中元年，大聖慈寺南畔創立僧伽和尚堂，請澄畫焉。纔欲援筆，有一番人云僕有泗州真本，一見甚奇，遂依樣描寫及諸變相，未畢，蜀城士女瞻仰儀容者側足，將燈香供養者如驅，今已重粧損矣。普賢閣下五如來同坐一蓮花及鄰壁小佛、九身閣裏内如意輪菩薩，並澄之筆，見存。」

〔二〕益州名畫録卷上妙格中品十人：「李洪度者，蜀人也。元和中，府主相國武公元衡請於大聖慈寺東廊下維摩詰堂内畫帝釋梵王兩堵，笙竽鼓吹，天人姿態，筆蹤妍麗，時之妙手莫能偕焉。會昌前諸寺圖畫亦多除毁，後餘此一處。」

〔三〕益州名畫録卷上妙格中品十人：「左全者，蜀人也，世傳圖畫跡。本名家，寶歷年中，聲馳闕下。於大聖慈寺中殿畫維摩變相、師子國王菩薩變相、三學院門上三乘漸次修行變相、降魔變相。文殊閣東畔水月觀音千手眼大悲變相，極樂門兩金剛，西廊下金剛經驗及金光明經變相，前寺南廊下行道二十八祖，北方廊下行道羅漢六十餘軀，多寶塔下倣長安景公寺吴道玄地獄變相。當時吴生畫此地獄相，都人咸觀懼罪修善，兩市屠沽經月不售。王蜀時，令雜手重粧已損，惟存大體也。大中初，又於聖壽寺大殿畫維摩詰變相一堵，樓閣、樹石、花雀、人物、冠冕、番漢異服，皆得其妙。今見存。」

〔四〕益州名畫録卷上妙格中品十人：「張南本者，不知何許人也。中和年寓止蜀城，攻畫佛像人物、龍王神鬼，有金谷園圖、勘書圖、詩會圖、白居易叩齒圖、高麗王行香圖。今聖壽寺中門賔頭盧變相，東廊下靈山佛會，大聖慈寺華嚴閣下東畔大悲變相，竹溪院六祖，興善院大悲菩薩八，明王孔雀王變相，並南本筆。」

〔五〕益州名畫録卷上妙格中品十人：「高道興者，成都人也。攻雜畫，觸類皆長，尤善佛像高僧。光化年，高宗勑許王蜀先主置生祠，命道興與趙德齊同手畫西平王儀仗，車輅旌旗禮服法物，朝真殿上皇姑帝戚、后妃女樂百堵。己來授翰林待詔，賜紫金魚袋。及先主殂逝，再命道興與德齊畫陵廟鬼神、人馬、兵甲，公主儀仗，宫寢嬪妃一百餘堵。今大慈寺中兩廊下高僧六十餘軀，華嚴閣東畔丈六天花瑞像，並見存。」

〔六〕益州名畫録卷上妙格中品十人：「房從真者，成都人也。攻畫甲馬、人物、鬼神，絕冠當時。有寧王獵射圖、羌人移居圖、陳登斫鱠圖、冷朝陽、王昌齡、常建冒雪入京圖。」

〔七〕益州名畫録卷上妙格中品十人：「趙德玄者，雍京人也。天福年入蜀。攻畫車馬、人物、屋木、山水、佛像、鬼神，筆無偏擅，觸類皆長，獨步川中，標名大手。其有樓殿臺閣，向背低昂，代無比者。有朱陳村圖、豐稔圖、漢祖歸豐沛圖、盤車圖、臺閣樣。入蜀時，將梁隋唐名畫百本，至今相傳。」

〔八〕益州名畫録卷上妙格中品十人：「自魏晉以來，終於貞觀，祕府并人間畫，共集成二百九十八卷。」蜀中廣記卷一○六畫苑記第二：「裴孝源公私畫録云：自魏晉以來，終於貞觀，祕府并人間畫，共集成二百九十八卷。」貞觀公私畫史敘曰：「……遂命魏晉以來，前賢遺跡所存及品格高下，列爲先後，起於高貴鄉公，終於大唐貞觀十三年，秘府及佛寺并私家所蓄，其二百九十八卷。」

〔九〕益州名畫録卷上妙格中品十人：「天后朝，張易之奏召天下名工，修諸圖畫，因竊換真本，私家收藏，將僞本進納。」

〔一〇〕益州名畫録卷上妙格中品十人：「易之殁後，薛稷所得。稷殁之後，岐王所獲。岐王慮帝忽知，乃盡焚爇。」

〔一一〕益州名畫録卷上妙格中品十人：「無非祕府散逸者本，相傳在蜀，信後學之幸也。今福慶禪院隱形羅漢變相兩堵，德玄筆見存。」

〔一二〕益州名畫録卷上妙格中品十人：「常粲者，雍京人也。咸通年，路侍中巖牧蜀之日，自京入蜀，路公賓禮待之。」

〔一三〕益州名畫録卷上妙格中品十人：「立釋迦像、五天胡僧像、孔子西周問禮像、名醫下蠱像、摴蒱圖、龍樹驗丹圖。先賢卷軸，至今好事者收得，爲後學師範矣。玉局化壁畫道門尊像甚多，王蜀時修改後頹損，已換。今大聖慈寺悟達國師知玄，真粲之筆見存。」

〔一四〕益州名畫録卷上妙格中品十人：「重胤者，粲之子也。僖宗皇帝幸蜀，回鑾之日，蜀民奏請留寫御容於大聖慈寺，其時隨駕寫貌待詔，盡皆操筆，不體天顔。府主陳太師敬瑄遂表進重胤，一寫而成，内外官屬無不嘆駭，謂爲僧繇之後身矣。宣令中和院上壁，及寫隨駕文武臣寮。」

〔一五〕益州名畫録卷上妙格中品十人：「黄筌者，成都人也。幼有畫性，長負奇能。刁處士入蜀，授而教之竹石花雀。又學孫位畫龍水松石墨竹，學李昇畫山水竹樹，皆曲盡其妙。」

妙格下品十一人：

李昇，成都人，小字錦奴。山水天縱，不從師學。〔一〕每含毫就素，必有新奇。桃源洞圖、武陵溪圖、青城山圖、峨嵋山圖、二十四化山圖，後學得之，以爲亡言師。明皇朝有李將軍，擅名山水，蜀人皆稱昇爲小李將軍。〔二〕李昇、張玄、杜齯龜、刁光胤、蒲師訓、趙忠義、黄居寶、黄居寀、李文才、阮知誨、張政。〔三〕

〔一〕益州名畫録卷中妙格下品十一人：「李昇者，成都人也。小字錦奴。年纔弱冠，志攻山水。天縱生知，不從師學。初得張藻員外唐時名士，善畫山水。山水一軸，玩之數日，云未盡其妙也。遂出意寫蜀境山川平遠，心思造化，意出先賢，數年之中，創成一家之能，俱盡山水之妙。」

〔二〕益州名畫録卷中妙格下品十一人：「好事得之，爲箱篋珍，後學得之，以爲亡言師。明皇朝有李將軍，擅名山水，蜀人皆呼昇爲小李將軍，蓋其藝相匹爾。」

〔三〕益州名畫録卷中妙格下品十一人：「張玟。」

能格上品十五人：

呂堯、竹虔、周行通、孔嵩、石恪、杜措、杜宏義、杜子瓌、杜敬安、蒲延昌、趙才、程承辯、邱文播、〔一〕阮惟德、楊元真。

能格中品五人：

道士陳若愚、張景思、麻居禮、僧楚安、滕昌祐。

能格下品七人：

姜道隱，〔二〕禪月大師，俗姓姜氏，名貫休，字德隱。〔三〕天復年入蜀，王先主賜紫衣師號，師之詩名、高節，宇内皆知。善草書、圖畫，時人比之懷素。師閻立本，畫羅漢十六幀，龐眉大目者，朵頤隆準者，倚松石者，坐山水者，胡貌梵相，曲盡其態。或問之，云：「休自夢中所覩爾。」又畫釋迦十弟子，亦如此類，人皆異之。當時卿相皆有歌詩，求其筆，惟可見而不可得也。太平興國初，太宗搜訪古畫，給事中程羽牧蜀，以貫休羅漢十六幀進呈。張詢、宋藝、道士李壽儀、僧令尊、邱文曉。〔四〕

右畫録叙五十八人，凡二卷。〔五〕余摘記之。蜀故名都，詩畫名人，畢萃於此，亦盛矣哉！

〔一〕益州名畫録卷中能格上品十五人：「丘文播。」

〔二〕益州名畫録卷下能格下品七人：「姜道隱者，蜀州綿竹人也，年纔齠齔，盡日不歸，父母尋之，多於神佛廟中畫處纔見。及長，爲人木訥，不務家桑，唯畫是好，不畜妻孥，孑然一身，常戴一竹笠，布衣草履筆墨而已。雖父母兄弟亦罕測其行止，人皆呼爲木猱頭，蜀語謂其鬢髮蓬鬆。僞相趙國公昊知其性迹，請畫屏風相公，問其姓名，蜀語對云姜姓無名。相國曰既無名，何不以道隱名之，自此始名焉。」

〔三〕益州名畫録卷下能格下品七人：「禪月大師，婺州金溪人也，俗姓姜氏，名貫休，字德隱。」

〔四〕益州名畫録目録與益州名畫録卷下能格下品七人皆載爲「丘文曉」。

〔五〕文淵閣本益州名畫録分上、中、下，凡三卷。益州名畫録提要亦載：「臣等謹按益州名畫録三卷。」「所記凡五十八人。」

李贊皇五長史寫真記

名畫録載李贊皇重寫前益州五長史真記曰：

益州草堂寺，原註：「成都記云：『寺在府西七里，去浣花亭三里。』」列畫前長史一十四人，原註：「節度使職不帶尹，則帶長史，非今賓佐也。」代稱絶跡。余嘗於數公子孫之家，獲見圖狀，乃知草堂繢〔一〕事，靡不造真。昔巖野旁求，徒聞審相，〔二〕稽山高(謝)〔遯〕，〔三〕唯上鎔金，孰若託之丹青，妙畫神照。然楚國祠廟，魯王宫室，曁此邦文翁舊館，皆圖歷代卿相，粲然可觀。(唯)〔雖〕〔四〕有慕於前良，曾莫究於形似。與夫年代既遠，〔五〕遺像猶存。入廬室而烟霞暫披，拂浮埃而瑶林斯睹。余以精廬甚古，畫壁將傾，乃選其功德尤著五人，〔六〕模於郡之廳所，追惟二漢臺閣〔七〕皆有圖寫。黄霸、于定國雖宰相名臣，不得在畫像之列。卓子師〔八〕德行君子，而居功臣之右。今之所取，其在兹乎？采色既新，光靈可想，儼若神對。吾將與歸，因叙其事，以貽來哲。

太和四年閏十二月十八日，劍南西川節度〔副〕〔九〕大使、知節度事、銀青光禄大夫、檢校兵部尚書兼成都尹、御史大夫、贊皇縣開國伯李德裕記。

〔一〕哈佛燕京圖書館藏本、中復堂全集本（同治六年本）、筆記小説大觀、叢書集成三編等本皆載爲「繢」，今據益州名畫録卷下重寫前益州五長史真記所載爲「續」，故改。

〔二〕益州名畫録卷下重寫前益州五長史真記：「徒聞審像。」

〔三〕姚原文爲「謝」字，今據益州名畫録卷下重寫前益州五長史真記所載「稽山高遯」，故改爲「遯」。

〔四〕姚原文爲「唯」，今據益州名畫録卷下重寫前益州五長史真記所載「雖有慕於前良」，故改爲「雖」。

〔五〕益州名畫録卷下重寫前益州五長史真記：「豈與夫年代既遠。」

〔六〕益州名畫録卷下重寫前益州五長史真記：「乃選其功德尤著者五人。」

〔七〕益州名畫録卷下重寫前益州五長史真記：「所追惟二漢臺閣。」

〔八〕益州名畫録卷下重寫前益州五長史真記：「卓子康。」

〔九〕姚文原爲「大使」，今據益州名畫録卷下重寫前益州五長史真記所載「劍南西川節度副大使」，故增補「副」字。

浣花溪草堂寺

李畋載此文，前云浣花龍興寺成都記云：「本正覺寺，内有前益州長史、臨淮武公元衡，并從事五人，具朝服，繪於中堂。淳化五年，兵火後，無畫蹤矣。」余按：「杜少陵草堂，本以齊周容言蜀有草堂寺，林壑可懷，故名其堂寺，蓋古矣。」李贊皇以太和四年作記，上距少陵作草堂時，約五十年，距作寺四十餘年。記文稱草堂寺，而李碑乃在正覺寺，似即一地，不知何時改正覺，又改龍興也。宋太宗淳化五年，賊李順陷成都，遣宦者王繼恩討平之。成都記，宋人撰，所云兵火，蓋指此也。本書前叙房從真畫云：「王蜀先主，於浣花龍興寺，修聖夫人堂。」〔一〕則龍興之名舊矣。豈以僖宗幸蜀名之耶？非帝王之興，不得有此名也。容齋隨筆云：「成都龍興寺碑，前蜀王時所立。及唐諸帝諱，皆闕畫云。」〔二〕正覺名寺，又在龍興前。是正覺、龍興，皆唐代寺名。草堂至此，三易名矣。然贊皇記云：「草堂寺列畫前長史十四人。」又云：「精廬甚古，畫壁將侵。」〔三〕計其時至宋淳化五年，凡一百六十年，何得尚有武臨淮像？且贊皇記稱前長史十四人，此只一人，亦屬不合，豈浣花草堂寺外，別有正覺寺耶？是可疑也。武公帥蜀，在韋南康後，順宗永貞元年也。明年，憲宗元和元年，武公入相。距贊皇帥蜀，蓋二十年矣。

〔一〕益州名畫録卷上妙格中品十人：「王蜀先主，於浣花龍興寺，修聖夫人堂。」

〔二〕容齋隨筆卷四孟蜀避唐諱：「前蜀王氏已稱帝，而其所立龍興寺碑，言及唐諸帝亦皆半闕，乃知唐之澤遠矣。」

〔三〕益州名畫録卷下重寫前益州五長史真記：「畫壁將傾。」

韓拙論畫

宋韓拙山水純全集〔一〕曰：「昔人云，畫有六要：〔二〕一曰氣。氣者，隨行運筆，取象無感；二曰韻。韻者，隱露立形，備儀之俗；〔三〕此四字未詳。三曰思。思者，頓挫取要，凝想物宜；四曰景。景者，制度時用，搜妙創奇；五曰筆。筆者，雖依法則，運用變通，不質不華，如飛如動；六曰墨。墨者，高低暈淡，品別淺深，文彩自然，似非用筆。有此六法者，神之又神也。」瑩按：「此言六法，與李畋不同，蓋各以所得言之。」

〔一〕哈佛燕京圖書館藏本載爲「山水純前集」，中復堂全集本（同治六年本）、筆記小說大觀本、叢書集成三編本皆爲「山水純全集」。文淵閣四庫全書亦載爲「山水純全集」，故改「前」爲「全」。

〔二〕山水純全集論觀畫別識：「昔人有云畫古六要。」

〔三〕山水純全集論觀畫別識：「備儀不俗。」

卷之十一

芻言

宋人崔敦禮芻言三卷，上卷言政，中卷言行，下卷言學。余愛其言治，〔一〕曰：「得民之勞者昌，得民之憂者康，得民之死者强。不有逸之，孰爲勞之；不有樂之，孰爲憂之；不有生之，孰爲死之。」又曰：「醫之活人，方也；殺人，亦方也。人君治天下，法也；亂天下，亦法也。方能治病，而不能盡天下之病。〔二〕遇病而不通於方，殺人矣；法能治變，而不能盡天下之變。〔三〕遇變而不通於法，亂天下矣。〔四〕九人履，其一跣焉，則跣者恥。九人跣，其一履焉，則履者不能爲俗。赭衣墨服，舜之刑寬矣，而民愈避；斷支體，殘肌膚，秦之法嚴矣，而民愈犯。民非畏寬而易嚴也。法寬則刑者少，刑者少則民爲恥矣。法嚴則犯者多，犯者多則民爲玩矣。舜之民，十人而九履者也。秦之民，十人而九跣者也。」又曰：「危國若實，安國若虛，盛世若不足，衰世若有餘。危國若實，府庫溢當作溢。也；安國若虛，損在上也。盛世若不足，民儉而重本也；衰世若有餘，俗媮而縱欲也。」又曰：「尊卑殊，貴賤異，民至卑賤而不敢爭者也。尊逸而卑勞，貴榮而賤辱，民至勞辱而不敢怒者也。不敢爭，則欲之至矣；不敢怒，則怨之至矣。怨欲在心，如物之有毒，如蓬之藏火，亂之所蓄與。是故聖人之治，不曰不爭，不使敢欲；不曰不怒，不使可怨。祿不以功，爵不以德，啓民之欲者也。法禁煩，徭賦重，賈民之怨者也。」又曰：「媒妁譽人，非不美也，而人莫之德；取庸而强之飯，非不勤也，而人莫之惠。有所利而名仁者，非仁也；有所要而稱義者，非義也。慈父之愛子，不可移於性，非爲報者也；聖王之養民，不可改於心，非求用者也。是故至仁不爲恩，至義不爲功。至仁所施，不知親而親之；至義所加，不知尊而尊之。」又曰：「非弓矢無以射，非法令無以國。人有憂射之不中者，曰是弓矢之過也。調弓矯矢，而去愈遠；〔五〕憂國之不治者，曰是法令之過也。變法更令，而亂愈甚矣。是故弓矢，中之具也，非所以中也；法令，治之具也，非所以治也。」

〔一〕芻言卷上：「三皇之治，使民心樸，故結繩之政可行也。五帝之治，使民心一，故垂裳之化可成也。三王之治，使民心親，故年世之長可期也。三皇者，粹乎道者也；五帝者，粹乎德者也；三王者，粹乎義者也。駮於霸，雜於漢，虚誕於晉，浮靡於隋，其使民可知矣。」

〔二〕芻言卷上：「方能治病，不能盡天下之病。」

〔三〕芻言卷上：「法能治變，不能盡天下之變。」

〔四〕芻言卷上：「遇變而不通於法，亂天下矣。是故上醫無傳方，非無良方也，憂用方者也。聖人無定法，非無善法也，憂用法者也。」

〔五〕芻言卷上：「調弓矯矢，而去愈遠矣。」

其言行曰：「譽人而無要譽，毁人而無反毁，斯毁譽之當也。譽人而人亦譽之，則是自譽矣；毁人而人亦毁之，則是自毁也。自譽，仁之賊也；自毁，義之賊也。」又曰：「鷁巧而危，鷁拙而安。鷁或作鳩。巧不足，則鷁脱其危矣。拙不足，則鷁失其安矣。是故智不欲有餘，愚不欲不足。智不足者，厭事者也，守常者也，畏行險者也。愚不足者，無能而爲有能，無用而爲有用，無智而爲有智者也。智不足可以免過，愚不足乃以失寧。」〔一〕又曰：「君子之爲善，貴乎有止也。爲仁止於愛，爲義止於宜，爲禮止於敬，爲智止於知。愛而不止，不仁矣；宜而不止，不義矣；敬而不止，不禮矣；知而不止，不智矣。」又曰：「福者，禍之先也；利者，害之始也；恩者，怨之媒也；譽者，毁之招（取）〔也〕。〔二〕君子不要福，故無禍；不求利，故無害；不廣恩，故無怨；不敢譽，故無毁。」〔三〕又曰：「好賢者輕譽，好仁者輕予，好義者輕許。輕譽失實，輕予失恩，輕許失言。」〔四〕又曰：「古之隱也，將以爲止也，今則將以〔爲〕仕也；〔五〕古之儉也，將以爲廉也，今則將以爲貪也；古之禮也，將以爲遜也，今則將以爲爭也。」又曰：「設機以拒禍者，禍之標的也；任數以防亂者，亂之藪澤也。扃鐍固而盜賊至矣，權量作而鬭爭興焉，革堅而兵刃利焉，城成而衝桄或作梯生焉。智不可以勝姦也，勇不可以禦暴也，（辨）〔辯〕不可以釋誹也，〔六〕險不可以避患也。」

〔一〕芻言卷中：「愚不足者，無能而強，爲有能者也；無用而強，爲有用者也；無知而強，爲有知者也。智不足可以免過，愚不足乃至於失寧。」

〔二〕哈佛燕京圖書館藏本爲「毀之招取」。中復堂全集本（同治六年本）、叢書集成三編本、筆記小説大觀本等爲「毀之招也」。芻言卷中亦爲「毀之招也」，故從上述諸版本所載，改「取」爲「也」。

〔三〕芻言卷中：「君子不要福，故無禍矣；不求利，故無害矣；不廣恩，故無怨矣；不敢譽，故無毀矣。」

〔四〕芻言卷中：「輕譽者失實，輕予者失恩，輕許者失言。」

〔五〕哈佛燕京圖書館藏本脫一「爲」字，今據芻言卷中：「古之隱也，將以爲止也。今之隱也，將以爲仕也。」故增補。

〔六〕哈佛燕京圖書館藏本、中復堂全集本（同治六年本）、筆記小説大觀、叢書集成三編本皆爲「辨」字，今據芻言卷中：「辯不可以釋誹也」。故改「辨」爲「辯」。

其言學曰：「工求其工，學者亦求其工乎？曰雕鏤剞劂，木之病也；纖織組麗，絲之蠹也；穿鑿破碎，道術之衰也；鉤棘排偶，文章之弊也。工乎？工乎？拙者笑之矣。」〔一〕又曰：「持寶以求市者，不欲人誇之；擇善而求友者，不欲人譽之。薄我貨者，欲與我市者也；訾我行者，欲與我友者也。故君子因譽而情疎，〔二〕因諍而友密。」又曰：「相入者相賊，不相入者相息。膠漆之投，天下莫解焉，而同歸於物；冰炭之反，天下莫合焉，而各全其天。故情壞於所溺，〔三〕心壞於所雜。君子之性，惡其有入也。」

〔一〕芻言卷下：「吾見拙者笑之矣。」

〔二〕芻言卷下：「是故君子因譽而情疎。」

〔三〕芻言卷下：「是故情壞於所溺。」

吴箕常談六條

吴箕常談云：「轎，今人所乘竹輿也。漢書嚴助傳：『輿轎而踰嶺』。轎之義，與今正同。服虔：『音橋，謂橋梁隘道輿車也。』臣瓚謂：『今竹輿，車也。江表作竹輿以行是也。』項昭：『轎，音旗廟反。』師古以服音爲是，而項氏爲繆。以今世俗所呼，則服音爲繆。」余按：橋中高而前後下，轎形似之，故字從喬。喬，高也。俗人不知音義，故從項説。

常談又云：「何比干，孝武時爲廷尉。〔一〕張湯持法深刻，而比干務仁恕。數與湯爭，所濟活以千數。其子孫至肅宗時，猶有顯者。〔二〕湯之後亦累葉貴盛，至東都益顯。善惡之報，果何如耶？」余謂：湯已身受禍矣，故更無殃及子孫。而身爲大臣，執法不市己恩，有爲國受惡之義，子孫之昌，亦其宜也。

〔一〕常談：「何比干，孝武時爲廷尉，正與張湯同時。」

〔二〕常談：「所濟活者以千數。其子孫仕至肅宗時，猶有賢者。」

又云：「史臣譏漢宣帝爲不用儒術，〔一〕宣帝非不用儒，其不用者妄儒爾。且漢之賢輔，孰如魏相？剛直篤學，孰如蕭望之？帝則任相爲宰相。又以望之經明持重，議論有餘，材任宰相，既羣試其政事，〔二〕位御史大夫。相明經以賢良登第，相與望之，非儒而何？張禹、匡衡，當時皆有薦者，又經試問，疑若可用，帝悉罷歸。其後二人皆懷姦。〔三〕匡衡之畏事石顯，〔四〕張禹之依阿王氏，終亡漢室。至於僮鄉之封，幾同龍斷；肥牛之請，貪污身後。漢之大姦，無若二人。帝之不用儒者如此，賢矣哉。」

余按：嗣之儒者，而持論如此，由與金谿游，講明義理故也。嗟呼！子夏，聖明文學之科也，不惟深通六藝，而尤以講習禮樂制度爲事。夫子他日顧謂之曰：「女爲君子儒，無爲小人儒。」〔五〕君子、小人者，義利之辨而已。即子夏自言亦曰：「事父母竭力，事君致身，交朋友有信。雖曰未學，必謂之學。」〔六〕世之俗儒，何不一猛省也。

〔一〕常談：「史臣譏漢宣帝爲不用儒。」

〔二〕常談：「既詳試其政事。」

〔三〕常談：「其後二人皆懷姦罔。」

〔四〕常談：「匡衡之畏事石顯見劾。」

〔五〕論語注疏卷六雍也第六：子謂子夏曰：「女爲君子儒，無爲小人儒。」注：孔曰：「君子爲儒，將以明道，小人爲儒，則矜其名。」

〔六〕論語精義卷一上學而第一：子夏曰：「賢賢易色，事父母能竭其力，事君能致其身，與朋友交言而有信，雖曰未學，吾必謂之學矣。」

又云：「世俗於清明前一日，〔一〕謂之寒食，在春最爲佳節。其俗以爲由介之推火死，故爲之不舉火而食熟物。寒食之義，始此。〔二〕然以史考之，周舉爲并州刺史，太原一郡，舊俗以介之推火骸，有龍忌之禁。至其亡月，咸言神靈不樂舉火，由是士民輒冬中一月寒食，莫敢煙爨。民甚不堪，歲多死者。舉乃作弔書以寘子推之廟，言『盛冬去火，殘損民命，非賢者之所忍爲』，民俗難革。即此考之，則子推之死，當在十一月，民寒食，故在冬中也。今之寒食，乃在三月初，節與盛冬蓋遠，豈亦自有所謂龍忌之禁？章懷以心星爲言，亦未必不然。荆楚歲時記云：『冬至後一百五日，必有風雨，謂之寒食。』〔三〕魏武令云：『冬至後一百五日，民多寒食』。又豈周舉所謂盛冬去火，殘損民命者耶。」

瑩按：「介之推，晉人，於荆楚無涉。一在冬中，一在春季，時亦不同，自是兩事。意周舉作弔書後，太原之俗遂革，而荆楚之俗猶存，附會者遠以爲一事耳。」

又案：「寒食不同之説，始於洪景盧，北宋人，在吴箕之前。」查初白云：「汝南先賢傳：太原舊俗，以介子推焚骸一日寒食。」鄴中記云：「并州冬至後一百五日，爲介之推斷火，冷食三日，作乾粥。」〔四〕後世以清明前一日爲寒食本此。馮星實云：「荆楚歲時記引琴操以介子推作介子綏，以清明前一日爲五月五日，不得舉火。〔五〕與鄴中記又不同。」

瑩按：「介子推事，最先見者，後漢周舉傳，〔六〕其後乃有汝南先賢傳、鄴中記、琴操及荆楚歲時記，當以後漢書爲正。鄴中記，晉人所作，魏武時已稱爲冬至後一百五日矣。琴操最後，又以五月五日，此等姑存而不論可矣。」

〔一〕常談：「世俗於清明前二日。」

〔二〕常談：「寒食之義，蓋始於此。」

〔三〕荆楚歲時記：「去冬節一百五日，即有疾風甚雨，謂之寒食，禁火三日，造餳大麥粥。」

〔四〕鄴中記附録：「鄴俗，冬至一百五日，爲介之推斷火，冷食三日，作乾粥，是今之糗。」

〔五〕荆楚歲時記：琴操曰：「晉文公與介子綏俱亡，子綏割股以啖文公。文公復國，子綏獨無所得，子綏作龍蛇之歌而隱，文公求之不肯出。乃燔左右木，子綏抱木而死，文公哀之，令人五月五日不得舉火。」

〔六〕後漢書卷六一周舉傳：「舉稍遷并州刺史。太原一郡，舊俗以介子推焚骸，有龍忌之禁。至其亡月，咸言神靈不樂舉火，由是士民每冬中輒一月寒食，莫敢煙爨，老小不堪，歲多死者。舉既到州，乃作弔書以置子推之廟，言盛冬去火，殘損民命，非賢者之意，宣示愚民，使還溫食。於是衆惑稍解，風俗頗革。」

又云：「補官舊用板。宋明帝泰始中，因子勛之難，板不能供，始用黄紙。唐誥用綾，然亦有用紙者，士大夫多自書。〔一〕今顔平原誥有存者，手筆甚奇。」〔二〕

余按：「世以銜名通謁，紅帖爲之，而名手板。觀此可知其由來也。釋名曰：書姓名於刺上，作『再拜起居』字，皆畫其體盡邊。如畫刺，平交用之。下官刺上官，中央一行而已。〔三〕記此，見古人手板投刺之制。」

〔一〕常談：「士大夫亦多自書。」

〔二〕常談：「手筆極奇。」

〔三〕釋名卷六釋書契第一九：「書稱刺書，以筆刺紙簡之上也。又曰寫，倒寫此文也。書姓字於奏上，曰書刺，作再拜起居。字皆達其體，使書盡邊，徐引筆書之如畫者也。下官刺曰長刺，長書中央一行而下之也。又曰爵里刺，書其官爵及郡縣鄉里也。」

又云：「房玄齡、杜如晦同功一體。〔一〕玄齡任公竭節，心無媢忌，務爲寬平。宜若有後，一傳而隤其家，不若如晦之後，〔二〕累葉宰輔，與國終始，何也？史稱玄齡善謀，如晦長斷，豈陰謀之罪，造物所不貸耶？陳平亦曰：『我多陰謀，道家所忌，吾世即廢，亦已矣，不能復起，以吾多陰禍也。』」宋廣平清節剛正，而六子皆以不肖斥，蓋人太察，則失之不恕，非所以貽後。〔三〕此吳嗣之説也。瑩觀世之貪人鄙夫，身既顯榮，子孫復盛者多矣。豈其自居卑下，或能多所寬容乎？清風勁節，聲聞百代，而後人往往不振，或有無後者，大都自處過高，不能容物。高而能下，清而不刻，其庶幾乎？虞書曰：「敬敷五教，在寬。」〔四〕又曰：「教胄子」，「寬而栗」。〔五〕湯誥曰：「寬而無虐。」論語曰：「寬則得衆。」〔六〕寬者，仁之基也，安有仁人無後者哉。小人能寬，尚可保身有後，況君子乎！

〔一〕常談：「房玄齡、杜如晦皆同功一體之人。」

〔二〕常談：「曾不若如晦之後。」

〔三〕常談：「宋廣平清節剛正，輝映一時，而六子皆以不肖斥，此何哉，豈天人之理，果有時而舛耶。人太察，則失之不恕，非所以貽後。」

〔四〕尚書注疏卷三虞書舜典傳典之義與堯同：「帝曰：『契，百姓不親，五品不遜。』傳：『五品謂五常。遜，順也。』汝作司徒，敬敷五教在寬，傳布五常之教，務在寬，所以得人心，亦美其前功。」

〔五〕尚書注疏卷三虞書舜典傳典之義與堯同：「帝曰：『夔命汝典樂教冑子。』傳：『冑，長也，謂元子以下至卿大夫子弟，以歌詩蹈之舞之，教長國子中和祗庸孝友，直而溫，寬而栗。」

〔六〕論語注疏卷一七：子張問仁於孔子，孔子曰：「能行五者，於天下爲仁矣。」請問之，曰：「恭寬信敏惠，恭則不侮。」注：孔曰：「不見侮慢，寬則得衆，信則人任焉，敏則有功。」

曲濟嘉木參不受斷牌

初七日，曲濟嘉木參使頭人菊美來，稱乍雅係藏轄，願就藏訊。詢之，蓋理藩院方改造呼畢勒罕冊，藏中檄察木多及乍雅。詢大呼圖克圖外，復有幾人？印信、號紙，得之何年，係何人執掌？曲濟嘉木參得此，以爲藏中直大呼圖，絀二呼圖也，故欲至藏訊。初九日，宣太守遺卓尼爾持斷牌，付丹臻江錯，受之。遣包千總持付曲濟嘉木參，不受。是日，有餽葡萄者，感成一律〔一〕云：「殊方三值思親日，可奈茱萸憶弟時。駿馬新求西域種，〔二〕葡萄還似故園枝。伯兄宅中葡萄一株，味極相似，不食已十五年矣。空聞節使和鉤町，未許軍丞斬郅支。聖主如天明詔美，小臣何敢惜煩辭。」

〔一〕後湘續集卷四：「察木多九日食葡萄，懷家兄伯符。是日宣太守下兩呼圖克圖判牘。」

〔二〕後湘續集卷四：「宛馬新求西域種。」

何武傳贊

漢書何武等傳贊曰：「武、嘉區區，以一簣障江河，用没其身。」又曰：「依世則廢道，違俗則危殆，此古人所以難於受爵位也。」〔一〕魏鶴山嘗録此語，余感爲五言一首云：「一簣障江河，違俗道寧失。三危居半歲，殊異未可述。信知九州廣，奚必戀蓬室。寂寓憶陳言，久坐消白日。階前菊已衰，枝上楊未密。志曠居無陋，行孤動斯窒。誰言柳下和，已信三黜直。」〔二〕

〔一〕漢書卷八六何武王嘉師丹傳贊：「何武之舉，王嘉之爭，師丹之議，考其禍福，乃效於後。當王莽之作，外内咸服，董賢之愛，疑於親戚，武、嘉區區，以一蕢障江河，用沒其身。丹與董宏更受賞罰，哀哉！故曰『依世則廢道，違俗則危殆』，此古人所以難受爵位者也。」

〔二〕後湘續集卷四：一簣障江河，用没其身，漢書何武等傳贊語也，魏鶴山嘗手録之，感爲五言。

與竹虛夜話詩

與竹虛夜話，自癸卯二月，由臺灣入都，假回桐城，至成都，奉使西域。中更裹塘往返，及今行經二萬八千里矣。患難相依，壯懷猶昔，不覺身之衰老也。贈一律云：「三年二萬八千里，雙騎東西南北人。故國江山隨過眼，蠻天風雨苦侵身。篋中剩有楞伽字，爨下空勞汲黯薪。一語應輸蓴膾客，此行猶未到崑崙。」〔一〕

〔一〕後湘續集卷四：與竹虛夜話，自臺灣入都，假回桐城，至成都奉使西域，中更裹塘，往返行經二萬八千里矣，患難相依，壯懷未已，不覺身已衰老也。

趙忠簡奏對

宋趙忠簡公鼎。〔一〕著有建炎筆録三卷，〔二〕記高宗乘輿播遷，逐日諸軍進退，及紹興中進用奏對事。蓋有鑒於哲宗實録之誣，目睹同時姦人並進，懼記載之失實，故筆之也。又辯誣筆録一卷，〔三〕則衆姦排擠，貶責後，於貶所筆之也。

紹興七年，公爲左僕射，上前泛論時事，因及國史。上曰：「前日觀朱墨本，内用朱勾去者，也是太冗。」公奏曰：「朱勾者，最是美事，皆蔡卞等不喜之語，亦以其不學，故不知去取耳。如吳奎傳載上神宗疏曰：『臣願陛下爲堯舜之主，不願陛下爲唐僖宗猜忌之主。』卞等簽云：『所引狂悖，今删去。』臣謂載之乃見神宗之聖，蓋主聖然後臣直也。使唐魏徵、王珪傳中，不載當時獻替之言，則後世亦安知太宗爲納諫之君？」上深以爲然。公又曰：「使一部盡作諛詞，此豈美事？古謂之不諱之朝，蓋屢聞直聲，德盛故也。帝王一代之典，是非褒貶，非子孫所敢爲者。所以使後代人君，常懷儆懼之心，不敢爲非，此孔子作春秋之意也。姦人常以春秋爲魯諱者，大惡諱，小惡必謹而書之，不隱也。如吳奎之疏，皆讜言正論，人所難堪者，神宗能容之，是乃盛德事。謂之大惡可乎？何諱之有？」上曰：「卿所論甚正，非他人可及也。」趙公此奏，後世修國史者，不可不知，人主觀史，尤不可不知也。淮西之變，張魏公已落職，上猶盛怒之。公每隨事開解，一日内降周秘、石公揆、李誼彈章，後批「張浚謫授散官，安置嶺表」。公封批，未即行，榻前解救再三，乃許安置永州。上曰：「浚平日兄事卿，卿一旦去國，浚所以擠陷卿者，無所不至。今浚得罪天下，卿乃極力營救，賢於浚遠矣。」〔四〕此事可見公之不以私憾廢，公是也。公字元鎮，晚號得全居士，有自誌一篇，〔五〕歷叙生平、出身、官階，至於貶謫。公謫後八年，卒於海外吉陽軍貶所，年六十三，爲紹興十七年丁卯，去岳少保被殺已七年矣。

〔一〕趙鼎字元鎮，號得全居士，解州聞喜人，登崇寧五年進士，累官尚書左僕射、同中書門下平章事兼樞密使。卒贈太傳，追封豐國公，謚忠簡。紹興五年，鼎監修神、哲二宗實録成，高宗親書「忠正德文」四字賜之，因以名集。史稱其爲文渾然天成，凡高宗處分軍國機事，多其視草，有擬奏表疏、雜詩文二百餘篇，號得全集，行於世。論中興賢相，以鼎爲稱首。丁卯（紹興十七年）八月十二日終於貶所，壽六十三。事蹟具宋史卷三六〇趙鼎傳。

〔二〕建炎筆録三卷，即建炎筆録、丙辰筆録、丁巳筆録，分别載於忠正德文集卷七、八。

〔三〕忠正德文集卷九載辯誣筆録。

〔四〕忠正德文集卷八丁巳筆録紹興七年丁巳歲條載其事，姚文系節引。

〔五〕自誌一篇即忠正德文集卷一〇自誌筆録。

知縣與縣令不同

漢唐及宋，縣官皆稱某縣令。宋乾德中，乃有知縣之稱，自是與令不同，後乃混而爲一。李燾長編云：「乾德元年六月，〔一〕命大理正奚嶼，知館陶縣。」「常參官知縣，自嶼等始也。」注：「實録建隆二年十一月，〔二〕以祠部郎中王景遜爲河南令。不知諸書何故乃言知縣始此，豈令與知縣不同乎？」〔三〕李心傳舊聞證誤云：「按京朝官出爲赤縣令者，不復帶本官。自唐以來皆然，如建隆四年，以水部員外郎李⿰王癸爲浚儀令之類。〔四〕至是奚嶼始帶大理正出知館陶縣。故史臣云：『常參官知縣，自嶼始也。』然建隆二年六月，曹州冤句令曹陟以清翰聞，〔五〕擢任左拾遺、知縣事，又在奚嶼之前。則常參官知縣不自嶼始矣。豈非陟以就任改秩之故，不得爲事始，而史臣特取常參官，自京都出知外縣者而記之耶？大抵國初之制，朝官出爲縣令，則解内職，朝官出爲知縣，則帶本官。由此言之，令與知縣不同甚明。」

瑩按：「縣令者，本官也。言知縣者，非本官也。」宋時以某官知某縣事，猶之以某官知某府、州、軍，皆仍帶京朝官，言銜大而職小。今守牧或以京官除授而不帶本官，縣令則無京官除授之事。元、明以來，縣令皆曰知縣，蓋昧其名官之本義矣。今直省官，惟督、撫、學政兼帶京朝官銜。督、撫即不由内官除授者，亦得兼京銜以鈐轄兵馬，故兼兵部尚書及侍郎；以糾彈舉奏，故兼右都御史、右副都御史。宋敏求曰：「（九）［凡］節度州爲三品，刺史州爲五品。〔六〕國初曹翰以觀察使判潁州，是以四品臨五品也。〔七〕同品爲知，隔品爲判，自後唯輔臣、宣徽使、太子太保、僕射爲判，餘並爲知州。」

〔一〕續資治通鑑長編卷四乾德元年六月庚戌：「乾德元年六月庚戌。」

〔二〕續資治通鑑長編卷四乾德元年六月庚戌：「實録建隆二年十一月己丑。」

〔三〕上述史料實爲李心傳舊聞證誤卷一所載，雖出李燾續資治通鑑長編，並非續資治通鑑長編卷四乾德元年六月庚戌條所載原文。姚文系節録。

〔四〕舊聞證誤卷一：「以水部員外郎李瑛爲浚儀令，柴自牧爲兵部員外郎之類。」

〔五〕舊聞證誤卷一：「以清幹聞。」

〔六〕哈佛燕京圖書館藏本、中復堂全集本（同治六年本）、叢書集成三編本、筆記小説大觀本等皆載爲「九節度州」。今據春明退朝録卷中所載：「凡節度州爲三品，刺史州爲五品」，故改「九」爲「凡」。

〔七〕春明退朝録卷中：「凡節度州爲三品，刺史州爲五品。唐內臣爲中尉，惟贈大都督。國初，曹翰以觀察使判潁州，是以四品臨五品州也。品同爲知，隔品爲判。自後惟輔臣、宣徽使、太子太保、僕射爲判，餘並爲知州。」

張、胡二忠簡奏對

李心傳朝野雜記：孝宗隆興初，湯思退復相，〔一〕王諫議大寶。上章論列，不從。奉祠，臺諫多引退者。〔二〕張忠簡闡。爲工部尚書，面言之。〔三〕上謂：「士大夫多賣直，故難其選。」張曰：「直言士〔四〕之所尚，陛下開納，則有益於國家。」胡忠簡銓。爲左史，因造朝，以此事質之。上曰：「朕以張闡言臺諫事，〔五〕當辯曲直，非謂賣直也。」明日，張請對，又論臺諫一空。上曰：「卿與胡銓，昨日議論一同，〔六〕得非傅會，朕止欲辨所論曲直，〔七〕非惡直也。」張曰：「陛下當受垢納污，若較曲直是非，便是拒諫。」上改容納之。隆興主聖臣直，蓋如此。

〔一〕建炎雜記甲集卷五隆興臺諫：「隆興初，湯慶公復除。」

〔二〕建炎雜記甲集卷五隆興臺諫：「自是臺諫多引退者。」

〔三〕建炎雜記甲集卷五隆興臺諫：「張忠簡闡。時爲工部尚書，因奏事面請增臺諫員。」

〔四〕建炎雜記甲集卷五隆興臺諫：「直言事。」

〔五〕建炎雜記甲集卷五隆興臺諫：「胡忠簡銓時爲左史，造朝，以張公之語質。上曰：此語非也，朕與張闡所言謂臺諫論事。」

〔六〕建炎雜記甲集卷五隆興臺諫：「昨議論一同。」

〔七〕建炎雜記甲集卷五隆興臺諫：「聖意止欲辨論其直。」

蘇文忠贈太師

蘇文忠未嘗執政，孝宗乾道末贈太師。朝野雜記載其事曰：仁宗時，蘇儀甫嘗爲翰林學士。元祐中，以子貴，贈太師。〔一〕始儀甫嘗遊金山，題詩曰：「僧依玉鑑光中住，人在金鰲背上行。」至是蜀僧寶印住金山，摘其詩名軒曰「玉鑑」，囑張安國大書而刻之。張跋云：「此翰林學士贈太師蘇公所賦也。」碑成，僧摹以遺大璫甘昇。一日，上過其直廬外，望見索觀之，意以爲文忠也。時文忠曾孫季真爲給事中。他日，上更書文忠詩以賜之，識其末〔二〕曰「故贈太師蘇軾詩」。季真拜賜疑之，前白曰：「先臣紹興初，嘗贈資政殿學士，未嘗贈太師。今蒙聖恩，乞白朝廷行下。」〔三〕上愕曰：「朕記贈太師久矣。」季真不敢白，間爲執政言之。執政因奏以爲言，上始喻金山寺詩，乃蘇紳也。即曰：「如軾名德昭著，亦當贈太師。」於是降旨施行。然上實雅敬文忠，居常但稱子瞻、東坡。〔四〕舍人草制有曰：「人傳元祐之學，家有眉山之書。」蓋詞無所憑，〔五〕故但爲好語耳。

余謂文忠之文章氣節，異世猶重於人主，孝宗所謂名德昭著，當贈太師者，誠千古之盛事，是即所憑矣。顧遜於因子榮貴而贈官耶！伯微此言，欠斟酌矣。

〔一〕建炎雜記甲集卷八蘇文忠贈官：「乾道末，蘇文忠特贈太師，世或不知其所以。蓋仁宗時，蘇儀甫嘗爲翰林學士，元祐中，以其子容貴，贈太師。」

〔二〕建炎雜記甲集卷八蘇文忠贈官：「他日，上更書文忠詩以賜，又識其末。」

〔三〕建炎雜記甲集卷八蘇文忠贈官：「乙自朝廷行下。」

〔四〕建炎雜記甲集卷八蘇文忠贈官：「或東坡。」

〔五〕建炎雜記甲集卷八蘇文忠贈官：「蓋詞頭無所憑。」

丹臻江錯繳斷牌

十三日，丹臻江錯及四倉儲巴，以稟來乞恩，宣太守不許，斷牌亦令繳回。蓋丹臻江錯、彭錯達吉已遵，白瑪奚被革亦服。惟彭錯與四郎江浙以被革乞恩，求爲查追搶失財物也。

宋諸公謚

宋一代名臣最多，説部諸書，皆稱其謚，今畧記其常見者。如趙韓王忠獻，普。曹秦王武惠，彬。〔一〕曹武穆，瑋。〔二〕潘武惠，美。吕文穆，蒙正。吕文靖，夷簡。李文正，昉。宋惠安，琪。宋元憲，庠。宋景文，祁。楊文莊，徽之。〔三〕吕正惠，端。李文靖，沆。王文正，旦。寇忠愍，準。張忠定，詠。富文忠，弼。韓忠獻，琦。文忠烈，彦博。范文正，仲淹。曾宣靖，公亮。歐陽文忠，修。蘇文忠，軾。蘇文定，轍。劉忠定，安世。〔四〕楊文公，億。趙清獻，抃。李文定，迪。司馬文正，光。畢文簡，士安。狄武襄，青。王文正，曾。錢宣靖，若水。薛簡肅，奎。孫宣公，奭。蔡文忠，齊。張文節，知白。〔五〕明文烈，鎬。吴正肅，育。余襄公，靖。孫温靖，固。向文簡，敏中。魯肅簡，宗道。〔六〕陳文忠，堯叟。張忠獻，浚。吕忠穆，頤浩。韓蘄王忠獻，世忠。〔七〕岳鄂王忠武，飛。〔八〕李忠定，綱。劉武僖，光世。宗忠簡，澤。劉忠武，錡。〔九〕吴武安，玠。馮文簡，當世。〔一〇〕陳忠肅，瓘。鄒忠公，浩。虞忠肅，允文。洪忠宣，皓。洪文惠，适。洪文敏，邁。王文公，珪。王文忠，堯臣。曾文安，鞏。洪文安，遵。胡忠簡，銓。張忠簡，闡。丁文簡，度。李文簡，燾。范文穆，成大。黄文節，庭堅。范忠文，鎮，蜀公。胡文公，宿。〔一一〕种忠憲，師道。趙忠定，汝愚。陳正獻，俊卿。胡文靖，晉臣。

〔一〕宋史卷二五八曹彬傳：「贈中書令，追封濟陽郡王，謚武惠。……贈魏王彬，韓王。」春明退朝録卷上：「樞密使相，謚武惠，曹侍中彬。」

〔二〕春明退朝録卷上：「樞密副使知院同知院……謚武穆曹公瑋。」

〔三〕宋史卷二九六楊徽之傳：「字仲猷，建州浦城人。……既沒，有集二十卷留於家。」春明退朝録卷上載：「文臣謚文莊，江陵楊公。」

〔四〕宋史卷三五孝宗紀三：「淳熙七年十二月戊申，謚劉安世曰忠定。」

〔五〕宋史卷三一〇張知白傳：「帝親問疾，不能語，薨。爲罷上巳宴，贈太傅、中書令。禮官謝絳議謚文節，御史王嘉言言：『知白守道徇公，當官不撓，可謂正矣，謚文正。』王曾曰：『文節，美謚矣。』遂不改。」

〔六〕宋史卷二八六魯宗道傳：「初太常議謚曰剛簡，復改爲肅簡，議者以爲肅不若剛，爲得其實云。」

〔七〕宋史卷三六四韓世忠傳：「孝宗朝，追封蘄王，謚忠武，配享高宗廟庭。」

〔八〕宋史卷三六五岳飛傳：「孝宗詔復飛官，以禮改葬，賜錢百萬，求其後，悉官之。建廟於鄂，號忠烈。淳熙六年，謚武穆。嘉定四年，追封鄂王。」

〔九〕宋史卷三三六劉錡傳：「贈開府儀同三司，賜其家銀三百兩、帛三百匹，後謚武穆。」

〔一〇〕宋史卷三一七馮京傳：「馮京字當世……紹聖元年薨，年七十四。帝臨奠於第，贈司徒，謚曰文簡。」

〔一一〕宋史卷三一八胡宿傳：「治平三年，罷爲觀文殿學士，知杭州。明年，以太子少師致仕，未拜而薨，年七十二，贈太子太傅，謚曰文恭。」

宋舉制科

宋時舉行制科，蓋以求賢良方正、直言極諫而設也。舊制：命兩省學士官考試於秘閣，御史監之。試六論，〔一〕每首五百字以上，於九經、十七史、七書、未詳。國語、荀、揚、管子、文中子正文内出題。四通以上爲合格，〔二〕仍分五等。以試卷繳奏，御前折號，入四等以上，〔三〕召赴殿試。其日，上臨軒親策，限三千字以上。宰相撰題，〔四〕并用註疏對策，先引出處，然後言事。紹聖後，廢制科。南渡復舉，有司請除疏義，不可。久之無應者，孝宗乃詔權於經史諸子正文出題，僅得李垕一人應詔。淳熙四年，復舉賢良方正。垕弟李塾，及朝官姜凱、鄭建德、馬萬頃應詔。近侍貴璫恐制策攻己，共摇沮之。舍人錢師魏承嬖近旨，奏言制舉甚重，請難其題，因差師魏考試。故事，六題一明一暗。原註：上下文有度數及事數，謂之暗題。師魏所命皆暗題。試卷内多不知題出處，有僅及二通。上命賜束帛罷之，舉者皆放罪。李垕時爲著作郎，被旨考上舍試，策問本朝制科典故。有云蘇洵皆嘗黜落，富弼、張方平，粗識題意，亦不免錯悮，遂爲臺官所攻罷去。明年，言者又論註疏命題，蓋以觀其博洽，謂宜復舊，又從之。十二年，李巘之以右史直禁林，面奏賢良之舉，肇自漢文，本求讜言，以裨闕政，未聞責以記誦之學也。使其才行學識，如晁、董之倫，雖註疏未能盡記，於治道何損。乃復罷註疏命題。右見李心傳伯微朝野雜記。

余謂事當顧名思義，制科所舉，名爲賢良方正、直言極諫，而乃欲以觀其博洽，與設科之義何涉？夫不又有博學鴻詞之舉乎！國家取士，人材原不一途，要以植品立行，通達治理，爲有體有用之學，得之乃可相與爲治。如博學鴻詞之士，不過人才中之一端耳，較之體用兼賅者，固猶後焉矣。而乃逐末遂忘其本，則雖有管、葛、姚、宋之儔，亦皆下第矣，豈但晁、董之倫哉！爲人君者，求治之誠，既有所不足，而執政嬖近，又恐對策者或攻其短，則惟以隱僻雜藝之事難之，使不暇於言治，而其言則曰欲以觀其博洽也。嗚呼！非英明特識之主，其能不爲所蔽惑也哉！

〔一〕建炎雜記甲集卷一三制六科題：「所試六論，一曰因者君之綱，二曰易數家之傳孰優，三曰前世曆法差，四曰十二節備如何，五曰王學本賈氏，六曰動靜繁寡如何。」

〔二〕建炎雜記甲集卷一三取士制科：「差楷書，祇應四通以上爲合格。」

〔三〕建炎雜記甲集卷一三取士制科：「御前拆號，入四等以上。」

〔四〕建炎雜記甲集卷一三取士制科：「宰相撰題，差初覆考，詳定赴試人，引見賜坐。殿廊兩廂設垂簾幃幕，青褥紫案，差楷書，祇應內侍賜茶果。對策先引出處，然後言事，以三等爲上，恩數視廷試第一人；第四等爲中，視廷試第三人，皆賜制科出身。第五等爲下，視廷試第四等人，賜進士出身；不入等，與簿尉差遣，以上並謂白身者。若有官人則進官與陞擢，舊制六論與正文及注疏內出題，至是有司請除疏義弗用。乾道二年夏六月，孝宗以久無應詔者，乃詔權於經史諸子正文出題，又以士人身在幽隱無由自達，仍許監司守臣解送。四年五月。後數歲，乃得李仲信焉。」

太學與國子監不同

前代，太學以養天下之士，國子監以養胄子。宋時，太學養士，最盛於崇寧、大觀年間。

紹興中，詔以七百人爲額，上舍生三十員，内舍生百員，外舍生五百七十員。每三年科場，率四人而一。若積行校藝而升上舍者，則不待選舉而釋褐焉。〔一〕國子監生員，皆胄子也，行在職事官同姓緦麻親、釐務官大功親，聽補試入學。每三年科場，率三人而取一。〔二〕然太學生，皆得以公私試積校定分數升舍。〔三〕惟國子生以父兄嫌，但寄理而已，須父兄外補，乃移入太學，而後得升。是太學與國子監判然兩學明矣。又有宗太學，即今之咸安宫學也。今之景山官學、八旗官學，即古之國子監也。乃諸官學不云國子，而以太學爲國子監，名實似有舛異。蓋沿明制，未之釐正，學者不可不知。

〔一〕建炎雜記甲集卷一三太學養士最盛：「每三年科場，率四人而取一。若即行校藝而升上舍者，則不待選舉而競釋褐焉。」

〔二〕建炎雜記甲集卷一三國子監試法：「若二補中，則七十而取一焉。」

〔三〕建炎雜記甲集卷一三國子監試法：「校定公數升舍。」

南宋錢賦煩苛

李伯微言：宋初混一，〔一〕天下歲入緡錢千六百餘萬，太宗以爲極盛，兩倍唐室矣。天禧末，所入增至二千六百五十餘萬緡。嘉祐間，又增至三千六百八十餘萬緡。至熙、豐間，合苗、役〔二〕等錢所入，乃至六千餘萬。元祐之初，除其苛急，歲入尚四千八百餘萬。渡江之末，〔三〕字恐悞。東南歲入，不滿千萬。逮淳熙末，遂增至六千五百三十餘萬緡。今東南歲入之數，〔四〕獨上供錢二百萬緡，此祖宗正賦也。其六百六十餘萬緡號經制，蓋呂元直〔五〕在户部時復之。七百八十餘萬緡號總制，孟富文秉政時創之。四百餘萬緡號月樁錢，蓋朱藏一當國時取之。自經制以下錢，皆增賦也，合茶、鹽、酒、算、坑冶、榷貨、糴本、和買之入，又四千四百九十餘萬緡，宜民力之困矣。

〔一〕建炎雜記甲集卷一四財賦一國初至紹熙天下歲收數：「合苗役易稅。」
〔二〕建炎雜記甲集卷一四財賦一國初至紹熙天下歲收數：「國朝混一之初。」
〔三〕建炎雜記甲集卷一四財賦一國初至紹熙天下歲收數：「渡江之初。」
〔四〕建炎雜記甲集卷一四財賦一國初至紹熙天下歲收數：「令東南歲入之數。」
〔五〕建炎雜記甲集卷一四財賦一國初至紹熙天下歲收數：「呂元誼。」

經制錢者，宣和末，陳亨伯以發運兼經制使，創比較酒務，即頭子錢。〔一〕頭子錢即唐德宗除陌錢之法。五代、國初，亦取之以供州用。〔二〕康定元年，始令具數申省。〔三〕政和四年，又令給納係省錢物，每貫取五文。及亨伯爲經制，遂令凡公家出納，每千取二十三文，其錢止供十三州縣及漕計支用，靖康初廢。高宗建炎二年，〔四〕上在維揚，四方貢賦，不能如期至行在。户部尚書呂元直、翰林學士葉少藴，乃請復之。三年冬，遂命東南八路提刑司，收五色經制錢赴行在。一收添酒錢，〔五〕二量添賣糟錢，三增添田宅牙税錢，〔六〕四官員等請受頭子錢，五樓店務添收三分房錢。紹興十年，〔七〕又增頭子錢十三文充經制。東南歲入凡六百六十餘萬緡，〔八〕而四川不與焉。凡公家出納，每千經、總二制，共取五十六錢，視宣和時過倍。

〔一〕建炎雜記甲集卷一五財賦二經制錢：「鄭亨仲資政所剏也。時方臘初平，用度百出，徽宗命亨仲以發運兼經制使，亨仲乃創比較酒務及頭子錢。」宋史卷一七九食貨下一：「宣和末，陳亨伯以發運兼經制使。」

〔二〕建炎雜記甲集卷一五財賦二經制錢：「亦取之以供州用，其數甚鮮。」

〔三〕建炎雜記甲集卷一五財賦二經制錢：「康定元年，始令其數申省，不得擅支。」

〔四〕建炎雜記甲集卷一五財賦二經制錢：「高宗建炎二年冬。」

〔五〕建炎雜記甲集卷一五財賦二經制錢：「一榷茶酒錢。」

〔六〕建炎雜記甲集卷一五財賦二經制錢：「三增添田宅牙錢。」

〔七〕建炎雜記甲集卷一五財賦二經制錢：「紹興十七年二月。」

〔八〕建炎雜記甲集卷一五財賦二經制錢：「迄今東南經制錢，歲入凡六百六十餘萬緡。」

總制錢者，紹興五年，高宗在平江，孟富文提領措置財用，請以總制司爲名，專察内外官司隱漏遺失，從之。於是首增頭子錢爲三十文。瑩按：原制二十三文，今增七文。既又請收耆户長庸錢，抵當四分息錢，轉運司移用錢，勘合朱墨錢，常平司七分錢，人户合零就整二税錢，免役一分寬剩錢，官户不減半民户增三分役錢，常平司五文頭子錢，〔一〕並令諸州通判、諸路提刑催充總制。乾道元年，〔一〕又增頭子錢，每貫十三文。

〔一〕建炎雜記甲集卷一五財賦二總制錢：「常平司五分頭子錢。」

〔二〕建炎雜記甲集卷一五財賦二總制錢：「乾道元年十月。」

四川經、總制錢額，〔一〕五百四十餘萬緡，其一百三十餘〔二〕萬緡贍軍，一百三十四萬緡應副湖廣總領所，一百六十九萬緡上供，六萬餘緡諸郡支用。

〔一〕建炎雜記甲集卷一五財賦二四川經息錢：「四川經、總制錢額理。」

〔二〕建炎雜記甲集卷一五財賦二四川經息錢：「其一百三十一。」

田契錢者，亦隸經、總制司。舊時民間典買田宅，則輸之爲州用。嘉祐末，始令每千輸四十錢，〔一〕宣和增爲六十，〔二〕靖康初罷，建炎三年復之。紹興五年，總制增爲百錢，〔三〕以其三十五錢爲經制窠名，〔四〕三十二錢半爲總制窠名，三十二錢半爲州用。乾道末，曾懷在户部，又奏取州用之半入總制焉。先是，紹興五年，〔五〕詔牙税外，每千收勘合錢十文，後增三文，並充總制窠名，而牙税勘合之，每千又收五十六文，〔六〕分隸諸司。大率民間市田百千，則輸於官者十千七百有奇，而請買契紙、賄賂吏胥之費不與，由是人多憚費，〔七〕隱不告官，謂之白契。三十一年，軍興，王瞻叔爲四川總領，乃括民間白契税錢以贍軍。許人告，沒三之一，以其半給告者。嫁資移囑隱其直者，視鄰田估之。雖産去券存者，皆倍其賦，〔八〕細民基地亦有算納錢。〔九〕除威、茂、珍州、長寧軍及關外四州不括，凡三十三郡，〔一〇〕共得錢四百六十八萬緡。成都等二十四州未見數。明年，沈德和爲制置使，首以蜀中括白契錢不便爲言，議者亦謂其斂怨，〔一一〕乃詔自登極赦前，是年孝宗登極。有帶白契者，〔一二〕皆蠲之，即已輸，許對折二稅。

〔一〕建炎雜記甲集卷一五財賦二田契錢：「始定令每千輸四十錢，五年二月。」

〔二〕建炎雜記甲集卷一五財賦二田契錢：「宣和經制增爲六十，四年六月。」

〔三〕建炎雜記甲集卷一五財賦二田契錢：「紹興，總經制遂增爲百錢，五年四月。」

〔四〕建炎雜記甲集卷一五財賦二田契錢：「後以其三十五錢爲經制窠名。」

〔五〕建炎雜記甲集卷一五財賦二田契錢：「紹興五年三月後。」

〔六〕建炎雜記甲集卷一五財賦二田契錢：「而牙稅勘合之外，每千文收五十六文。」

〔七〕建炎雜記甲集卷一五財賦二田契錢：「由是人都憚費。」

〔八〕建炎雜記甲集卷一五財賦二田契錢：「皆倍收其賦。」

〔九〕建炎雜記甲集卷一五財賦二田契錢：「細民墓地亦首納筴錢。」

〔一〇〕建炎雜記甲集卷一五財賦二田契錢：「關外四州不括外，他三十三郡。」

〔一一〕建炎雜記甲集卷一五財賦二田契錢：「而議者亦譏其斂怨。」

〔一二〕建炎雜記甲集卷一五財賦二田契錢：「頓帶白契者。」

稱提錢者，〔一〕四川益、梓、利三路茶鹽酒課，及租佃官田應輸錢引者，每千別輸三十錢爲鑄本。

〔一〕建炎雜記甲集卷一五財賦二稱提錢：「稱提錢者，鄭仲亨改四川宣撫副使爲之。」

月樁錢者，蓋自紹興二年，淮南宣撫使韓世忠駐軍建康，〔一〕令江東漕臣月樁錢三十萬緡，〔二〕以酒租、〔三〕上供經制等錢應副。其後，江浙、湖南皆有之。雖命以上供經制，係省封樁等錢充其數。然所樁不能給十之一二，故郡邑多橫賦於民，如江南之科罰，湖南之麴引，在上者無以禁之，〔四〕大爲東南之患。

〔一〕建炎雜記甲集卷一五財賦二月樁錢：「自紹興二年冬始，是時淮南宣撫使韓世忠駐軍建康。」

〔二〕建炎雜記甲集卷一五財賦二月樁錢：「令江東漕臣月樁錢十萬緡。」

〔三〕建炎雜記甲集卷一五財賦二月樁錢：「酒稅。」

〔四〕建炎雜記甲集卷一五財賦二月樁錢：「在上者迄無禁之。」

丁身錢者，東南淮、浙、湖、廣等路皆有之。自馬氏據湖南，始取永、道、郴州、桂陽軍、茶陵縣民丁錢、絹、米、麥。嘉祐四年，詔無業者與除放，有業者減半。然道州丁米，歲猶二千石，人甚苦之。紹興五年，守臣趙坦請以一分〔一〕敷於田畝，一分敷於民丁。詔下其議，漕司言：如此，則貧民每丁當輸二斗有奇，乞盡敷於田畝。言者以爲太重，請損其一分。詔漕司相度。六年，樞密院檢詳王迪，又請兩路丁錢，隨田帶稅，〔二〕不果行。十四年，知永州羅長源言於朝，遂盡放湖南諸郡丁錢，〔三〕然上供椿數則如故。後十餘年，楊良佐邦弼爲漕，乃奏除之。

〔一〕建炎雜記甲集卷一五財賦二身丁錢：「請以二分數於田畝。」
〔二〕建炎雜記甲集卷一五財賦二身丁錢：「隨田稅帶納。」
〔三〕建炎雜記甲集卷一五財賦二身丁錢：「遂盡放湖南諸郡丁錢。」

江東諸郡丁口鹽錢者，李氏有國日所刱也。蓋以秦當作泰。州及靜海軍今通州。鹽貨計口俵散，收錢入官。其後失淮南，鹽不可得，既又令折綿絹輸之，民以爲病。明道二年，范文正公爲江淮安撫，乞會稽一路王户〔一〕以見在鹽價，於春時給鹽食用，隨夏稅送納價錢。奏可。其後謂之蠶鹽者此也。

〔一〕建炎雜記甲集卷一五財賦二身丁錢：「主户。」

兩淮身丁錢者，始未行鈔法以前，每丁給鹽一斗，〔一〕輸錢百六十有六，謂之丁鹽錢。皇祐中，諭民〔二〕以紬絹依時值折納，謂之丁絹。自鈔法行後，鹽盡通商，民無所給。〔三〕每丁仍增錢爲三百六十，謂之身丁錢。大觀中，始令三丁納絹一匹。當時絹賤，未有倍費，其後物價益貴，乃令每丁輸絹一丈，綿一兩，皆取於五等下户，民病之。〔四〕建炎三年，詔以一半折絹，一半納見錢。紹興二十五年，上念浙民困，〔五〕特免丁絹錢綿一年，以内府錢帛償户部。

乾道三年，免兩浙災傷郡邑〔六〕身丁錢十三萬七千緡，絹十六萬三千匹。臨安駐蹕所在，每三年，輒下詔除免一年。〔七〕至開禧元年，御筆浙路身丁錢，永與除免。〔八〕

〔一〕建炎雜記甲集卷一五財賦二身丁錢：「以歲計丁口，官散蠶鹽，丁給鹽一斗。」

〔二〕建炎雜記甲集卷一五財賦二身丁錢：「計民。」

〔三〕建炎雜記甲集卷一五財賦二身丁錢：「自鈔既行之後，鹽盡通商，而民無所給。」

〔四〕建炎雜記甲集卷一五財賦二身丁錢：「民甚病之。」

〔五〕建炎雜記甲集卷一五財賦二身丁錢：「上命浙民之困。」

〔六〕建炎雜記甲集卷一五財賦二身丁錢：「乾道元年，孝宗以兩浙歲澇，又免災傷郡邑。」

〔七〕建炎雜記甲集卷一五財賦二身丁錢：「惟臨安以駐蹕所在，每三年輒一下詔除之，歲滿復然。」

〔八〕建炎雜記甲集卷一五財賦二身丁錢：「至開禧元年十二月，御筆浙路身丁錢，自今永與除免。」

兩淮丁錢者，不知所從始。乾道末，詔民户一丁充民兵者，本身〔一〕丁錢勿輸，二廣丁錢，亦不知所始。廣西郡縣貧薄，凡民間父祖年六十以上，而身丁未成者，亦行科納，謂之掛丁錢。大抵丁錢多僞國所創，嘗謂唐之庸錢，已均入二稅矣，後世差役復不免焉。〔二〕是力役之征，既取其二也。〔三〕本朝王安石令民輸錢免役，而紹興後所謂耆户長保正催錢，〔四〕復不給焉，是取其三也。合丁錢而論之，力役之征，蓋取其四矣。而一有邊事，〔五〕則免夫之令，又不得免焉，是取其五也。孟子曰：「有布縷之征，有穀粟之征，〔六〕有力役之征。用其一，緩其二，用其二而民有殍，用其三而父子離。」今布縷之征，有折稅，有和預，四川路有激賞，〔七〕而東南有丁絹，是布縷之征三也。穀粟之征，〔八〕有税米，有義倉，有和糴，川路謂之勸糴。而斗面加耗之輸不與，是穀粟之征亦三也。通力役之征而論之，〔九〕蓋用其十矣，民安得不困乎！

右李心傳伯微朝野雜録通載宋時丁賦之弊如此。蓋南渡偏安，又軍旅數興故也。而當時民心不以爲怨，則祖宗忠厚之澤深矣，後世謀國用者，所當考鏡也。文獻通考或有未詳，余故喜而録之。宋時封樁，蓋如今之封貯，樁者，封之不動，以備非常，此與公使錢，皆法之最善者也。

〔一〕建炎雜記甲集卷一五財賦二身丁錢：「本名。」
〔二〕建炎雜記甲集卷一五財賦二身丁錢：「楊炎已均入二税，而後世差役復不免焉。」
〔三〕建炎雜記甲集卷一五財賦二身丁錢：「已取其二也。」
〔四〕建炎雜記甲集卷一五財賦二身丁錢：「而紹興以後所謂耆户長保正雇錢。」
〔五〕建炎雜記甲集卷一五財賦二身丁錢：「設有一邊事。」
〔六〕建炎雜記甲集卷一五財賦二身丁錢：「有穀米之征。」
〔七〕建炎雜記甲集卷一五財賦二身丁錢：「四川路有給賞。」
〔八〕建炎雜記甲集卷一五財賦二身丁錢：「穀米之征。」
〔九〕建炎雜記甲集卷一五財賦二身丁錢：「通力役之征而輸之。」

宋時又有僧道士免丁錢。紹興十五年，始取之，自十五千至二千，凡九等。大率律院散僧丁五千，禪寺僧宫觀道士觀〔一〕散衆丁二千，長（安）〔老〕、〔二〕知觀、知事、法師，有紫衣師號者，皆次第增錢，六字、四字師號者又倍。於是歲入緡錢約五十萬，隸上供。二十四年，以紫衣師號不售，乃詔律院有紫衣若師號者，輸錢視禪刹禪僧及宮觀道士有之者，〔三〕丁輸〔四〕錢一千三百有奇。

〔一〕建炎雜記甲集卷一五財賦二僧道免丁錢：「禪寺僧舍觀道士。」

〔二〕哈佛燕京圖書館藏本、中復堂全集本（同治六年本）、筆記小說大觀本、叢書集成三編本等皆爲「長安」。據建炎雜記甲集卷一五財賦二僧道免丁錢所載「長老、知觀、知事、法師，有紫衣師號者」，故改「長安」爲「長老」。

〔三〕建炎雜記甲集卷一五財賦二僧道免丁錢：「有者。」

〔四〕建炎雜記甲集卷一五財賦二僧道免丁錢：「輸丁。」

祠部度牒，自治平四年冬始鬻之，熙寧之直爲百二十千，渡江後，增至二百千。其後民間賤之，止直二十千〔一〕而已。紹興中，李仲允入見，〔二〕言今歲鬻度牒萬，是失萬農也，積而累之，〔三〕農幾盡矣。上納其言。十二年，罷兵，〔四〕遂不復鬻。久之，復以其絶産，隸郡國養士。〔五〕二十六年，王大寶爲國子司業，復請放行。〔六〕上諭大臣曰：「人多以鬻度牒爲利，〔七〕亦以延人主壽爲言。朕謂人主，但當事合天心，而仁及生民，自當享國長久。如高齊、蕭梁奉佛，皆無益也。僧徒不耕而食，不蠶而衣，無父子君臣之禮，以死生禍福恐無知之民，蠹教傷民，莫此爲甚，豈宜廣也。」輔臣皆稱善。然諸路僧尼猶二十餘萬人，道士女冠萬餘人。明年，遂詔換給不盡度牒，皆歸禮部。三十一年，聞虜金亮欲敗盟，〔八〕始放度牒，增直爲五百千。〔九〕

隆興初，詔減爲三百千。因出度牒二萬，鬻於江浙、湖南、福建，計直六百萬緡，期以一年，州縣皆抑以與民。〔一〇〕民大以爲擾。御史周元(特)[持]〔一一〕言之，乃損爲二百五十千。自辛巳後，九年之間，鬻度牒十二萬道。〔一二〕孝宗知之，詔權行住賣。乾道六年，又增爲四百千。淳熙初，又增五十千。復詔四川度牒，〔一三〕每道估川錢引八百千。自後〔一四〕四川總領所，歲得度牒六百六十一道，以補還酒課蠲減之數，而東南諸路委都司官給賣，〔一五〕歲亦不下二千三百有奇。然僧道士有金錢而度牒不可得，故蜀中度牒，官直千引，民間至直千六百引。嘉泰二年，朱晦翁爲浙東提舉，〔一六〕遇饑歲，亦請度牒於朝，以備糴濟。蓋度牒已爲緩急所仰，〔一七〕不可復廢矣。度牒初以黄紙，紹興五年，易以絹，七年，又易爲綾。〔一八〕

瑩謂僧道出家，所以講習經法，脱遺世俗，修身心也。乃以數百緡、千緡買度牒爲之，何哉？是其所利，必有十倍於度牒者矣。高宗所云「蠹政害民」者，誠中其弊也。徒以軍興絀費，遂自反其汙。至大儒亦因饑歲，請用以救荒。蓋當時寺觀，歷經人主崇奉，士大夫亦好爲方外之交。長住產業本豐，又益以不時之施入，金錢廣積。與其供不肖緇黄之侈奉，毋寧損其所有，以贍軍用而活民命也。權其輕重，誰曰不宜。

〔一〕建炎雜記甲集卷一五財賦二祠部度牒：「止直三十千。」

〔二〕建炎雜記甲集卷一五財賦二祠部度牒：「紹興初，李仲允初入朝見上。」

〔三〕建炎雜記甲集卷一五財賦二祠部度牒：「爲上言今歲鬻度牒，是失萬農也，積而索之。」

〔四〕建炎雜記甲集卷一五財賦二祠部度牒：「十三年，既罷兵。」

〔五〕建炎雜記甲集卷一五財賦二祠部度牒：「隸其國養士。」

〔六〕建炎雜記甲集卷一五財賦二祠部度牒：「二十一年九月丙午，時王元龜尚書爲國子司業，復請改行。」

〔七〕建炎雜記甲集卷一五財賦二祠部度牒：「大賓殊未曉朕意，人多以鬻度牒爲利。」

〔八〕建炎雜記甲集卷一五財賦二祠部度牒：「三十一年春，朝廷聞金亮欲敗盟。」

〔九〕建炎雜記甲集卷一五財賦二祠部度牒：「增直爲五百千，自後所放滋益多。」

〔一〇〕建炎雜記甲集卷一五財賦二祠部度牒：「期以一季，州縣皆仰給於民。」

〔一一〕建炎雜記甲集卷一五財賦二祠部度牒：「周元持御史。」

〔一二〕建炎雜記甲集卷一五財賦二祠部度牒：「官鬻度牒至十二萬道有奇。」

〔一三〕建炎雜記甲集卷一五財賦二祠部度牒：「明年夏，詔四川度牒。」

〔一四〕建炎雜記甲集卷一五財賦二祠部度牒：「自淳熙後。」

〔一五〕建炎雜記甲集卷一五財賦二祠部度牒：「給賞。」

〔一六〕建炎雜記甲集卷一五財賦二祠部度牒：「今總所對減酒課度牒僧徒，已輸錢至嘉泰十五年，今方嘉泰二年。頃朱晦翁爲浙東提舉。」嘉泰二年，朱熹已去世。

〔一七〕建炎雜記甲集卷一五財賦二祠部度牒：「蓋自紹興以來，已爲緩急所仰。」

〔一八〕建炎雜記甲集卷一五財賦二祠部度牒：「又易以綾。」

銀貴錢賤

今時自京師至直省，皆患銀貴錢賤。乾隆、嘉慶之間，銀一兩，易錢一千文。嘉慶末年，易錢一千一二百文。道光以來益增，十五年後，每銀一兩，直銅錢一千五六百文，至今莫能減也。説者皆以紋銀西北出邊，東南出洋爲病，是則然矣。然嘗考南宋時，諸道上供銀，皆置場買發。蜀中銀每法稱一兩，用本錢六引，而行在左藏庫折銀，才直三千三百文，民間之直，不滿三千。是今時極貴之銀價，尚不過南宋時銀價之半直也。李心傳朝野雜記言：宋初諸道，歲貢銀額一千八百六十餘萬兩。〔一〕考其時，惟廣南、江東、江西、浙東、浙西、福建有銀坑。渡江後，復停（開）〔閉〕銀坑八十四處。〔二〕所出産者本少，故貢額不及二千萬。本朝各直省，歲征各項額銀五千四百餘萬兩。歲入銀數，倍半於宋，而銀鑛停閉已久，民間所貢輸者，皆明季國中之餘積也。用而無繼，何能不匱？即無出邊、出洋之患，猶不能使其不貴，况出外者滔滔無已耶。古人有言：「天不愛道，地不愛寶。」〔三〕夫道無古今，其爲物也虚，故用之無盡。寶之在地，非千數百年藴氣含精，不能産之，其爲物也有數。當其竭也，地即欲不愛之而不能。人值其際，惟撙節之以待其繼而已。强欲其盈，豈可得哉！

〔一〕建炎雜記甲集卷一六財賦三金銀坑冶：「金銀坑冶，湖廣閩浙皆有之。湖廣、廣東西金坑，湖南、廣東、江東西、浙東西、福建銀坑。祖宗時，除沙石中所産黄金外，歲貢額銀至一千八百六十餘萬兩。」

〔二〕哈佛燕京圖書館藏本、中復堂全集（同治六年本）、筆記小説大觀本、叢書集成三編本皆載爲「停開」。據建炎雜記甲集卷一六財賦三金銀坑冶所載「復停閉金坑一百四十二，銀坑八十四。」故改「停開」爲「停閉」。

〔三〕周易象辭卷一四：象曰：「元吉在上，大成也。……億兆乃元吉之明，王在上，人人受福，天不愛道，地不愛寶，而大有秋成也。湯武之革命已基於此。」

異域産金銀

異域諸國産金銀者，班書言：罽賓國有金銀銅錫，以金銀爲錢，文爲騎馬，幕爲人面。〔一〕烏弋山離國錢貨、金珠，皆與罽賓同。其錢，獨文爲人頭，幕爲騎馬。以金銀飾仗。〔二〕安息國亦以銀爲錢，文獨爲王面，幕爲夫人面。王死輒更鑄錢。〔三〕大月（支）〔氏〕國，錢貨同安息。〔四〕范書言：大秦國，在海西，多金銀奇寶。以金銀爲錢，銀錢十當金錢一。與安息、天竺交市於海中，利有十倍。〔五〕天竺國，土出金、銀、銅、鐵、鉛、錫。〔六〕

〔一〕漢書卷九六上西域傳罽賓國：「有金銀銅錫，以爲器。市列，以金銀爲錢，文爲騎馬，幕爲人面。」

〔二〕漢書卷九六上西域傳烏弋山離國：「其草木、畜産、五穀、果菜、食飲、宮室、市列、錢貨、兵器、金珠之屬皆與罽賓同，而有桃拔、師子、犀牛。俗重妄殺。其錢獨文爲人頭，幕爲騎馬。以金銀飾仗。」

〔三〕漢書卷九六上西域傳安息國：「亦以銀爲錢，文獨爲王面，幕爲夫人面。王死輒更鑄錢。」

〔四〕哈佛燕京圖書館藏本、中復堂全集本（同治六年本）、筆記小説大觀本、叢書集成三編本皆爲「大月支」，今據漢書卷九六上西域傳大月氏國：「土地風氣，物類所有，民俗錢貨，與安息同。」故改「支」爲「氏」。

〔五〕後漢書卷八八西域傳大秦國：「一名犂鞬，以在海西，亦云海西國。……土多金銀奇寶。……以金銀爲錢，銀錢十當金錢一。與安息、天竺交市於海中，利有十倍。」

〔六〕後漢書卷八八西域傳天竺國：「一名身毒，在月氏之東南數千里。……土出象、犀、瑇瑁、金、銀、銅、鐵、鉛、錫。」

趙汝适諸蕃志言：闍婆國領兵者，歲給金二十兩，勝兵三萬，歲亦給金有差。婚無媒妁，但納黄金女家。罰罪者，隨輕重罰金以贖。以銅銀錫雜鑄爲錢，錢六十，準金一兩。〔一〕蘇吉丹國，民間貿易，用雜白銀爲幣，狀如骰子，上鏤蕃官印記。六十四隻，準金一兩，名曰闍婆金。〔二〕大食國，巨富，金銀以量爲秤。〔三〕層拔國，産生金。〔四〕蘆眉國，金銀爲錢。〔五〕宴陀蠻國，有大山有井，每歲兩次水溢，流入於海。所過沙石，經此水浸，皆成金。合山人常祭井。如銅、鐵、鉛、錫，用火燒紅，取水沃之，輒變成金。〔六〕

〔一〕諸蕃志卷上闍婆國：「其領兵者，歲給金二十兩，勝兵三萬，歲亦給金有差。土俗婚無媒妁，但納黄金於女家以取之。不設刑禁，犯罪者，隨輕重出黄金以贖，惟寇盜則寘諸死。……以銅銀鍮錫雜鑄爲錢，錢六十，準金一兩，三十二準金半兩。」

〔二〕諸蕃志卷上蘇吉丹：「即闍婆之支國而接新拖。……民間貿易，用雜白銀鑿爲幣，狀如骰子，上鏤蕃官印記。六十四隻，準貨金一兩，每隻博米三十升或四十升至百升。其他貿易悉用，是名曰闍婆金。」

〔三〕諸蕃志卷上大秦國：「一名犂靬，西天諸國之都會。……馬之頭頂，皆飾以金玉珠寶。」

〔四〕諸蕃志卷上層拔國：「在胡茶辣國南海島中。……産象牙、生金、龍涎、黄檀香。」

〔五〕諸蕃志卷上蘆眉國：「以金銀爲錢。」

〔六〕諸蕃志卷上海上雜國：「晏陀蠻國自藍無里去細蘭國，如風不順，飄至一所地，名晏陀蠻海。中有一大嶼，內有兩山，一大一小。其小山全無人煙，其大山周圍七十里。……有井，每歲兩次水溢，流入於海。所過沙石，經此水浸，皆成金。闔山人常祭此井，如銅鉛鐵錫，用火燒紅，取此水沃之，輒變成金。」

坤與圖說言：熱爾瑪尼亞之屬國波夜米亞，生金塊，有重十餘斤者，河底常有金如豆粒。〔一〕諾而忽惹亞國，歐羅巴稱第一富庶。多五金財貨，貿易不以金銀，以物相抵。〔二〕莫諸木大彼亞國，黃金最多，地無寸鐵，特貴重之。〔三〕百爾西亞國，一塔以黃金鑄成。〔四〕亞喇比亞國，土産金銀。〔五〕以西把尼亞國，産五金，有名城曰巴未利亞，近地中海，爲亞墨利加諸舶所聚。金銀如土。〔六〕歐羅巴州大小七十餘國，出五金，以金、銀、銅鑄錢爲幣。〔七〕伯西爾國，有銀河，水味甘美，湧溢平地。水退，布地皆銀沙、銀粒。〔八〕金加西臘國，地出金銀，天下稱首。其鑛有四坑，深者二百丈，役者常三萬人。所得金銀，國王什取其一。其山麓有城，名曰銀城，百物俱貴，獨銀至賤。貿易用銀錢，五等，大者八錢，小至五分。金錢〔九〕四等，大者十兩，小者一兩。歐羅巴自通道以來，歲歲交易，獲金銀甚多。〔一〇〕白露大小數十國，廣袤萬餘里，出金鑛。取時，金土互溷，別之，金多於土，故金銀甚多。國王宮殿，皆黃金爲板飾之。獨不産鐵，兵器用燒木銛石。今漸知用鐵，然至貴，餘器物皆金、銀、銅三種爲之。〔一一〕

右凡海外異域諸國産金銀者，畧見於此。以余所聞見，蜀、滇諸土司境內及打箭鑪外，至前後藏及阿里，其産金之地尤多。而土司、夷人，皆愛惜之，甚恐漢人開採。大吏亦體盛代示禁之意，恐生邊釁，皆寘之，不復事採取，故邊境稍安。此豈外夷貪利，所能仰企萬一者哉！

〔一〕坤輿圖説卷下熱爾瑪尼亞：「其屬國名波夜米亞者，地生金，掘井恒得金塊，有重十餘斤，河底常有金如豆粒。」

〔二〕坤輿圖説卷下大泥亞諸國：「其諸而忽惹寡五穀，山林多材木鳥獸，……雪際亞，地分七道，屬國十二，歐羅巴北稱第一富庶。多五穀、五金、財貨、百物，貿易不以金銀，以物相抵。」

〔三〕坤輿圖説卷下莫訥木大彼亞：「一在利未亞南，名莫訥木大彼亞，國土最多。……黄金最多，地無寸鐵，特貴重之。」

〔四〕坤輿圖説卷下百兒西亞：「印度河西有大國曰百兒西亞，幅員甚廣。……東近撒馬兒罕界。一塔以黄金鑄成，上頂一金剛石如胡桃，光夜照十五里。」

〔五〕坤輿圖説卷下百兒西亞：「百兒西亞西北諸國，皆爲度兒格所併，内有國亞喇比亞，土産金銀，多寶石。」

〔六〕坤輿圖説卷下以西把尼亞：「歐羅巴之極西曰以西把尼亞……産駿馬、五金、絲綿、細絨、白糖。……國中有二大名城，一曰色未利亞，近地中海，爲亞墨利加諸舶所聚，金銀如土，奇物無數。」

〔七〕坤輿圖説卷下歐邏巴州：「天下第二大洲名曰歐邏巴，南至地中海，北至青地及冰海，東至大乃河墨阿的湖大海，西至大西洋，共七十餘國。……出五金，以金銀銅鑄錢爲幣。」

〔八〕坤輿圖説卷下伯西爾：「南亞墨利加東有大國名伯西爾……其南有銀河，水味甘美，湧溢平地。水退，布地皆銀沙、銀粒。」

〔九〕哈佛燕京圖書館藏本、中復堂全集本（同治六年本）載爲「金錢」，筆記小説大觀本、叢書集成三編本載爲「金銀」。今從哈佛本。

〔一〇〕坤輿圖説卷下金加西蠟：「南亞墨利加之北曰金加西蠟，其地出金銀，天下稱首。鑛有四坑，深者二百丈，土人以牛皮造軟梯下之。役者常三萬人。所得金銀，國王什取其一，七日約得課銀三萬兩。其山麓有城，名銀城，百物俱貴，獨銀至賤。貿易用銀錢，五等，大者八錢，小至五分。金錢四等，大者十兩，小者一兩。歐羅巴自通道以來，歲歲交易，獲金銀甚多，故西土之金銀漸賤。」

〔一一〕坤輿圖説卷下白露：「南亞墨利加西曰白露，大小數十國，廣袤一萬餘里……地出金礦，取時，金土互溷，别之，金多於土，故金銀最多，國王宫殿皆黄金爲板飾之。獨不産鐵，兵器用燒木銛石。今貿易相通，漸知用鐵，然至貴。餘器物皆金銀銅三種爲之。」

公使錢

蘇長公送劉述詩：「憂來洗盞欲强醉，寂寞空齋卧空甑。公厨十日不生烟，更望紅裙踏筵舞。」〔一〕公在烏臺自解此詩云：「酒食無備，齋厨索然。」以譏朝廷新法行，減削公使錢太甚。〔二〕余按：李心傳朝野雜記：「公使庫者，諸道監帥司及州軍邊縣皆有之。〔三〕蓋祖宗時，以前代牧伯皆斂於民，以佐厨傳，是以制公使錢，以給其費，懼擾及民也。〔四〕然正賜錢不多，而著令許收遺利，以此州郡得自恣。若帥憲等司，則有撫養備邊等庫，以助公使。」〔五〕又云：「公使苞苴，在東南爲尤甚。〔六〕揚州一郡，每歲魄遺，見於帳籍者，至十二萬緡。江浙諸郡每以酒遺中都官，歲五六至，至必數千瓶。〔七〕淳熙中，王仲行尚書爲平江守，與詞官范致能、胡長文厚，一飲費千餘緡。〔八〕又有蜀人守潭，及以總計攝潤者，〔九〕視事不半歲，過例魄送至〔一〇〕四十五萬緡，供宅酒至二百餘斛，孝宗怒而絀之。近蜀中會聚折俎，率以三百五十千爲準，〔一一〕有一身適兼數職者，則併受數人之餽。陳給事峴爲蜀帥，馮少卿憲爲成都漕，就以所遺原物報之。陳怒，奏其容覆贓本，朝廷移之，〔一二〕逮陳敗，乃得直。〔一三〕時芮國器侍郎、趙子直丞相，相繼爲西江漕，〔一四〕凡四方之聘幣，皆不入家。置養濟院於南昌，〔一五〕以養貧者。朱少卿時敏爲潼川守，受四方之饋，每以其物報之。趙德老鎮成都，受而別儲之。臨行，以散宗室之貧者。此皆廉節之可紀者也。」

右李所記公使錢本末如此。是州、軍以下，正賜錢外，復許收遺利，宜可自恣。觀南渡後所費之侈，殊不如蘇公之所云也。竊意當日神宗見公詩，必有感悟而寬恤臣下者。其後章、蔡當國，四方餽賂爭致，州、軍所取於公使遺利之外者，不知凡幾矣，豈僅見於帳籍之數乎？蜀道去京師遠，自古稱銅山之富，宜帥此者，如貪泉之飲也，朱、趙諸公，何殊吴隱之之在廣州耶？

〔一〕東坡全集卷七寄劉孝孫：「憂來洗盞欲强醉，寂寞虛齋卧空甁。公厨十日不生煙，更望紅裠踏筵舞。」

〔二〕御選唐宋詩醇卷三四寄劉孝叔：烏臺詩案曰：「……又言：『酒食無備，齋廚索然。』以譏諷新法，減削公使太甚也。」

〔三〕建炎雜記甲集卷一七財賦四公使庫：「諸道監帥司及邊縣州軍與戎帥皆有之。」

〔四〕建炎雜記甲集卷一七財賦四公使庫：「懼及民也。」

〔五〕建炎雜記甲集卷一七財賦四公使庫：「又有撫養備邊等庫開，抵當賣熱藥，爲所不爲，其實以助公使耳。」

〔六〕建炎雜記甲集卷一七財賦四公使庫：「在東南尤甚。」

〔七〕建炎雜記甲集卷一七財賦四公使庫：「歲有五六千斤，以至數千瓶。」

〔八〕建炎雜記甲集卷一七財賦四公使庫：「一飲之費，每至千餘緡。」

〔九〕建炎雜記甲集卷一七財賦四公使庫：「時蜀人有守潭者，又有以總計攝閫者。」

〔一〇〕建炎雜記甲集卷一七財賦四公使庫：「過例餽送皆至。」

〔一一〕建炎雜記甲集卷一七財賦四公使庫：「近歲蜀中亦然，其會聚之間折俎率，以三百五十千爲準。」

〔一二〕建炎雜記甲集卷一七財賦四公使庫：「朝廷遣之。」

〔一三〕建炎雜記甲集卷一七財賦四公使庫：「乃得其直。」

〔一四〕建炎雜記甲集卷一七財賦四公使庫：「相繼爲江西漕。」

〔一五〕建炎雜記甲集卷一七財賦四公使庫：「斥其資置養濟院於南昌。」

宋孝宗原道辨

宋淳熙中，孝宗嘗作原道辨，大畧謂：「〔一〕三教本不相遠，特所施不同。至其末流，昧者執之而自爲異耳。以佛修心，以道養身，以儒治世可也，又何惑焉！」文成，使人持示史文惠。浩。〔二〕史公時再免相，侍經席。奏曰：「臣惟韓愈作是一篇，唐人無不敬服，本朝言道者，亦莫之貶。蓋其所主，在帝王傳道之宗，乃萬世不易之論。原其意在於扶世立教，所以人不敢議。陛下聖學高明，融會釋老，使之歸於儒宗。末章乃欲以佛修心，以道養生，以儒治世，是本欲融會而自生分別也。大學之道，自物格知至而至於天下平，可以修身，〔二〕可以養生，可以治世，無所處而不當矣，又何假佛老〔三〕之說耶！陛下此文一出，須占十分道理，不可使後世之士議陛下如陛下之議韓愈也。望稍竄定末章，〔四〕則善無以加矣。」程泰之以刑部侍郎侍講席，亦言之，於是易名三教論。〔五〕

〔一〕建炎雜記乙集卷三原道辨易三教論：「遣直殿甘昪持示史文惠。」
〔二〕建炎雜記乙集卷三原道辨易三教論：「可以修心。」
〔三〕建炎雜記乙集卷三原道辨易三教論：「又何假釋老。」
〔四〕建炎雜記乙集卷三原道辨易三教論：「望陛下稍參定末章。」
〔五〕建炎雜記乙集卷三原道辨易三教論：「程泰之時以刑部侍郎侍講席，亦爲上言之，於是易三教論。」

孝宗又嘗親批劉後溪策論科場取士之道後數百言，略曰：「用人之弊，人君患在乏知人之哲，寡於學而昧於道。況又擇相不審，至於懷姦私，壞紀綱，亂法度，及敗而逐之，不治之事，〔一〕已不可勝言矣。宰相不能擇人，每差一官，則曰此人中高第，真好士也，〔二〕終不考其才行何如。國朝以來，過於忠厚，宰相而誤國者，大將而敗軍師者，皆未嘗誅戮之。要在人君必審擇相，宰相爲官擇人，〔三〕懋賞立乎前，嚴誅設乎後，人才不出，吾不信也。」御筆既出，中外大聳。〔四〕一日，上遣持示史魏公浩。〔五〕史公曰：「唐虞之朝，四凶極惡，止於流竄，而三考之法，不過黜陟幽明而已，未嘗有誅戮之科也。若甘誓、胤征所云，乃爲行師用衆設耳。蓋誅戮大臣，乃秦、漢法也。漢之七制，〔六〕可稱治主，然見爲雜霸，不得進於三代，此其大疵也。太祖皇帝深以行一不義，殺一不辜爲戒，制法以仁，〔七〕待臣下以禮，列聖傳心。〔八〕至仁宗而德化隆治，至於朝廷之上，恥言人過，故本朝之治，獨與三代同風。此則祖宗之家法也。而聖訓則曰『過於忠厚』。夫爲國而底於忠厚，豈易得哉！而豈有過者哉！臣恐議者以陛下欲行刻薄之政，而歸過祖宗，此不可不審思也。若必欲宣示於外，乞改曰『一於忠厚』，〔九〕尚庶幾焉！」丞相疑是趙衞公雄。亦言：「宰相如司馬光，恐非懋嘗嚴誅所能勉脅。」〔一〇〕孝宗悔，乃改削其辭，宣示，〔一一〕仍付史館。李伯微謂：「史公爲人重厚，進説上前，務存大體，多有裨益。」〔一二〕

〔一〕建炎雜記乙集卷三孝宗論用人擇相：「不治之事也。」

〔二〕建炎雜記乙集卷三孝宗論用人擇相：「中高第，真好士人也。」

〔三〕建炎雜記乙集卷三孝宗論用人擇相：「相必爲官擇人。」

〔四〕建炎雜記乙集卷三孝宗論用人擇相：「議者皆謂曾覿實與視草，蓋劉公甲科及第，故覿有宰相不能擇人之説也。」

〔五〕建炎雜記乙集卷三孝宗論用人擇相：「上遣覿持示史魏公。」

〔六〕建炎雜記乙集卷三孝宗論用人擇相：「漢之七代。」

〔七〕建炎雜記乙集卷三孝宗論用人擇相：「我太祖皇帝，深以行一不義，殺一不辜爲戒而得天下，制治以仁。」

〔八〕建炎雜記乙集卷三孝宗論用人擇相：「列聖相傳。」

〔九〕建炎雜記乙集卷三孝宗論用人擇相：「乞改其政『一於忠厚』。」
〔一〇〕建炎雜記乙集卷三孝宗論用人擇相：「恐非懋賞嚴誅能勉脅。」
〔一一〕建炎雜記乙集卷三孝宗論用人擇相：「召從官宣示都堂。」
〔一二〕建炎雜記乙集卷三孝宗論用人擇相：「多所裨益。」

余按：史浩自編鄮峯漫語，〔一〕有回奏御製原道辯及策士聖訓〔二〕載此事。家惜抱先生曰：「浩謂恐其君過語傳於天下，是以致辯，欲掩其失。今反載之己集，是揚君過而己爲名也。況孝宗所云『國朝以來，過於忠厚』，此於事頗得實，未爲失，浩之斤斤致辨，徒爲將相誤國失事者地耳。」浩頗主和議，與張魏公異議，特尚喜薦人才，故爲朱子所稱，伯微遂盛稱浩。此二事，要當以惜翁之言爲允云。李伯微非惟熟於朝事典故，明於政事得失，且議論醇正，余深服之。如論高宗配享，以吕忠穆頤浩、趙忠簡、韓忠獻、張俊配，而不及張魏公。〔三〕其議首建於洪景盧，〔四〕則詳記楊廷秀萬里之奏，〔五〕以明洪議之非。復自著曰：「吕元直不厭人望，〔六〕張俊晚附秦檜，力主和議，誣殺岳飛，不宜在預享之列。」又曰：「魏公不得預享，〔七〕但以富平、淮西、符離三敗之故，而不考曹彬岐溝之役，其喪師蹙國，亦不下於富平與符離。今以一眚掩其大德，蓋景盧兄弟，皆湯思退舊客，夙有恨於魏公，故以復辟之勳，歸之吕元直也。」又論光宗配享，不及周益公必大、留衛公正，以學黨之故，則謂「前朝如富公、司馬公，皆嘗被罪於熙寧、紹聖之間，而不害其配享，未可以此致疑。」〔八〕又論宣聖配享，以未去王安石父子爲恨。且曰：「周、二程、張〔九〕四先生，繼絶學於千載之後，正人心，明天理，自游、夏諸賢有不能及。其視馬、鄭諸儒之功孰多，雖以配享也可。〔一〇〕然論道統之傳，則當升曾子子思於堂上，而始列〔一一〕四先生及朱先生於從祀。余老矣，自念不及與朝廷之議會，有達者舉行之云。」〔一二〕

余按：朱子卒於寧宗慶元六年庚申，伯微此書著於嘉定九年丙子。其持論如此，是時距朱子卒甫十六年耳。及理宗淳祐元年辛丑，遂詔以周、張、二程與朱子並從祀孔廟，黜王安石。距丙子蓋二十五年，恐伯微不及見之矣。正論丕定，其合天理，厭人心如此，非有見於聖人之學者，其能爲此言乎！

〔一〕史浩撰鄮峯真隱漫録五十卷。

〔二〕鄮峰真隱漫録卷一〇奏議載有回奏宣示御製原道辯及回奏宣示御制策士聖訓。

〔三〕即張浚，字德遠，漢州綿竹人，唐宰相九齡弟九皐之後。

〔四〕建炎雜記乙集卷四高廟配享議：「洪景盧初建高廟配享之議，首採本朝故事，謂議者當出於翰苑。上亦嘗諭以文武，欲各用兩人，景盧因即以呂、趙、韓、張四人爲請，乞付侍從官詳議，從之。」

〔五〕建炎雜記乙集卷四高廟配享議：「後三日丙辰，秘書少監楊廷秀獨上書爭其事，謂今者建議之臣曰欺、曰專、曰私而已，且列聖之廟有九，而廟之有配享者八。發配享之議者非一，而出於翰苑者止於三，今舉其三以見例，而不顧其餘之，不然非欺乎！申之以聖翰之所及，惟一已足以定其議，非專乎！終之以止，令侍從數人之附其議，而廷臣皆不得議，非私乎！……願酌李唐之制，令博士禮官與臺諫兩省侍從及在朝之臣，雜議其事，而陛下酌其中。」

〔六〕建炎雜記乙集卷四高廟配享議：「是時識者多謂呂元直不壓人望，當以張、趙兩公同配。」

〔七〕建炎雜記乙集卷四高廟配享議：「魏公終不得預。」

〔八〕建炎雜記乙集卷四光宗配享議：「則亦未可以此而致疑云。」

〔九〕建炎雜記乙集卷四元豐至嘉定宣聖配享議：「嘉定三年，仲貫甫爲著作佐郎，轉對請追爵用二程、張、邵列於從祀，未克行。余謂四先生。」

〔一〇〕建炎雜記乙集卷四元豐至嘉定宣聖配享議：「雖以配享可也。」

〔一一〕建炎雜記乙集卷四元豐至嘉定宣聖配享議：「姑列。」

〔一二〕建炎雜記乙集卷四元豐至嘉定宣聖配享議：「或有達者舉而行之云。」

李伯微論配享二條

又記孟子廟配享從祀云：「自元豐以孟子爲鄒國公，〔一〕配食先聖，而鄒國公廟在兖州之鄒縣。政和五年春，乃詔樂正子克配享，公孫丑以下從祀，加封爵焉。樂正子克，利國侯；公孫丑，壽光伯；萬章，博興伯；浩生不害，東阿伯；孟仲子，新泰伯；陳臻，蓬萊伯；充虞，昌樂伯；屋廬連，奉符伯；徐辟，仙源伯；陳代，沂水伯；彭更，雷澤伯；公都子，平陰伯；咸丘蒙，須城伯；高子，泗水伯；桃應，膠水伯；盆城括，萊陽伯；季孫，豐陽伯；子叔，子陽伯。叔字下當有脱字，子陽似當作滋陽。自渡江以後，鄒、魯隔絶，而孟子無廟，其配食從祀，學者多不及知，故表出之。」

〔一〕建炎雜記乙集卷四孟子廟配享從祀：「自元豐以來，封爲鄒國公」。

宋孝宗爲南渡令主，而溺於藩邸舊人龍大淵、曾覿。帝以紹興三十二年六月，受内禪。是月，龍大淵即自左武大夫爲樞密副都承旨，曾覿自武翼郎帶御器械兼幹辦皇城司。二人帝爲建王時内知客也。其年十月，劉汝一度除右諫議大夫，入對，首論待小人不可無節。明年三月，上奏劾大淵輕儇浮淺，憑恃恩寵，入則侍帷幄之謀，出則陪廟堂之議，摇唇鼓舌，變亂是非。凡皇闈宴昵之私，宫嬪嬉笑之語，宣揚於外，以自夸詡。〔一〕上累聖德，伏望斥退。又進故事，〔二〕因論京房指謂石顯，元帝亦自知之而不能用，蓋不能以公議勝私欲耳。反覆數百言，尤爲至切。越日，〔三〕詔：大淵除知閤門事，覿權知閤門事。汝一言：「臣欲抑之，而陛下揚之；臣欲退之，而陛下進之；臣欲使之畏職，〔四〕而陛下示之以無所忌憚。是臣所言皆爲欺罔，〔五〕乞賜貶黜。」不報。張直父震爲中書舍人，〔六〕繳其命至再。侍御史胡周伯沂亦論二人市權招士，望并遠之，〔七〕以防其微。給舍金彦行安節，周子充必大，〔八〕再封還録黄，言二人功過能否，〔九〕臣等初不詳知，但見縉紳士民指目者多。今論其職事，則或捨劇就閑，論班次則皆遷矣。帝以爲朋黨，衆人相繼乞去。大淵自左武大夫、宜州觀察使、幹辦皇城司，除知閤門事。不三年，帝察其姦欺，諸人相繼召用，大淵卒以斥死，可謂明矣。而其後，曾覿卒爲節度使，除少保。當時論覿者尤衆，中外皆惡之。帝獨憐覿，不之恤也。嗟呼！自古以來恃藩邸東宮之舊，雖爲士人，而輕儇浮淺，市權招士，如王伾、王叔文者有之，豈獨若輩哉！人君亦既知之，乃或黜而死，或已黜而卒爲使相，豈小人富貴亦有其命，雖明主亦無如之何耶！幸而人主英明，不能爲患，設如漢之桓、靈，明之熹宗，不其殆哉！

〔一〕建炎雜記乙集卷六臺諫給舍論龍曾事始末：「以自夸嫮，至引北人孫照出入清禁，爲擊毬雜舞之戲。」

〔二〕建炎雜記乙集卷六臺諫給舍論龍曾事始末：「七月戊戌，汝一進故事。」

〔三〕建炎雜記乙集卷六臺諫給舍論龍曾事始末：「至九日庚子。」

〔四〕建炎雜記乙集卷六臺諫給舍論龍曾事始末：「臣欲使之畏戢。」

〔五〕建炎雜記乙集卷六臺諫給舍論龍曾事始末：「是臣所言皆爲欺罔，何施顔面，尚爲諫官。」

〔六〕建炎雜記乙集卷六臺諫給舍論龍曾事始末：「張真父震，時爲中書舍人。」

〔七〕建炎雜記乙集卷六臺諫給舍論龍曾事始末：「胡周伯沂時爲殿中侍御史，亦論二人市權招士，望屏遠之。」

〔八〕建炎雜記乙集卷六臺諫給舍論龍曾事始末：「奏入不出十三日，甲辰，給舍金彦行（金安節）、周子充（周必大），再封還録黃。彦行時爲給事中，子充時爲起居郎兼權中書舍人。」

〔九〕建炎雜記乙集卷六臺諫給舍論龍曾事始末：「再封還録黃。彦行時爲給事中，子充時爲起居郎兼權中書舍人。大略言二人功過能否。」

金字牌驛遞

秦檜趨召岳侯，自朱僊鎮班師，用金字牌，未聞其制。頃見朝野雜記云：近歲郵遞〔一〕之最速者，莫若金字牌遞。凡赦書及軍機要務則用之，仍自内侍省遣撥，自行在至成都，率十八日而至，蓋日行四百餘里。乾道末，令樞密至軍期急速文字牌，雄黄青字，〔二〕日行三百五十里。〔三〕紹熙末，〔四〕改作黑漆紅字牌，奏委逐路提舉官催督，歲終校〔五〕其遲速最甚，以議賞罰。仍命逐州通判，具出入〔六〕界日時狀申省。久之，稽緩復如故。邱宗卿帥蜀，〔七〕始刱擺鋪，以健步四十人爲之，〔八〕歲增給錢八千餘緡。月以初三、十八，兩遣平安報至行在，率一月而達。〔九〕自後私書叢委，每遞至數百，〔一〇〕由是往來稍逾期。自成都而東猶不過月，自行在而西，或三十五六日云。

〔一〕建炎雜記乙集卷一〇金字牌：「近歲郵置。」

〔二〕建炎雜記乙集卷一〇金字牌：「有旨令樞密院置軍期急速文字牌，雌黄青字。」

〔三〕建炎雜記乙集卷一〇金字牌：「淳熙二年，尚書省又置緊急文字牌，亦如之，然率與常遞混淆，故行移稽緩。」

〔四〕建炎雜記乙集卷一〇金字牌：「紹興末，趙子直作樞院，乃改作黑漆紅字牌。」

〔五〕建炎雜記乙集卷一〇金字牌：「歲終較。」

〔六〕建炎雜記乙集卷一〇金字牌：「俱出入。」
〔七〕建炎雜記乙集卷一〇金字牌：「紹興末，丘宗卿爲蜀帥。」
〔八〕建炎雜記乙集卷一〇金字牌：「以健步四十人爲。」
〔九〕建炎雜記乙集卷一〇金字牌：「率一月而達。」
〔一〇〕建炎雜記乙集卷一〇金字牌：「每遞至百數。」

余按：南宋所云行在者，杭州也。當時陝、豫不通，取道皆由湖北、江南而至浙西。金字牌文，日行四百里，十八日而至，蓋凡七千二百里也。當時軍機急速，日行僅四百里，今則自三百里遞緊至六百里，而紅旗大捷之報，且八百里矣。孟子「置郵傳命」，〔一〕古註云：「置，驛也。郵，馹也。」楊升庵據説文「馹，傳也。驛，置也」以爲置緩而郵速，驛遲而馹疾。置有安置之義，如今制云「日行一程」；郵有過而不留之義，如今制云「倍道兼行」也。更引左傳「楚子乘馹車，會師於臨品之上」。祁奚乘馹而見范宣子，子木使馹謁諸王」。又云：「吾將使馹聘問諸晉」。「左傳四「馹」字，皆速馳之義。後世吏牘俗書，以「馹」爲「驛」之省文。春秋大全遂盡改左傳四「馹」字爲「驛」，作者之精意隱矣。〔二〕又曰：「漢制，四馬高車爲置傳，皆君與大夫所乘，其行安舒。一馬二馬爲軺傳，軍書使命之用，不得不急。〔三〕漢文帝自代來，乘六傳車，亦取其速。」由此言之，可以考古人傳命之制矣，故因金字牌而附及之。

〔一〕孟子注疏卷三上公孫丑章句上：孔子曰：「德之流行，速於置郵而傳命。」

〔二〕升庵集卷四五置郵傳命：「孟子『置郵傳命』。古註：『置，驛也；郵，馹也。』或問余『驛與馹，置與郵，何分別乎？』余曰：『考之說文，馹，傳也；驛，置也。置緩而郵速，驛遲而馹疾也。置有安置之意，如今制云倍道兼行。』左傳：『楚子乘馹車會師於臨品之上。』又『祁奚乘馹車而見范宣子』。又『子木使馹謁諸王』。又云『吾將使馹聘問諸晉』。以上馹字見於左傳者四條，皆言速馳之意。後世不達馹字之義，而吏牘俗書又以馹爲驛之省文。本朝刻春秋大全皆認馹爲俗書省文，盡改左傳四馹字爲驛，作者之精意隱矣。」

〔三〕升庵集卷四五置郵傳命：「漢制：四馬高足爲置傳，皆君與大夫所乘，其行安舒，故不得不遲。一馬二馬爲軺，傳軍書使命之用，故不得不疾。」

卷之十二

州縣相驗屍格

今制：州縣官相驗命案，皆依部頒屍格。官親率刑仵驗畢，刑仵高聲喝報，某處傷有或無，本官親以硃筆，逐一填註，此格存案。刑吏照録屍格五本，著驗官銜名，及刑仵結狀姓名，用印申報所司。此制蓋亦創自北宋，始先檢驗之法甚備，其後郡、縣玩馳，或不即委官，或所委官不即至，至亦不親視，甚則以不堪檢覆告。由是吏姦得肆，冤枉不明，獄訟滋熾。淳熙初，浙西提點刑獄鄭興裔，乃創爲檢驗格目，〔一〕排立字號，分界屬縣。遇有告殺人者，即以格目三本付所委官，凡告人及所委官屬行吏姓名、受狀承牒及到檢所時日，廨舍去檢所遠近、傷損痕數、致命因依，悉書填之。〔二〕一申所屬州、縣，一付被害之家，一申本司。又言於朝，乞下刑部鏤版，頒之諸路提刑司，准此。從之，遂著爲令。此淳熙元年五月事也，〔三〕見建炎以來朝野雜記。元、明至今，格式相因，惟小有更異。此法則自鄭創始也。興裔，平陽人，後徙開封，徽宗后戚也。早以后澤入官，歷有政績，仕至武泰軍節度使，謚惠肅。〔四〕宋世州縣官不自相驗，始自太宗至道元年，令節度至刺史，勿與金穀、刑獄，止委通判及判官。見宋史。

〔一〕建炎雜記乙集卷一二檢驗格目：「檢驗格目者，淳熙初，鄭興裔所創也。」

〔二〕建炎雜記乙集卷一二檢驗格目：「命致因由，所知悉書填之。」

〔三〕建炎雜記乙集卷一二檢驗格目：「（淳熙）元年五月十七日也。」

〔四〕宋史卷四百六十五鄭興裔傳：「鄭興裔，字光錫，初名興宗，顯肅皇后外家三世孫也。曾祖紳，封樂平郡王。祖翼之，陸海軍節度使。父藩，和州防禦使。興裔早孤，叔父藻以子字之，分以餘貲，興裔不受。……初以后恩授成忠郎，充幹辦祇侯庫。聖獻后葬，充攢宮內外巡檢，累至江東路鈐轄。……紹熙元年，遷保靜軍承宣使。寧宗即位，除知明州兼沿海制置使。告老，授武泰軍節度使。卒，年七十四，贈太尉，謚忠肅。」周必大文忠集卷七〇武泰軍節度使贈太尉鄭公興裔神道碑作「惠肅」。

曲濟嘉木參訴藏

二十六日，察木多大倉儲巴來言，始見兩呼圖克圖勸解，已各有悔意。詎大呼圖連得藏檄，達末、冷中吉慫恿之，已決計訴藏求訊。二呼圖克圖聞之，亦決意回巢矣。

昌都河魚

察木多河魚不甚大，而味殊佳，刺麻及蕃、漢民皆食糌粑、牛羊肉而已，不解鮮食，故少賣魚者。蕃童偶釣得魚，余與丁別駕輒買之。尺魚一尾，約銀二分。嗣是有魚每持來。余爲一絶〔一〕贈魚童，曰：「兩三土屋傍河干，十五兒童解釣竿。賣去素鱗歡〔二〕阿母，糌粑幾日足朝餐。」

〔一〕後湘續集卷四贈漁童。

〔二〕哈佛燕京圖書館藏本爲「歡」，中復堂全集本（同治六年本）、筆記小説大觀本、叢書集成三編本、西藏學漢文文獻彙刻本等版本皆爲「勸」。據後湘續集卷四贈漁童所載「賣去素鱗歡阿母」，故從哈佛本。

諸蕃志

趙汝适諸蕃志：東南海中有毘舍耶國，「語言不通，商販不及，袒裸盱睢，殆畜類也。泉州有海島曰彭湖，〔一〕隸晉江縣，與其國密邇，〔二〕時至寇掠，其來不測，多罹生噉之害，居民苦之。淳熙間，國之酋豪，常率數百輩猝至泉之水澳、圍頭等村，恣行凶暴，戕人無數，淫其婦女，已而殺之。喜鐵器及匙、筯，人閉户則免，但刓其門圈而去。擲以匙、筯，則俯拾之，可緩數步。官軍擒捕，見鐵騎則競刓其甲，駢首就戮，而不知悔。臨敵用標鎗，繫繩十餘丈爲操縱，蓋愛其鐵，不忍棄也」。

余按：此云「毘舍耶國」，即今之臺灣也。其言人之情狀，與今生蕃在山中者正同。道光元年，余至噶瑪蘭，其人男女猶多袒裸者。生蕃喜鐵，善用標鎗，至今猶然。而山外熟蕃，則衣冠飲食，多與漢人同，亦知耕種五穀矣。南宋去今八百餘年耳。臺灣自明季始爲紅毛所據，鄭氏父子驅逐紅毛而有之。本朝康熙二十七年，入版圖，至今得沐聖化教養近二百年，已變革盱睢，富庶若此。更百餘年，山後之地盡闢，豈非海外一大都會耶！吾人生居中土，但見盛世文物聲明，如書籍所載，太古淳朴陋野之風，徒存想像。以余所見臺灣生蕃，則已身遊洪荒之世矣！今又來兹異域，暢覽夷風，然後知六合之内，人物由樸而華，作之君師，其理一也。

〔一〕諸蕃志卷上毗舍耶：「泉有海島曰彭湖。」

〔二〕諸蕃志卷上毗舍耶：「取其國密邇，煙火相望。」

商賈説外夷有裨正史

西南諸夷，自漢迄明，載於正史者畧備矣，大抵皆入貢之國，馬貴與四裔考，亦與史相出入，而不及元以後。自明成、宣二帝，屢遣内侍遍歷洋島，由是華人益造海船逐利，至今數百年，聞見益真。而諸蕃亦自攻奪相仍，國名今昔互異，制度風俗，由樸而華。古時奉佛諸國，自歐羅巴耶蘇以後，多已改奉天主之教。又翻譯語言文字，時有訛誤，欲指今時某地即古之某國，誠茫然也。講地理者，於中國古今郡縣，猶多未能確指，况外夷乎！雖然宇内之事，無非以漸而開，其始莫不荒渺，必有人焉，留心採訪，隨時紀載，以貽後人，積久考訂，可以得其梗概。故商賈之言，時裨正史，國家或有事邊海時，亦有需於此，豈徒夸學人之博物哉！以余所見正史外夷傳，魏法顯、唐玄奘佛國記，及趙汝适諸蕃志，艾儒畧職方外紀，馬端臨四裔考，南懷仁坤輿圖説，陳倫炯海國聞見録，王大海海島逸誌，七十(四)[一]〔二〕西域聞見録，松相國綏服紀畧數種，稍得其概，欲論著之，未果。近歲，邵陽魏源，字默深，得林尚書所譯歐羅巴人四洲志，更以舊聞異域之書十餘種，遍加考證，作海國圖志六十卷。通中外之異言，訂地名之沿革，諸國崇奉佛教、回教、天主教之異同源流，大山巨澤之原委分合，五天竺、俄羅斯、英吉利、佛蘭西、彌利堅、利未亞，各域内區分之部落，貿易攻戰之所長，金銀貨貝之所出，無不詳哉，〔二〕言之如指諸掌，皆有據依，非憑臆説。余數十年之所欲言、所欲究者，得默深此書，可以釋然無憾矣！

〔一〕哈佛燕京圖書館藏本、中復堂全集本（同治六年本）、筆記小説大觀本、叢書集成三編本等皆爲「七十四」。據清史稿卷一四六藝文二載「西域聞見録八卷，七十一撰」。故改「七十四」爲「七十一」。

〔二〕哈佛燕京圖書館藏本爲「無不詳哉」，中復堂全集本（同治六年本）、筆記小説大觀本、叢書集成三編本等，皆爲「無不詳載」，今從哈佛本。

海國古今異名

默深有海國古今沿革圖，余畧爲考訂之，今録於此。古今異名，可以一覽瞭然。

東南洋諸島國

日本，古曰倭。〔一〕

琉球，古曰中山。〔二〕

臺灣，古曰毘舍耶，曰鷄籠山。〔三〕

小呂宋，一曰蠻里喇。

苗里霧，一作貓里霧。〔四〕

萬老高，無異稱。

丁機宜，〔五〕無異稱。

美洛居，一作木路各，一作馬路古，一作米六合。〔六〕

吉利門，一作西里米，一作筆尖關。

大新荷蘭，古曰婆羅島，曰婆泥，曰大瓜哇。內有息利大山，各國環之，爲馬辰國，一作馬神； 文萊國，一作文郎； 與蘇祿國、朱葛焦喇國而四。

新埠，古曰梹榔嶼，曰交欄山，一作勾欄山。

小新荷蘭，古曰呀瓦，曰小瓜哇，曰葛留巴，一作交留巴，一作加留巴。

蘇門答喇，古曰婆利，曰亞齊。

三佛齊，古曰勃林，曰舊港，曰干陀利，曰萬古屢。〔七〕

下港，古曰闍婆，〔八〕一作社婆，曰訶陵，曰順塔，曰莆家龍。

〔一〕明史卷三二二外國三：「日本，古倭奴國。唐咸亨初，改日本，以近東海日出而名之也。地環海，惟東北限大山，有五畿、七道、三島，共一百十五州，統五百八十七部。其小國數十，皆服屬焉。國小者百里，大不過五百里。户小者千，多不過一二萬。國主世以王爲姓，羣臣亦世官。宋以前皆通中國，朝貢不絕。」

〔二〕明史卷三二三外國四：「琉球居東南大海中，自古不通中國。元世祖遣官招諭之，不能達。洪武初，其國有三王，曰中山，曰山南，曰山北，皆以尚爲姓，而中山最強。」

〔三〕明史卷三二三外國四：「鷄籠山在澎湖嶼東北，故名北港，又名東番，去泉州甚邇。地多深山大澤，聚落星散。無君長，有十五社，社多者千人，少或五六百人。無徭役，以子女多者爲雄，聽其號令。雖居海中，酷畏海，不善操舟，老死不與鄰國往來。……其地，北自雞籠，南至浪嶠，可一千餘里。東自多羅滿，西至王城，可九百餘里。水道，順風，自雞籠淡水至福州港口，五更可達。自臺灣港至澎湖嶼，四更可達。自澎湖至金門，七更可達。東北至日本，七十更可達，南至呂宋，六十更可達。蓋海道不可以里計，舟人分一晝夜爲十更，故以更計道里云。」

〔四〕明史卷三二三外國四：「合貓里，海中小國也。……其國又名貓里霧，近呂宋，船舶往來，漸成富壤。華人入其國，不敢欺陵，市法最平，故華人爲之語曰：『若要富，須往貓里務』。」

〔五〕明史卷三二五外國六：「丁機宜，爪哇屬國也，幅員甚狹，僅千餘家。」

〔六〕明史卷三二三外國四：「美洛居，俗訛爲米六合，居東海中，頗稱饒富。」

〔七〕明史卷三二四外國五：「三佛齊，古名干陀利。劉宋孝武帝時，常遣使奉貢。梁武帝時數至。宋名三佛齊，修貢不絕。……時爪哇已破三佛齊，據其國，改其名曰舊港，三佛齊遂亡。……其地爲諸蕃要會，在爪哇之西，順風八晝夜可至。轄十五州，土沃宜稼。……下稱其上曰詹卑，猶國君也。後大酋所居，即號詹卑國，改故都爲舊港。初本富饒，自爪哇破滅後，漸至蕭索，商船鮮至。」宋史卷四八九外國五：「三佛齊國，蓋南蠻之別種，與占城爲鄰，居真臘、闍婆之間。所管十五州。」

〔八〕明史卷三二四外國五：「闍婆，古曰闍婆達。宋元嘉時，始朝中國。唐曰訶陵，又曰社婆，其王居闍婆城，宋曰闍婆，皆入貢。」宋史卷四八九外國五：「闍婆國在南海中。其國東至海一月，汎海半月至崑崙國；西至海四十五日，南至海三日，汎海五日至大食國；北至海四日，西北汎海十五日至勃泥國，又十五日至三佛齊，又七日至古邏國，又七日至柴歷亭，抵交阯，達廣州。」

東南洋岸國

朝鮮，古曰高句驪，曰高麗，曰新羅，曰百濟。〔一〕

越南東都，古曰象郡，曰交阯。〔二〕越南西都，古曰越裳，曰日南，曰林邑，曰占城。〔三〕越南西都濱海之地，曰龍柰，一作農耐，一作祿賴，古曰賓童龍，〔四〕一作賓陀羅，又曰賓龍盧，明以來入貢中國。曰港口，英夷稱之曰干陀底阿。

暹羅，古本二國，〔五〕曰扶南。

暹羅之東，瀕海地曰柬埔寨，自稱曰甘孛智，古曰真臘。〔六〕一陸真臘，曰名蔑，一水真臘，曰本底。

南掌國、車里國、老撾國，皆介暹羅之西、緬甸之東，古史無考。

整線整邁，即古大小八百息婦國。〔七〕八百息婦之東南，斗入大海，各國環錯，一曰未腒勝，亦作宋卡。一作宋腳，亦曰大泥，亦作大年。一曰吉蘭丹，一曰丁葛奴，亦作丁加羅。一曰彭亨，〔八〕亦作邦項。一曰新加坡，亦作新忌利坡，亦作新州府，古舊柔佛國也，亦曰烏丁焦林。〔九〕一曰滿剌加，古曰頓遜，亦曰哥羅富沙，〔一〇〕亦曰麻六甲。

緬甸，古曰驃國，曰朱坡，〔一一〕今稱之曰烏土。

又有吉德國、沙剌我國、大葛蘭、小葛蘭國，〔一二〕皆在東印度大金沙江東岸，疑古之柯枝國、盤盤國也。〔一三〕

東印度之北境，曰廓爾喀，即哲孟雄、洛敏湯、作木朗三部，又并古巴勒布及布魯克巴二國地。

東印度，一作東天竺。其河曰東恒河，大金沙江入之，英夷稱之曰安日得河，一作安市治河，一作澈治新河。

〔一〕宋史卷四八七外國三：「高麗，本曰高句驪。禹別九州，屬冀州之地，周爲箕子之國，漢之玄菟郡也。在遼東，蓋扶餘之別種，以平壤城爲國邑。漢、魏以來，常通職貢，亦屢爲邊患。」明史卷三二〇外國一：「朝鮮，箕子所封國也，漢以前曰朝鮮。始爲燕人衛滿所據，漢武帝平之，置真番、臨屯、樂浪、元菟四郡。漢末，有扶餘人高氏據其地，改國號曰高麗，又曰高句麗，居平壤，即樂浪也。已，爲唐所破，東徙。後唐時，王建代高氏，兼併新羅、百濟地，徙居松岳，曰東京，而以平壤爲西京。其國北鄰契丹，西則女直，南曰日本。元至元中，西京內屬，置東寧路總管府，畫慈嶺爲界。」

〔二〕宋史卷四八八外國四：「交阯，本漢初南越之地，漢武平南越，分其地爲儋耳、珠崖、南海、蒼梧、鬱林、合浦、交阯、九真、日南，凡九郡，置交阯刺史以領之。」明史卷三二一外國二：「安南，古交阯地。唐以前皆隸中國。五代時，始爲土人曲承美竊據。宋初，封丁部領爲交阯君王，三傳，爲大臣黎桓所篡。黎氏亦三傳，爲大臣李公蘊所篡。李氏八傳，無子，傳其婿陳日炬。元時，屢破其國。」

〔三〕宋史卷四八九外國五：「占城國在中國之西南，東至海，西至雲南，南至真臘國，北至驩州界。汎海南去三佛齊五日程。陸行至賓陀羅國一月程，其國隸占城焉。東去麻逸國二日程，蒲端國七日程。北至廣州，便風半月程。東北至兩浙一月程。西北至交州兩日程，陸行半月程。其地東西七百里，南北三千里。南曰施備州，西曰上源州，北曰烏里州。所統大小州三十八，不盈三萬家。」明史卷三二四外國五：「占城居南海中，自瓊州航海順風一晝夜可至，自福州西南行十晝夜可至，即周越裳地。秦爲林邑，漢爲象林縣。後漢末，區連據其地，始稱林邑王。自晉至隋仍之。唐時或稱占不勞，或稱占婆，其王所居曰占城。至德後，改號曰環王。迄周、宋，遂以占城爲號，朝貢不替。」

〔四〕明史卷三二四外國五：「賓童龍國，與占城接壤。或言如來入舍衛國乞食，即其地。氣候、草木、人物、風土，大類占城，惟遭喪能持服，葬以僻地，設齋禮佛，婚姻偶合。」

〔五〕明史卷三二四外國五：「暹羅，在占城西南，順風十晝夜可至，即隋、唐赤土國。後分爲羅斛、暹二國。暹土瘠不宜稼，羅斛地平衍，種多獲，暹仰給焉。元時，暹常入貢。其後，羅斛強，併有暹地，遂稱暹羅斛國。」

〔六〕宋史卷四八九外國五：「真臘國亦名占臘，其國在占城之南，東際海，西接蒲甘，南抵加羅希。……其屬邑有真里富，在西南隅，東南接波斯蘭，西南與登流眉爲鄰。」明史卷三二四外國五：「真臘，在占城南，順風三晝夜可至。隋、唐及宋皆朝貢。宋慶元中，滅占城而并其地，因改國名曰占臘。元時仍稱真臘。……其國自稱甘孛智，後訛爲甘破蔗，萬曆後又改爲東埔寨。」

〔七〕滇考卷下元征緬與八百息婦國：「八百媳婦國在緬東，出永昌姚關五十里至其地，古未通中國。」

〔八〕明史卷三二五外國六：「彭亨，一作湓亨，又作彭坑。在暹羅之西。」

〔九〕明史卷三二五外國六：「柔佛，近彭亨，一名烏丁礁林。永樂中，鄭和遍歷西洋，無柔佛名。或言和曾經東西竺山，今此山正在其地，疑即東西竺。萬曆間，其酋好構兵，鄰國丁機宜、彭亨屢被其患。」

〔一〇〕明史卷三二五外國六：「滿剌加，在占城南。順風八日至龍牙門，又西行二日即至。或云即古頓遜，唐哥羅富沙。」

〔一一〕新唐書卷二二二下南蠻：「驃，古朱坡也，自號突羅朱，闍婆國人曰徒里拙。在永昌南二千里，去京師萬四千里。東陸真臘，西接東天竺，西南墮和羅，南屬海，北南詔。地長三千里，廣五千里，東北袤長，屬羊苴咩城。」

〔一二〕明史卷三二六外國七：「小葛蘭，其國與柯枝接境。自錫蘭山西北行六晝夜可達。東大山，西大海，南北地窄，西洋小國也。」明史卷三二六外國七：「又有大葛蘭者，波濤湍悍，舟不可泊，故商人罕至。土黑墳，本宜穀麥，民懶事耕作，歲賴烏爹之米以足食。風俗、物產，多類小葛蘭。」

〔一三〕新唐書卷二二二下南蠻：「盤盤在南海曲，北距環王，限少海，與狼牙脩接，自交州海行四十日乃至。」明史卷三百二十六外國七：「柯枝或言即古盤盤國。宋、梁、隋、唐皆入貢。自小葛蘭西北行，順風一日夜可至。」

西南洋諸岸國

西洋古里、西洋瑣里、坎巴，〔一〕皆見明史，今無聞。地在東印度東恒河北岸。

北印度克什彌爾國，一作乞石米爾，一作伽濕彌羅，古曰罽賓。〔二〕北印度之北境巴達克山，古曰烏柁，曰覩賀羅，曰梵衍羅。

北印度之西境愛烏罕國，古曰畢迦試，曰喀布爾。

機洼國，一曰東多爾其，又作土爾其，即小白頭回國也。

中印度，即中天竺，亦作身毒，〔三〕亦作痕都，亦作温都斯坦，亦作忻都，古曰舍衛國、摩竭陀國、烏戈山離國，元代曰額納特珂克。南懷仁圖説之莫卧爾國，海録之金眼回子地，皆指此也。

東印度孟加剌國，明史作榜葛剌夷，〔四〕曰孟阿剌夷，曰明阿剌夷，曰明絞瞀，在東印度東恒河南岸，今爲英吉利大埠。

南印度曰曼達剌薩，古分數國，見大唐西域記。在印度南，横隔恒河，斗入海中。今則西洋各國市埠環之。英埠曰笨支里，佛蘭西埠曰馬英、曰固貞。荷蘭埠曰加補、曰西嶺、曰即社。葡萄牙埠曰淡項。英吉利埠曰孟邁，一曰望邁，一作孟買。又一埠曰馬剌他。葡萄牙又埠曰戈什墖，古曰補陀落伽山。

西印度，古曰安息，曰大食，曰巴社，一作報達，一作高奢，一作包社。坤輿圖謂之伯爾西亞，〔五〕明史謂之忽魯謨斯，〔六〕即大白頭國也。其水曰乾陀衛大江，亦名枝扈黎大江。

裏海古曰雷翥海，亦曰北高海，亦曰鹹海，亦曰滕吉斯湖，亦曰格騰里澤，英夷謂之加士比唵海。

東紅海，一曰遏達水。

南都魯機，古曰西女國，曰度爾格國，曰惹鹿惹亞。坤輿圖謂之東多爾其。〔七〕

西印度之如德亞，古曰拂林，曰大秦，即耶蘇本國。〔八〕

西印度之天方,〔九〕古曰條支,曰波斯,明史曰阿丹,〔一〇〕曰默德那,〔一一〕坤輿諸圖謂之亞刺伯,曰亞辣波亞,曰亞黎米亞。

〔一〕明史卷三二六外國七:「古里,西洋大國,西濱大海,南距柯枝國,北距狼奴兒國,東七百里距坎巴國,自柯枝舟行三日可至,自錫蘭山十日可至,諸蕃要會也。」明史卷三二五外國六:「西洋瑣里,洪武二年,命使臣劉叔勉以即位詔諭其國。三年,平定沙漠,復遣使臣頒詔。其王別里提遣使奉金葉表,從叔勉獻方物。」明史卷三二五外國六:「瑣里,近西洋瑣里而差小。洪武三年,命使臣達哈特穆爾齎詔撫諭其國。五年,王卜納遣使奉表朝貢,并獻其國土地山川圖。」

〔二〕明史卷三三二西域四:「撒馬兒罕,即漢罽賓地,隋曰漕國,唐復名罽賓,皆通中國。元太祖蕩平西域,盡以諸王、駙馬爲之君長,易前代國名以蒙古語,始有撒馬兒罕之名。」

〔三〕梁書卷五四諸夷:「中天竺國,在大月支東南數千里,地方三萬里,一名身毒。漢世張騫使大夏見邛竹蜀布,國人云市之身毒。身毒即天竺,蓋傳譯音字不同,其實一也。」

〔四〕明史卷三二六外國七:「榜葛剌夷,即漢身毒國,東漢曰天竺。其後中天竺貢於梁,南天竺貢於魏。唐亦分五天竺,又名五印度。宋仍名天竺。榜葛剌則東印度也。自蘇門答剌順風二十晝夜可至。」

〔五〕坤輿圖卷下百兒西亞:「印度河西有大國曰百兒西亞,幅員甚廣,都城百二十門。」

〔六〕明史卷三二六外國七:「忽魯謨斯,西洋大國也。自古里西北行,二十五日可至。」

〔七〕哈佛燕京圖書館藏本爲「東多爾其」,中復堂全集本(同治六年本)、筆記小説大觀本、叢書集成三編本皆爲「西多爾其」。今從哈佛本。海國聞見録卷上小西洋記:「多爾其分東西二國,皆回回。東多爾其國不通海,東鄰大白頭,東北傍裏海,北接惹鹿惹也,西鄰西多爾其,南接阿黎米也。……惹鹿惹也一國,亦不通海,東傍裏海,西傍死海,北聯俄羅斯，南接東、西多爾其。」

〔八〕明史卷三二六外國七：「拂菻，即漢大秦，桓帝時始通中國。晉及魏皆曰大秦。唐曰拂菻，宋仍之，亦數入貢。而宋史謂歷代未嘗朝貢，疑其非大秦也。……萬曆時，大西洋人至京師，言天主耶穌生於如德亞，即古大秦國也。其國自開闢以來六千年，史書所載，世代相嬗，及萬事萬物原始，無不詳悉。」

〔九〕明史卷三三二西域四：「天方，古筠沖地，一名天堂，又曰默伽。水道自忽魯謨斯四十日始至，自古里西南行，三月始至。其貢使多從陸道入嘉峪關。」

〔一〇〕明史卷三二六外國七：「阿丹，在古里之西，順風二十二晝夜可至。……前世梁、隋、唐時，並有丹丹國，或言即其地。」

〔一一〕明史卷三三二西域四：「默德那，回回祖國也，地近天方。」

小西洋諸岸國

伊揖國，〔一〕坤輿圖謂之麥西，曰厄日多，〔二〕一作阨入多，元史曰馬八爾。〔三〕

阿邁斯尼國，坤輿圖曰亞毘心域，元史曰俱藍。地跨泥淥河兩岸，即黑人域也。

東利未加八國，俗謂順毛烏鬼，一作馬黑牙斯。

中利未加三十國，古無稱，是否黑人，未詳。

大浪山，古無稱，今曰兀賀嶼。荷蘭、英吉利分兵守峽，即海國聞見録之呷也。

南利未加四國，俗謂闇年烏鬼。

危黎彌安河，貫利未加洲，其河南十四部，皆卷毛烏鬼。曰工鄂蘇麻勿，(其)[今][四]葡萄牙埠。曰西霸得，曰彌黎只郎，今英吉利埠。

西利未加河北十部，皆卷毛烏鬼，有英吉利埠。

北利未加四國，曰馬羅可，一作摩羅果。曰弗沙，一作苗利苗亞。古本二國，今分爲四，皆海賊。佛蘭西以兵守之。

〔一〕哈佛燕京圖書館藏本爲「伊楫國」，中復堂全集本(同治六年本)、筆記小說大觀本、叢書集成三編本等皆載爲「伊楫圖」。今據哈佛本。

〔二〕坤輿圖說卷下厄日多：「利未亞東北有大國曰厄日多，自古有名，極稱富厚。中古時曾大豐七年，繼即大歉七載。」

〔三〕元史卷二一〇外夷三馬八兒等國：「海外諸番國，惟馬八兒與俱藍足以綱領諸國，而俱藍又爲馬八兒後障，自泉州至其國約十萬里。」

〔四〕哈佛燕京圖書館藏本爲「其」，中復堂全集本(同治六年本)、筆記小說大觀本、叢書集成三編本皆爲「今」。今據中復堂全集等本改。

大西洋諸岸國

俄羅斯國都，元史曰阿羅思，一作鄂羅斯，〔一〕一曰羅刹，一曰羅車，一曰莫哥斯未亞，〔二〕一曰葛勒斯，一曰縛羅荅，一曰斡羅思，一曰兀魯思，顛林圖作北肋思，又曰羅沙國。

黑海，坤輿圖曰黑阿底湖。

波蘭，坤輿圖曰波羅尼，〔三〕曰麻底阿。

黃海，坤輿圖曰死海。

普魯社，一曰埔魯社，一曰埔魯寫，異域録曰圖理，惟英夷謂之破路斯。坤輿圖曰比阿爾彌亞。西域聞見録誤爲控葛爾，乃汗名，非國名也。

北都魯機，古曰額力西，一作厄勒祭，曰度爾，曰氓年呻，坤輿圖曰西多爾其。

綏林，坤輿圖曰匪馬爾，與那威本一區，而以論佛鼇尼斯山爲界。

那威，坤輿圖曰波的亞，顛林圖作那委。

璉國，坤輿圖曰雪祭亞，曰蘇厄祭，曰吝因。

瑞國，一作瑞士國。坤輿圖曰綏赤，古曰大馬爾齊，粵人謂之藍旗，英夷謂之綏沙蘭，亦曰赫底委爾唵司。在洲中海南。

領墨，坤輿圖曰盈黎馬祿加，曰大泥亞。海國聞見録曰黄祈，粤人謂之黄旗。

耶馬尼，坤輿圖曰熱爾麻尼亞，〔四〕一作亞勒瑪尼，一作亞(洋)〔咩〕〔五〕里隔，一作阿理曼，一作日爾曼，一作亞勒墨尼亞。今分二十五國。

歐塞特里，坤輿圖曰中莫爾大未亞，曰奧地利亞，粤人謂之雙鷹，以其旗名之。

寒牙里，坤輿圖曰博厄美厄，曰班那里阿。

意大利亞，〔六〕一作意達里亞，一作伊達里，亦曰羅問國，又曰羅馬國。今分爲九國。

瑞丁，在洲中海北。一名諾爾勿惹，與海南之瑞士國各别。

荷蘭，古曰法蘭得斯，又曰和蘭。

彌爾尼壬，與荷蘭連，一作北儀國。

大吕宋，坤輿圖曰以西把尼亞，〔七〕一曰是班牙，一曰斯扁牙。

佛蘭西，即明史之佛郎機，〔八〕又作佛朗機，一曰法蘭西，一曰拂郎祭。〔九〕「祭」一作「察」，刻本之誤也。

布路亞，一作博爾都噶亞，一作葡萄牙，即澳門之大西洋也。顛林圖曰布度基。

英吉利，一作諳厄利，一作英圭黎，一作英機黎，一作鷹吃黎。坤輿圖曰昂利亞，又曰斯可齊亞。

葛斯蘭島，坤輿圖曰思爾齊亞，今屬英吉利。

意爾蘭大島，坤輿圖曰喜百尼，今屬英吉利。

〔一〕聖祖仁皇帝聖訓卷一六：「康熙二十一年壬戌八月庚寅初，鄂羅斯所屬羅刹劫掠邊境，上遣副都統談公彭春等率兵往打虎兒索倫，聲言捕鹿，以覘其情形。」

〔二〕坤輿圖說卷下莫哥斯未亞：「亞細亞西北盡境，有大國曰莫斯哥未亞。東西萬五千里，南北八千里，中分十六道，有窩兒加河。」

〔三〕坤輿圖說卷下波羅尼亞：「亞勒瑪尼亞東北曰波羅尼亞，地豐厚，多平衍，皆蜜林，採之不盡。」

〔四〕坤輿圖說卷下熱爾瑪尼亞：「拂郎察東北有國曰熱爾瑪尼亞，國王不世及，乃七大屬國之君所共推者，或用本國臣，或用列國君，須請命教王立之。國中設共學十九所。冬月極冷，善造煖室，微火温之遂煖。士人散處各國，爲兵極忠實，至死不貳。」

〔五〕哈佛燕京圖書館藏本載爲「洋」，中復堂全集本（同治六年本）、叢書集成三編本、筆記小說大觀本皆爲「咩」，今據中復堂全集本等本改。

〔六〕坤輿圖說卷下以西把尼亞：「歐羅巴之極西曰以西把尼亞。」

〔七〕明史卷三二六外國七：「意大里亞，居大西洋中，自古不通中國。」坤輿圖說卷下意大理亞：「拂郎察東南爲意大理亞，周圍一萬五千里，三面環地中海，一面臨高山。」

〔八〕明史卷三二五外國六：「佛郎機，近滿剌加。正德中，據滿剌加地，逐其王。」

〔九〕坤輿圖說卷下拂郎察：「以西把尼亞東北爲拂郎察，周一萬一千二百里，分十六道，屬國五十，都城名把理斯。」

英吉利

皇清四裔考曰：英吉利，一名英圭黎，國居西北方海中，南近賀蘭，紅毛蕃種也，距廣東界，計程五萬餘里。國中土地平衍，宜麥、禾、果、豆。有一山名間允，産黑鉛，民爲開采，輸税入官。國人出入處，左有那村，右有加釐皮申村，皆設立礮臺。二村中皆有海港通大船。海邊多産火石。王所居名蘭倫，有城，距村各百餘里。其俗信奉天主，每七日一禮拜誦經。男女不問年少長，以相悦而成婚姻，或有以媒合者。女率贅男而居，婦亡，則更贅於女，不置妾媵。男戴三角帽，其鞋韈衣制窄小，男下體著褲，女則施裙而已。色以紅、緑、白爲吉，青爲凶。相見脱帽、握手爲禮。多佩刀，飲食用金銀器。人有喪，即日營殯葬。所親送葬，相與掩土而歸。男女閉户號泣，不設位，斷煙火，所親饋之食則食。七日後，始開門生火。王姓名世系，遠者不可考，其近者爲弗氏京亞治，傳子昔斤京亞治，傳孫非立京亞治，即今之王也。乾隆三十年間。

康熙間，英吉利始來通市，後數年不復來。雍正七年後，互市不絶。初，廣東碣石鎮總兵官陳昂奏言：「臣徧觀海外諸國，皆奉正朔，惟紅毛一種，奸宄〔一〕莫測。其中有英圭黎諸國，種族雖分，聲氣則一，請飭督、撫、關、部諸臣，設法防範。」乾隆七年十一月，英吉利巡船遭風，飄至澳門海面，遣夷目至省城求濟。廣東總督策楞，令地方官給資糧，修船隻。先是其互市處所，或於粤，或於浙。二十二年，部議「英吉利不準赴浙貿易」，於是皆取泊〔二〕廣東。每夏秋之交，由虎門入，呈産則有大小絨、嗶嘰、羽紗、紫檀、火石及所製玻璨鏡、時辰鐘表等物，精巧絶倫。二十四年，方嚴絲觔出洋之禁。兩廣總督李侍堯奏言：「近年英吉利夷商屢違禁令，潛赴寧波。今絲觔禁止出洋，可抑外夷驕縱之氣。惟本年絲觔已收，請仍准運還。」奏入，報可。是年，英吉利夷商洪任輝妄控粤海關陋弊。訊有徽商汪聖儀者，與任輝交結，擅領其國大班銀一萬三百八十兩。按交結外國，互相買賣，借貸財物例治罪。二十七年，英吉利夷商白蘭求照前通市，兩廣總督蘇昌奏準，照東洋銅商搭配綢緞之例，酌量配買。每船準買土絲五千觔，二蠶湖絲三千觔，其頭蠶湖絲及綢綾緞疋仍禁止，不得影射。自是英吉利來廣互市，每船如額配買，歲以爲常。其明年，并準帶綢緞成疋〔三〕者二千觔。〔四〕

〔一〕哈佛燕京圖書館藏本爲「奸究」，中復堂全集本（同治六年本）、筆記小説大觀本、叢書集成三編本皆爲「奸宄」。海國圖志卷五二英吉利廣述中：「惟紅毛一種，奸宄莫測」。故據而改「究」爲「宄」。

〔二〕哈佛燕京圖書館藏本爲「收泊」，中復堂全集本（同治六年本）、筆記小説大觀本、叢書集成三編本皆爲「取泊」，今據而改「收」爲「取」。

〔三〕哈佛燕京圖書館本爲「疋」，中復堂全集本（同治六年本）爲「匹」，叢書集成三編本、筆記小説大觀本爲「疋」。海國圖志卷五二英吉利廣述中：「並準帶綢緞成疋者二千觔。」故據而改「疋」爲「疋」。

〔四〕引自海國圖志卷五二大西洋英吉利國廣述中。

海録曰：英吉利在佛朗機西南對海，由散爹里向北，少西行，經吕宋、佛朗機各境，約二月方到。海中獨峙，周圍數千里。民少而豪富，房屋皆重樓疊閣。急功尚利，以海舶商賈爲業，海中有利之區，咸欲爭之。貿易者徧海内，以明牙剌、即孟加剌。曼達剌薩、孟買爲外府。民十五以上，供役於王，六十以上始止。又多養外國人爲卒伍，故國雖小而强兵十餘萬，海外諸國咸懼。海口埔名懶倫，山口入，舟行百餘里，地名蘭倫，國中一大市鎮也。樓閣連亘，林木葱鬱，居人（密）［富］庶，〔一〕有大吏鎮之。水極清甘，河有三橋，謂之三花橋。橋各爲輪，激水上行。以大錫管藏地中，接注通流。人家用水，不煩挑運，各以小銅管接於道旁，藏牆間，別有小輪激注於器。其禁令嚴，無敢盗取者。國多倡妓，有盛宴，則少女盛服歌舞，富貴家女亦幼習之以爲樂。〔二〕

〔一〕哈佛燕京圖書館藏本、中復堂全集本（同治六年本）、叢書集成三編、筆記小説大觀本皆爲「居人密庶」。海國圖志卷五二英吉利國廣述中載「居人富庶」，故改「密」爲「富」。

〔二〕海國圖志卷五二英吉利國廣述中：「橋各爲法輪，激水上行。以大錫管接注通流，藏於街巷道路之旁。人家用水，俱無煩挑運，各以小銅管接於道旁，錫管藏於牆間，別用小法輪激之，使注於器，王則計户口而收其水税。三橋分主三方，每日轉運一方，令人遍巡其方居民，命各取水，人家則各轉其銅管小法輪，水至自注於器，足三日用，則塞其管。一方遍則止其輪，水立涸，次日別轉一方，三日而遍，周而復始。其禁令甚嚴，無敢盗取者，亦海外奇觀也。國多倡妓，雖奸生子必育之。男女俱衣白，凶服則衣黑，武官俱服紅。女衣其長曳地，上窄下寬，腰間以帶緊束之，欲其纖也。帶頭以金爲扣，兩肩以絲帶絡成花樣，縫於衣上。有盛宴，則令年少美女，盛服歌舞，宛轉輕捷，富貴家女人，亦幼而習之以爲樂。」

四洲記曰：英吉利，本荒島，始自佛蘭西人。因戈倫瓦産錫最佳，有商舶往貿於彼。耶蘇未紀年以前，蠻分大小三十種。居於西者曰墨士厄，居北者曰木利庵斯，居於南者曰西魯力斯，居於糯爾和者曰委力斯，曰矮西尼，居腹地者曰薩濩，曰埂底伊，尚有諸蠻俱居於彌特色斯。舊皆茹血、衣毳、文身，惟墨士厄數種，漸興農事，創技藝，制器械，修兵車，各蠻效之。爲意大里國征服，旋叛旋撫，至耶蘇紀歲百五十年，漢孝桓帝和平元年。分英地爲七大部落，曰景、曰疏色司、曰依掩那斯、曰委屑司、曰落滕馬蘭、曰伊什、曰麻可臘，與鄰部塞循，各自治理。八百年間，唐德宗貞元十五年。委屑司之伊未，遂并七部爲一國，始名英吉利。建都蘭頓，從此不屬意大里國。又二百年，宋真宗咸平三年。爲領墨所攻，遂屬領墨，其後叛服不常。公舉壹貨爲王，傳至顯利二代王，先得愛倫，即哀鄰。次得斯葛蘭。顯利四代王，棄加特力教，而尊波羅特士教。至顯利七代，王娶依來西白剌爲國郡，英夷稱其王妃爲郡。始革世襲之職，皆憑考取録用。開港通市，日漸富庶，遂爲歐羅巴大國。

其職官：曰律好司衙門，管理各衙門事務，審理大訟。曰巴理滿衙門，額設甘彌底阿付撒布來士一人，專轄水陸兵丁。甘彌底阿付委士菴棉士一人，專司賦稅。凡遇國中有事，甘文好司至此會議。甘文好司者，理各部落之事，並付巴鼇滿衙門會議，凡六百十八人，由各部落議舉殷實老成者充之。曰布來勿罔色爾衙門，掌理機密之事，供職者先立誓，後治事。曰加密列岡色爾衙門，額設十名，分管庫印各口。曰古色利衙門，專管審理案件及判事之職。曰經士冕治衙門，專司審理上控案件。曰甘文布列衙門，專審理職官爭控之案。曰溢士知加衙門，專理田土、婚姻之案。曰阿西士菴尼西布來阿士衙門，專司審訊英吉利人犯。曰依尼拉爾戈達些孫阿傅鼇比士衙門，每年審訊各部落人犯四次。曰會臘達文衙門，此官職事原缺。曰歷衙門，每年派馬落百人，稽查各部落地方是否安靜，歸則具結一次。此外，額設律占麻連官，值宿宮衛；馬士達阿付鼇夥士，專司馬政；色吉力達爾押窩，專司收發文書；特里舍鼇阿付利尼微，管理水師船；勃列士頓阿付厘墨阿付特列，專司貿易；委士勃列士頓阿付厘墨阿付特列，副理貿易；比馬士達阿付厘夥士，專司支放錢糧；陂率馬士達依尼拉爾，專司馳遞公文；流底南依尼拉阿付厘曷南士，協理火礮；法士甘縻孫拿阿付厘蘭利委奴，管理田土錢糧；押多尼依尼拉爾，即總兵官；疏利西多依尼拉爾，即副總兵官。其軍伍，額設水師戰艦百有五十，甘彌孫百六十人，管駕水師、戰艦，水師兵萬人，水手二萬二千。英吉利陸路兵八萬一千二百七十一〔一〕名，阿悉阿洲内屬國兵丁萬有九千七百二十名。

〔一〕哈佛燕京圖書館藏本載爲「八萬一千二百七十一名」。中復堂全集本（同治六年本）、筆記小説大觀本、叢書集成三編本皆爲「八萬一千二百七十六名」。海國圖志卷五〇英吉利國總記軍伍：「英吉利陸路兵八萬一千二百七十一名」。故從哈佛本。

其政事：凡國王將嗣位，則官民先集巴厘滿衙門會議，必新王背加特力教，而尊波羅特士頓教，始即位。國中有大事，王及官民俱至巴厘滿衙門公議乃行。大事，則三年始一會議。設有用兵和戰之事，雖國王裁奪，亦必由巴厘滿議允。國王行事有失，將承行之人，交巴厘滿衙門議罰。凡新改條例，新設職官，增減稅餉，及行楮幣，皆王頒巴厘滿，轉行甘文好司而分布之。惟除授大臣及刑官，則權在國王。各官承行之事，得失勤怠，每歲終會覈於巴厘滿，而行其黜陟。〔一〕

〔一〕引自海國圖志卷五〇英吉利國總記政事。

蘭頓建大書館一所，博物館一所。渥斯賀建大書館一所，内貯古書十二萬五千卷。感彌利赤建大書館一所，有沙士比阿、彌爾頓、士達薩、特彌頓四人，工詩文，富著述。俗貪而悍，尚奢嗜酒，惟技藝靈巧。土產麥、豆、稻，不敷民食，仰資鄰國商販。千八百年，各國封港，外糧不至，本國竭力耕作，糧價始畧減。所產呢羽皆不及佛蘭西。紡織器具，俱用水輪、火輪，亦或用馬，毋煩人力。國不產絲，均由他國采買。其國在歐羅巴極西，四面皆海。南距佛蘭西僅一海港；東近荷蘭羅汶：東臨大海，與士千里、那威耶對峙；西抵蘭的；北抵北極洋，幅員五萬七千九百六十方里，户口千四百一十八萬有奇。國東平蕪數百里，西則崇山峻嶺。〔一〕

〔一〕引自海國圖志卷五〇英吉利國總記雜記。渥斯賀，系Oxford音譯，即牛津。感彌利赤，系Cambridge的音譯，即劍橋。

大部落五十有三，小部落四百八十五：曰彌特色部，即蘭頓國都，其首部也。都在甜河北岸，東西距八里，南北五里，領小部落三。曰落滕(司)[馬]蘭部，〔一〕領小部落十七。曰艮馬倫部，領小部落二十三。曰育社部，領小部落四十三。曰委士摩舍部，領小部落七。曰蘭加社部，領小部落十七。曰支社部，領小部落七。曰那彌部，領小部落七。曰訥鼎含部，〔二〕領小部落八。曰領戈吾社部，領小部落二十二。曰勒倫部，領小部落三。曰利洗達部，領小部落六。曰斯達賀部，領小部落七。曰柰勒社部，領小部落九。曰佛凌部，領小部落二。曰領彌部，領小部落五。曰格那完部，領小部落四。曰敖厄里西島部，領小部落四。曰麻里垣匿社部，領小部落四。曰閦俄墨里部，領小部落三。曰加爾裹部，領小部落三。曰拉落社部，領小部落四。曰希里貨部，領小部落五。曰洼洗士達部，領小部落五。曰窩溢部，領小部落七。曰落斯含頓部，領小部落五。曰韓鼎倫部，領小部落二。曰感密力治部，領小部落四。曰落爾和部，領小部落一十五。曰伊什部，領小部落三十。曰薩濩部，領小部落七。曰赫賀部，領小部落四。曰脈賀部，領小部落五。曰墨經含部，領小部落五。曰惡斯賀部，領小部落五。曰俄羅洗斯達部，領小部落八。曰墨力諾部，領小部落三。曰格爾馬廷部，領小部落三。曰賓目鹿部，領小部落四。曰額臘磨凝部，領小部落七。曰滿茅治部，領小部落三。曰戈倫和爾部，領小部落一十七。曰里完部，領小部落二十三。曰疏馬什部，領小部落十四。曰落爾什部，領小部落十。曰稔社部，領小部落十一。曰含社部，領小部落十六。曰疏色司部，領小部落十六。曰景部，土曠而沃，物産豐盛。所屬落洼之新圭博，在國之南，海舶出入要港，距蘭頓甚近。對海即佛蘭西，實蘭頓咽喉之所。設立落哇大礮臺，水師巨艦多舶此及渣咸兩地。所有軍裝、器械、火藥、火礮，均貯渣咸庫。領小部落十七。曰舍利部，領小部落七。曰脉社部，領小部落五。曰特爾含部，領小部落九。曰蕑島部，［領］小部落四。

〔一〕哈佛燕京圖書館藏本、中復堂全集本（同治六年本）、筆記小説大觀本、叢書集成三編本皆爲「落滕司蘭部」。海國圖志卷五〇英吉利國總記雜記：「落滕馬蘭部，東界海，西、南皆界斯葛蘭，北界特爾含」。故據以改「司」爲「馬」。

〔二〕哈佛燕京圖書館藏本爲「訥鼎含部」，中復堂全集本（同治六年本）、筆記小説大觀本、叢書集成三編本皆爲「訥鼎舍部」。海國圖志卷五〇英吉利國總記雜述：「訥鼎含部，東界領戈吾社，西界那彌，南界利洗達，北界育社。」故從哈佛本。

英吉利所屬斯葛蘭島者，本三島相接，愛倫島人所開，爲士都軋部落。於千六百有三年，明萬曆三十三年。爲英吉利所滅。設官通商，然其衆心至今向士都軋，而不向英國也。其幅員二萬九千六百方里，大部落三十，領小部落三百三十八，以伊鄰麻社爲首部。〔一〕愛倫國者，亦英吉利所屬，在英吉利西少北，獨峙一島，佛蘭西始開墾，耶蘇紀年九百，始屬於領墨，二百餘年，爲英吉利侵奪。設官約束，法令嚴刻，止准貨物運售蘭頓，不許通他國。部衆劫於威，心皆不服，遂於千六百四十年，明崇禎十三年。聚衆屠殺英人四萬，盡驅餘衆出境，旋爲蘭頓平服。後乘英國與彌利堅連年爭戰，愛倫人始得漸與他國貿易。千七百九十八年，嘉慶三年。英國與佛蘭西爭戰。佛蘭西陰結愛倫人爲助，愛倫遂復叛，軍無紀律，佛蘭西不及救。數月，仍爲英吉利所平。自後英國亦斂其苛政，設愛倫總理大員，駐劄臘墨領。建書館，貯書十萬卷。賦稅，每年徵收銀二千二百萬四百七十六圓。愛倫幅員三萬方里，大部落三十二，小部落四百四十二，以臘墨領爲首都。〔一〕

〔一〕引自海國圖志卷五〇英吉利國總記英吉利所屬斯葛蘭島附記，姚文引用畧有不同。

〔二〕引自海國圖志卷五〇英吉利國總記英吉利所屬愛倫國附記，姚文引用畧有不同。

魏源曰：「西洋國皆奉天主教，故其紀年，以耶蘇生於如德亞，當漢哀帝元壽二年庚申爲託始。今英吉利闢天主教，不供十字架，而其書稱一千八百四十年九月二十日，即道光二十年八月二十五日者，以舊爲歐羅巴屬國，猶隨歐羅巴之稱也。其國所宗教主曰葛尼，其神曰巴底行，距今千有六百二十六年。神有鬚髮，一爲立而合掌仰天之像，一爲跪而合掌仰天之像，在家人奉之。亦有佛像曰巴底利，出家僧供之。僧尼緇衣大袖，無髮。以三月九日祭天，無木主，惟入廟誦經追薦而已。國中女子之權，勝於男子，富貴貧賤皆一妻，無妾，妻死乃得繼娶，雖國王亦止一妃。宮女有娠者，生子亦歸正嫡，止可謂私幸，不得有嬪妾名號，其子亦不得稱庶母也。」〔二〕

道光二十二年，瑩在臺灣，訊取英吉利囚顛林本國陸海兩路形勢，爲圖說入奏，臺人已具梓矣，其時魏默深海國圖志猶未出也。以上諸說，爲顛林所未及，今摘録於此，可全得其要領矣。臺灣原奏圖說，已刻入海國圖志第三十五卷。

〔一〕引自海國圖志卷五三英吉利國廣述下，姚文系節引。

四大洲

戰國時，鄒衍大九洲之說，其書不傳。釋氏乃有四大洲之說，曰：「東勝神洲，南贍部洲，西牛賀洲，北具盧洲。」又曰：「東弗婆提洲，南閻浮提洲，西瞿耶尼洲，北鬱單越洲。」異其名者，各舉方言也。近世西人則以天下爲五大洲，始自利瑪竇，而艾儒畧、南懷仁詳之。以佛說爲妄，魏默深申佛說，而以西人之亞細亞洲、歐羅巴洲併利未加洲，總爲南贍部洲，以南北墨利加洲爲西牛賀洲。曰：「佛經四洲，西人止得其二，其二洲未見。以西人所言，墨瓦臘尼加洲爲東勝神洲，阻於南冰海，西士但知有其地，未遇其人也。」〔二〕默深之說甚辨，詳海國圖志地總論中，未知孰是。然默深所云：「釋氏以北極、南極分上下，而以前後左右爲四方，與儒家六合之說相符。〔三〕其謂天頂爲北者，乃中土人一方斜睨之見。其實，天頂辰極豈偏於北，安得以南極爲南乎？」此説余頗取之。

〔一〕海國圖志卷七四國地總論上釋五大洲：「佛經所謂四大洲者，西人止得其二，而餘未之聞焉。或曰此二洲者，於釋典四洲當爲何洲？曰阿細亞、歐羅巴、利未亞共爲南贍部洲也；南北墨利加則爲西牛貨洲也。……至北具盧洲則隔于北冰海，故海船無遶北海而歸之事。東勝洲則阻于南冰海，故船雖能至南極左右覘其地，而不能遇其人。」

〔二〕海國圖志卷七四國地總論上釋五大洲：「顧闡釋典四洲之誼，謂南洲當在赤道溫帶以下，不當以贍部爲南洲，是蓋泥南極、北極爲南北，不知釋氏以北極、南極分上下，而以前後左右爲四方，同于儒家六合之誼。」

佛經四洲日中夜半

起世經言：「南閻浮提，日正中時；東佛婆提，日則始没；西瞿耶尼，日則初出；北鬱單越，正當夜半，易地皆然。又，閻浮提洲所謂西方，瞿耶尼洲以爲東方。瞿耶尼洲所謂西方，鬱單越洲以爲東方。鬱單越洲所謂西方，弗婆提洲以爲東方。弗婆提洲所謂西方，閻浮提洲以爲東方，南北亦然。」樓炭經云：「日繞須彌山，東方日出，南方夜半，西方日入，北方日中。如是右旋，更爲晝夜。」〔一〕余按：西人地體渾圓之説，自幼聞之以爲信，然獨異其説地下人與地上人足相抵，果爾，則是地下人足皆履地，不知海水在於何處。謂地下之人首上戴天，可也，謂其人首上戴海，可乎？及觀釋氏所言，則天上地下，仍有定分。海自在地之下，日月環繞地之東西，非環繞地之上下。其日月經行之道，則更在海外，人以所立之地斜睨之，則若日月更行海底耳。其實非也，此説於理乃足，西人之言，固未審矣。周髀算經亦云：「日運行處極北，北方日中，南方夜半。日在極東，東方日中，西方夜半。日在極南，南方日中，北方夜半。日在極西，西方日中，東方夜半。凡此四方者，天地四極四和。」[二]然則中國之有此説久矣。樓炭經安知非譯經之人，依傍算經而爲之乎！理足之言，可謂善於依傍矣。

[一]引自海國圖志卷七四國地總論上釋五大洲。起世經又稱起世因本經，系佛陀解説宇宙形成、發展、組織與滅亡的經書。凡十卷，隋代闍那崛多譯。收於大正藏第一册。內容主要包括四部分，首先闡述劫前世界狀況；其次闡述世界壞滅時世間經歷的諸多劫難；再次闡述新世界成立的狀況；最後闡述世間衆生的誕生。樓炭經，系西晉三藏法師法立、法炬譯，分爲六卷十三品，即閻浮利品、郁單曰品、轉輪王品、泥犁品、阿須倫品、龍鳥品、高善士品、四天王品、忉利天品、戰鬥品、三小劫品、災變品、天地成壞品。闡述了四洲之相狀、世界之成立及其破壞時期。

[二]周髀算經卷下之一：「四和者，謂之極，子午卯酉得東西南北之中，天地之所和，四時之所交，風雨之所會，陰陽之所和，然則百物阜安，草木蕃庶，故曰四和。」

四洲四主

釋典云：「贍部洲中有四主，東人主即震旦，南象主即印度，北馬主即蒙古、哈薩克，西寳主即大、小西洋。」〔一〕默深謂是阿細亞、歐羅巴、利未加，皆屬贍部洲之證。余謂：「此釋氏自以所生之國，在印度者爲中國，其言四方，皆據中印度言之也。印度向南之國，象最多，耕田、載運、戰陣，無不以之；蒙古、哈薩克之地，馬最蕃衍；大小西洋諸國，專重貿易，寳物最富，故以其方所産最多者爲主。誠然，若震旦之人主，則默深所據西洋人之書，其證明矣。」

澳門新聞録曰：「中國人民，居天下三分之一，生齒之繁，無國可比。即如俄羅斯，地方百四十一萬四千四百方里，户口不過四千一百九十二萬五千名。而中國只湖廣一省，廣不過十四萬四百七十方里，已有户口四千五百零二萬名；江南地方，九萬二千九百方里，户口即有七千二百萬名。由此觀之，中國只有一省，即抵佛蘭西、英吉利、歐羅巴特鼇阿三國之人民。」〔二〕又華事夷言曰：「中國繁庶，甲乎四海，但即廣東一省之人，可敵他方十餘國。各國皆地廣人稀，即印度户口最稠，亦尚有曠土。中國則不惟平地皆田，即山巔嶺側，無不層層開墾，寸壤不遺。其散布於海外各國者，尚不知凡幾，其繁庶誠四海所未有。」默深云：「由是觀之，則東方之宜人信矣。」〔三〕

余謂天地之性人爲貴，此佛法所以東來震旦，穆哈默德、耶穌之徒，亦無不景企中國也。

〔一〕海國圖志卷七四國地總論上釋五大洲：「梵典言贍部洲中有四主，東人主即震旦，南象主即印度，北馬主即蒙古、哈薩克，西寶主即大小西洋，是歐羅巴、利未亞皆屬贍部洲之明證。」

〔二〕〔三〕皆引自海國圖志卷七四國地總論上釋五大洲。

佛法興衰

魏默深曰：

隋書經籍志：「佛説滅度以後，正法五百年，象法一千年，末法三千年。」〔一〕考耶穌生漢哀帝元壽間，上距周莊王十年，恒星不見，佛生閲八十歲涅盤，當周匡王六年，凡六百有二歲，而天主耶穌生，力距佛教，此正法五百年之應。漢元壽下距開皇十四年，回教穆哈默德辭世之歲，共五百九十四年，内除其生世數十載，正五百餘年，驅僧毁寺，變西北諸印度爲回教，此像法千年之應。是則自周至漢至隋，佛教東流，而天主與天方，迭據印度，代興持世，入主出奴，各乘氣數皆懸記於千載之前，而符合乎千載以下。天時人事，有開必先，不翅五德迭王、文質遞尚焉！而近日黟縣俞正燮，作釋迦文佛生日論，獨謂佛生於漢成帝元延元年四月丁丑，沸星四面下至地之日，與耶穌生同時。至隋世，回教興，始爲正法五百之歲。由其説，則佛生距漢明帝永平三年感夢之時，僅七十二歲，是佛與明帝同時，遽已名聞漢廷。光徵帝夢，而白馬駝經之使，竟當親覿金容，而聆口授乎！至像法千年，則俞氏以佛授記，旃檀像於佛滅度千年後，像往震旦當之。見輟耕録元碑。即使果如所論，而旃檀佛像以梁天監十年四月五日至揚都。見法苑珠林。距周匡王六年佛滅度時，千有百載，亦正合千年之讖。若佛滅於漢章帝時，則至梁天監，僅四百餘年耳。佛滅四百載，旃檀佛像已離西域，適中土，安得謂四方像法垂千年乎？俞氏於漢永平之夢，則欲滅佛壽爲六十七歲以就之，於像法千年，又有旃檀像，至宋太平興國，始移東都當之。不以其離西土之歲，而以其在中土遷移之歲，則此像至今尚存燕京旃檀寺，不將謂像法二千年耶！考證彌勒，〔二〕蹐盩彌遠。天方闢佛，天主豈不闢佛，乃以正法之替，獨歸之回教乎！計道光二十有二年，距周匡王五載，佛滅度之歲，凡二千有四百四十四年，距漢元壽初天主耶穌降生之歲，千有八百四十二年，距隋開皇十四載回教主辭世日，千有二百五十年。今列中國西洋年表，而以回教、佛教年歲綴其後云。〔三〕

瑩謂家語孔子言黃帝之德三百年，〔四〕曰服其教者百年，畏其神者百年，蓋在崩後，然天下被其德者萬世，豈止三百年而已。釋氏正法五百年、像法千年之説，仿佛其意，固實有事證，未可盡以爲荒誕也。特中土未得異域之書，足不出乎房闥，輒以聞見不及而誕之，此何異夏蟲語冰乎？佛生之歲，前乎孔子行其教於西，以先聖之多聞，寧不之知，特不欲以惑吾人。故曰「索隱行怪，後世有述焉」，〔五〕不曰「後世有作」，則固明有所指矣。列子乃有西方聖人之稱，託其説於孔子，此豈孔子之言哉！及乎今日，異域之言，已盈天下，乃猶爭之曰

「無有是事」，則愚矣。故録佛教、天主、回教之大凡，俾世知其説，無相震驚也。

〔一〕隋書卷三五經籍四：「然佛所説，我滅度後，正法五百年，像法一千年，末法三千年，其義如此。」

〔二〕哈佛燕京圖書館藏本爲「彌勤」，中復堂全集本（同治六年本）、筆記小説大觀本、叢書集成三編本皆爲「彌勒」。海國圖志卷七三中國西洋紀年通表：「辯證彌勒」。故據以改「彌勤」爲「彌勒」。

〔三〕引自海國圖志卷七三中國西洋紀年通表。

〔四〕孔子家語卷五五帝德第二三：「播時百穀，時是嘗味草木，仁厚及於鳥獸昆蟲，考日月星辰，勞耳目，勤心力，用水火財物以生民，民賴其利。百年而死，民畏其神。百年而亡，民用其教，百年而移。故曰黄帝三百年。」

〔五〕漢書卷三〇藝文志第一〇：孔子曰：「索隱行怪，後世有述焉，吾不爲之矣。」師古曰：「禮記載孔子之言。索隱，求索隱暗之事，而行怪迂之道，妄令後人有所祖述，非我本志。」

外夷留心中國文字

澳門月報曰：西洋人留心中國文字者，英吉利而外，耶馬尼國爲最，普魯社次之。順治十七年，則有普魯社之麻領部一士人，著書談中國，現貯在國庫內。又有普魯社之摩希彌阿部落教師，亦曾譯出中國四書一部，又有普魯社之般果羅尼部落一名士，曰阿旦士渣，著書論中國風土人情，但用其本國文字。嘉慶五年間，有人曰格那孛羅，熟諳中國文字，但恃才傲物。又有耶馬尼國之紐曼，曾到廣東，回國著一書論佛教，一書論中國風土，將帶回書籍〔一〕與耶馬尼諸國人考究，又繙出詩經一部。又有力達者，著中國地里志一本，說中國如極樂之國，令耶馬尼人人驚異。又有耶馬尼之包底阿，現在佛蘭西國，雕中國活字板，普魯社亦出財助成其事。又有歐色特鼇阿一人曰菴里查，亦著一書論中國錢糧。〔二〕

〔一〕海國圖志卷八一夷情備采上澳門月報論中國：「將帶回許多書籍。」
〔二〕引自海國圖志卷八一夷情備采上澳門月報論中國。

又曰：中國官府全不知外國之政事，又不詢問考求，故至今中國仍不知西洋，猶如我等至今未知利未亞洲內地之事。東方各國，如日本、安南、緬甸、暹羅則不然，日本國每年有一抄報，考求天下，各國諸事，皆其留神。安南亦有記載，凡海上遊過之峽路皆載之。暹羅國中亦有人奮力講求，由何路可到天下各處地方，於政事大得利益。緬甸有頭目曰彌加那者，造天地球、地里圖，遇外國人即加詢訪，故今緬甸國王亦甚知外國情事。中國人果要求切實見聞亦甚易，凡老洋商之歷練者及通事、引水人皆可探問，無如驕傲自足，輕慢各種蠻夷，不加考究。惟林總督行事全與相反，署中嘗有善譯之人，〔一〕又指點洋商、通事、引水二三十位，官府四處探聽，按日呈遞。亦有他國夷人，甘心討好，將英吉利書籍賣與中國。林係聰明好人，不辭辛苦，觀其知會英吉利國王第二封信，即其學問長進之效驗。〔二〕

又曰：道光十七八年，澳門有依濕雜說，乃西洋人士羅所印由英吉利字譯出中國字，以中國木板會合英吉利活字板，同印在一篇。序云：數百年前，英吉利曾有一掌教僧，將本國言語同訥體那言語〔三〕同印，今仿其法。所言皆用中國人之文字。此書初出時，中國人爭購之，因其中多有譏刺官府之陋規，遂爲官府禁止。中國居天下人中三分之一，其國又居阿細亞洲地方之半，周圍東方各國皆用其文字。其古時法律經典皆可長久，其勇敢亦可與高加薩人相等，性情和順靈巧，孝親敬老，皆與歐羅巴有王化國分相等。惟與我等隔一深淵，即是言語、文字不通。〔四〕馬禮遜自言只畧識中國之字，若深識其文學，即爲甚遠。在天下萬國中，惟英吉利留心中國史記、言語，然通國亦不滿十二人，而此等人在禮拜廟中尚無坐位。故凡撰字典、撰雜説之人，無益名利，只可開文學之路，除兩地坑塹而已。〔五〕

〔二〕海國圖志卷八一夷情備采上澳門月報論中國：「署中養有善譯之人。」

〔二〕海國圖志卷八一夷情備采上澳門月報論中國：「即其學識長進之效驗。」

〔三〕訥體那言語即拉丁語。

〔四〕海國圖志卷八一夷情備采上澳門月報論中國：「語言、文字不通。」

〔五〕引自海國圖志卷八一夷情備采上澳門月報論中國。

瑩謂中國周有象胥之官，所以通四方夷狄之言語也。又有外史，掌四方之志，如晉乘、楚檮杌之類，大抵不出禹貢九州之域。蓋三代以來，不勤遠畧，非復黄帝、神農以前，德被遐荒之舊矣。儒者習於所見，皆以侈談異域爲戒，而周穆王之享西王母，漢武之通西域，無不訴其夸侈，爲其病中國也。然而古今異勢，非可拘談，三代王畿，不過千里。其外，自侯、甸以逮要、荒，屏藩以次鞏固，自無事於遠求。及秦、漢以來，天下一統，則昔之所謂要、荒者，今皆吾接壤，直侯、甸耳，豈勤遠畧哉！謂固我屏藩，不勞師於異域可也。若坐井觀天，視四裔如魑魅，闇昧無知，懷柔乏術，坐致其侵陵，曾不知所憂慮，可乎！甚矣，拘迂之見，誤天下國家也！平居大言，謂一事不知爲恥，乃勤於小而忘其大，不亦舛哉！觀英吉利、普魯社、耶馬尼之留心中國文字，日本、安南、緬甸、暹羅之講求記載，是彼外夷者，方孜孜勤求世務，而中華反茫昧自安，無怪爲彼所訕笑、輕玩，致啟戎心也。然如西洋士羅所印，説英吉利留心中國史記、言語，亦不過十二人，禮拜廟中尚無坐位，豈葉公好龍，中外有同慨耶！余於外夷之事，不敢憚煩。今老矣，願有志君子，爲中國一雪此言也。

丹臻江錯回巢

三十日，丹臻江錯使人告辭，回巢，兵從三百餘騎，鼓吹而行。自憤失職無權，坐視兩呼圖克圖桀驁，莫能禁服也。爲一律〔一〕曰：「萬方櫜甲慶承平，小吏嚴符敢憚行。冰雪未消千里凍，觸蠻難罷十年爭。憂時綆短肱空折，懷古心長淚欲傾。佛火一龕忘異域，宵來猶待曉鐘鳴。」

〔一〕後湘續集卷四自題康輶紀行卷後。

陳壽譏蜀不置史

陳壽譏蜀不置史，注記無官，以故行事多遺，災異靡書。諸葛亮雖達於爲政，若此之類，猶未周焉。〔一〕宋唐庚辨之曰：「禮記：人君左史記言，右史記動，〔二〕而周官不聞有所謂左右史者。〔三〕雖有太史，然不以注記爲職。是時諸侯皆有史，豈天子獨闕乎！春秋時，卜田宅者，占雲日者，皆稱太史，則太史殆陰陽家流。然書趙盾者、書崔杼者，亦稱太史，則太史又掌注記。〔四〕蓋方是時，學者通知天人，而卜興廢者，亦不純用蓍龜。太史伯以祝融之功而推楚國之必興，太史趙以虞舜之德而占陳氏之未亡，其議論證據有絶人者，故陰陽、注記得兼掌之。漢司馬談父子爲太史令，以論著爲己任而又掌天官，則兼掌之效，於兹可見。魏晉之際，始置著作郎，自是太史之職，分而爲二，孔明之時未也。後主景（耀煇煇）〔輝〕〔五〕元年，史官奏景星見，於是大赦改元，而曰蜀不置史，妄矣。」

余按：「唐子西此言是矣，然承祚之意，蓋以貢諛晉人，特置著作郎，謂孔明猶未及此，如諱司馬懿畏蜀，則謂孔明不長將畧耳。景星之奏，豈自忘之耶！譙周之識天文，固即太史也。使蜀無置史記注時事，不知承祚爲先、後二主逐年紀事，又憑何書之？」

〔一〕引自三國雜事卷下。

〔二〕三國雜事卷下：「禮記：人君言則左史書之，動則右史書之。」禮記注疏卷二九玉藻：「動則左史書之，言則右史書之。」漢書卷三〇藝文志第十：「左史記言，右史記事。事爲春秋，言爲尚書，帝王靡不同之。」
〔三〕三國雜事卷下：「周禮建官備矣，獨不聞有所謂左右史者。」
〔四〕三國雜事卷下：「則太史又似掌注記者。」
〔五〕哈佛燕京圖書館藏本爲「景耀煇煇」，中復堂全集本（同治六年本）、叢書集成三編本、筆記小説大觀本皆爲「景耀非煇」，今據三國雜事卷下所載「按：後主景輝元年」，故改爲「景輝」。

蜀漢諸賢蚤卒

子西又云：「龐德公以孔明爲卧龍，士元爲鳳雛，則士元之齒當少於孔明。孔明卒時年五十四，而士元先卒二十有二年，則士元物故，尚未三十也。〔一〕建安二十四年，先主始王漢中，是歲關侯卒。〔二〕明年，黄忠、法正卒。又明年，張桓侯卒。〔三〕又明年馬超、馬良卒。基業未就，而一時功臣相繼淪謝，如有物奪之者。明年，後主踐祚，〔四〕舊人獨有孔明、趙子龍。後七年，子龍卒。〔五〕又五年，孔明卒，而勳舊於是乎盡。正卒時年四十五，超年四十七，良年三十五，自餘不著其年。桓侯傳稱關侯所長數歲，〔六〕飛以兄事之，則卒時〔七〕年纔五十許。霍峻年四十。此數傑者，皆以高才早逝，〔八〕而譙周至七十餘而終，天不祚漢明矣。」

余按：「蜀漢諸人年歲，子西所考備之，記此有同慨焉。」

〔一〕三國雜事卷下：「尚未三十也，豈不惜哉。」
〔二〕三國雜事卷下：「是歲關羽卒。」
〔三〕三國雜事卷下：「張飛卒。」
〔四〕三國雜事卷下：「後主踐阼。」
〔五〕三國雜事卷下：「舊人獨有孔明、趙雲。後七年，雲卒。」
〔六〕三國雜事卷下：「飛傳稱，少與羽俱事先主，羽年長數歲。」
〔七〕三國雜事卷下：「飛兄事之，則飛卒時。」
〔八〕三國雜事卷下：「皆以高才早世。」

晉時鵞極難得

世説王右軍愛鵞，至手書道德經換之。竊疑鵞一常物耳，何愛之若此。頃見宋趙叔向肯綮録云：「今自淮而北，極難得鵞。南渡以來，虜人奉使，必載之以歸。晉宋以前，〔一〕雖南方亦不多得，武陵王至，手自割炙。〔二〕劉毅謂庚悦曰：『身今年未得子鵞，豈能殘炙見惠？』庚不答，至爲死讐。會稽有孤居姥養一鵞，王右軍求市，不得，至攜親友命駕就觀，又爲道士寫五千言而易鵞，則知當時亦難得見也。唐時價每隻猶三二千。」觀此，乃知右軍愛鵞之説。

〔一〕肯綮録晉宋前南方鶱貴：「予謂晉宋以前。」
〔二〕肯綮録晉宋前南方鶱貴：「以武陵王至，手自割炙。」

東坡先生易簀事

趙又記東坡先生易簀事云：東坡建中靖國初，寓居毘陵，無何以疾請老。疾亟，一日，折簡錢世雄濟明云：「昨日齒中出血，如蚯蚓狀無數，蓋是熱毒根深不淺，即今諸藥盡，惟人參、〔一〕茯苓、麥門冬瀹湯，渴即飲之。莊子云：『在宥天下，未聞治天下也。』三物可謂在宥矣，此而不愈則天也。」又徑山長老惟琳來問疾，説偈，〔二〕答曰：「與君皆丙子，各已三萬日。一日一千偈，電往那能詰。大患緣有身，無身即無疾。平生笑什麼，神咒真浪出。」琳問神咒事，索筆書：「昔鳩摩羅什病亟，出西域神咒三番，令弟子誦以免難，不及事〔三〕而終。」併出一帖云：「某嶺海萬里不死，歸宿田里，有不起之憂，非命也耶！但死生亦細故耳，爲佛法，爲衆生自重。」蓋絶筆也。迨將屬纊，聞觀先離，琳叩耳大聲曰：「端明宜勿忘西方。」先生曰：「西方不無，但個裏著力不得。」錢濟明云：「先生平時踐履，至此更須著力。」曰：「著力即差。」語絶而逝。

瑩謂先生生平，胸襟灑洛，脱離塵垢，蓋由天分之高，更貫穴百家，精通内典，閲歷身世，功名患難，一切明了。其於死生之際，脱然一無罣碍，不其宜乎！然西方者，特諸佛所生之地，今則無矣。徑山猶以西方二字囑付，何其滯也！佛果必在西方耶，四維上下虚空，何非佛者。先生答語，高於徑山，而余亦不能無疑。「著力即差」四字，則洞然耳。

〔一〕肯綮録東坡易簣：「惟取人參。」
〔二〕肯綮録東坡易簣：「乞偈。」
〔三〕肯綮録東坡易簣：「雖不及事。」

鄭夾漈詩

鄭夾漈〔一〕先生專精考博，疑其拙於詩也。得其遺稿，詩殊清腴有味，如穀城山松隱巘云：「青嶂迴環畫屏倚，晴窗倒入春湖水。村村叢樹緑於藍，列列行人去如蟻。新秧未插水田平，高低麥隴相縱横。〔二〕黄昏倦客忘歸去，孤月亭亭雲外生。」送芹齋云：「千載清風去不留，何人能伴赤松遊。乞骸直到骸歸去，〔三〕告老須臨老盡頭。元亮田園何處有，向平婚嫁幾時休。湖州别駕發深省，掛卻朝冠便自由。」題溪東草堂云：「春融天氣落微微，〔四〕藥草葱芽脈脈肥。植竹舊竿從茂謝，栽桃新樹忽芳菲。天寒堂上燃柴火，日煖溪東解虱衣。興動便攜樽到嶺，人生真性莫教違。」湘妃怨云：「黄埃遊輦轂，翳日冷旌麾。龍去攀髯遠，鸞孤對影微。魂沉江縹緲，淚染竹依稀。枯樹空千載，寒松已十圍。蘆花深月色，燐火劇螢飛。橫笛瀟湘暮，哀猿何處啼。」〔五〕北山石〔六〕云：「西風曳曳片雲間，一夜寒泉卧北山。倚杖岩頭秋獨望，稀疏煙壟是人間。」偶録數首，不愧高人風味也。

〔一〕鄭夾漈，即鄭樵，字漁仲，莆田人，居夾漈山中，自稱溪西遺民。著通志，書成，入爲樞密院編修。生平鋭於著述，已成者凡四十一種，未成者八種。並見於所作獻皇帝書中，故當時以博物洽聞著，而未嘗以文章名。有夾漈遺稿三卷，陳振孫書録解題以下亦皆不著録。此本前後無序、跋，不知所人所編。上卷古近體詩五十六首；中卷記一篇，論一篇，書二篇；下卷書三篇。其詩不甚修飾而蕭散無俗韻，其文滉瀁恣肆，多類唐李觀、孫樵、劉鋭，在宋人中亦自爲別調。

〔二〕夾漈遺稿卷一穀城山松隱巘：「高低隴麥相縱横。」

〔三〕夾漈遺稿卷一送芹齋：「乞骸直到骸歸日。」

〔四〕夾漈遺稿卷一題溪東草堂：「春融天氣露微微。」

〔五〕夾漈遺稿卷一湘妃怨：「哀猿何處歸。」

〔六〕夾漈遺稿卷一載爲「北山巖。」

岳忠武降乩

岳忠武王，以紹興十一年十二月除夜，死於臨安獄中。明年元夕，常州有人扶鸞，箕重不可舉。忽大書曰：「辛苦提兵十二秋，功多怨少未爲讐。主恩未報遭讒謗，幽壤含悲暗點頭。」其後書飛押字。是時猶不知王坐獄及死事也。後有人至臨安茶肆中，偶與人言，遂爲邏事者所捕，以送棘寺，窮治其獄。事見趙叔向肯綮録。余謂王之寃獄，亘古所無，乃神自言之，忠厚乃爾，殊無怨懟，精忠之義，生死不殊，讀之使人悲敬。孫白谷大司馬，於乾隆年間嘗降箕詩於灤州曰：「一代英雄付逝波，壯懷空（執）［握］魯陽戈。〔一〕廟堂有策軍書急，天地無情戰骨多。故疊春生新草木，游魂夜覽舊山河。陳陶十郡良家子，杜老（吞聲）［酸吟］意若何。」〔二〕後書（杏）［柹］園敗將，〔三〕知爲孫公。事見紀文達灤陽銷夏録。〔四〕忠義之辭，先後一轍如此。

〔一〕哈佛燕京圖書館藏本、中復堂全集本（同治六年本）、筆記小説大觀本、叢書集成三編本皆爲「執」。今據閱微堂筆記卷七如是我聞一：「壯懷空握魯陽戈」，故改「執」爲「握」。

〔二〕哈佛燕京圖書館藏本、中復堂全集本（同治六年本）、筆記小説大觀本、叢書集成三編本皆爲「吞聲」。今據閱微堂筆記卷七如是我聞一：「杜老酸吟意如何」，故改「吞聲」爲「酸吟」。

〔三〕閱微堂筆記卷七如是我聞一：「署名曰柹園敗將。皆悚然，知爲白谷孫公也。柹園之役，敗於中旨之促戰，罪不在公。詩乃以房琯車戰自比，引爲己過。正人君子之用心，視王化貞輩僨轅誤國，猶百計卸責于人者，真三光之於九泉矣。大同杜生宜滋亦録有此詩，『空握』作『辜負』，『春滋』作『春添』，『意若何』作『竟若何』，凡四字不同。蓋傳寫偶異，大旨則無殊。」哈佛燕京圖書館藏本、中復堂全集本、叢書集成三編本、筆記小説大觀本等皆爲「杏園」，今據閱微堂筆記所載，故改「杏」爲「柹」。

〔四〕閱微草堂筆記卷七如是我聞一：「曩撰灤陽消夏録，屬草未定，遽爲書肆所竊刊，非所願也。然博雅君子或不以爲紕繆，且有以新事續告者，因補綴舊聞，又成四卷。歐陽公曰：物嘗聚於所好，豈不信哉？緣是知一有偏嗜，必有浸淫而不自已者，天下事往往如斯，亦可以深長思也。辛亥七月二十一日題。」此事見於紀昀閱微草堂筆記卷七如是我聞一所載。

州縣提綱

宋陳襄字述古，東坡先生所與往還同志者也。著有州縣提綱，〔一〕其目曰潔己，曰平心，曰專勤，曰奉職循理，曰節用養廉，曰勿求虚譽，曰防吏弄權，曰同僚貴和，〔二〕曰嚴内外之禁，曰防私覿之欺，曰戒親戚販鬻，曰責吏須自反，曰燕會宜簡，曰吏言勿信，曰時加警察，曰晨起宜早，曰事無積滯，曰情勿壅蔽，曰四不宜帶，謂親隨僕友中，不宜帶醫卜僧道。曰三不行刑，一我醉，二彼醉，三羸瘠。曰俸給無妄請，曰防市買之欺，曰怒不可遷，曰盛怒必思，〔三〕曰疑事貴思，曰勿聽私語，曰勿差人索迓。凡二十(七)〔八〕則，〔四〕皆切要語也。天理人情，去私杜弊，居官者不可不讀。今摘其目，可以知其書矣。元人章貢黎志遠刻之，吴草廬爲之序。

〔一〕州縣提綱，四卷，不著撰人名氏。楊士奇文淵閣書目題陳古靈撰。古靈者，宋陳襄别號。襄字述古，侯官人。慶曆二年進士，解褐授浦城尉官，官至右司郎中、樞密直學士。卒年六十四，贈給事中。

〔二〕州縣提綱目録卷一：「曰同僚貴和，曰防閑子弟。」
〔三〕州縣提綱目録卷一：「曰盛怒必忍。」
〔四〕原文脱「曰防閑子弟」，故爲「二十七則」。今據州縣提綱目録卷一載，增「曰防閑子弟」，故爲「二十八則」。

古人不死其親

檀弓子游曰：「始死，脯醢之奠將行，遣而行之。既葬而食之，未有見其饗之者也。自上世以來，未之有舍也，爲使人勿倍也。」〔一〕讀此，可見古人不死其親之義。夫鬼神一氣耳，人生而有血肉之養，死則饗血肉之氣。熟食以後之人，死而不薦以熟，享者其愀然矣！薦熟，則必温之，欲申其氣，庶鬼神可饗也。今人祭祀，或不以熟，或熟而不熱，皆未之思爾！

〔一〕禮記注疏卷九檀弓下：「始死，脯醢之奠將行，遣而行之，既葬而食之。注：將行，將葬也，葬有遣奠食，反虞之祭。食音嗣，注：同謂虞祭也。未有見其饗之者也。自上世以來，未之有舍也，爲使人勿倍也。」

三魂七魄

人之有魂魄也，古人言之矣。〔一〕魂之有三，魄之有七，何也？曰：魂魄者，人所受於天，而以之爲知覺運動者也。運動由氣，知覺者，氣中之精，主此氣而運動之。其爲物也不貳，即心即性，虛靈不昧，所謂魂者此物，所謂魄者亦此物也。曷爲其魂之而且三之？又曷爲其魄之而且七之乎？曰：魂者，知覺之清虛而靈者也。念念清明，無感不動，動焉而慈祥惠愛，則謂之仁；動焉而聰明敏慧，則謂之知；動焉而發强剛毅，則謂之勇。其德有三，皆清虛而靈者爲之，故其物也陽明而上申，斯有魂之名矣。魂惟一也，以具此三德，遂從而三之，曰三魂。魄者，知覺之昏濁而蠢者也。昏庸沈滯，執迷不脱，展轉於喜、怒、哀、懼、愛、惡、欲之七情。其感不同，而情有七，變清虛爲昏濁，變靈爲蠢，故其物也陰暗而下降，斯有魄之名矣。魄惟一也，以迷於七情，遂從而七之，曰七魄。賢者保其三德，不墮七情，則有魂而無魄，非無魄也，魄從魂化也。愚人淪於七情，失其三德，則有魄而無魂，非無魂也，魂爲魄囚也。余饗有言：至人以魂化魄，不以魄囚魂者，此之謂也。

〔一〕白虎通義卷下情性：「魂魄者，何謂？魂尤伝伝也，行不休於外也，主於情。魄者，迫然著人，主於性也。魂者，芸也，情以除穢；魄者，白也，性以治內。」古微書卷二七孝經緯：「魄，白也；魂，芸也。白，明白也；芸芸，動也。

形有體質，取明白爲名；氣唯嘘吸，取芸動爲義。」

神悟道不貪血食

少時見一書，言一方崇祀一神，極具靈顯，香火血食之盛異常。有老僧過之曰：「墮落哉！神也。」其夜，神果乞僧超度，僧爲説法，其神感悟而去，自是民人祈禱不靈，香火遂絶。讀之初不甚解，亦未究其所説何法也。頃閒思之，蓋惡其貪著耳。夫聰明正直之謂神，乃以血食香火之故，久作威福於一方，是弄其聰明正直也。以其聰明正直而沾沾於血食香火，惡在其爲聰明正直乎！凡夫歷劫不能自脱者，皆爲貪著一念，展轉沈淪耳。心無貪着，則威福胥忘，并聰明正直亦自忘之，而何有於香火血食，何有於一方哉！吾不難於老僧之説法，而難於此神之聞言感悟也。自世人言之，反疑此神經老僧一過，失其靈矣。豈知神之得失，非世情之得失哉。嗟呼！人能不自有其聰明正直，是乃所以爲聰明正直也。

報川藏

十月初六日，宣太守以兩呼圖克圖不遵判，報川藏。

禹貢四載

禹貢「四載」，古説不同。孔安國云：「水以舟，陸以車，泥以楯，山以樏。」〔一〕此一説也。夏本紀云：「水乘舟，陸乘車，泥乘橇，山乘檋。」〔二〕河渠書作「山乘橋」，溝洫志作「山即梮」。〔三〕此二説也。許叔重注淮南子云：「水宜舟，陸宜車，沙地宜肆，泥地宜楯。」〔四〕此三説也。而許自爲説文又云：「水乘舟，陸乘車，山乘樏，澤乘輴。」此四説也。尸子云：「行塗以楯，行險以撮，行山乘樏，行沙乘軌。」此五説也。其解之者，如淳云：「橇以板置泥上通行，檋以錐，如錐頭，長半寸，施之履下以上山，使不跌。」〔五〕孟康云：「木橇形如箕，擿行泥上。」〔六〕羅泌、楊慎皆從尸子。羅以「輴軌樏橇」，是曰「四載」。舟車常所乘，宜不在四内。其字之音讀，則諸家以橇作蕝，祖芮切。檋音鞠。〔七〕楯與輴同，敕倫切。〔八〕樏，力追切。羅謂橇非輴也，宜音撮。險所乘者。檋與梮同，即樏也，當讀如濟漯之漯。其音作橋者，殆梮之轉音。楊合諸家爲之説云：「行塗以楯，行險以樶，行山乘樏，行沙乘軌。塗即泥也，楯即輴也，輁也，檋也，狀如長狀穿程，當作長牀穿繩。前後著兩金而關軸焉。其狀庳下而寬廣，故行塗用之。樶即橇也，如晉人登山履，今人之腳澁中用木，故字從木。上係用繩，故字從毳。下用鐵釘之，使不跌，故行險用之。樏即欙，與周禮輁車同制。如今

之泰山轎，以人拽繩爲牽，去聲。周禮所謂輓以任載器也，〔九〕故登山乘之軌車，最使沙不能陷，故行沙乘之，行塗行險曰以，此下當有行山二字。行沙曰乘。蓋有升車與徒步之別，總名曰四載云。」〔一〇〕

余按：尸子之說，亦有可疑。夫泥沙與山皆險也，泥沙之險爲其陷，山之險爲其跌。今於泥山、沙外，又列之以險，將何指乎？山如不險，又何用載！豈以山有高大而不險者？故出險以別之歟。如升庵之解，以橇如登山屐，使不跌，則橇與樏皆登山之載矣。謂樏與輁車同制，如今之登山轎，此說良是。夏本紀「山乘檋」，河渠書作「山即橋」，可見二者一物，檋字從木從共、車，非今之山轎，而何以「橋」爲「轎」，俗字固有所從來也。升庵又謂「行險行塗曰以行山，行沙曰乘。」此自以解尸子可耳。禹貢明言「予乘四載」，何嘗分別耶。載即有乘義，特乘以人言，載以物言，皆謂人有憑駕以行者，豈升車徒步之說乎？自來說經諸家，往往詳於傳注，而不覺其背於本經，是以謂之支離。

〔一〕尚書注疏卷四虞書：「予乘四載，隨山刊木。傳：所載者四，謂水乘舟，陸乘車，泥乘輴，山乘樏。隨行九州之山林，刊槎其木，開通道路，以治水也。」尚書疏衍卷二予乘四載：「孔傳：謂水乘舟，陸乘車，泥乘輴，山乘樏，後儒皆從之。舟車不易可矣，輴，史記夏本紀作橇，河渠書作毳，漢書溝洫志亦作毳，尸子作蕝，實一物也。」

〔二〕史記卷二夏本紀：「陸行乘車，水行乘船，泥行乘橇，山行乘檋。」

〔三〕尚書疏衍卷二予乘四載：「河渠書作橋。漢書溝洫志作梮，實一物也。」

〔四〕路史卷四六四載：「淮南子云：物無貴賤，因其所貴，舟車楯肆窮廬，固有所宜也。許氏以爲水宜舟，陸宜車，沙

地宜肆，泥地宜楯，草野宜窮廬。」

〔五〕尚書疏衍卷二予乘四載：「如淳謂以板置泥上以通行，路夫置板以行泥，此拙帶之法，不可以變通轉移。……如淳曰梮謂以鐵，如錐頭，長半寸，施之履下，不蹉跌也。」

〔六〕尚書疏衍卷二予乘四載：「孟康曰：橇行如箕，擿行泥上。」路史卷四六四載：「孟服謂木橇形如箕，擿行泥上。」

〔七〕路史卷四六四載：「橇，尸子作蕝，集韻同爲祖芮切，舊亦音蕝，而樺乃音鞠。」

〔八〕路史卷四六四載：「軕與楯、輴同，敕倫切。」

〔九〕周禮注疏卷一一：「大軍旅會同正治，其徒役與其輦，輦戮其犯命者。注：輦，駕馬，輦人輓行，所以載任器也。」

〔一〇〕引自丹鉛餘録續録卷三四載。

佛蘭西

明史曰：佛郎機，古不知何國。〔一〕正德中，據滿剌加國，〔二〕逐其王。十三年正月，遣使臣加必丹末〔三〕等貢方物，請封。〔四〕詔給方物之直，遣之還。其人久留不去，剽劫行李，〔五〕已而夤緣中貴，許入京。〔六〕武宗南巡，其使火者亞三，因江彬侍帝左右。帝時學其語爲戲。〔七〕其留懷遠驛者，益掠買良民，築室立寨，爲久遠計。〔八〕御史邱道隆言：「滿剌加乃我敕封之國，〔九〕而佛郎機敢併(不)[之]，〔一〇〕且啗我以利，邀求封貢，必不可許。」〔一一〕御

史何鰲言：「佛郎機最凶狡，兵械較諸蕃獨精。前駕大舶〔一二〕突入廣東會城，礮聲殷地。留驛者違制交通，入都者桀驁爭長。今聽其往來貿易，勢必爭鬭殺傷，南方之禍，殆無紀極。〔一三〕乞悉驅在澳蕃舶及蕃人潛居者，禁私通，嚴守備，庶一方獲安。」疏下禮部，言：「道隆先宰順德，鰲順德人，故深悉利害，〔一四〕宜俟滿剌加使臣至，詰佛郎機侵奪鄰邦，擾亂內地之罪，奏請處置。其他悉如御史言。」報可。明年，武宗崩，亞三伏誅，絶其朝貢。其將別都盧率其屬踈世利等駕五舟，〔一五〕横行海上，擊破巴西國。

〔一〕明史卷三二五外國傳佛郎機：「佛郎機，近滿剌加。」
〔二〕明史卷三二五外國傳佛郎機：「正德中，據滿剌加地。」
〔三〕明史卷三二五外國傳佛郎機：「加必丹末。」
〔四〕明史卷三二五外國傳佛郎機：「請封，始知其名。」
〔五〕明史卷三二五外國傳佛郎機：「剽刼行旅，至掠小兒爲食。」
〔六〕明史卷三二五外國傳佛郎機：「已而夤緣鎮守中官，許入京。」
〔七〕明史卷三二五外國傳佛郎機：「帝時學其語以爲戲。」
〔八〕明史卷三二五外國傳佛郎機：「其留懷遠驛者，益掠買良民，築室立寨，爲久居計。」
〔九〕明史卷三二五外國傳佛郎機：十五年，御史丘道隆言：「滿剌加乃敕封之國。」
〔一〇〕哈佛燕京圖書館藏本「佛郎機敢併不」，中復堂全集本（同治六年本）、筆記小説大觀本、叢書集成三編本皆爲「佛郎機敢併之」，今據以改「不」爲「之」。

〔一一〕明史卷三二五外國傳佛郎機：「決不可許。」

〔一二〕明史卷三二五外國傳佛郎機：「前歲駕大舶。」

〔一三〕明史卷三二五外國傳佛郎機：「祖宗朝貢有定期，防有常制，故來者不多。近因布政使吴廷舉謂缺上供香物，不問何年，來即取貨。致番舶不絶於海澨，蠻人雜遝於州城。禁防既疏，水道益熟。此佛郎機所以乘機突至也。」

〔一四〕明史卷三二五外國傳佛郎機：「鼈即順德人，故深晰利害。」

〔一五〕明史卷三二五外國傳佛郎機：「其將別都盧既以巨礮利兵肆掠滿剌加諸國，横行海上。復率其屬踈世利等駕五舟。」

嘉靖二年，寇新會之西草灣，指揮柏榮、百户王應恩禦之。生擒別都盧、踈世利等四十二人，斬首三十五級，獲其二舟。餘賊復率三舟接戰。應恩陣亡，賊亦敗遁。官軍得其礮，即名佛郎機，副使汪鋐進之朝。九年，鋐爲右都御史，〔一〕上言：「今塞上墩臺城堡未嘗不設，乃寇來輒遭蹂躪者，蓋墩臺止瞭望，城堡又無制遠之具，此所以往往受困也。〔二〕當用臣所進佛郎機，其小止二十斤以下，遠可六百步者，則用之墩臺。其大至七十斤以上，遠可五六里者，則用之城堡。五里一墩，十里一堡，大小相依，遠近相應，可坐收不戰之功。」帝從之。其後巡撫林富上言：「粤中公私諸費，多資商稅，蕃舶不至，則公私皆窘。許佛郎機通市有四利。」部議，又從之。自是佛郎機得入香山澳爲市，而其徒又越境商於福建。至二十六年，朱紈爲巡撫，嚴禁通蕃。其人無所獲利，犯漳州之月港、浯嶼。〔三〕副使柯喬等禦卻之。二十八年，又犯詔安。官軍近擊於走馬溪，〔四〕生擒賊首李光頭等九十六人，餘遁去。

紈用便宜斬之，怨紈者御史陳九德劾其專擅。帝遣給事中杜汝楨往驗，言此滿剌加商人，歲招海濱無賴之徒，往來鬻販，無僭號流劫事，紈擅自行誅，如御史所劾。遂被逮，自殺。蓋不知滿剌加即佛郎機也。自紈死，海禁復弛，佛郎機遂縱橫海上。〔五〕

〔一〕明史卷三二五外國傳佛郎機：「九年秋，鋐累官右都御史。」
〔二〕明史卷三二五外國傳佛郎機：「故往往受困。」
〔三〕明史卷三二五外國傳佛郎機：「則整衆犯漳州之月港、浯嶼。」
〔四〕明史卷三二五外國傳佛郎機：「官軍迎擊於走馬溪。」
〔五〕明史卷三二五外國傳佛郎機：「佛郎機遂縱橫海上無所忌。」

皇清四裔考曰：佛郎機一名和蘭西，亦紅毛蕃种也。東與荷蘭接，其國都地名巴離土，至中國水程五萬餘里。從羅令山峽出口，境絶險，風俗畧同荷蘭、英吉利諸國。順治四年八月，廣督佟養甲疏言：佛郎機國人，寓居壕境澳門，與粵商互市，於明季已有歷年。後因深入省會，遂飭禁止。請嗣後仍準蕃舶通市。自是每歲通市不絶，惟禁入省會。〔一〕

職方外紀〔二〕曰：拂郎祭即佛蘭西國，在「倚西把尼東北，〔三〕南起四十一度，北至五十度，西起十五度，東至三十一度。周一萬一千二百里，地分十六道，屬國五十餘。其都城名把理斯設。一共學生徒嘗四萬餘人，〔四〕併他方學〔五〕共有七所。又設社院以教貧士，一切供億皆王主之。每士許費百金。〔六〕院居數十人，共五十五處。中有一聖王，名類斯者，惡回回佔據如德亞地，興兵伐之。〔七〕始制大銃。因其國在歐羅巴内，回回遂概稱西土人爲拂郎祭，而銃亦沿襲此名。是國之王，天主特賜寵異。自古迄今之主，皆賜一神，能以手撫人瘰瘡，應手而愈。至今其主每歲一日療人，先期齋戒三日。凡患此疾者，遠在萬里之外，預畢集天主殿中。國王舉手撫之，祝曰：「王者撫汝，天主救汝。」撫百人，百人愈；撫千人，千人愈，其神愈如此。〔八〕國王元子，别有土地，供其禄食，不異一小王，他國不爾也。國土極膏腴，物力豐富，居民安逸。有山出石，藍色質脆，可鋸爲板，當瓦覆屋。國人性情温爽，禮貌周全，尚文好學。都中梓行書籍繁盛，甚有聲聞。又奉教甚篤，所建瞻禮天主與講道殿堂，大小不下十萬。初傳教於此國者，原係如德亞國聖人辣雜琭，乃當時已死四日，蒙耶穌恩造，命之復活，即此人也。

〔一〕引自海國圖志卷四〇大西洋荷蘭國沿革所載皇清四夷考，姚文系節録。

〔二〕哈佛燕京圖書館藏本載爲「職方外絕」，中復堂全集本（同治六年本）、筆記小説大觀本、叢書集成三編本皆爲「職方外紀」，今據以改「絕」爲「紀」。

〔三〕職方外紀卷二佛郎察：「以西把尼東北爲拂郎察。」

〔四〕職方外紀卷二佛郎察：「一共學生徒常四萬餘人。」

〔五〕職方外紀卷二佛郎察：「併他學。」

〔六〕職方外紀卷二佛郎察：「每士計費百金。」

〔七〕職方外紀卷二佛郎察：「初興兵伐之。」

〔八〕職方外紀卷二佛郎察：「其神異如此。」

澳門每月統紀傳〔二〕曰：

法蘭西國，東連阿理曼國，西及大西洋西班牙國，南及地中海意大理國，北及英吉利海峽北利潤國，廣大六百二十萬正方里。葉翰池云：職方外紀言拂蘭西國，周一萬一千又二百里。以一千二百里爲截長補短，其一萬里作四方實地，每面當二千五百里，縱橫相乘，得六百二十五萬方里。外紀又言：拂蘭西，南起四十一度，北至五十度，每度二百五十里，九度當二千二百五十里。西起十五度，東至三十一度，相距十六度，當四千里。截長補短，亦僅方二千五百里。與此所言方里合。分八十六部落，田四十萬三千有餘頃，園圃山林，萬八千有餘頃。歲出土産，約價銀九萬三千五百七十四萬員，户三千二百五十萬口。英吉利户口才千四百一十八萬，而拂蘭西户口三千二百五十萬，是多於英吉利一倍有餘。馬二百十七萬，牛六百九十七萬，羊四百五十萬。歲出葡萄酒，價銀約萬有六千萬員。絲繭足用有餘，織綢緞，極精巧。巨戰艦三十六隻，中戰艦三十五隻，火輪舟八隻，各項水師船百八十六隻。水師武官、梢手，共萬有四千九百。商船梢手，三十二萬八千。營兵二十三萬。歲入國帑銀二千五十四萬員，出二千七十萬員，當中國漢代前。

此國土蠻，强梗化外，攻鄰焚掠。羅馬國帥領兵平服蠻族，以其地爲本國屬部。齊明帝二年，土酋擊敗羅馬之兵，創立新國。旋進天主教，立廟建殿，傳至其苗裔，耽聲色，委政臣下。回回國來侵，舉國震恐，有臣曰鎚者，血戰三日，破走敵寇。其孫甲利泰甫，於唐德宗六年登位，才德出衆，創立法制。東界土蠻叠侵，甲利敗之，將和，而羅馬之教皇遣使來約，淨除土蠻，甲利遂進擒蠻王，禁之。復進攻回回，敗還。世子作亂，東蠻悖叛。甲利旋師，虜四千五百人，糜爛之。自赴羅馬國都，與教皇定議，遂爲西朝之君。羅馬即意大里亞，爲天主教之宗國，稱曰教皇。凡西洋各國王即位，必得教皇札付而後立。禮賢興學，文教日進，其所建創，至今遺蹟尚存。崩後，諸子分國戰爭，國中五爵，各自擅權，故王威福不行。

在宋朝時，有民赴猶太國，覲耶穌所活之地，又拜聖墓，往彼聖域。回回族惡之，監禁天主教之信士，殺之。五爵盡起兵擊回回國，取聖城。國王乘其遠出，籍其家産，人心遂离。宋理宗二年，路易王登位，兵政由舊，判事明允，人心悦服。拒破英吉利之兵，攻破回回，名揚四海。嗣王復戰勝英吉利，恃勝而驕，國政混亂，垂及百年。忽有童女勸民出力，驅逐叛逆。法蘭西王先發新教，賢女教之，捕焚新教，廣布善教。

明正德年間，與阿里曼國連戰，王爲所虜，後歸，復結他國報復，勝負相當。萬曆二十五年，顯理王復興正教，百姓歸之，爲邪教之黨所弑。其孫接位，好武用兵，諸國來朝，驕傲凌辱，諸國怨之，糾軍協攻，王憤辱而崩，當康熙五十三年。其孫登位，縱情背理，佞臣、娼妓弄權，奢用公錢，兵敗國虚。新王嗣位，是時北方亞墨里加與英吉利交戰，王助亞墨利加戰勝。然其餉錢漸減，故招爵、僧、民三品會集，尋聚斂之法，〔一〕法國人棄王弑之。七年，國政混亂，有臣曰那波利稔，武功服衆，嘉慶八年爲王。九年，恃强黷武，旋敗失位。前王之苗裔復立，民暫安息。及弟嗣位，復激民變，逐王而别擇親屬立之。道光十年，新王創立國家，受諫寬仁，百姓安堵。論西國之權柄，大有勢力，我英吉利爲第一，俄羅斯爲第二，法蘭西爲第三焉。

顔斯徐海防餘論曰：佛蘭西地廣人多，旗色純白，可與英吉利抗衡。自古有大仇，不能解釋，每二三十年，爭戰一次，每戰輒數年，而後各國爲之講解罷息。近與荷蘭連結，改旗號紅、白、藍三色而豎用。荷蘭國旗，則三色横用。

海島逸誌曰：勃蘭西居西北海，與和蘭、英圭黎，鼎峙爲鄰。其狀貌、衣服、器用並同，惟字跡、言語則異。性甚强悍。少經商之徒，所以罕至葛留巴者。和蘭每受紅毛欺凌，則倚以爲助。勃蘭西國大人衆，英圭黎所畏懼也。

〔一〕引自海國圖志卷四一大西洋佛蘭西國沿革。

〔二〕哈佛燕京圖書館藏本爲「尋聚斂之法」，中復堂全集本（同治六年本）、筆記小説大觀本、叢書集成三編本皆爲「行聚斂之法」。海國圖志卷四一大西洋佛蘭西國沿革：「故招爵僧民三品會集，以尋聚斂之法。」今依哈佛本載。

英吉利幅員不過中國一省

按：歐羅巴人四洲志云：「英吉利，幅員五萬七千九百六十方里，大部落五十三，小部落四百八十五。〔一〕所屬斯葛蘭島，幅員二萬九千六百方里，大部落三十，小部落三百三十八。愛倫島，幅員三萬方里，大部落三十二，小部落四百四十二。〔二〕通計三處，地不足十二萬方里。」澳門人言：「中國湖廣一省，十四萬四百七十方里。」以此觀之，是英吉利本國與二屬島，尚不及中國湖廣一省地也。第不知近年所佔中、東二印度地幅員何若，大約不過斯葛蘭島及愛倫二島之地耳。以較俄羅斯之地方二百五十四萬方里者，〔三〕僅及十分之一差强，較之中國，且不及十分之一矣，宜其畏吾中國與俄羅斯也。

〔一〕海國圖志卷五〇英吉利總記雜記：「幅員五萬七千九百六十方里，户口千四百一十八萬有奇。國東平蕪數百里，西則崇山峻嶺。大部落五十有三，小部落四百八十有五。」

〔二〕海國圖志卷五〇英吉利總記英吉利所屬愛倫國附記：「愛倫四面皆海，在英吉利之西少北。幅員三萬方里，户口七百七十六萬七千四百有奇。大部落三十有二，小部落四百四十有二。」

〔三〕海國圖志卷五四北洋俄羅斯國總記：「幅員二百零四萬方里，户六千五百萬口。」

再以人户考之，澳門新聞録云：「中國人民，生齒之繁，無國可比。只湖廣一省，已有户口四千五百零二萬名；江南一省，户口已有七千二百萬名。由此觀之，中國只一省，已抵佛蘭西、英吉利、歐羅巴特鼇阿三國之人民。」〔一〕又華事夷言云：「中國繁庶，甲乎四海，但即廣東一省之人，可敵他方十餘國。各國皆地廣人稀，即印度户口最稠，亦尚有曠土。中國則不惟平地皆田，即山巔嶺側，無不層層開墾，寸壤不遺。其散布於海外各國者，尚不知

凡幾，誠四海所未有。」〔二〕

〔一〕海國圖志卷七四國地總論上釋五大洲澳門新聞録曰：「中國人民居天下三分之二，生齒之繁，無國可比。即如俄羅斯地方百四十一萬四千四百方里，户口不過四千一百九十二萬五千名，而中國只湖廣一省，廣不過十四萬四百七十方里，已有户口四千五百零二萬名。江南地方九萬二千九百方里，户口即有七千二百萬名。由此觀之，中國只一省即抵佛蘭西、英吉利、歐羅巴特厘阿三國之人民。」

〔二〕引自海國圖志卷七四國地總論上釋五大洲所載華事夷言。

嗟呼！海外諸國，其地之幅員何若，其人之生齒何若，吾不知也。海外夷人講求世務者，乃能知之，而且言之。併吾中國之土地、人民，亦能知之言之，確與否，吾亦未知也，然大畧可覩矣。夫以中國土地之大，人民之衆，甲乎四海如此，海外諸國，無不震驚，而尊之如此。彼區區英吉利者，地不及吾二十之一，人不及吾百之一，且其本國有佛蘭西，其新開西海之地有彌利堅，新開印度之地又有俄羅斯，皆强鄰偪近，與爲仇讐者。彼之患在肘腋，實有旦夕之虞，苟能知其虚實，舉其要領，何難籌制馭之方畧乎？曷不盡取外夷諸書，與留心時事者，日講求之，更進外夷之人素讐英吉利者，日咨訪之乎！

卷之十三

尚書九州十二州

楊升庵經説解「肇十有二州」曰：「春秋緯云：『神農地過日月之表』。淮南子曰：『神農大九州，桂州、迎州、神州等州是也。至黄帝以來，德不及遠，惟于神州之内，分爲九州。』括地象曰：『崑崙東南萬五千里，名曰神州是也。』黄帝以後，少昊、高辛皆仍九州，惟舜時暫置十二州。故書曰『肇十有二州』。〔一〕肇之爲言始也，至夏還爲九州。〔二〕左傳云：『夏之方有德也，貢金九牧』〔三〕可證。」〔四〕

〔一〕尚書注疏卷二虞書舜典：「肇十有二州。傳：肇，始也。禹治水之後，舜分冀州爲幽州、并州，分青州爲營州，始置十二州。」

〔二〕升庵集卷四二肇十有二州：「肇之爲言始也，前此九州，而今始爲十二州也。不然，則肇字無所屬，至夏還爲九州。」

〔三〕春秋左傳注疏卷二一宣公三年冬十月：「楚子伐陸渾之戎，遂至於雒，觀兵於周疆。注：雒水出上雒冢領山，至河南鞏縣入河。定王使王孫滿勞楚子。注：王孫滿，周大夫。楚子問鼎之大小輕重焉。注：示欲偪周取天下。對曰：在德不在鼎。昔夏之方有德也，注：禹之世。遠方圖物。注：圖畫山川奇異之物而獻之。貢金九牧，注：使九州之牧貢金鑄鼎象物。」

〔四〕引自升庵集卷四二肇十有二州。

瑩按：舜改九州爲十二州，建置十二牧，如舜典所載，乃舜受命以後事，堯猶在也。大禹治水，書不言始於何年，竣工告成，又不言何歲。大約治水亦在虞舜受命，禹作司空之後。及治水告成，乃更還定爲九州，皆有虞一代之事也。自堯典至甘誓、〔古〕文尚書，〔一〕皆謂之虞夏書。〔二〕故堯、舜、大禹三聖人事，皆通紀之，以揖讓相承，故通紀之曰「受命」。至商、周，以征誅改易，稱之曰「革命」。然則舜之十二州，猶堯命之，禹之九州，猶舜命之云爾，非易姓改制之謂也。人皇氏兄弟九人，分治九州，即大九州也。大九州之分始此，蓋天皇、地皇之世，其德盛神遠，天之所覆，地之所載，皆其所治。混沌淳悶，人事未開，其所動作神靈，有不可思議者矣。

〔一〕哈佛燕京圖書館藏本、中復堂全集本（同治六年本）、筆記小說大觀本、叢書集成三編本皆載爲「自堯典至甘誓、文尚書，皆謂之虞夏書。」今據古文尚書寃詞卷二：「是二典皆虞書，三謨皆夏書。」古文尚書寃詞卷三：「是以禹誓、甘誓尚自坦綏。」疑姚文脫「古」字，故增補。

〔二〕古文尚書寃詞卷二：「虞書十六篇：堯典、舜典、大禹謨、皋陶謨、益稷、汩作、九共九篇、槀飫。夏書四篇：禹貢、甘誓、五子之歌、胤征。」

人皇之世，土宇漸廣，人物漸繁，勢須分理，故兄弟九人，分地而治。春秋命歷序曰：「人皇氏依山川土地之勢，財度爲九州，謂之九囿，各居其一而爲之長。人皇帝居中州，以制八輔。」[一]似即括地象所云也。括地象又云：「禹所治四海内，地東西二萬八千里，南北二萬六千里。有君長之州，州有九，阻中土之文德，及而不治。」[二]由此言之，伏羲、神農、女媧之世，治猶及遠。黄帝之世，乃專治神州，然八州之地，猶有治所及者。自此以後，則治不及矣。治既不及，紀載無稽，故尚書斷自唐、虞，惟治所及者，詳之而已。括地象言「崑崙東南萬五千里，名曰神州」，[三]蓋中州也。鄭注尚書引地記書曰：「崑崙山東南地方五千里，名曰神州。」[四]較括地象少一萬里。鄭解之曰：「此禹弼成五服之殘數也。」鄭意似亦少之，未知鄭所據地記何書。康成好用緯讖，括地象乃河圖緯書之一，不應舍之别取。今天下輿圖，崑崙東南實萬五千里，所云地記書，豈即括地象、命歷序等乎？以非一書，故總稱地記耳。日月出入大地外，乃云「神農地過日月之表」，[五]緯書侈言可笑。

〔一〕丹鉛餘録卷一七：「通鑑外紀曰：『人皇氏依山川土地之勢，財度爲九州，謂之九囿，各居其一而爲之長。人皇居中州，以制八輔。』此引春秋命歷敘文也」

〔二〕藝文類聚卷六地部地：「河圖括地象曰：地廣東西二萬八千，南北二萬六千。有君長之州，州有九，阻中土之文德，及而不治。」

〔三〕續古今攷卷八：「河圖括地象：崑崙東南萬五千里，神州是也。」

〔四〕尚書通考卷六：「穎達曰：鄭玄云地記書曰：『崑崙山東南地方五千里，名神州。』」

〔五〕古微書卷一二春秋内事：「神農地過日月之表。」

大九州

鄒衍云：「九州之外，復有九州。」史記及河圖括地象皆同其説。〔一〕隋代郊天，嘗以其名入從祀之位。史炤通鑑釋文曰：「此九州，其崑崙統四方之九州乎！或曰『神農地過日月之表』。蓋神農之九州也。」淮南子諸書云九州，東南神州曰旦土，一作晨土。正南邛州曰深土。邛一作迎，深一作沃。西南戎州曰滔土，正西弇州曰升土。弇一作拾，升一作拜。正中冀州曰白土，西北柱州曰肥土。正北元州曰成土，元一作營。東北咸州曰隱土，隱一作急。正東陽州曰信土。〔二〕此大九州之説，出於戰國時，周太史所掌三皇五帝之書，及楚史倚相所讀三墳、五典、八索、九邱，或猶有存者，似可信也。道經云：「海外〔三〕有五岳靈山。一曰廣乘之山，天之東岳也，在東海之中，爲發生之首。上有碧霞之闕，瓊樹之林，紫雀翠鸞，碧藕白橘。主歲星之精，居九氣青天之内。〔四〕二曰長離之山，天之南岳也，在南海之中。上有朱宮絳闕，赤室丹房，紫草紅芝，霞膏金醴。主熒惑之精，居(二)[三]氣丹天之内。〔五〕三曰麗農之山，〔六〕天之西岳也，在西海之中。上有白華之闕，三素之城，玉泉之宮，瑶林瑞獸。主太白之精，居七氣素天之内。〔七〕四曰廣野之山，天之北岳也，在北海弱水之中。上多瓊樓碧闕，〔八〕金液龍芝。主辰星之精，〔九〕居五氣元天之內。〔一〇〕五曰崑崙之山，天之中岳也，在八海之間。上當天心，形如偃蓋。東曰樊桐，西曰玄圃，〔一一〕南曰積石，北曰閬苑。上有瓊華之闕，光碧之堂，瑶池翠水，金井玉梁。〔一二〕主鎮星之精，居於中元一氣天中焉。」此道經所言海外五岳，則無稽之談，因大九州之言而衍之，不足信矣。即如崑崙一山，今已入版圖矣，何嘗有如所云者哉。

〔一〕升庵集卷七六崑崙九州：「鄒衍言九州之外，復有九州，載于史記。按其説曰：東南神州曰旦土，旦音與晨同。正南邛州隋書作迎曰深土，西南戎州曰滔土，正西弇州隋書作拾州曰開土，正中冀州曰白土，西南柱州曰肥土，西北玄州隋書作營州曰成土，東北咸州曰隱土，尸子作𢀖土，正東揚州曰信土。其言本荒唐，漢人作河圖括地象，全祖其説。」

〔二〕淮南鴻烈解卷四墜形訓：「何謂九州？東南神州曰農土，正南次州曰沃土，西南戎州曰滔土，正西弇州曰并土，正中冀州曰中土，西北台州曰肥土，正北濟州曰成土，東北薄州曰隱土，正東陽州曰申土。」淮南子證聞卷二地形訓第四則載「濟州」爲「泲州」。

〔三〕丹鉛總録卷二海外五岳：「海外蓬萊閬苑。」

〔四〕丹鉛總録卷二海外五岳：「居九氣青天之內矣。」

〔五〕丹鉛總録卷二海外五岳：「居三氣丹天之內矣。」

〔六〕丹鉛總録卷二海外五岳：「麗農山。」

〔七〕丹鉛總録卷二海外五岳：「居七氣素天之內矣。」

〔八〕丹鉛總録卷二海外五岳：「上多瓊樓寶闕。」

〔九〕丹鉛總録卷二海外五岳：「主辰生之精。」
〔一〇〕丹鉛總録卷二海外五岳：「居五氣玄天之内。」
〔一一〕丹鉛總録卷二海外五岳：「西曰玄圃。」
〔一二〕丹鉛總録卷二海外五岳：「金井玉彭。」

七始詠

漢書律曆志引古文尚書：「予欲聞六律、五聲、八音、七始詠，以出納五言。」〔一〕孟康云：「七始者，天地四時人也。」〔二〕史繩祖據此，以今文在治忽爲近於傅會。〔三〕升庵取史説，而七始之義不取。孟康自爲説曰：「今之切韻，宫、商、角、徵、羽之外，又有半商、半徵，蓋牙齒、舌、喉、脣之外，有深喉、淺喉二音，此即所謂七始詠。詠即韻也。汗簡隸古七始詠〔四〕夾始。蓋古文七作桼，桼與夾相近而誤。猶可驗史氏之説爲是。由此言之，切韻之法，自舜世已然，不起於西域胡僧又可知，余特表出之。」

瑩按：升庵以孟康説七始爲意料之言，其所自説亦意料也。然舜言聲律之事，忽雜以天、地、四時、人，實爲不倫，孟説誠非。楊以牙、齒、舌、喉、脣、深喉、淺喉當七始詠，似近理。或疑六律、五聲、八音皆主樂言，何以及於文字之聲韻？蓋樂必有歌，歌者人聲，皆自牙、齒、舌、喉、唇出，歌則有字、有文、有聲矣。苟無韻以比齊之，其聲不嫌亂乎？故又曰「聲依永，律和聲」。〔五〕永即詠也，聲依永，以歌者言，律和聲，以樂器言也。人聲既依其詠，六律復和其聲，然後「八音克諧，無相奪倫矣。」〔六〕本朝江慎修作古韻標準，以今之韻，即古之均，本周禮大司樂爲據，正與升庵同義。

〔一〕漢書卷二一上律曆志第一上：「以出內五言，女聽。」

〔二〕丹鉛摘録卷二：「孟康云七始者，天地四時人也。此說乃意料之言。」

〔三〕丹鉛摘録卷二：「今文七始詠，作在治忽。史繩祖據漢郊祀歌七始華始肅倡和聲，而以今文在治忽，近於傅會。以予考之，此聲律、音韻是一類事，但漢書注不注七始之義。」

〔四〕丹鉛摘録卷二：「汗簡穎古七始詠。」

〔五〕尚書注疏卷二虞書舜典：「聲依永，律和聲。傳：聲謂五聲，宮商角徵羽律，謂六律六呂，十二月之音氣，言當依聲律以和樂。」

〔六〕尚書注疏卷二虞書舜典：「八音克諧，無相奪倫，神人以和。傳：倫理也，八音能諧，理不錯奪，則神人咸和，命夔使勉之。」

三公

尚書太師、太傅、太保，曰三公。書大傳曰：「太師，天公也；太傅，地公也；太保，人公也。烟氛郊社不修，〔一〕山川不祀，風雨不時，雪霜不降，責在天公。城郭不繕，溝池不修，水泉不隆，責在地公。臣多弑主，孽多殺宗，五品不訓，責在人公。」此説三公分天、地、人，必有所本。楊升庵以爲「後漢張角弟兄稱天公將軍、地公將軍、人公將軍，蓋竊古義。」〔二〕余謂此升庵憤後世三公不職，痛詆之，比黄巾賊耳。張角之教，何知古義耶？

升庵又有言曰：「古之三公，論道經邦；後世三公，則擇其老病不任事，依違不侵權。唐史所云『禁聲伴食』，宋代所云『斂迹縮手』者居之。張禹、孔光、李志、曹蜍，由此其選也。漢唐以來，三公濫受，莫甚於宋之宣和。所授非人，固不待言，而名體有未正者。蓋鄆王、肅王輩爲之，是以子爲師、傅也；童貫爲之，是以厮役爲師、傅也。近代又以十三身襲富平侯，及平生不讀半行書者爲之。不知何道可師，何德可傅，何功可保乎？」〔三〕觀升庵此言，可知以張角稱三公將軍爲竊古義者，洵憤詆之詞矣。余謂唐宋以後，不過以此三公之號，爲榮寵貴臣之加銜耳。有銜無職，虚而不實，予者受者，皆未嘗顧名思義久矣。然世之居官，能稱其職者幾人，豈獨三公也哉？宋英宗時，賈黯奏：「近者皇子封拜，竝除檢校太傅。案官儀，太師、太傅、太保是爲三師，子爲父師，於義不可。前後因循，失於釐正。請自今皇子及宗室屬卑者，皆毋兼師傅官。」〔四〕中書亦言：「自唐以來，親王無兼師傅者，國朝以三師、三公皆虚名，故因而授之，宜正其失。」詔可。則當時已非之矣！時在中書者，韓忠獻、歐陽文忠也。

〔一〕尚書大傳卷三立政傳：「煙氛不修。」

〔二〕升庵集卷四二三公：「後漢張角作亂，稱天公將軍、人公將軍，蓋亦竊古義也。」

〔三〕引自楊慎丹鉛總録卷一六三公。

〔四〕宋史卷三〇二賈黯傳：時封拜皇子，並除檢校太傅。黯言：「太師、太傅、太保是爲三師，天子之所師法。子爲父師，於義不可，蓋前世因循弗思之過。請自今皇子及宗室屬卑者，皆毋兼師傅官。」宋史全文卷一〇宋英宗：「治平二年五月丙子，權御史中丞賈黯奏：近者皇子封拜，並除檢校太傅。臣按：太師、太傅、太保是爲三師，太尉、司徒、司空是爲三公。今皇子以師傅名官，於義弗安。臣愚以爲自今皇子及宗室卑者除官，並不可帶師傅，改授三公。詔可」

楊升庵説濮、髳

升庵説牧誓「微盧彭濮」〔一〕之濮曰：「伊尹爲四方獻，令正南百濮。鄭語：楚蚡冒始啓濮。劉伯莊曰：濮在楚西南。左傳：麇人率百濮伐楚。通典有尾濮、木棉濮、文面濮、折腰濮、赤口濮、黑僰濮。〔二〕爾雅：南至於濮鉛。周書王會篇：卜人以丹砂。注云西南之蠻，〔三〕蓋濮人也。諸濮地與哀牢相接。今按：哀牢即永昌。濮人今名濮蠻，其色黑，折腰文面，是其餙也。濮與蒲字，音相近而訛耳。」又解「庸蜀羌髳」之髳曰：髳即叟也，音搜。史西南夷傳：〔四〕「自巂以東北，君長以十數，徙、莋都取大。」〔五〕注：「徙、莋都，二國名也。徙音斯。」相如難蜀文「罯斯榆」，謂「斯與楪榆也」。此「斯」即西南夷之「徙」。玉篇作「鄒」。注：「狄國，夏爲防風氏，周爲髳，漢之賨叟，地在蜀之邊。」今按：髳也，徙也，斯也，叟也，鄒也，賨也，一種夷人，古今隨呼而易其名，因易其字，非博考何以別而合之。〔六〕

〔一〕升庵集卷四八濮人：「牧誓，微盧彭濮。」

〔二〕通典卷一八七邊防三南蠻上：「尾濮，漢魏以後在興古郡，今雲南郡地西南千五百里徼外，其人有尾長三四寸，欲坐輒先穿地爲穴，以安其尾，毛折便死。」「木棉濮，有木棉樹多葉，又生房甚繁，房中綿如蠶所作，其大如捲。」「文面濮，其俗劖面而以青畫之。」「折腰濮，其俗，生子皆折其腰。」「赤口濮，在永昌南，其俗折其齒，劖其脣使赤，又露身，無衣服。」「黑僰濮，在永昌西南，山居，耐勤苦。其衣服，婦人以一幅布爲裙，或以貫頭。丈夫以穀皮爲衣。其境出白蹄牛、犀象、琥珀、金、桐、華布。」

〔三〕逸周書卷七王會解：「卜人，西南之蠻，丹砂所出。」

〔四〕即史記卷一一六西南夷列傳。

〔五〕史記卷一一六西南夷列傳：「自滇以北，君長以什數，邛都最大。」

〔六〕引自升庵集卷四八徙斯訓。

瑩按：叟即禹貢渠叟，謂之西戎，在蜀徼外，今西南諸夷不知何地當之。竊意渠之言大也，名曰渠叟，其人之大可知。禹會諸侯，防風氏後至，戮之，骨節專車。渠叟即防風氏之類。國語謂即長狄。孔子云：「汪芒氏之君也，後遷於北。」〔一〕文獻通考曰：「長人國在新羅之東，人類長三丈。鋸牙鉤爪，黑毛覆身，不火食，噬禽獸，或搏人以食。〔二〕其國連山數千里，有峽，固以鐵（關）〔闔〕，〔三〕號關門。新羅常以弩士數千守之。」〔四〕是爲大人國之證。豈莊子所云龍伯國耶？西域聞見録有阿諦國，在西海之濱，其國人男子長三四丈。〔五〕豈即防風、渠叟之裔耶？西南諸夷舍此更無大人之國矣。

〔一〕孔子集語卷上孔子御第三：「仲尼曰：汪芒氏之君也，守封嵎之山者也，爲漆姓，在虞夏商爲汪芒氏，於周爲長翟，今爲大人。」

〔二〕文獻通考卷三三七四裔考四長人國：「或博人以食，得婦人以治衣服。」

〔三〕文獻通考卷三三七四裔考四長人國：「固以鐵闔」。姚文皆爲「關」，今據而改「關」爲「闔」。

〔四〕文獻通考卷三三七四裔考四長人國：「新羅常屯弩士數千守之。」

〔五〕西域聞見録卷四外藩紀畧附絶域諸國：「阿諦在西海之濱，與控噶爾連界，其人皆長三四丈。」

媵有男女之義

升庵説詩江有汜〔一〕小序「嫡媵之義」，取戴埴鼠璞之言曰：「鄭引公羊『諸侯一娶九女，二國媵之』。昏禮〔二〕注：古者女嫁，姪娣送之。晦翁以此詩不見勞而無怨〔三〕之説，以序爲疑。余固不敢妄議，然考經傳，媵特送婚之名，猶喪之賵與賻。史記載伊尹爲有莘媵臣。古史載湯婚有莘，乃以伊尹爲媵送女。春秋載公子結媵陳婦於鄄，與執虞公及井伯，以媵秦穆姬。晉將嫁女於吴，齊侯使析歸父媵之。初不言某國之女爲某國之媵妾也。左氏同姓媵之，異姓則否，不過爲同姓至親，可講餽送嫁女之禮，異姓則可畧也。然春秋書齊人來媵，與衛、晉無異詞，書人不書女，其事甚明。矧當時魯爲弱國，嘗爲齊、晉所凌，猶恐不屑以女爲媵。齊、晉大國，肯以女爲從妾乎？及升庵異日説左傳「姪從其姑」，則又曰穀梁傳：「姪娣者，不孤子之義，一人有子，三人緩帶。」〔四〕注：「姪音迭。娣音第。姪之爲言迭也，娣之爲言第一作遞也，更迭次第御於君也。」〔五〕古者天子一娶九女，同姓媵之。易曰：「其君之袂，不如其娣之袂良。」〔六〕後世自兄弟之子爲姪，夫男子而字從女，六書之義舛矣。又變迭之音而爲直，何啻千里。又按：于令升左傳注曰：「姪、娣者，同姓媵（兄）〔女〕之稱也。〔七〕兄之女來媵曰姪，妹來媵曰（妹）〔娣〕。〔八〕若兄之女不媵者，但曰兄之女而不曰姪，妹不從媵者，但曰妹，不曰娣。古人之正名審稱如此。由此論之，『姪』之字不惟不可加於男，亦不可混稱於兄之女也。」〔九〕

瑩按：升庵前説，取戴埴同姓國不媵女，後説又取于令升「姪娣爲同姓媵女之稱」，蓋後説意在辨兄子不可稱姪，而忘其自碍前説也。余意媵女以同姓者，或但以本國之同姓，如秦伯取公子重耳，以懷嬴爲媵是也。同姓之國，或但有媵臣無媵女耶。若兄弟之子，則爾雅字本從人曰侄，不從女曰姪。

〔一〕毛詩注疏卷二小星二章章五句：「江有汜。」

〔二〕鼠璞卷上媵妾：「及引昏禮。」

〔三〕朱子全書卷一二放於利而利章：「放於義而行，只據道理做去，亦安能盡無怨於人，但識道理者，須道是雖有怨者，如何恤得？他若放於利，則悖理徇私，其取怨之多，必矣。」

〔四〕鼠璞卷上媵妾：「肯以女爲魯女從妾乎。」

〔五〕春秋穀梁傳注疏卷一一：「姪娣者，不孤子之義也。注：言其一人有子則共養。一人有子，三人緩帶。注：共望其禄。」

〔六〕子夏易傳卷五周易下經夬傳第五：「六五帝乙歸妹，其君之袂，不如其娣之袂良，月幾望吉象。」

〔七〕〔八〕哈佛燕京圖書館藏本、中復堂全集本（同治六年本）、筆記小説大觀本、叢書集成三編本皆爲「同姓媵兄之稱」、「妹來媵曰妹」。據藝林彙考稱號篇卷八僕妾類載「同姓媵女之稱」、「兄之女來媵曰娣」，故改「兄」爲「女」，「妹」爲「娣」。

〔九〕藝林彙考稱號篇卷八僕妾類：「天中記內則聘則爲妻，奔則爲妾。註：妾之言接也，聞彼有禮走而往焉，以得見於君子也。說文有辠女子給事之，得接於君者。左傳：女爲人妾。妾，不聘也。韻會：奔則爲妾，奔亦辠也。丹鉛録：穀梁傳姪娣者，不孤子之義。一人有子，三人緩帶。注：姪音迭，娣音第。姪之爲言迭也，娣之爲言第，一作遞也。更迭次第御於君也。古者天子一娶九女，同姓媵之。易曰：其君之袂，不如其娣之袂良，後世目兄弟之子爲姪。夫男子而字從女。六書之義舛矣。又變迭之音而爲直，何啻千里？又按：于令升左傳注云：姪、娣者，同姓媵女之稱也。兄之女來媵曰姪，妹來媵曰娣。若兄之女不媵者，但曰兄之女而不曰姪。妹不從媵者，但曰妹而不曰娣。古人之正名審稱如此。由此論之，姪之字不惟不可加於男，亦不可混稱於兄之女也。」

神籤字當作讖

今人禱於神祠，問事休咎，神示詩祠，言未來吉凶，輒驗，人皆名其詩詞曰「籤」。神詩不一，或百首，或數十首。問者人既不一，所問之事亦各不同。故多設其詞，而以木或竹爲條，如其詩詞之數，狀如官府遣役施令之簽，以紀其數。又如古人標架上書目，是書第幾函幾部之牙籤，故俗人遂名神祠爲簽，而文士則目之以籤也。其事始見於蜀王衍聞唐師至，禱於張亞子廟，得籤詞云云。沿襲至今，天下神廟，皆有之矣。

余按：事未來先辨其吉凶之兆，本於卜筮，繫之以辭，則謂之繇，其在周易，則謂之彖、爻。及周秦之季，處士或聖門弟子，因六經而作七緯，楚漢之間，乃有十三讖之作。又因七緯而衍之，皆預言未來之事而爲隱語。相傳子貢、子張之徒所作，蓋緣子張「百世可知」〔一〕之問而爲之也。漢宣、王莽皆以符命興，光武以合讖文得天下，雲臺二十八將，又離合讖文得其姓名，自是讖緯之學與六經同重，大儒多習之。康成至用以解經，此皆術數之學與卜筮之書，同示人未來之言也。神祠之籤，即其遺意。字當作讖，較之曰籤、曰簽，爲典而有本矣。賈誼服鳥賦：〔二〕「發書占之，讖言其度。」師古注曰：「讖，驗也，有徵驗之書也。」

〔一〕論語注疏卷二爲政第二：「子張問十世可知也。注：孔曰：文質禮變。子曰：殷因於夏禮所損益，可知也。周因於殷禮所損益，可知也。注：馬曰：所因謂三綱五常所損益，謂文質三統，其或繼周者，雖百世可知也。」

〔二〕新書卷一〇賈誼傳：「誼既爲長沙傅，三年，有服飛入誼舍，止於坐隅。服似鴞，不祥鳥也。誼既以適居長沙，長沙卑濕，誼自傷悼，以爲壽不得長，乃爲賦，以自廣其辭曰：單閼之歲，四月孟夏，庚子日斜，服集餘舍，止于坐隅，貌甚閒暇。異物來崪，私怪其故，發書占之，讖言其度，曰野鳥入室，主人將去……」

察木多聞雁

察木多少雁，立冬後偶一聞之，蓋北方塞外苦寒，故秋必入關。此地雖塞外，而在西南，不甚苦寒，故雁無(容)[用]〔一〕入關也。感而賦之〔二〕云：「十月長河已上冰，數聲寒雁若驚矰。旅人莫問湘湖事，北嚮南翔總未曾。」

〔一〕哈佛燕京圖書館藏本、中復堂全集本(同治六年本)、小說筆記大觀本、叢書集成三編本、西藏學漢文文獻彙刻本皆載「無容入關」。據後湘續集卷四所載察木多賦雁詩「無用入關」，故改「容」爲「用」。

〔二〕後湘續集卷四：「察木多少雁，十月偶一聞之，是其本鄉非賓鴻也。蓋雖關外而地在西南，非塞北苦寒者比，故時已冬後，無用入關也，感而賦之。」

卜卦用錢代蓍

古人占易以蓍草，物不易得而儀繁。焦贛、京房以干支配八卦，創爲飛伏、世應，爲之辭曰易林。嚴君平〔一〕因改爲錢卜，唐詩并有「君平擲卦錢」是也。〔二〕自是火珠林法起，人皆以錢卜，而賣卜者各自爲説，古法盡變，古義亦寖亡矣。今士大夫猶知設蓍，誠潔占之，以易卦象、爻辭解所謀事，往往其應如響，即易林亦有應者。余家有蓍草，未能攜帶，每行次以錢代卜如世法，更以占卦象、爻辭斷之，亦無不驗。蓋鬼神教人，無乎不在，惟存乎其人精神心氣所感而已。楊升庵云：「古之占法，一爻變，以變爻爲主；二爻變，占事之始終；三爻變，以二卦彖辭占事之始終；四爻變，以二爻不變占事之始終；全不變，以本卦彖爲主；全變，以變卦彖爲主。」〔三〕

〔一〕道德指歸論原序：「嚴君平者，蜀郡成都人也，姓莊氏，故稱莊子。東漢章和之間，班固作漢書避明帝諱，更之爲嚴莊，嚴亦古今之通語。君平生西漢中葉，王莽篡漢，遂隱遁煬和，蓋上世之真人也。其所著有道德指歸論若干卷，陳隋之際，已逸其半，今所存者，止論德篇，因獵其訛舛，定爲六卷，而以其説目冠於端，庶存全篇之大義爾。」

〔二〕升庵集卷六六擲卦以錢：「擲卦以錢，自嚴君平始。唐詩：岸餘織女支機石，井有君平擲卦錢。」

〔三〕梁谿集卷一一三雷陽與吴元中書：「今之筮者，惟用爻辭，而彖辭幾於虚設。又諸爻皆變，莫之適從，因考古之占法，乃知爻有變，則從爻辭。如陳侯之筮，敬仲遇觀之比，曰：是謂觀國之光，利用賓于王是也。爻無變，則從彖辭，如孔成子之筮，衛元遇屯以示朝曰：元亨利建侯是也。二爻以上變，則從變之彖辭，如穆姜之筮，遇艮之隨，元亨利貞，無咎是也。」

干支五情六情

韓文公陸渾山火詩：「女丁夫壬傳世婚。」董彦遠曰：「玄冥之子曰壬夫，娶祝融之女曰丁竿，俱學木仙，是爲温泉之神。〔一〕升庵謂「董解不知所出」。〔二〕又引風角書曰：「五情者，天干也。甲乙爲本情，丙丁爲合情，戊己爲刑情，〔三〕庚辛爲冲情，壬癸爲鉤情。六情者，地支也，申子爲貪狼，寅午爲廉貞，亥卯爲隱賊，〔四〕巳酉爲寬大，戌丑爲公正，辰未爲奸邪。六情之中，分喜、怒、好、惡、哀、樂。喜行寬大，怒行陰賊，好行貪狼，惡行公正，此下當有『哀行廉貞』四字。樂行奸邪。陽主生，故天干有合。甲己爲中正之合，乙庚爲仁義之合，丙辛爲威權之合，丁壬爲淫泆之合，戊癸爲無情之合。陰主殺，故地支有衝。」升庵謂「可補翼奉傳之遺。」〔五〕余謂：古之聖皇，造爲天干地支，陰陽配偶，合於五行，行於六氣。天運之盛衰，人事之休咎，莫不由之，誠學者所當究心也。秦漢以上，多習聞之，後乃僅流於術數之家，儒者不屑言之，而所爲天人之際者，皆以習見之理爲言，所不可通者，則概委之曰是數也云爾。於是，古今以來，遂分理數而二之，謂不可以合，且若理有不能勝數者，豈知天地之道。惟貞夫一數即理也，烏有二道哉！惟數之所以爲理者，古書云亡，儒者莫知其義。一二微文殘説，僅存於星日風角者流，衍而推之，以行其術，或自眩神奇，祕其所本，妄爲譔説，假託古書，真僞混淆，不可復辨。而古聖皇制作，開天成務，以明天道而全民用者，其義其説，徒付之不可知，且以爲不必知也，不深可歎惜也哉！

〔一〕升庵集卷五六女丁夫壬：「韓文公陸渾山火詩：女丁夫壬傳世婚。董彦遠曰：玄冥之子曰壬夫，娶祝融之女曰丁竿，俱學水仙，是爲温泉之神。」

〔二〕升庵集卷五六女丁夫壬：「按：韓詩句奇，董彦遠所解又奇，但不知所出，今星命家以丁壬爲淫合，其説亦古矣。」

〔三〕升庵集卷四八五情六情：「戊己爲形情。」

〔四〕升庵集卷四八五情六情：「亥卯爲陰賊。」

〔五〕升庵集卷四八五情六情：「此見風角書，可補翼奉傳之道。」

干支五合六衝

風角書云：「陽主生，故天干有合；陰主殺，故地支有衝。」〔一〕此古説也。今世所傳星命、六壬、占卜諸書，天干五合，地支六衝，皆祖古説。而地支則又有三合之説，以地支六情變爲四局：申子配辰爲水局，寅午配戌爲火局，亥卯配未爲木局，巳酉配丑爲金局。分寄辰、戌、丑、未於四局，蓋有二義：一以土旺於四季，一以木、水、金、火四行，必有所附以成形，猶萬物之歸附於土也。故以辰、戌、丑、未爲四庫，又謂之四墓，皆收藏之義，言四行之歸，皆於此也。其言十干、五行，各有生死衰旺之義，此非術士所能造，其必出於古説可知，惜未得其所本也。惟地形家以廉貞爲火，與此寅午爲廉貞之義合，而以貪狼爲木，與此申子爲貪狼者又異。至若文曲水，武曲金，巨門土，破軍土等説，則又本之奇門大乙，與此風角所謂六情者，迴不同矣。即六壬、星命諸書，亦未有言此六情者，豈各有所祖耶？抑未之知耶？漢藝文志有六合隨典二十五卷，轉位十二神二十五卷，〔二〕在五行家。

〔一〕山堂肆考卷一三一五情：「風角書：五情者，天干也。甲乙爲本情，丙丁爲合情，戊巳爲刑情，庚辛爲沖情，壬癸爲鉤情。六情者，地支也。申子爲貪狠，寅午爲廉貞，亥卯爲陰賊，巳酉爲寬大，戌丑爲公正，辰未爲奸邪。六情之中，又分喜怒好惡哀樂。喜行寬大，怒行陰賊，好行貪狠，惡行公正，哀行廉貞，樂行奸邪。陽主生，故天干有合，甲己爲中正之合，乙庚爲仁義之合，丙辛爲威權之合，丁壬爲淫泆之合，戊癸爲無情之合。陰主殺，故地支有衝。」

〔二〕漢書卷三〇藝文志第一〇所載「五行三十一家，六百五十二卷。」六合隨典與轉位十二神系其中所列之書。

蕃人真金縷衣

唐人有金縷衣曲，少時以爲如今之金綫織成耳。楊升庵云：「宋徽宗宮人，多以麝香色縷金羅爲衣裙。引(光)〔元〕裕之〔一〕詩：『北去穹廬千萬里，畫羅休縷麝金香。』」〔二〕又云：「仙女天衣，有金縷單絲，綿縠銀泥，五暈羅裙，見許老翁傳。」〔三〕余謂：宋宮人衣裙，既以羅稱，亦不過縷金線於其羅上爲飾耳，非織真金也。鏤字當作縷，從絲。至仙女之衣，則尤取輕輭，故有五銖之稱，更非織真金而成。然西域諸國，實有抽真金銀絲織錦緞爲物者。宋趙汝适諸蕃志云：「大食國王所居簾幙，用百花綿，以真金綫夾五色絲織成。」〔四〕

「天竺國出金縷，織成金罽。」〔五〕「蘆眉國産間金、間絲織綿綺。」〔六〕七椿園西域聞見録云：「鄂羅斯國人喜樓居，開窗四達，飾以各色玻璃，或鏤金銀絲以隔蔽之。」〔七〕「科罕國人富饒，以金銀絲緞噶拉明鏡爲衣，倭緞爲緣，以金銀絲綉之。」〔八〕「温都斯坦國人習技巧，製作精奇，抽金銀爲絲，織綢緞，徧貨於西域諸國。」〔九〕謝都閫言：「今前後藏中，達賴剌麻、班禪額爾德尼，有真金絲織蟒袍，皆别國所獻，其入貢諸品物内，亦有真金絲織蟒緞。」古稱西域賈胡多奇富，誠然。

〔一〕哈佛燕京圖書館藏本爲「光裕之」，中復堂全集本（同治六年本）、筆記小説大觀本、叢書集成三編本皆爲「元裕之」。「元裕之」即「元好問」。據金史卷一二六元好問傳：「元德明系出拓跋魏，太原秀容人。……子好問最知名。好問字裕之。」故改「光」爲「元」。

〔二〕升庵集卷六九麝香鏤金羅。御定全金詩增補中州集卷六六元好問四俳體雪香亭雜詠十二首之第九首：「鑪薰浥浥帶輕陰，翠竹高梧水殿深。去去旃車雪三尺，畫羅休縷麝香金。」附藝林伐山，宋徽宗宫人多以麝香色爲縷金羅爲衣裙。元裕之詩『北去穹廬千萬里，畫羅休縷麝香金。』」

〔三〕丹鉛餘録摘録卷三：「仙女天衣，有金縷單絲，綿縠銀泥，五暈羅裙，見許老傳。博異志：天女衣六銖，又曰五銖。地里志：玉肌無軫五銖輕。」

〔四〕諸蕃志卷上大食國：「帷幕之屬，悉用百花錦，其錦以真金線夾五色絲織成。」

〔五〕諸蕃志卷上天竺國：「其國出獅子、貂豹、橐駞、犀象、瑇瑁、金、銅、鐵、鉛、錫、金縷織成金罽。」

〔六〕諸蕃志卷上蘆眉國：「有四萬户，織錦爲業。地産絞、綃金、字越諾布，間金、間絲織錦綺。」

〔七〕西域聞見録卷四外藩紀畧下鄂羅斯：「喜樓居，有四五上者，其樑柱頂壁，皆用木，密灌油灰，不需瓦甓而金粉，雕鏨極盡人工。開窗四達，或飾以各色玻璃，或鏤金銀絲以隔蔽之。」

〔八〕西域聞見録卷四外藩紀畧下附絶域諸國：「科罕，西域一國，築室以居，耕田而食，能造旨酒，琥珀色，味極清芳。人富饒，以金銀絲緞噶拉明鏡爲衣，倭緞爲緣，以金銀絲鏽之。衣多紅黑二色。以海龍爲帽，帽長三尺餘。」

〔九〕西域聞見録卷三外藩紀畧上温都斯坦：「温都斯坦，亦西域回國之大者也。……人習技巧，金漆雕鏤，制作精奇。所制玉器，薄如蟬翼，文成如髮。抽金銀爲絲，織綢緞氊布，遍貨於西域各國及各回城。」

又按唐六典曰：「金十四種，曰銷金，曰拍金，曰鍍金，曰織金，曰砑金，曰披金，曰泥金，曰鏤金，曰撚金，曰戧金，曰圈金，曰貼金，曰嵌金，曰裹金。」〔一〕胡侍真珠船曰：「黄金漢時最多，〔二〕自西教盛行，棄之於土木者，既不勝計，而衣物之飾，又日趨於華靡。有金線、金箔、泥金、銷金、貼金、鏤金、間金、戧金、圈金、戭金、解金、剔金、撚金、陷金、明金、楞金、背金、影金、闌金、盤金、織金、蹙金、蒙金、掐金、鍍金、流金、滲金、減金、描金、煮金、灑金、皮金、遍地金，其名號至夥，耗費若斯，焉得如昔之多。」燕冀詒謀録〔三〕曰：「大中祥符元年二月，詔：金箔、金銀線、貼金、銷金、間金、蹙金線，裝貼什器土木玩好之物，並行禁斷。非命婦不得以金爲首飾。」〔四〕據此言之，是中國亦舊有織金，特未以之爲衣，不過裝飾器物耳。若去其耗費，富豈不若諸胡耶？

〔一〕天中記卷五〇金：「白鼠以昏時見於丘陵之間，視所出入中，有金。白澤圖。十四種，曰銷金，曰拍金，曰鍍金，曰織金，曰砑金，曰披金，曰泥金，曰鏤金，曰撚金，曰鎔金，曰圈金，曰貼金，曰嵌金，曰裹金。廣六典」

〔二〕真珠船卷四黄金：「黄金漢時最多，陳平四萬斤間楚。梁孝王死，藏府餘四十萬斤。武帝時，衛青比歲擊胡，斬捕首虜之士，受賜二十餘萬斤。」

〔三〕哈佛燕京圖書館藏本、中復堂全集本（同治六年本）、筆記小説大觀本、叢書集成三編本所載皆爲「燕冀貽謀録」，今據中華書局一九八一年唐宋史料筆記叢刊燕翼詒謀録，改「冀」爲「翼」，改「貽」爲「詒」。

〔四〕燕翼詒謀録卷二：大中祥符元年二月，詔：「金箔、金銀線、貼金銷金間金蹙金線，裝貼什器土木玩之物，並行禁斷。非命婦不得以金爲首飾。許人糾告，並以違制論。寺觀飾塑像者，齎金銀並工價，就文思院換易。」

理當觀其會通

天下道理只是一般，智者常觀其會通，愚者强生其分别。舜好問而好察邇言。〔一〕詩曰：「先民有言，詢於芻蕘。」〔二〕古人於邇言、芻蕘，猶必察之詢之，况賢哲乎！世人耳目膚淺，未嘗用心，惟以門户之見，强爲分别，此皆客氣自矜，豈智者會通之道乎？夫邇言、芻蕘未必盡是，亦未必遂無一是，乃一概置之曰：「此無可察，無可詢也。」豈其然乎？譬如過世家之門者，肅然興敬，有延迓者，必忻然入矣。過市人之門者，皆望望去之，雖强邀，亦未肯入也。殊不知彼世家者，子弟不肖，父祖之遺書、家法，實已蕩然，而摴蒱酒肉是事。此市人者，身無惡行，敦樸自守，家有子弟，能好詩、書，其中相去，不啻霄壤也。及後知之，豈不愕然悔哉！此門户之見，强爲分别之過也。嘗歎古今賢豪之士，習聞二氏之説，爲先儒所闞，皆置其書不觀，屏其人不接，拒之若毒蛇猛虎。及身既衰老，或頻更患難，困抑無聊之中，忽遇方外高人，晤談竟日，不覺嚮慕傾心，復索其書觀之，身心漸爲安定，神氣忽爾清明，煩惱頓除，怨尤胥泯，然後知向之以爲毒蛇猛虎者，固清心治病之良方也。若是者何哉？其始皆客氣矜心，輕浮淺躁乘之，及血氣既衰，躁妄復去，故前後若兩人焉，則皆不思之過也。若此者，非惟不知二氏，實於吾儒之道，亦未嘗學焉！即有平日自謂博雅、著作等身者，皆聖賢之糟粕，並未嘗從事於身心、人己、日用之間，雖自命爲儒，抑豈所云學道之君子哉！

〔一〕尚書講義卷七仲虺之誥：「虞舜好問而好察邇言，取諸人以爲善，蓋非一人之力也。」

〔二〕毛詩注疏卷二四民勞五章章十句：「先民有言，詢於芻蕘。」

心經六根六塵

心經〔一〕以眼、耳、鼻、舌、身、意爲六根，色、聲、香、味、觸、法爲六塵。或疑法者，所以破此五塵，淨此五根，何以亦指爲塵，而與五塵等列。且本經上文，明言五蘊皆空。五蘊非五根、五塵乎，何以此處，又添出一根一塵？曰：「此乃所謂阿耨多羅三藐三菩提也。」蓋五蘊兼六根、六塵言之，五根在我，五塵在物。我自我，物自物耳。我惟意動，然後物之色入我之眼，物之聲入我之耳，物之香入我之鼻，物之味入我之舌，物之身觸我之身。我若無意，則此眼、耳、鼻、舌、身者，如士卒未得將令，安坐營汛，不爲敵人所誘。則色如無色，聲如無聲，香如無香，味如無味，觸如無觸矣。其所以著此五塵者，皆意動而後五根從之。是著五塵者，雖是五根，而意乃五根之主人翁也。欲制此主人翁，非法不可。意於何動，即心是也。未動爲心，發動爲意，則心又意之主人翁也。主人翁欲制五根，必先制意。夫心住於法，隨塵而有，法住塵消，五根自淨。若意未發動，即不見心，心本無心，法亦無有。菩薩心經爲賢者說，不爲愚者說，賢者之五塵，非愚者之五塵也，所以異者。賢者已得正法，五塵已清，五根已淨，然猶心住於法，不能舍法，則法亦是塵，意即五根之根。故總而言之，謂之六根、六塵矣。有此一塵，則五蘊仍不能空，只能到得色不異空，空不異色，仍是意識境界，未能到得色即是空，空即是色，有得則無所得境界，非阿耨多羅三藐三菩提也。譬喻經云：「五根之禍，劇於毒龍。五根如箭，意想如弓。」其言雖淺，正是心經注腳。自吾儒言之，先做工夫，必須非禮勿視，非禮勿聽，非禮勿言，非禮勿動，及克己復禮之後，〔二〕仍是予欲無言。周子云：「太極本無極也。」〔三〕釋氏説法萬四千卷，皆爲恒河沙數鈍根人説。其上等人更無多説，不過金剛經、心經一兩部足矣。孔子曰：「中人以下，不可以語上也。」〔四〕朱子深得孔子著六經之意，一生議論，説向中人以下者，十之七八，説向中人以上者，十之二三而已。惟老子、莊子不然，只爲中人以上者説，中人以下皆置之不論，學者不可不知。

〔一〕即般若波羅蜜心經，又稱摩訶般若波羅蜜多心經，簡稱般若心經或心經，是般若經系列中一部言簡義豐，精深博大，提綱挈領，極爲重要的經典，爲大乘佛教出家及在家佛教徒日常背頌的佛經。現以唐代三藏法師玄奘譯本最爲流行。

〔二〕論語注疏卷一二顏淵第一二：「子曰：『非禮勿視，非禮勿聽，非禮勿言，非禮勿動。』注：鄭曰：此四者克己復禮之目。」

〔三〕周子抄釋卷一太極圖解義：「五行一陰陽五殊奪，實無餘欠也。陰陽一太極，精粗本末，無彼此也。太極本無極，上天之載無聲臭也。五行之生，各一其性，氣殊質異各一。」

〔四〕論語注疏卷六雍也第六：「子曰：『中人以上，可以語上也；中人以下，不可以語上也。』」

化治皆道家靖室之名

世傳蜀中文昌二十四化，皆作教化之化解。楊升庵謂：「奉道之室曰化，又曰治。治字音雉。猶今之曰宮、曰觀耳。」〔一〕其説出六朝詩話，云：「錢唐杜明師，夜夢東南有人來，入其館。是夕靈運生於會稽，其家以子孫難得，送靈運於杜治養之，十五方還，故名客兒。注：治音雉，奉道之家靖室也。」〔二〕

瑩按：「六朝詩話，以道家靖室爲治，蓋本道書，陶弘景、寇謙之等所撰集也。道書正一經曰：『張道陵學道於蜀鶴鳴山時，蜀中人鬼不分，災疾競起。感太上老君降授正一盟威法，始分人鬼，置二十四治，至今民受其福。』」又按：「太平寰宇記，平都山，漢陰長生白日昇天，即此張道陵二十四化之一也。〔三〕據此言之，蓋所云治，如今郡縣治之治，理事之所也。道陵治鬼，置二十四治，蓋其治鬼之處有二十四所，或又以治作化，爲二十四化，言化導人鬼，亦治之義耳。文昌二十四化，豈因道陵而附會之歟！後又轉爲變化之化矣！王蜀時，李昇善畫，有二十四化山圖，則謂張惡子非道陵也。是時蜀中已盛祀張惡子矣。又今人多以靖室作淨室，亦非靖猶治也。」

〔一〕藝林彙考棟宇篇卷六寺觀類：「今按道室稱治，猶今之觀也。又奉道之室曰化。蜀有文昌二十四化，又有主簿化。化也治也，猶今之曰宮、曰觀耳。」

〔二〕藝林彙考棟宇篇卷六寺觀類：「又六朝詩話云：錢塘杜明師，夜夢東南有人來，入其館。是夕，靈運生於會稽，其家以子孫難得，送靈運於杜治養之，十五方還，故名客兒。詩家稱謝客是也。注：治音雉，奉道之家謂治室也。」

〔三〕太平寰宇記卷一四九山南東道八忠州：「平都山在（豐都）縣北二里。神仙傳云：後漢延光元年，陰長生於馬明生處求仙法，乃將長生入青城山中，煮黃土爲金以示之，立壇啖血，取太青神丹經授之，乃別去。長生後於平都山白日升天，即此。張道陵所化二十四居其一也。」

六時

升庵又云：唐張喬詩：「遠公獨刻蓮花漏，猶向山中禮六時。」按：佛藏云：「遠公弟子惠要，患山中無刻漏，乃於水上製十二銅葉芙蓉，因波隨轉，分別旦夕，以爲行道之節，名蓮花漏。」〔一〕何兆詩「芙蓉十二池心漏，薝蔔三千灌頂香」〔二〕是也。六時者，僧規以六時經行，六時燕坐。六時，曰幽谷時，寅也；高山時，卯也；日照高山平地時，辰也；可中時，巳也；正中時，午也；鹿苑時，未也；至申，則日過而退。〔三〕瑩按：朱子半日讀書，半日静坐，蓋本此。

〔一〕御定全唐詩卷六三九張喬寄清越上人一作寄山僧：「大道一作真性。本來無所染，白雲那得有心期。遠公獨一作猶。刻蓮花漏，猶一作獨。向空山一作青山，一作山中。禮六時。」五代詩話卷二中朝張喬：「遠公窗下蓮花漏，猶向山中禮六時。按佛藏：遠公弟子惠要，患山中無刻漏，乃於水上製十二銅葉芙蓉，因波隨轉，分別旦夕，以爲行道之節，名蓮花漏。」

〔二〕五代詩話卷二中朝張喬：「何兆詩：芙蓉十二池心漏，薝蔔三千灌頂香。」

〔三〕五代詩話卷二中朝張喬：「至申，則日過而退，劉長卿詩亦云『六時行徑空秋草。』」

屠羊說辭賞

劉向新序：楚昭王失國，屠羊說走而從於昭王。昭王反國，將賞從者，及屠羊說。說曰：「大王失國，說失屠羊，大王反國，說亦反屠羊，臣之爵祿已復矣，何賞之言！」王曰：「強之。」說曰：「大王失國，非臣之罪，〔一〕大王反國，非臣之功，故不敢當其賞。」王曰：

「見之。」說曰：「楚國之法，必有重賞大功而後見。今臣之知，不足以存國，勇不足以禦寇。〔一〕吴軍入郢，畏難而避寇，〔二〕非故隨大王也。今大王欲廢法毁約而見説，此非臣之所以聞天下也。」王謂司馬子綦曰：「屠羊説居處卑賤，而陳義甚高，子綦爲我延之以三旌之位。」説曰：「三旌之位，〔三〕吾知其貴於屠羊之肆也；萬鍾之禄，吾知其富於屠羊之利也。然豈可以貪爵，〔四〕而使吾君有妄施之名乎！説不敢當，願復反吾屠羊之肆。」遂不受也。新序、説苑皆子政所著，其論古事亦互相出入。世但知魯仲連辭賞，余謂仲連猶有豪士之風，屠羊説義更敦樸，其言皆人所不肯言者。始不受違心之賞，終且不使君有妄賞之名，此其篤行類有道矣，不又加於仲連一等哉！嗟呼！世之妄希寵利者，豈可不聞此風誼乎！

〔一〕莊子注卷九讓王第二八：「屠羊説曰：大王失國，非臣之罪，故不敢伏其誅。」
〔二〕莊子注卷九讓王第二八：「而勇不足以死寇。」
〔三〕莊子注卷九讓王第二八：「説畏難而避寇。」
〔四〕莊子注卷九讓王第二八：「夫三旌之位。」
〔五〕莊子注卷九讓王第二八：「然豈可以貪爵禄。」

雪

二十六日，曉起，白雪盈庭，亦已晴霽。立冬至是三雪矣，皆微不及寸，今始約三寸耳。

未刻，一老卒自碩板多至，云：「諸處皆盛雪久矣。」察木多四面山高障風，地氣獨煖，雖隆冬雪不盛，大山外則不然也。爲詩〔一〕云：「五月(千)〔天〕山〔二〕時積雪，冬來翻覺雪時稀。殊方竟歲重裘慣，不畏霄深炭火微。」

〔一〕後湘續集卷四察木多冬雪。

〔二〕哈佛燕京圖書館藏本、中復堂全集本(同治六年本)、筆記小説大觀本、叢書集成三編本、西藏學漢文獻彙刻等本皆載爲「千山」，據後湘續集卷四察木多冬雪「五月天山時積雪」，故改「千山」爲「天山」。

管子言敬静

管子曰：「凡人之生也，必以平正。所以失之，必以喜怒憂患。是故止怒莫若詩，去憂莫若樂，節樂莫若禮，守禮莫若静。〔一〕内静外敬，能反其性，性大定。」〔二〕又曰：「凡人之生也，必以其懽。憂則失紀，怒則失端。憂悲喜怒，道乃無處。愛慾静之，遇亂正之。勿引勿推，福將自歸。彼道自來，可藉與謀。静則得之，躁則失之。靈氣在心，一來一逝。其細無内，其大無外。所以失之，以躁爲害。心能執静，道將自定。」

瑩按：「管子一書，皆言治道，而推原人生之本，必先理其性情而歸之於心。蓋理其性情，莫非心之爲用，一則曰内静外敬，能反其性，性大定。再則曰心能執敬，道將自定。大哉！此霸者之言也，而猶諄諄於心性静敬之功，况王者之佐乎！古今治道，王霸二者盡之矣，此有宋大儒講學，所以必首心性静敬之功也。世人著書立説，動執子貢『性與天道不可得聞』〔三〕一語，苦詆程朱，是殆未嘗讀管子者，况孔孟之書乎。嗟乎！聖人之道，無非修己治人之術。君子學道則愛人，小人學道則易使。古人之學者，道也，舍修己治人之道，又何學乎！世之君子，讀書稍多，往往自矜博洽，而不問古人著書之本義，良可歎也。」

〔一〕管子卷一六内業第四九：「守禮莫若敬，守敬莫若静。」

〔二〕管子卷一六内業第四九：「性將大定。」

〔三〕論語注疏卷五公冶長第五：「子貢曰：夫子之文章可得而聞也。注：章，明也。文彩形質著見，可以耳目，循夫子之言，性與天道，不可得而聞也。」

管子用心天德

管子又曰：「人能正静，皮膚裕寬，耳目聰明，筋信而骨强，乃能戴大圜而履大方。鑒於太清，〔一〕視於大明，敬慎無忒，日新其德。偏知天下，窮於四極，敬發其充，是謂内得。」又曰：「守善勿舍，遂滛澤薄。既知其極，反於道德。全心在中，不可蔽匿。和於形容，見於膚色。善氣迎人，親於兄弟。〔二〕惡氣迎人，害於戎兵。不言之聲，疾於雷鼓。心氣之形，明於日月，察於父母。」余謂管子此篇，前言正静敬慎，此德之充於内者也；後言全心在中，不可蔽匿，此氣之發於外者也。大學云：「誠於中，形於外，心廣體胖。」〔三〕孟子言：「仁義禮智根於心，其生色也，睟然見於面，盎於背，施於四體，四體不言而喻。」〔四〕中庸言：「君子不動而敬，不言而信，不賞而民勸，不怒而民威於斧鉞。」〔五〕正與管子之言相發明。人但知管子之霸功，豈知其用心於天德者，固若是哉！宜孔子稱之曰：「如其仁，如其仁也！」〔六〕

〔一〕管子卷一六内業第四九：「鑒於大清，道也。」

〔二〕管子卷一六内業第四九：「親於弟兄。」

〔三〕四書章句集注大學章句傳之六章釋誠意：「此謂誠於中，形於外，故君子必慎其獨也。曾子曰：十目所視，十手所指，其嚴乎。富潤屋，德潤身，心廣體胖，故君子必誠其意。」

〔四〕引自孟子注疏卷一三上盡心章句上。

〔五〕四書章句集注中庸章句第三三章：「詩云：相在爾室，尚不愧于屋漏。故君子不動而敬，不言而信。詩曰：奏假無言，時靡有爭。是故君子不賞而民勸，不怒而民威於鈇鉞。」

〔六〕論語注疏卷一四憲問第一四：「子曰：桓公九合諸侯，不以兵車，管仲之力也，如其仁，如其仁。」

管子言教民

管子又曰：「知者知之，愚者不知，不可以教民。巧者能之，拙者不能，不可以教民。

非一令而民服之，也不可以爲大善。非夫人能之也，不可以爲大功。是故非誠賈不得食於賈，非誠工不得食於工，非誠農不得食於農，非信士不得立於朝。」〔一〕瑩按：此所言者，乍聆之，與孔子「民可使由之，不可使知之」〔二〕似相反，一若管子不肯欺其民，孔子乃欲愚其民者，細思之，固同一義也。蓋天下萬事萬物，各有其迹，亦各有義。迹者，其當然指以示人，人皆見之。義者，其所以然虛以語人，惟賢知者見之，愚不肖者莫能見也。士農工商，今教之曰：「安其業，可以得食，不安其業，則不得食。」此人人能知其當然，故莫不由之矣。今必語之以天之所以生民，聖王所以安民，四民所以各自爲安之義，則學士大夫，畢世窮年，有莫能究也，而可以責之（雖雖）〔蚩蚩〕〔三〕者哉！此爲「民可使由，不可使知」；此爲「愚者可知，拙者可能」。管子之言，即孔子之言也，孔子非欺其民而愚之也。孔子他日繫易亦曰：「易則易知，簡則易從。」〔四〕天地自然之理，如是焉耳！

〔一〕管子卷一士農工商：「故智者知之，愚者不知，不可以教民。教民必以有智者。巧者能之，拙者不能，不可以教民。教人爲工，必以巧者，欲令愚智之人盡曉之，然後可以教人也。非一令而民服之也，不可以爲大善。非夫人能之也，不可以爲大功。是故非誠賈不得食于賈，非誠工不得食于工，非誠農不得食于農，非信士不得立于朝。」

〔二〕論語注疏卷八泰伯第八：「子曰：民可使由之，不可使知之。注：由，用也，可使用而不可知者，百姓能日用而不能知。」

〔三〕哈佛燕京圖書館藏本爲「雖雖」，中復堂全集本（同治六年本）、筆記小說大觀本、叢書集成三編本皆爲「蚩蚩」，今據以改。

〔四〕子夏易傳卷七周易繫辭上第七：「乾知大始，坤作成物。乾以易知，坤以簡能。易則易知，簡則易從。易知則有親，易從則有功。有親則可久，有功則可大。可久則聖人之德，可大則賢人之業。易簡而天下之理得矣，天下之理得而成，位乎其中矣。」

緯書言五藏

春秋元命苞論五藏曰：「目者，肝之使，肝者，木之精，蒼龍之位也。鼻者，肺之使，肺者，金之精，白虎之位也。耳者，心之候，心者，火之精，上爲張星。陰者，腎之寫，腎者，水之精，上爲虚危。口者，脾之門户，脾者，土之精，上爲北斗，主變化者也。」〔一〕余按：以五藏配五行，此古人不易之論，人辨乎此，故能養生而治病。乃更以上應北斗二十八宿，則侈言無用，義復不精，周秦間子書之陋習也，分别觀之可耳。

〔一〕白虎通義卷下情性：「故元命苞曰：目者，肝之使，肝者，木之精，蒼龍之位也。鼻者，肺之使，肺者，金之精，制割立斷。耳者，心之候，心者，火之精，上爲張星。陰者，腎之寫，腎者，水之精，上爲虚危。口者，脾之門户，脾者，土之精，上爲北斗，主變化者也。」

世俗貴古賤今

楊升庵曰：「史説世俗神貴古（昔）［者］〔一〕而賤黷同時，雖有追風之駿，猶謂不及造父之御也；〔二〕雖有連城之珍，猶謂不及楚人之位也；〔三〕雖有超羣之人，猶謂不及竹帛之所載也。〔四〕是以仲尼不見重於當時，太元見嗤於比肩也。〔五〕俗士多云今山不及古山之高，今海不及古海之廣，今日不及古日之耀，〔六〕今月不及古月之朗。〔七〕重所聞，輕所見，非一世之患矣。昔之破琴勦絃者，諒有以乎。」〔八〕余謂美不見知，乃美之精也；知我者希，則我貴矣，何必斤斤於俗士哉！孔子曰：「不患莫己知，求爲可知也。」〔九〕老子云：「知其白，守其黑。」〔一〇〕又曰：「和其光，同其塵。」〔一一〕

〔一〕抱朴子外篇卷三尚博：「世俗率神貴古者。」

〔二〕抱朴子外篇卷三尚博：「猶謂之不及造父之所御也。」

〔三〕抱朴子外篇卷三尚博：「猶謂之不及楚人之所泣也。雖有擬斷之劍，猶謂之不及歐治之所鑄也。雖有起死之藥，猶謂之不及和鵲之所合也。」

〔四〕抱朴子外篇卷三尚博：「猶謂之不及竹帛之所載也。雖有益世之書，猶謂之不及前代之遺文也。」

〔五〕抱朴子外篇卷三尚博：「大玄見嗤薄於比肩也。」

〔六〕抱朴子外篇卷三尚博：「今日不及古日之熱。」

〔七〕抱朴子外篇卷三尚博：「今月不及古月之朗，何肯許今之才士不減古之枯骨。」
〔八〕抱朴子外篇卷三尚博：「諒有以而然乎。」
〔九〕論語注疏卷四里仁第四：子曰：「不患無位，患所以立。不患莫己知，求爲可知也。」
〔一〇〕老子道德經卷上反朴第二八：「知其白，守其黑，爲天下式。」
〔一一〕老子道德經卷上無源第四：「和其光，言雖有獨見之明，當如闇昧，不當以曜亂人也。同其塵，當與衆庶同垢塵，不當自别殊。」

六弢、管子戰具寓農器

太公六弢曰：「戰攻守禦之具，盡在於人事。耒耜者，其行馬蒺藜也。馬牛車輿者，其營壘蔽櫓也。鋤耰之具，其矛戟也。蓑笠簦笠，〔一〕其甲冑干櫓也。钁鍤斧鋸杵臼，其攻城器也。牛馬，所以轉輸糧也。雞犬，其伺候也。婦人織紝，其旌旗也。丈夫平壤，其攻城也。春鏺草棘，其戰車騎也。夏耨田疇，其戰步兵也。秋刈禾薪，其糧食儲備也；冬實倉廩，其堅守也。〔二〕田里相伍，其約束符信也。里有吏，官有長，其將帥也。里有周垣，不得相過，其隊分也。輸粟取芻，其廩庫也。春秋治城郭，修溝渠，其塹壘也。故用兵之具，盡於人事也。」瑩按：人事當作農事。管子亦曰：「什伍以爲行列，賞誅以爲文武，繕農具當器械，耕農以當攻戰，推行銚耨以當劍戟，披蓑以當鎧鑐，菹笠以當盾櫓。故耕器具，則戰器備，農事習，則戰功巧矣。」〔三〕楊升庵謂：「合六弢、管子觀之，可見古人寓兵於農之意。」

〔一〕六弢卷三農器第三〇：「蓑簦笠。」

〔二〕六弢卷三農器第三〇：「其堅守也。」

〔三〕管子卷一七禁藏第五三：「夫爲國之本，得天之時而爲經，經所以本之也。得人心而爲紀，法令爲維綱，維綱所以張也。吏爲網罟，網罟所以苞之。什伍以爲行列，行列所以關具之也。賞誅爲文武，賞則文，誅則武。繕農具當器械，農其既繕，則器械可修也。耕農當攻戰，耕農之不怠，若攻戰之不退也。推引銚耨以當劍戟，用銚耨者，必推引之，若劍戟擊刺。披蓑以當鎧鑐，蓑，雨衣，被著之所以禦雨露，若武備之有鎧鑐，著甲周身若褐炙，故曰鑐。苴笠以當盾櫓，取葅澤草以爲笠，若武備之有盾櫓也。故耕器具則戰器備，其耕器則備戰用也。農事習則戰功巧矣，習農則當戰功。」

得家書

十一月初一日，閬中縣田明府蕙田。運餉赴藏，過察木多，攜余省寓書及桐城信至，知家中戚友頗多物故，感愴不已。方植之、馬元伯、光律原皆有詩見懷。戴生蓉洲書來，求撰桐鄉書院叙，蓋去歲過孔城所許也。孔城爲吾桐四大鄉鎮之一，在縣治北三十里，面桐梓山一峯獨秀，大河環繞，東南至樅陽入江，戴南山先生産此。近復有劉孟塗，皆孔城人也。

金人銘辭

古金人銘辭，備載皇覽，今録於此：武王問尚父曰：「五帝之戒，可得聞乎？」尚父曰：「黃帝之戒曰：『吾之居民，上也摇摇，恐夕不至朝，故爲金人，三封其口。曰：古之慎言人也，戒之哉！無多言，無多事。多言多敗，多事多害。安樂必戒，無行所悔。勿謂何傷，其禍將長；勿謂何害，其禍將大；勿謂不聞，神將伺人。焰焰不滅，炎炎若何；涓涓不塞，終成江河；綿綿不絶，或成網羅；毫末不札，將尋斧柯。誠能慎之，福之根也；曰是無傷，禍之門也。强梁者不得其死，好勝者必遇其敵。盗憎主人，民怨其上。君子知天下之不可上也，故下之，知衆人之不可先也，故後之。温恭慎德，使人慕之；執雌持下，人莫踰之。人皆趨彼，我獨守此；人皆惑之，我獨不徙。内藏乃智，不示人技；我雖尊高，人弗我害。惟能於此也，江海雖左，長於百川，以其卑也。天道無親，常與善人。戒之哉！堯之居民上也振振，如臨深淵；舜之居民上也慄慄，如夕不見旦。』」武王曰：「吾拜殷民，居其上也，翼翼懼懼，不敢息。」尚父曰：「德盛者守之以謙，威强者守之以恭。」武王曰：「如尚父言，因是爲戒隨躬。」〔一〕余按：金人一銘，全是老子所本，故世以黃老並稱。

〔一〕太平御覽卷五九〇文部六銘載有此事，姚文所述與此畧有出入。

洪範五行傳

洪範五行傳〔一〕曰：

維王后元祀，帝令大禹步於上。帝維時洪祀六沴，用咎於下，是用知不畏而神之怒。若六沴作見，若是共禦，帝用不差，神則不怒，五福乃降，〔二〕用章於下。若六沴作見，若不共禦，六罰〔三〕既侵，六極其下。禹乃共辟闕德，〔四〕受命休令，爰用五事，〔五〕建用王極。〔六〕

〔一〕此爲孫瑴古微書卷五尚書五行傳。孫瑴曰：「此篇伏生大傳引以傳洪範，班固五行志因祖之以徵五行。遡其來自緯書，則大禹之文也，緯書獨此爲完簡耳。」四庫全書古微書提要曰：「考劉向七畧不著緯書，然民間私相傳習，則自秦以來有之，非盧生所上，見史記秦本紀，即呂不韋十二月紀稱某令失，則某災至。伏生洪範五行傳稱某事失，則某徵見，皆讖緯之説也。……實無此書，則傳於世者，僅乾鑿度、乾坤度二書耳。……（瑴）又摘伏勝尚書大傳中鴻範五行傳一篇，指爲神禹所作，尤屬杜撰，然其採摭編綴，使學者生於千百年後，猶見東京以上之遺文，以資考證，其功亦不可沒。」

〔二〕古微書卷五尚書五行傳：「五神乃降。」

〔三〕古微書卷五尚書五行傳：「六伐既浸。」

〔四〕古微書卷五尚書五行傳：「禹乃共辟厥德。」

〔五〕古微書卷五尚書五行傳：「羞用五事。」

〔六〕古微書卷五尚書五行傳：「建用皇極。」

長一事長猶首也。曰貌，〔一〕貌之不恭，是爲不肅。厥咎狂，厥罰恒雨，〔二〕厥極惡。時則有服妖，時則有龜孽，時則有雞禍，時則有下體生於上之痾，時則有青眚、青祥。〔三〕

次二事曰言，言之不從，是謂不乂。厥咎僭，厥罰恒暘，〔四〕厥極憂。時則有詩妖，時則有介蟲之孽，時則有大禍，時則有口舌之痾，時則有白眚、白祥，維木沴金。〔五〕

〔一〕古微書卷五尚書五行傳：「五事一曰貌。」

〔二〕古微書卷五尚書五行傳：「厥罰常雨。」

〔三〕古微書卷五尚書五行傳：「時則有服妖，有龜孽，有雞禍，有下體生於上之痾、青眚青祥，維金沴木。」

〔四〕古微書卷五尚書五行傳：「常陽。」

〔五〕古微書卷五尚書五行傳：「時則有詩妖，有介蟲之孽，有犬禍，有口舌之痾，白眚、白祥，維木沴金。」

次三事曰視，視之不明，是謂不悊。厥咎舒，厥罰烜燠，〔一〕厥極疾。時則有草妖，時則有倮蟲之蘖，時則有羊禍，時則有目痾，時則有赤眚、赤祥，維木沴火。〔二〕

次四〔事〕曰聽，聽之不聰，是謂不謀。厥咎急，厥罰恒寒，〔三〕厥極貧。時則有鼓妖，時則有魚孽，時則有豕禍，時則有耳痾，時則有黑眚、黑祥，維火沴水。〔四〕

〔一〕古微書卷五尚書五行傳：「厥咎荼，緩也，厥罰常燠。」

〔二〕古微書卷五尚書五行傳：「時則有草妖，有倮蟲之蘖，有羊禍，有目痾、赤眚、赤祥，維木沴火。」

〔三〕古微書卷五尚書五行傳：「厥罰常寒。」

〔四〕古微書卷五尚書五行傳：「時則有鼓妖，有魚孽，有豕禍，有耳痾、黑眚、黑祥，維火沴水。」

次五事曰思心，「思心」之不睿，〔一〕是謂不聖。厥咎霧，厥罰恒陰，〔二〕厥極凶短折。時則有脂夜之妖，時則有華孽，時則有牛禍，時則有心腹之痾，時則有黃眚、黃祥，時則金木水火沴土。〔三〕皇之不極，是謂不建。厥咎眊，厥罰恒陰，〔四〕厥極弱。時則有射妖，時則有蛇龍之孽，時則有馬禍，時則有下人伐上之痾，時則有日月亂行、星辰逆行，維五位復見辟沴。〔五〕曰二月三月，維貌是司；四月五月，維視是司；六月七月，維言是司；八月九月，維聽是司；十月十一月，維思心是司；十二月與正月，維王極是司。〔六〕凡六沴之作，歲之朝，月之朔，日之朝，〔七〕則后王受之。歲之中，月之中，日之中，〔八〕則正卿受之。歲之夕，月之夕，日之夕，〔九〕則庶民受之。

右五行傳說，出於劉向，皆衍洪範爲之，以諸咎徵戒人主也。六沴皆五行反其常德，所云「維火沴水」、「惟木沴金」是也。此本三事，曰「維水沴火」，水本尅火之物，不得言沴。又五事曰時，有金木水火沴土，語勢與上文四沴不類，義亦費解，此必有訛誤。疑三事當作維水沴土，五事當作維土沴水，記此更檢正之，又一事下少一沴，是有漏也。共禦共辟之共，義與恭同。詩曰「靖共爾位」〔一〇〕是也。

〔一〕古微書卷五尚書五行傳：「次五事曰思心，思心之不睿。」

〔二〕古微書卷五尚書五行傳：「厥罰常風。」

〔三〕古微書卷五尚書五行傳：「時則有脂夜之妖，有華孽，有牛禍，有心腹之痾、黄眚、黄祥，金木水火沴土。」

〔四〕古微書卷五尚書五行傳：「厥咎霿，厥罰常陰。」

〔五〕古微書卷五尚書五行傳：「時則有射妖，有蛇龍之孽，有馬禍，有下人伐上之痾，日月亂度、星辰逆行，維五位復建見辟厥沴。」

〔六〕古微書卷五尚書五行傳：「四五月視，六七月言，八九月聽，十、十一月思心，十二月與正月皇極。」

〔七〕古微書卷五尚書五行傳：「歲月日之朝。」

〔八〕古微書卷五尚書五行傳：「歲月日之中。」

〔九〕古微書卷五尚書五行傳：「歲月日之夕。」

〔一〇〕毛詩注疏卷二〇小雅無將大車三章：「念彼共人，涕零如雨。箋云：共人靖，共爾位，以待賢者之君。」

占夢書

御覽引古夢書曰：「夢者，像也，精氣動也，魂魄離身，神往來也，〔一〕陰陽感成，吉凶驗也。夢者語其人，預見所造過失，〔二〕如其賢者知之，自改革也。夢者告也，〔三〕告其形也，目無所見，耳無所聞，〔四〕魂出遊，身獨在身，〔五〕心所思念，念身也。〔六〕受天神戒，還告人也，受戒不精，忘神言也。名之爲寤，告符臻也。古有夢官，世相傳也。」「昔聖帝明王之世，神氣昭然先見。古堯夢乘龍上泰山，〔七〕舜夢擊天鼓，禹夢其手長，湯夢布令天下，其後皆有天下。〔八〕桀夢疾風壞其宮，紂夢大(雪)〔雷〕擊其首，〔九〕齊襄〔一〇〕夢爲大禽所中，秦二世夢虎囓其馬，其後皆失天下。」〔一一〕

〔一〕太平御覽卷三九七人事部三八敍夢：「神來往也。」

〔二〕太平御覽卷三九七人事部三八敍夢：「預見過失。」

〔三〕太平御覽卷三九七人事部三八敍夢：「夢告也。」

〔四〕太平御覽卷三九七人事部三八敍夢：「耳無所聞，鼻不喘臭，口不言也。」

〔五〕太平御覽卷三九七人事部三八敍夢：「身獨在。」

〔六〕太平御覽卷三九七人事部三八敍夢：「心所思念，忘身也。」

〔七〕太平御覽卷三九七人事部三八敍夢：「故堯夢乘龍上太山。」

〔八〕太平御覽卷三九七人事部三八敍夢：「後皆有天下。」

〔九〕太平御覽卷三九七人事部三八敍夢：「紂夢大雷擊其手。」

〔一〇〕太平御覽卷三九七人事部三八敍夢：「齊桓。」

〔一一〕太平御覽卷三九七人事部三八敍夢：「王者夢之，皆失天下。」

余按：此言夢乃人魂出遊，受天戒，還告人者，誠然矣。魄即人之神，常棲於心。心有所思者，神之動也。五官、百骸，皆受命於心，心復受命於神。德善過失，皆心爲之，即己神爲之也。人神不自知其吉凶，惟天神知之，或愛其人也，則以告；或惡其人也，亦以告。愛之告也，爲喜而賀之也；惡之告也，爲憂而戒之也。余少時，嘗夢在朝端憤殺大姦，爲人所糾，謫戍出關。行見邊外曠野，或古木蕭槮，夜籍敗葉尺許爲牀，以漢書枕首而卧。忽登一亭曰望雨亭，題詩一絶，記後二語云：「試看壯士渾忘死，今日還登望雨亭。」寤後，以爲讀書懷古之妄夢耳。及臺灣獄起，乃知神固先數十年告我也。其時，自分當有遠戍，及出獄，竟得免，而復予官，心竊訝之。今卒有乍雅之行，始以出使，繼復獲咎，然後知夢之不爽也如此。又常夢在古廟殿上，左右侍者，皆古宫人服飾，殿庭甚大，古柏參天，鴉鳴鵲噪。每月一再夢，至授室乃已。及壬寅之歲，則夢至一廟，殿上神坐極衆，皆古衣冠而多敗落。旋聞江浙用兵不利，余亦被劾，殆其驗也。至夢中出關，以漢書枕首之故，蓋漢書始有西域傳，余將赴西域，使詳知西域事乎！

緯書當分真僞

春秋元命苞〔一〕曰：「天有九部八紀，地有九州八柱。〔二〕州之爲言，殊也，合同類異，别其界也。〔三〕昴、畢間爲天街，散爲冀州，〔四〕分爲趙國，立爲常山。〔五〕牽牛，流爲揚州，〔六〕分爲越國，立爲揚山。軫星，散爲荆州，〔七〕分爲楚國。荆之爲言强也，陽盛物堅，其氣急悍也。虚、危之精，流爲青州，〔八〕分爲齊國，立爲萊山。天弓星，主司弓弩，流爲徐州，〔九〕别爲魯國。徐之爲言舒，言陰收内安詳也。〔一〇〕五星，流爲兖州。〔一一〕兖之言，端也，隄精端，故其氣纖殺，纖殺未詳。分爲鄭國。鈎鈐星，散爲豫州。〔一二〕豫之言序也，言陰陽分布，各得處也。東井鬼星，散爲雍州，〔一三〕分爲秦，東距崤坂，〔一四〕西有漢中，南含高山，北阻居庸，得東井動深之葫，其氣險也。觜参，流爲益州。〔一五〕益之爲言隘也，謂物數並決，其氣急切決烈也。箕星，散爲幽州，分爲燕國。幽之爲言窈也，言風出入窈冥，敏勁易曉，故其氣躁急。榮室，即營室。流爲并州，分爲衛國之鎮，立爲明山。并之爲言誠也，精舍并，〔一六〕其氣勇抗，誠信也。」〔一七〕

〔一〕此即古微書卷七春秋元命苞。

〔二〕六家詩名物疏卷九日月篇：「河圖括地象云：天有九部八紀，地有九州八柱。」

〔三〕山堂肆考卷二二九含類：「春秋説題辭：州之爲言殊也，言殊含同類，異其界也。」

〔四〕禹貢指南卷一冀州：「晉地理志：春秋元命苞云：昴、畢，散爲冀州，亂則冀安，弱則冀強，荒則冀豐。」

〔五〕古微書卷七春秋元命苞：「立爲常山，其下有祠，有安天王。」

〔六〕禹貢指南卷一淮海惟揚州：「晉地理志引春秋元命苞云牽牛，流爲揚州，分爲越國，以爲江南之氣燥勁，厥性輕揚。亦曰州界多水，水波揚也。于古則荒服之國，戰國時其地爲楚分。」

〔七〕禹貢指南卷二荆及衡陽惟荊州：「晉地理志引春秋元命苞云：軫星，散爲荆州。荊，彊也，言其氣燥彊，亦曰警也，言南蠻數爲寇逆，其人有道後服，無道先叛，易警備也。又云取名于荆山。荆取名于荆山，其義最近。荆者，小木名，亦曰楚，故春秋書楚爲荊。」

〔八〕禹貢指南卷一海岱惟青州：「晉地理志：青州，蓋取土居少陽，其色爲青，故以名也。春秋元命苞云：虚危流爲青州。」

〔九〕禹貢指南卷一海岱及淮惟徐州：「晉地理志：徐州於周入青州之域。春秋元命苞云：天氐流爲徐州，蓋取舒緩之義。或曰因徐邱以立名。」

〔一〇〕古微書卷七春秋元命苞：「徐之爲言舒也，言陰牧内安詳也。」

〔一一〕禹貢指南卷一濟河惟兖州：「晉地理志：兖州濟河地，舜置十二牧，則其一也。春秋元命苞云：五星流爲兖州。兖，端也，信也。又曰：蓋取兖水以爲名焉。」

〔一二〕古微書卷七春秋元命苞：「鉤鈐星，别爲豫州。」禹貢指南卷二荆河惟豫州載：「晉地理志：豫州。按：禹貢爲荆河之地。豫者，舒也，言稟中和之氣，性理安舒也。」春秋元命苞云：「鉤鈐星，别爲豫州。地界，西自華山，東至于淮，北自濟，南界荆山。」

〔一三〕禹貢指南卷二黑水西河惟雍州：「晉地理志：雍州以其四山之地，故以雍名焉。亦謂西北之位，陽所不及，陰陽氣雍閼也。釋名曰：雍，翳也，東崤、西漢、南商、北居庸，四山之所擁翳也。」

〔一四〕古微書卷七春秋元命苞：「分爲秦國，東距崤陂。」

〔一五〕禹貢指南卷二華陽黑水惟梁州：「晉地理志春秋元命苞云：參伐，流爲益州。益之爲言阸也，言其所在之地險阸也。亦曰疆壤益大，故以名焉。又曰梁者，言西方金剛之氣彊梁，故因名焉。」

〔一六〕古微書卷七春秋元命苞：「精舍交并。」

〔一七〕古微書卷七春秋元命苞：「又云五星流爲兖，鉤鈐星别爲豫，昴、畢散爲冀，箕星散爲幽，營室流爲并州，參流爲益，虚、危流爲青，天氐流爲徐，軫星散爲荆，牽牛流爲揚。」

余按：此言九州之解，與諸書多異。又以某星流爲某州，尤無理解，義亦謬妄。且以梁州爲益州，周、秦皆未有益州及漢中、居庸之稱也，張衡以爲成、哀間僞撰無疑。康成用以解經，已屬牽强，後人作疏，益大援之，宋儒棄而不取，不可易也。近世文士，喜其華藻，必諱注疏之短，苦與宋儒爲難，豈其然哉！或曰緯與讖遂可廢乎？曰緯書始自周秦諸子，原有真者，其亡已久。武帝求書，漢人乃依傍僞撰，魏晉所傳，已真僞莫辨。讖則全是漢人所爲，此其異耳。至於今日，則均爲古書可貴，而中有悖理者，不可一類從之也。

鐵盆撥火詩

連日風雪，假得鐵盆，手自撥火，殊不知寒。丁別駕始見笑之，既亦仿焉。慰之以詩〔一〕曰：「鐵盆撥火夜猶温，一覺能招天外魂。行處但須清夢穩，家人無事罵章惇。」

〔一〕後湘續集卷四撥火。

郭翼筆記

元人郭翼，字義中，著雪履齋筆記，偶論經義注疏説有勝集註者，折衷取之，辭氣粹然，非如文士浮夸、自矜習氣也。筆記之作，蓋亦遭逢擯抑，能以理自遣者，淵源有自，亦非冬烘膚學者所能。今録其數則於此。

一曰：陸務觀云：「忠州最號窮陋，白樂天詩乃有『今夜酒醺羅綺煖，被君融盡玉壺冰』〔一〕之句。」忠州豈有此景？當時不堪司馬閒冷，驟易刺史，故亦見其樂爾，可憐哉！又鄧栟櫚云：「王涯譏白樂天，出爲江州司馬，及甘露之禍，朝士殆無遺者，而樂天方在洛中，遊香山寺。然則涯果能陷樂天否乎？小人無知，欲以人勝天，類皆如此，但可憐耳。」〔二〕兩君一憐樂天，一憐王涯輩，然樂天江州數載，徙倚匡廬瀑布之間，仰觀山，俯聽泉，傍睨竹樹雲石，至欲引妻子抱琴書以終老，豈肯受人之憐？若王涯輩者，乃當如栟櫚之言耳。

又一則云：阻風京口三日，同泊千餘舟。忽東風呼號，耶許之聲如雷，瞬息過郭璞墓，迥視波間突兀，真所謂「金山一點大如拳」也。前後帆影層疊懸挂，遮卻半江，非茲地不能得此壯觀，非滯石尤累日，不能得賈船客船〔三〕如許之盛，乃知世間失意處，反成就無限快事，要須耐煩等耳。〔四〕

又一則云：山兀然不動而已，能使之斷續隱顯，又能使之多少者，雲爲之也。觀雲可以慨悟身世。

〔一〕白香山詩集卷一八醉後戲題：「自知清冷似冬凌，每被人呼作律僧。今夜酒醺羅綺煖，被君融盡玉壺冰。」
〔二〕栟櫚集卷一九題跋書樂天事。

〔三〕雪履齋筆記：「賈舶客船。」

〔四〕雪履齋筆記：「反成就了無限快事，要須耐煩等待耳。」

又一則云：有治有亂，有盛有衰，有得有失，有憂有喜，有毁有譽，删除一件不得。若欲占住一邊，推去一邊，〔一〕此天地鬼神所不能也。〔二〕其間分數之多寡，或有偏在一邊者，亦但就百年以内評量耳。試從歷劫曠觀，定無銖兩輕重。〔三〕

又一則云孔子論中庸之聖，只「遯世不見，知而不悔」。〔四〕他日贊乾初九，乃析爲二語曰：「遯世無悶，不見是而無悶。」〔五〕遯世，自我而言，不見是自人而言。遯世，尚有獨寐寤言，永矢弗諼之樂。至於不見是，則所謂一國非之，天下非之，幾於俯仰跼蹐，到此而能無悶，直是不見一物，洗心退藏之學，何以復加！此等人出而用世，則聖而不可知之謂神也，又安有亢龍之悔哉！

觀前三則，猶不過達觀之見，後二則，非知道者不能爲此言矣。雖然，余更進一解，曰：「得失不過一身，是非或關乎天下。」苟事止一身，得失置之可也。若明明見有害吾君國者，亦概以達觀置之可乎？小弁、離騷之作，惡能無怨於彼婦、讒人哉！孔子曰：「無適也，無莫也，義之與比。」〔六〕

〔一〕雪履齋筆記：「若欲占住這邊，推去那邊。」

〔二〕雪履齋筆記：「此天地鬼神之所不能也。」

〔三〕雪履齋筆記：「定無銖兩畸重。」

〔四〕四書章句集注中庸章句第十一章：「君子依乎中庸，遯世不見，知而不悔，唯聖者能之。」

〔五〕子夏易傳卷一周易上經乾傳第一：「初九曰：潛龍勿用，何謂也。子曰：龍德而隱者也，不易乎。世不成乎名，遯世無悶不見是而無悶。樂則行之，憂則違之，確乎其不可拔潛龍也。」

〔六〕論語注疏卷四里仁第四：子曰：「君子之於天下也，無適也，無莫也，義之與比。」

李翀辨佛

元人李翀日聞録，〔一〕惡世人奉佛之誣，辨之凡數千言，〔二〕蓋亦嘗涉獵佛書，然皆以粗淺者言之，精深之義，未有聞也。元代蕃僧，污穢中國，與世之求福利而奉佛者，不可不使聞之耳。

〔一〕四庫全書總目卷一二二子部雜家類六：「日聞録一卷，永樂大典本，元李翀撰。翀不見史傳。惟書中紀至正甲辰、丙午間事，下距洪武元年僅一二載，其人當已入明。然書中皆稱元爲國朝，則前代遺老、抱節不仕者也。是書多及歷代故事，畧如蔡邕獨斷、崔豹古今注之體。而辨論差詳，多有可採，亦間及元代軼事。蓋雜家者流。」

〔二〕日聞録：「三代後惟佛爲盛，爲佛者曰：佛能爲福田利益也。非佛者曰：事佛求福反更得禍，佛不足信。爲佛者曰：福祚皆佛報也。非佛者曰：人生如樹花同發，隨風而散，所墜之地不同，故貴賤各有殊途，天下本無佛也。以愚考之，佛豈爲禍福者哉？禍福自各以共類至爾，豈佛之所能爲哉？佛本自謂西域國王之子，正以厭苦人間事，捨俗出家而稱佛。佛之言覺也，覺人世之事皆非也，爲佛而惟求寂滅，曰寂曰滅，死即已矣，無非餘事也。安得既死之後，尚爲禍福，如今人所云者。假如今之説能爲人禍福也，爲禍福於昭昭，使人皆期頤也。世豈有人皆期頤者乎？免貧賤，使盡富貴，除災阸，使盡安樂也？世豈有盡富貴、盡安樂者乎？爲禍福於冥冥，使有罪者出之地獄，置之天堂也？……天地日月，人所知見者，其説且妄，況其言天地日月之外，人所不知不見者乎！考論至此，是灼然無須彌山，無須彌山則無東西方十萬億國，無東西方十萬億國，則亦無此世界外三千大千世界，彼愚不肖者，真以爲有而惑之，則大可憐耳。」

極樂世界在人心

世非無佛，但釋迦本旨，爲世人纏縛於富貴聲色，惡孽無邊，思救之，故以身説法，屏絶情欲，使不累心，並父母、妻子、王位皆棄不顧。成道後，已爲國王供奉，大衆尊榮，猶不安居受享，日僅一食，偏乞城中。食已，則説法度人，以示不肯素食之義。何等謙卑，何等志願，宜其爲天人鬼神之所欽服也。其以禍福言者，世人愚昧，非禍不足以生其恐懼戒謹之心；非福不足以生其嚮往悦慕之心，猶之帝王治天下，爵禄刑賞以馭天下之意云爾。然佛本欲人不貪富貴聲色，若仍以此富貴聲色歆動世人，則非立教本旨矣。故别爲福德之説，曰：「若能舍此世間之富貴聲色，自有世外之富貴聲色。」「不可思議，即所謂極樂世界者也。此世界中各人現處之地，先時纏縛沈迷於富貴聲色，得之，則忻喜歡愛，貪戀不捨；失之，則憂懼憤怒，愁苦怨恨，展轉煩惱，此心若焚。一旦恍然大悟，此皆浮雲幻相，變滅須臾，本非實境，則煩惱頓除，無所罣礙，心神爽然，耳目開朗，如脱離火宅，遍體清涼，豈不快哉！人猶是人也，事猶是事也，地猶是地也，日月猶是日月，天猶是天，世界猶是世界也。我前日所爲忻喜歡愛、貪戀不捨、憂懼憤怒、愁苦怨恨之心，纏縛沉迷，無限煩惱者，今一旦爽然開朗，出火宅而就清涼，心境一變，則所見所聞所思，别是一世界，是即目前之極樂世界矣！

凡夫愚昧，以妄爲實，故佛既説種種法已，復恐人既知眼前富貴聲色之非實，又思種身後來生之福，終不離人天果報，則是妄中轉妄。故金剛般若心經，隨説隨掃，反覆叮嚀付囑，欲人捨渡河之筏〔一〕也。凡夫愚昧，不能解佛所説法，其求極樂世界之心，仍是求富貴聲色之心；其欲生淨土之心，仍無異求人天果報之心。六朝以來，世主好佛好仙，無非富貴聲色已極，貪著不已，或更求長生，或種福死後，其好佛也，猶是求仙之心耳，豈佛所以立教救世之心哉！此達摩東來，面斥梁武福田功德之問，曰「此但人天小果有漏之因」也。嗟呼！名教自有樂地。孔子曰：「飯蔬食飲水，曲肱而枕之，樂亦在其中矣。」〔二〕即顔子之「簞瓢陋巷，不改其樂也」。〔三〕孟子曰：「君子有三樂，而王天下不與存焉。父母俱存，兄弟無故，一樂也；仰不愧於天，俯不怍於人，二樂也；得天下英才而教育之，三樂也。」〔四〕又曰：「樂人之樂者，人亦樂其樂。」〔五〕此則吾儒真實之樂，即佛所謂極樂也。蓮池大師，學佛者也，其言曰：「我見極樂，實無可樂。若見可樂，與若何殊？」

〔一〕哈佛燕京圖書館藏本爲「渡河之篋」，中復堂全集本（同治六年本）、筆記小説大觀本、叢書集成三編本皆爲「渡河之筏」，今據文章辨體彙選卷三二三心學淵源録序：「渡河之筏不棄朽株」，故改「篋」爲「筏」。

〔二〕論語集解義疏卷四論語述而第七：子曰：「飯蔬食飲水，曲肱而枕之，樂亦在其中矣。」

〔三〕孟子注疏卷八下離婁章句下：「顔子當亂世，居於陋巷，一簞食一瓢飲，人不堪其憂，顔子不改其樂。」

〔四〕此引自孟子注疏卷一三上盡心章句上所載。

〔五〕周禮集説卷九下：劉氏曰：「天子之於諸侯，同其憂樂者也。故曰憂人之憂，人亦憂其憂；樂人之樂，人亦樂其樂。是以小行人掌令乎五物也。」

西方無極樂世界

吾儒以治世爲教，佛法以出世爲教。出世者，離此五濁惡世，而超天界法界也。愚人執著西方，以爲佛界。夫世俗所謂西天者，特昔時諸佛所生之地耳，其風土人物與諸蕃無異。其人依然有死生、疾病、困苦、聲色、貨利、戰爭、姦盜，猶夫中國，故佛生其地，説法以救其人，何嘗以彼爲極樂之國乎！然則佛天自有其處，不在西方，明矣。吾見學佛者，往往猶以往生西方爲念，其愚妄邪見，何足以當高僧一棒乎！

魏默深論諸教

魏默深海國圖志〔一〕曰：

天祐下民，作之君，作之師，君長一國一時，師長數十國數百世。故自東海以至西海，自北極以至南極，國萬數，里億數，〔二〕人恒河沙數，必皆有人焉，魁之、桀之、綱之、紀之、離之、合之。語其縱，則西域自佛未出世以前，皆婆羅門教，以事天治人爲本，即彼方之儒。自佛教興而婆羅門教衰，佛教衰而婆羅門教復盛。一盛爲耶穌之天主教，再盛爲穆罕默德之天方教，皆婆羅門之支變。婆羅門教，游方之内者也；佛教，游方之外者也。語其横，則自中、南、東三印度，而緬甸、暹羅，而西藏，而青海、漠南北、蒙古皆佛教。自西印度之包社阿丹，而西之利未亞洲，而東之葱嶺左右，哈薩克、布魯特諸游牧，而天山南路諸城郭，皆天方（回）教。〔三〕其大西洋之歐羅巴各國外，大西洋之彌利堅各國，則皆天主教。與中國、安南、朝鮮、日本之儒教，離立而四。語其支派，則佛教分爲三：一墨那敏教，（則）〔即〕〔四〕印度國舊教，一名興社教。一大剌麻教，即西藏之黄教。一墨魯赫教，即西藏之紅教，一名墨低蘭教。天方回教分爲三：一由斯教，即婆羅門舊教。一馬哈墨教，即穆罕默德所創，行於阿丹者。一比阿釐教，則其兄子所傳，行於巴社都魯機者。天主教總名爲克力斯頓教，亦分爲三：一加特力教，乃意大里亞所行天主舊教；一額利教；一婆羅特士頓教，則諸國所後起。大都有不供偶像，而尚供畫像及禮拜前賢生日者；有一切不供，惟敬天主者；有供十字者，有不供十字者。世傳西洋惟英吉利一國，獨闢天主教，不知英夷所闢者加特力教爾。故英夷國王將立，則國人必會議，約新王背加特立教而尊婆羅特士頓教，始即位，英夷何嘗盡闢克力斯頓教哉！又有道教散處各國，孑身修煉，名巴柳士艮教，歐羅巴、利未亞洲皆有之，特不及各教之紀年建朔云。自道術分裂，儒分八，墨分三，釋、道亦各分數支。同中立異，鬥諍堅固，于一教中且自相胡越，況欲並包殊方，泯其畛域，會其大同，此必不然之數。廣谷大川，異俗民生之間，剛柔輕重，遲速異齊。皇清能并回部，不能使天山南路舍回教而被儒服，能服蕃、蒙，不能使西藏、漠北舍黄教而誦六經。鄂羅斯兼並西北，英吉利蠶食東南，而不能使白帽、黄帽之方，盡奉天主，故曰：「因其教，不異其俗，齊其政，不異其宜。」〔五〕

〔一〕哈佛燕京圖書館藏本、中復堂全集本（同治六年本）、筆記小説大觀本、叢書集成三編本等皆載爲「海國圖識」，今據海國圖志改「識」爲「志」。以下文引自海國圖志卷七一南洋西洋各國教門表。

〔二〕哈佛燕京圖書館藏本、中復堂全集本（同治六年本）、筆記小説大觀本、叢書集成三編本等皆載爲「國萬千，億里數」。今據海國圖志卷七一南洋西洋各國教門表：「自北極以至南極，國萬數，里億數」。故改爲「國萬數，里億數」。

〔三〕海國圖志卷七一南洋西洋各國教門表載爲「皆天方教」，無「回」字。

〔四〕哈佛燕京圖書館藏本、中復堂全集本（同治六年本）、筆記小説大觀本、叢書集成三編本等皆載爲「則」，今據海國圖志卷七一南洋西洋各國教門表：「一墨那敏教即印度國舊教」。故改「則」爲「即」。

〔五〕皇王大紀卷七三王紀成湯：「廣谷大川異制，民生其間異俗，剛柔、輕重、遲速異齊，五味異味和，器械異制，衣服異宜。修其教不異其俗，齊其政不異其宜。」尚書精義卷一一：「蓋廣谷大川異地，民生其間異俗，剛柔、遲速、輕重、異和，器械異制，衣服異宜，修其教不易其俗，齊其政不異其宜。」

諸國教門考

海國圖志諸國教門表〔一〕曰：

東南洋海岸之國，除安南兼儒、佛二教外，暹羅、緬甸佛教，南掌、老撾整線各國並同。

東南洋海島之國，除日本、琉球，兼儒、佛二教外，小吕宋島舊本土蕃，無教門，明以來西洋據此地，行加特力教。大爪哇島蘇禄、文萊等，舊佛教，今回教。小爪哇島葛留巴等，亞齊島蘇門答剌、三佛齊等，舊皆佛教，今回教。

西南洋五印度各國，除西藏及蒙古皆剌麻黄教外，東印度榜葛剌，南印度孟邁、錫蘭等，中印度温都斯坦，皆墨那敏佛教。西印度包社，舊佛教，今阿比鼇回教，或曰即巴柳士艮教。西印度阿丹，舊佛教，今馬哈墨回教，又由斯回教。北印度克什彌爾，舊佛教，今馬哈墨回教。南都魯機，舊佛教，今阿比釐回教，兼由斯回教，又有加特力教。其葱嶺以西之哈薩克、布魯特、巴達克山、愛烏罕、布哈爾、敖罕，葱嶺以東之八城回部，自明以來，皆改佛教爲馬哈墨回教。

小西洋利未亞洲各國内，伊楫國，〔二〕由斯回教、額利教、加特力教，亦有佛教。阿邁司尼國，〔三〕由教、加特力教。東利未亞洲八部，内六部未詳何教，其二部屬阿丹，馬哈墨回教。北利未亞四部，馬哈墨回教。西利未亞廿四部，小國土蠻，祀鬼，不知教門。南利未亞四部，亦小國土蠻，祀鬼，不知教門。中利未亞二十五部，馬哈墨回教。

大西洋歐羅巴洲各國：葡萄亞國，加特利教。荷蘭國，波羅特士頓教。彌爾（利）[尼]〔四〕壬與荷蘭同國，而别奉加特力教。佛蘭西國，加特力教。英吉利國，婆羅特士頓教。意大利國，加特力教。耶馬尼國二十七部，半加特力教，半婆羅特士頓教。歐塞特厘阿國，加特力教、婆羅特士頓教。塞牙里與（同）[阿]國，亦兼有（二）[三]教。〔五〕波蘭國，加特力教。綏林國，婆羅特士頓教。領墨國、瑞國皆加特力教。普魯社國，或由教，或（墨）[魯]低蘭教，〔六〕或加特力教，或婆羅特士頓教。北都魯機國，阿比厘回教。

北洋俄羅斯國各部内，大俄羅斯十七部，西俄羅斯八部，東俄羅斯五部，小俄羅斯三部，南俄羅斯五部，加匽俄羅斯四部，皆額利教。西南新藩俄羅斯五部，馬哈（黑）[墨]回教，以本回部故（也）[地]。〔七〕東北新藩俄羅斯四部，剌麻佛教，以近蒙古部落故也。

外大西洋墨利加洲各國内，北洲彌利堅國二十七部，或加特力教，或婆羅特士頓教。北洲智利國，或加特力教，或婆羅特士頓教。其餘北洲内墨西科等國，南洲内勃露國、金加西臘國、伯西爾國、智加國，教門未詳。

余按：默深此表，蓋本歐羅巴人四洲志而作，四洲志言加特力教，萬有千六百萬人；額利教，七千萬人；婆羅特士頓教，四千二百萬人；由教，約四五萬人；馬哈墨教，萬有二千萬人；巴柳士艮教，七千三百萬人；墨那敏教，七千萬人；大剌麻教，五千萬人；墨魯赫教，四千萬人，共計各教六萬七千一百萬人。默深曰：「克力斯頓乃西洋本教，或能悉其多寡，至西藏、蒙古之佛教，新疆南路之回教，與各洲之道教，英夷何由籍其人數耶？」〔八〕余謂夷人夸其博識，與僧徒道流撰經，好爲夸張，以聳人聽信，何所不至，固非吾儒大中至正，徵文考獻之比。即天主既分三教，互相攻擊，爭夸取勝，彼此未必肯以實在人數相告，則所云萬有千六百萬人、七千萬人、四千二百萬人者，且不足信，況其他耶，是亦不足嗤矣！

〔一〕即海國圖志卷七一南洋西洋各國教門表。
〔二〕〔三〕海國圖志卷七一南洋西洋各國教門表：「東方伊揖國」，「東方阿邁司尼國」。
〔四〕哈佛燕京圖書館藏本、中復堂全集本（同治六年本）、筆記小説大觀本、叢書集成三編本皆載爲「彌爾利」，今據海國圖志卷七一南洋西洋各國教門表：「彌爾尼壬與荷蘭同國」，故改「利」爲「尼」。
〔五〕哈佛燕京圖書館藏本、中復堂全集本（同治六年本）、筆記小説大觀本、叢書集成三編本皆載爲「塞牙里與同國」、「二教」，今據海國圖志卷七一南洋西洋各國教門表：「塞牙里與阿國亦兼有二教」。故改「同」爲「阿」，改「二」爲

「三」。

〔六〕哈佛燕京圖書館藏本、中復堂全集本（同治六年本）、筆記小説大觀本、叢書集成三編本皆載爲「墨低蘭教」，今據海國圖志卷七一南洋西洋各國教門表：「或由教或魯低蘭教」，故改「墨」爲「魯」。

〔七〕哈佛燕京圖書館藏本、中復堂全集本（同治六年本）、筆記小説大觀本、叢書集成三編本皆載爲「本回部故也」，今據海國圖志卷七一南洋西洋各國教門表：「馬哈墨回教，本回部故地」，故改「黑」爲「墨」，改「也」爲「地」。

〔八〕海國圖志卷七一南洋西洋各國教門表：「英夷何由籍其人數耶？又志中惟克力斯頓教三派分載最詳，至天方教，則阿丹志中既言回教中分爲二，一曰色底特士教，一曰比阿厘教，比阿厘者，穆罕默德兄子傳教而小別其宗，乃各國志中但概稱馬哈默教，無一曰比阿厘者，今惟巴社及都魯機，知其爲比阿厘回教，餘國則亦無從區別，當俟質諸天方之士。」

虞文靖鳴鶴餘音

虞道園有鳴鶴餘音，〔一〕爲蘇武慢十（三）〔二〕闋，〔二〕晚年退閑，與馮尊師唱和之作也。在詞家雖非當行，然讀之飄然有凌雲之意。今録其八闋云：

自笑微生，凡情不斷，輕棄舊磯垂釣。走馬長安，聽鶯上苑，空負洛陽年少。玉殿傳宣，金鑾陪宴，屢草九（種）〔重〕丹詔。是何年夢斷槐根，依舊一蓑江表。天賜我萬疊雲屏，五湖烟浪，無限野猨沙鳥。平明紫閣，日宴元洲，〔三〕晞髮太霞林杪。蒼龍騰海，白鶴銜霄，顛倒一時俱了。望清都獨步高秋，風露洞天初曉。其一。

〔一〕鳴鶴餘音收入道園遺稿卷六。另四庫全書存目叢書集部四二二册收入元彭致中所輯鳴鶴餘音九卷，書前有虞集序。

〔二〕姚瑩誤爲「十三」，據道園遺稿卷六鳴鶴餘音載蘇武慢十二首，改「十三」爲「十二」。

〔三〕道園遺稿卷六蘇武慢十二首之一：「九重丹詔。」

〔四〕道園遺稿卷六蘇武慢十二首之一：「日宴玄洲。」

山月來時，海風不動，平地玉樓瓊宇。桂子飄香，露華如水，自按洞蕭如縷。杳杳冥冥，泠泠歷歷，青鳥頻傳芳語。〔一〕太微中鸞鶴相求，盡是舊時真侶。　君聽取列豹重關，鼓雷千吏，天界更多官府。石女簪花，木人勸酒，爲我此間聊住。高唱微吟，揮毫萬丈，塵世等閒今古。看空山一色青青，何處斷雲殘雨。〔二〕其三。

〔一〕鳴鶴餘音卷二蘇武慢十二首之三：「青鳥鮮傳芳語。」道園遺稿卷六蘇武慢十二首之三則爲「解傳」。

〔二〕鳴鶴餘音卷二蘇武慢十二首之三：「何意斷雲長雨。」道園遺稿所載相同。

皓月清霜，釣舟如葉，閒渡小溪澄碧。銀漢無聲，玉虹横野，〔一〕斗柄正垂天北。半幅烏紗，數莖華髮，〔二〕一兩〔三〕野鳧飛舄。問回仙城〔四〕南老樹，能見幾何〔五〕今昔。　西華頂十丈高花，九天秋露，結就翠房瑶室。〔六〕脱屣非難，凌空何遠，三咽雪融冰液。辟穀神方，飡霞真訣，〔七〕一去更無消息。笑人間長住虛空，誰似一輪紅日。其（五）［四］。〔八〕

〔一〕道園遺稿卷六蘇武慢十二首之四：「玉虹横埜。」
〔二〕道園遺稿卷六蘇武慢十二首之四：「數根華髮。」
〔三〕道園遺稿卷六蘇武慢十二首之四：「一緉。」
〔四〕道園遺稿卷六蘇武慢十二首之四：「回問仙人。」
〔五〕道園遺稿卷六蘇武慢十二首之四：「能見幾回。」
〔六〕道園遺稿卷六蘇武慢十二首之四：「結就翠房瑤實。」
〔七〕道園遺稿卷六蘇武慢十二首之四：「餐霞真訣。」
〔八〕姚瑩誤爲「其五」，今據鳴鶴餘音卷二蘇武慢十二首之四與道園遺稿卷六蘇武慢十二首之四，改「五」爲「四」。姚瑩脱蘇武慢十二首之五。道園遺稿卷六蘇武慢十二首之五：「放櫂滄浪，落霞殘照，聊倚岸迴山轉。乘鴈雙鳧，斷蘆漂葦，身在畫圖秋晚。雨送灘聲，風摇燭影，夜深尚披吟卷。算離情何必天涯，咫尺路遥人遠。　空自笑洛下書生，襄陽耆舊，夢底幾時曾見。老矣浮丘，賦詩明月，千仞碧天長劍。雪霽瓊樓，春生瑶席，容我故山高燕。待雞鳴日出浮羅，飛渡海波清淺。」

對酒當歌，無愁可解，是個道人標格。好風過耳，皓月盈懷，清淨水聲山色。世上千年，山中七日，隨處慣曾爲客。盡虚堂〔一〕北斗南辰，此事有誰消得。　曾聽得碧眼胡僧，布袍滄海，直下釣絲千尺。掣取鯨魚，風雲變化，〔二〕不是等閒奇特。寒暑相推，〔三〕乾坤不用，歷劫不爲陳迹。可憐生忘卻高年，〔四〕長伴小兒嬉劇。其六。

〔一〕道園遺稿卷六蘇武慢十二首之六：「盡虚空。」

〔二〕道園遺稿卷六蘇武慢十二首之六：「風雷變化。」

〔三〕道園遺稿卷六蘇武慢十二首之六：「寒暑相摧。」

〔四〕道園遺稿卷六蘇武慢十二首之六：「可憐忘却高年。」

憶昔坡公，〔一〕夜遊赤壁，孤鶴掠舟西過。英雄消盡，身世茫然，月小水寒星大。何似漁翁，不知今古，醉傍蓼花燃火。夢相逢羽服翩翾，未必此時非我。誰解道，歲晚江空，風帆目力，橫槊賦詩江左。清露衣裳，晚風洲渚，多少短歌長些。玉宇高寒，故人何處，渺渺予懷無那。歎乘桴浮海飄然，從者未知誰可。其七。

〔一〕道園遺稿卷六蘇武慢十二首之七：「憶昔坡仙。」

十載燕山，十年江山，〔一〕慣見半生風雪。對雪無舟，泛舟無雪，不遇並時高潔。斷港殘沙，今茲何夕，一似剡溪歸越。但掀蓬數尺梅花，人迹鳥飛俱絕。君不見，五老峯巔，浮邱絕頂，笑我早生華髮。返老還童，易麄爲妙，定有九還丹訣。霽景浮空，天光眩海，一體本無分別。便堪稱六一仙公，千古太虛明月。其八。

〔一〕道園遺稿卷六蘇武慢十二首之八：「十年江上。」

六十歸來，今過七十，感謝聖恩嘉惠。早眠晏起，渴飲飢餐，自己了無星事。〔一〕數卷殘書，半枚破硯，聊表秀才而已。道先生快寫能吟，真是去之遠矣。沒尋思，拄箇青藜，靸雙芒屨，走去渡頭觀水。逝者滔滔，來之滾滾，〔二〕不覺日斜風細。有一漁翁，驀然相喚，你〔三〕在看他甚底。便扶攜，〔四〕穿起鮮魚，博得一樽同醉。其十。

〔一〕道園遺稿卷六蘇武慢十二首之十：「自己了無心事。」
〔二〕道園遺稿卷六蘇武慢十二首之十：「來之袞袞。」
〔三〕道園遺稿卷六蘇武慢十二首之十：「爾。」
〔四〕道園遺稿卷六蘇武慢十二首之十：「便扶杖。」

十年窗下，見古今成敗，幾多豪傑。誰會誰能誰不濟，故紙數行明滅。亂葉西風，遊絲春夢，轉轉無休歇。爲他憔悴，不知有甚干涉。寥寥無助閒身，盡虚空界，一片中霄月。雲去雲來無定相，月亦本無圓缺。非色非空，非心非佛，教我如何説。不妨跬步，蟾蜍飛上銀闕。末附無俗念一首。

元詩人四大家，文靖學問湛深，文尤醇厚。此雖小詞，亦足使人嚮往也。

文貴沈鬱頓挫

古人文章妙處，全是沈、鬱、頓、挫四字。沈者，如物落水，必須到底，方著痛癢，此沈之妙也，否則仍是一浮字。鬱者，如物蟠結胸中，展轉縈遏，不能宣暢，又如憂深念切，而進退維艱，左右窒礙，塞阨不通，已是無可如何，又不能自已，於是一言數轉，一意數迴，此鬱之妙也，否則仍是一率字。頓者，如物流行無滯，極其爽快，忽然停住不行，使人心神馳嚮，如望如疑，如有喪失，如有怨慕，此頓之妙也，否則仍是一直字。挫者，如鋸解木，雖是一來一往，而齒鑿巉巉，數百森列，每一往來，其數百齒，必一一歷過，是一來凡數百來，一往凡數百往也。又如歌者，一字故曼其聲，高下低徊，抑揚百轉，此挫之妙也，否則仍是一平字。文章能去其浮、率、平、直之病，而有沈、鬱、頓、挫之妙，然後可以不朽。楚辭，史記，李、杜詩，韓文是也。嗟呼！此數公者，非有其仁孝忠義之懷，浩然充塞兩間之氣，上下古今窮情盡態之識，博覽考究山川人物典章之學，而又身歷困窮險阻驚奇之境，其文章亦烏能若是也哉！今不求數公之所以爲人，而惟求數公之所以爲文，此所以數公之後，罕有及數公者也。

劉改之詩

南宋劉過，字改之，詩名龍洲集。七言佳處，頗近黄、陸風格，今録其數首於此。

喜雨寄徐東陽云：「(和)[知]州昔有賢從事，〔一〕今作東陽父母官。百里望風皆畏易，四郊得雨及時難。秋成有望米價減，水滿不爭民業安。詩(事)[句]定多公事少，〔二〕不妨閒[寫]寄(故)人看。」〔三〕

〔一〕龍洲集卷四喜雨寄徐東陽：「知州昔有賢從事。」

〔二〕龍洲集卷四喜雨寄徐東陽：「詩句定多公事少。」

〔三〕龍洲集卷四喜雨寄徐東陽：「不妨閒寫寄人看。」

呈胡季解云：「老病（疏慵）〔顛狂〕樂不醫，麄（狂）〔豪〕罵坐欲何爲。〔一〕前生縱使希真是，已死尚存忠簡知。顛倒六經鸜鵒舞，瀾翻一曲竹枝詞。雖然結轍王（孫）〔生〕僭，〔二〕人以此賢張釋之。」

〔一〕龍洲集卷四呈胡季解：「老病顛狂樂不醫，麄豪罵坐欲何爲。」

〔二〕龍洲集卷四呈胡季解：「雖然結轍王生僭。」

南康邂逅〔江西〕吳運判〔一〕云：「一節西來已（駃）〔駭〕傳，〔二〕不堪歸去便湘川。舟行彭蠡輕文種，酒到潯陽酹樂天。臺諫久無公議論，朝廷新有驟除遷。臣心畢竟終憂國，不敢瞻烏涕泫然。」

〔一〕龍洲集卷五南康邂逅江西吳運判。

〔二〕龍洲集卷五南康邂逅江西吳運判：「一節西來已駭傳。」宋百家詩存卷二三南康邂逅江西吳運判所載爲「駃傳」。

張帥幹席上〔一〕云：「海樹婆娑日出東，一年窮處已殘冬。春衫濕到西湖雨，魂夢覺來長樂鐘。梅擲白英樓壓鳳，燈挑紅焰劍纏龍。便教分閫持麾去，未愜平時錦繡胸。」

〔一〕龍洲集卷五張師古席上口占。

放翁坐上云：「林霧霏霏（曉）［晚］意涼，野梔纔（⿱艹並）［放］已傳香。〔一〕幸哉世事日相遠，怪底詩情老更狂。臘蟻三盃浮重碧，春膏一幅砑輕黃。何（如）［人］放浪形骸外，盡乞江湖作酒鄉。」〔二〕

〔一〕龍洲集卷五放翁坐上：「雲霧霏霏晚意涼，野梔纔放已傳香。」

〔二〕龍洲集卷五放翁坐上：「何人放浪形骸外，盡乞江湖作醉鄉。」

贈（永嘉）張相士〔一〕云：「青城遊遍蜀中山，歸看（公卿）［功名］飽已諳。〔二〕（杰）［桀］驁稍能兒德祖，〔三〕興亡何闕百曹參。諸公富貴紙上語，滿座風雷終日談。我（似）［是］北人君記取，〔四〕偶然留滯在東南。」

〔一〕龍洲集卷五贈張相士。姚文衍「永嘉」二字。

〔二〕龍洲集卷五贈張相士：「歸看功名飽已諳。」

〔三〕龍洲集卷五贈張相士：「桀驁稍能兒德祖。」

〔四〕龍洲集卷五贈張相士：「我是北人君記取。」

南康天開圖畫樓云：「樓外烟波渺去鴻，樓頭廬阜翠摩空。故知造物鋪張巧，不費丹青點染工。赤壁江山橫月夜，輞川亭館卧秋風。祇今滿地無圖畫，盡在西灣杳靄中。」〔一〕

〔一〕龍洲集卷六南康天開圖書樓：「……輞川庭館卧秋風。……畫在西灣杳靄中。」

自述云：「扁舟送客出姑蘇，(曉)[晚]泊吴江夜雨餘。〔一〕波浪稍平風力定，青黄相間橘林疎。匆忙旅館催行酒，草率盃盤(旅)[旋]買魚。〔二〕與我壁間題歲月，無人爲(作小王)[上小行]書。〔三〕精神凋耗鬢毛衰，劫火光中(第)[穿]幾回。〔四〕無可柰何教老去，有時猛省忽愁來。師崇道學(元)[原]非僞，〔五〕客寄蘇州卻類猷。明日重陽又佳節，得錢且醉菊花盃。」改之嘗與辛稼軒、楊誠齋、周益公、陸放翁諸人，以詩往還，晚作學官。詩雖工緻，不及諸公，而清曠之氣，非胸次凡俗者可及也。詩中「已死尚存忠簡知」，豈謂趙忠簡鼎。耶？趙公以紹興八年戊午，再罷相，十年庚申，被竄海南，遂卒於貶所，在紹興十七年丁卯。計其年似不相接，疑當是胡忠簡銓。也。又有張忠簡闡。與胡皆孝宗朝人。又云「師崇道學(元)[原]非僞」，陳賈請禁道學，在孝宗淳熙十年癸卯，是時王淮方相。未幾，周必大、留正、趙汝愚相繼秉政，邪説尚未横行。及寧宗慶元元年乙卯，趙汝愚以貶竄死，余端禮、京鏜、謝深甫相，乃禁用僞學之黨，削朱子官，竄蔡元定，召陳賈爲侍郎矣。詩言「臺諫久無公議論，朝廷新有驟除遷」，〔六〕指此事也。「興亡何闕百曹參」，或謂葛邲、陳自强輩耶！

〔一〕龍洲集卷六自述：「晚泊吴江夜雨餘」。

〔二〕龍洲集卷六自述：「草率杯盤旋買魚」。

〔三〕龍洲集卷六自述：「與我壁間書歲月，無人爲上小行書。」

〔四〕龍洲集卷六自述：「劫火光中穿幾回。」

〔五〕龍洲集卷六自述：「師崇道學原非僞。」

〔六〕龍洲集卷五南康邂逅江西吴運判。

銀印龜紐

古人印綬皆佩帶在身，其印製小不過寸。漢書嚴助言「陛下以方寸之印，尺二之組，鎮撫方外」〔一〕是也。至宋史輿服志：「諸王及中書門下印，二寸一分，〔二〕樞密、宣徽、三司、尚書省諸司印方二寸。節度使印，方一寸九分。餘印方一寸八分。」〔三〕則較古印倍之，然未有如今印之大也。古印，四品以上，銀爲之，紐作龜形，蓋本於漢制。漢百官表：「凡吏比二千石以上，〔四〕皆銀印青綬。」注：衛宏漢舊儀曰：「諸侯王印，黄金橐駞紐，文曰璽。列侯，黄金印龜紐，文曰印。丞相將軍，黄金印龜紐，文曰章。中二千石，銀印龜紐，文曰章。千石、六百石、四百石，銅印鼻紐，文曰印。」〔五〕謝靈運詩：「牽絲及元興，解龜在景平。」〔六〕李善注：牽絲，初仕也。解龜，去仕也。〔七〕余按：元興，乃晉安帝年號，安帝以丁酉年即位，戊午年，爲劉裕所弒。景平，乃宋營陽王所號，甲子年，爲徐羡之所弒。是年八月後，即文帝元嘉元年，靈運旋見誅矣。謝仕晉宋間，前後蓋二十年，於此可見。

〔二〕漢書卷六四上嚴助傳：「丈二之組，填撫方外。」

〔三〕宋史卷一五四輿服六：「印制。兩漢以後，人臣有金印、銀印、銅印。唐制，諸司皆用銅印，宋因之。諸王及中書門下印方二寸一分。」

〔三〕宋史卷一五四輿服六：「惟尚書省印不塗金，餘皆塗金。節度使印方一寸九分，塗金。餘印並方一寸八分，惟觀察使塗金。」

〔四〕漢書卷一九上百官公卿表：「凡吏秩比二千石。」

〔五〕漢官舊儀補遺：「諸侯王，黄金璽，橐駝紐，文曰璽。師古曰：謂刻云某王之璽。百官公卿表注。六百石、四百石至二百石以上，皆銅印鼻鈕，文曰印。師古曰：謂鈕，但作鼻，不爲蟲獸之形，而刻文云某官之印。百官公卿表注。」

〔六〕漢魏六朝百三家集卷六六宋謝靈運集初去郡：「恭承古人意，促裝返柴荊。牽絲及元興，解龜在景平。負心二十載，於今廢將迎。」

〔七〕升庵集卷六〇牽絲：「李善注云：牽絲，初仕也。解龜，去仕也。」

馬軋椅

今人所用馬軋椅，即古之胡牀也。其製以四木交叉，兩長兩短，中以皮爲座，長木後靠作背，可仰卧，故有牀名。始製自北邊外，軍中用之，行則收合，可挾以走，故曰胡牀。其後非軍中亦用之矣。晉劉琨坐而嘯詠。通鑑：唐征高麗，郝處俊「據胡牀，食乾糒」。〔一〕胡注曰「胡牀，即今之交牀」者是也。亦可挂壁間。魏裴潛爲兗州太守，嘗作一胡牀，及其去，留以挂柱。梁（簡文）〔元〕帝詩：「不學胡威絹，寧挂裴潛牀。」〔二〕太白詩：「去時無一物，東壁挂胡牀。」〔三〕觀此，是古時貴者所坐，今則常人通用之矣。吴梅村投贈馬開府詩：「五管風清持使節，百蠻風静據胡牀。」〔四〕可見國初時，猶不能妄用也。

〔一〕通治通鑑卷二〇一唐紀一七：高宗乾封二年九月辛未，「郝處俊在高麗城下，未及成列，高麗奄至，軍中大駭，處俊據胡牀，方食乾糒，潛簡精鋭，擊敗之，將士服其膽畧」。

〔二〕此非梁簡文帝詩。漢魏六朝百三家集卷八四梁元帝集後臨荆州：「擁旄去京縣，褰帷辭未央。弱冠從王役，從容遊豈張。不學胡威絹，寧挂裴潛牀。所冀方留犢，行當息飲羊。戲蝶時飄粉，風花乍落香。高欄來蕙氣，疎簾度晚光。綺錢臨仄宇，阿閣繞長廊。」

〔三〕李太白文集卷一一寄上吴王三首之二：「坐嘯廬江静，閑聞進玉觴。去時無一物，東壁挂胡牀。」

〔四〕此非吴偉業投贈馬開府詩，系梅村集卷一三送曹秋岳以少司農遷廣東左轄之一：「江東才子漢平陽，身歷三臺拜侍郎。五管秋清懸使節，百蠻風靜據胡床。珠官作貢通滄海，象郡休兵奉朔方。早晚鄭侯能薦達，鋒車好促舍人裝。」

齊武帝樂府

樂府載齊武帝作估客樂〔一〕云：「昔經樊鄧役，阻潮梅根渚。感意追往事，意滿辭不叙。」自作此曲，令釋寶月被之管絃，帝遂數乘龍舟遊江中，以紅越布爲帆，〔二〕緑絲爲帆縴，篙者悉著鬱林布作淡黄袴，舞此曲，用十六人云。〔三〕楊升庵謂：「史稱武帝節儉，自言朕治天下十年，〔四〕當使黄金與土同價。然其從流忘反之奢如此，貽厥孫謀，何怪乎金蓮步地也。」

余謂：帝王歌辭，自有氣象，如漢高帝大風之歌，何嘗不於富貴後，感慨故鄉貧賤時，而其意則欲得猛士以守四方，故能開四百年基業。今齊武帝於貴後，感往時阻潮梅渚，覺今日貴爲天子，遂自謂意滿，何其氣象之隘耶，宜國祚之不永也。至於帝王遊幸，龍舟用布帆絲縴，舞人作淡黄布袴，此不足爲奢侈，較諸錦帆彩女爲何如耶？升庵之譏，似未爲得爾。寶月以僧人而預天子歌舞之事，與倖臣無異，蓋當時佛法盛行，風氣已如此矣，達摩烏得不東來乎？

〔一〕樂府詩集卷四八估客樂：「古今樂録曰：估客樂者，齊武帝之所製也。帝布衣時，嘗游樊鄧，登祚以後，追憶往事而作歌。使樂府令劉瑤管絃，被之教習，卒遂無成。有人啓釋寶月善解音律，帝使奏之，旬日之中，便就諧合敕。歌者常重，爲感憶之聲猶行於世。……唐書樂志曰：梁改其名爲商旅行。」

〔二〕樂府詩集卷四八估客樂：「以紅越布爲帆。」

〔三〕樂府詩集卷四八估客樂：「在齊舞十六人，梁八人。」

〔四〕升庵集卷六〇估客樂：「估客樂，齊武帝之所作也。……按：史稱齊武帝節儉，常自言朕治天下十年。」

楊升庵説詩九條

升庵詩話：謝脁酬王晉安詩：「南中榮橘柚，寧知鴻雁飛。」後人不解此句之妙。晉安即閩泉州也。「南中榮橘柚」，即諺云「樹蠻不落葉」也。「寧知鴻雁飛」，即諺云「雁飛不到處」也。樹不凋，雁不到，本是瘴鄉，乃以美言之，此是隱句之妙。〔一〕升庵此言善矣。古人詩文用意無不婉切，所以情味耐玩。今人詩文只一覽便盡，故情味淺泛，由不知隱句、露句之别也。其實不難曉，只是明説不如暗説，正説不如反説，順説不如倒説爾。總之，古人詩不苟作，故妙。今人詩文不及古人，病正在一苟字。無情而作，無才而作，無學而作，無爲而作，皆苟也。升庵又愛梁（元）〔簡文〕帝、韋應物螢火二詩，〔二〕謂「比之杜子美，則杜似太露。」（元）〔簡文〕帝詩曰：「本隨秋草并，今與夕風清。紫空若星隕，拂樹似花生。屏疑神火照，簾似夜珠明。逢君拾光彩，不惜此身（輕）〔傾〕。」〔三〕蘇州詩曰：「月暗竹亭幽，螢光拂席流。還如故園夜，又度一年秋。（暫）〔自〕愜觀書興，〔四〕何慙秉燭遊。府中徒冉冉，明發好歸休。」余謂蘇州咏物，不著滯，故應佳勝。（元）〔簡文〕帝之作，惟末二語意味佳，前六語亦退之「縞帶銀盃」〔五〕之比耳，何能勝子美耶！升庵性好六朝，以同時何、李皆尊尚子美，故其説如此。

〔一〕引自升庵集卷五七謝詩。
〔二〕據漢魏六朝百三家集卷八三載，梁簡文帝著有詠螢。韋蘇州集卷八載有韋應物著夜對流螢作。
〔三〕哈佛燕京圖書館藏本、中復堂全集本（同治六年本）、筆記小說大觀本、叢書集成三編本皆爲「梁元帝」、「不惜此身輕」。今據漢魏六朝百三家集卷八三梁簡文帝集詠螢：「本將秋草并，今與夕風輕。騰空類星霄，拂樹若花生。屏疑神火照，簾似夜珠明。逢君拾光彩，不惜此身傾。」故改「元帝」爲「簡文帝」，改「輕」爲「傾」。
〔四〕韋蘇州集卷八夜對流螢作：「自愜觀書興。」
〔五〕石林詩話：「韓退之兩篇力欲去此弊，雖冥搜奇譎，亦不免有『縞帶銀盃』之句。」

升庵詩話云：「庾信之詩，爲梁之冠絕，啓唐之先鞭。史評其詩曰綺豔，杜子美稱之曰清新，又曰老成。綺豔、清新，人皆知之，而其老成，獨子美能發其妙。余嘗合而（言）〔衍〕之〔一〕曰：綺多傷質，豔多無骨，清易近薄，新易近尖。子山之詩，綺而有質，豔而有骨，清而不薄，新而不尖，所以爲老成也。若元人之詩，非不綺豔，非不清新，而乏老成。宋人詩則强作老成態度，而綺豔、清新，槩未之有。若子山者，可謂兼之矣。」

右升庵論庾詩，可謂得之矣。其論宋詩則非。宋人妙處，升庵何嘗知之？由其不喜宋人詩也。歷代詩人，不一其體，各有長短，當取其盛者言之，豈可一語抹煞耶！元人若虞道園、吴立夫，未嘗不老成也。升庵謂：「唐人詩主情，去三百篇近。宋人詩主理，去三百篇卻遠矣。匪惟作詩也，其解詩亦然。」〔二〕

余謂此言誤矣！三百篇惟國風多言情耳，雅、頌諸作，八九言理，直賦其事，何嘗盡主情耶！至於春秋時列國卿大夫及周、秦、兩漢諸子，援引詩辭，何一不主理言。至於聖門説詩，尤主理言。論語、孝經、禮記所載，指不勝屈，豈聖門諸賢解詩皆非，反不及唐人耶！故舉一兩端言之。孔子謂可與言詩者，莫如子夏、子貢二子。子夏問「巧笑倩兮，美目盼兮，素以爲絢兮」。〔三〕夫子答以「繪事後素」，而子夏遂有「禮後」之悟。若自升庵言之，則正喜巧笑之倩，美目之盼，爲形容美人之工，謂作詩者當極力揣摩倩、盼二字矣。又如夫子與子貢論貧富，而子貢卻舉切磋琢磨之詩爲言。此詩本篇中，何嘗言貧富乎！若如升庵言，則子貢之説，直是支離之矣。升庵自好爲六朝、唐人之詩可耳，何必如此説三百篇乎！其所爲詩話，極以聲情綺麗爲尚，雖亦詩之一端，然不得以此槩盡詩道也。

〔一〕丹鉛總録卷一八庾信詩：「余嘗合而衍之。」

〔二〕引自升庵集卷五八唐詩近三百篇。

〔三〕論語注疏卷三八佾第三：子夏問曰：「巧笑倩兮，美目盼兮，素以爲絢兮，何謂也。」

升庵他日又云：宋詩信不及唐，然其中豈無可匹體者，在選者之眼力耳。〔一〕如蘇舜欽吳江詩：「月從洞庭來，光映寒湖凸。四顧無纖塵，魚躍明鏡裂。」〔二〕王半山雨詩云：「山中十日雨，雨晴門始開。坐看蒼苔紋，欲上人衣來。」〔三〕孔文仲早行云：「客行謂已旦，出視見落月。瘦馬入荒陂，霜花重如雪。」〔四〕崔鶠春日云：「落日不可盡，丹林紫谷開。明明遠色裏，歷歷暝鴉回。」〔五〕寇平仲南浦云：「春風入垂楊，煙波漲南浦。落日動離魂，江花泣微雨。」〔六〕郭功甫水車嶺云：「千丈水車嶺，懸空九疊屏。北風來不斷，六月亦生冰。」〔七〕蘇子由中秋夕云：「巧轉上人衣，徐行度樓角。河漢泠無雲，冥冥獨飛鵲。」〔八〕旅行云：「猨狖號枯木，魚龍泣夜潭。行人已天北，思婦獨江南。」〔九〕朱文公雨詩云：「孤燈耿寒焰，照此一牕幽。卧聽檐前雨，浪浪殊未休。」〔一〇〕張南軒題南城云：「坡頭望西山，秋意已如許。雲影度江來，霏霏半空雨。」〔一一〕東渚云：「團團陵風桂，宛在水之東。月色空林影，卻下碧波中。」〔一二〕麗澤云：「長吟伐木詩，竚立以望子。日暮飛鳥歸，門前長春水。」〔一三〕西嶼云：「繫舟西岸邊，幅巾自來去。島嶼花木深，蟬鳴不知處。」〔一四〕采菱舟云：「散策下舸亭，水清魚可數。卻上采菱舟，乘風過南浦。」〔一五〕五詩有王維輞川遺意，誰謂宋無詩乎。

余謂升庵此言，蓋當時何、李諸人詆薄宋人太過，不能厭服人心，故取其近於唐音者，摘録數首，以塞衆口耳。宋人佳篇，何止此耶！

〔一〕升庵集卷五七宋人絶句。

〔二〕御選宋金元明四朝詩御選宋詩卷一二蘇舜欽送裴如晦宰吴江：「吴江田有粳，粳香舂作雪。吴江下有鱸，鱸肥膾堪切。炊粳調橙虀，飽食不爲饕。月從洞庭來，光映寒湖凸。長橋坐虹背，衣濕霜未結。四顧無纖雲，魚跳明鏡裂。誰能與子同，去若秋鷹掣。」

〔三〕古樂苑衍録卷二：王平山：「山中十日雨，雨晴門始開。坐看蒼苔色，欲上人衣來。」詩話補遺卷一宋人絶句：王半山雨詩云：「山中十日雨，雨晴門始開。坐看蒼苔色，欲上人衣來。」

〔四〕清江三孔集卷二一早行：「客興謂已旦，出視見落月。瘦馬入荒陂，霜花重如雪。」

〔五〕御選宋金元明四朝詩御選宋詩卷六一崔鷗春日：「落日不可盡，丹林紫谷開。明明遠色裏，歷歷暝鴉回。」

〔六〕御選宋金元明四朝詩御選宋詩卷六一寇準南浦：「春色入垂楊，煙波漲南浦。落日動離魂，江花泣微雨。」

〔七〕青山集卷七追和李白秋浦歌十七首之九：「萬丈水車嶺，還如九疊屏。北風來不斷，六月亦冰生。」

〔八〕欒城集卷三中秋夜八絶得月明星稀烏鵲南飛之六：「巧轉上人衣，徐行度樓角。河漢冷無雲，冥冥獨飛鵲。」

〔九〕欒城集卷三中秋夜八絶得月明星稀烏鵲南飛之七：「猨狖號枯木，魚龍泣夜潭。行人已天北，思婦隔江南。」

〔一〇〕鶴林玉露卷一六：「又嘗誦其詩示學者云：『孤燈耿寒焰，照此一牕幽。卧聽檐前雨，浪浪殊未休。』」

〔一一〕御選宋金元明四朝詩御選金詩卷一八張秦娥南城：「坡頭望西山，秋意已如許。雲影度江來，霏霏半空雨。」
鶴林玉露卷一三：張宣公題南城云：「坡頭望西山，秋意已如許。雲影度江來，霏霏半空雨。」

〔一二〕南軒集卷七城南雜詠二十首東渚：「團團陵風桂，宛在水之東。月色穿林影，卻下碧波中。」

〔一三〕南軒集卷七城南雜詠二十首麗澤：「長吟伐木篇，佇立以望子。日暮飛鳥歸，門前長春水。」

〔一四〕南軒集卷七城南雜詠二十首西嶼：「繫舟西岸邊，幅巾自來去。島嶼花木深，蟬鳴不知處。」

〔一五〕南軒集卷七城南雜詠二十首采菱舟：「散策下亭阿，水清魚可數。却上采菱舟，乘風過南浦。」

升庵説詩，善處自不可没，如謂作詩用字當有出處，語意須有含蓄，自是正論。又歷舉古人詩不知其用意用字所本，不可妄改。余記其數條於此，曰：「古書不可妄改，如曹子建名都篇：『膾鯉臇胎蝦，寒鼈炙熊膰。』此舊本也。五臣妄改作『炰鼈』，〔一〕不知李善注云：『今之時餉謂之寒，蓋韓國饌用此法。』鹽鐵論『羊淹鷄寒』，〔二〕崔駰傳亦有『鷄寒』，〔三〕曹植文寒鵠蒸麑，劉熙釋名『韓鷄爲正』，〔四〕古字『韓』與『寒』通也。瑩按：此所引寒鼈、寒鷄、寒鶬，凡三品矣，豈皆韓國之饌耶！蓋饌用熱食者，其常也，而亦或有時以寒食爲美。今人熟物之後，冷而食之，或連羹湅食者多矣。王維老將行「耻令越甲鳴吾君」，此舊本也。近刻改作「吴軍」，〔五〕不知此出劉向説苑：「越甲至齊，雍門狄請死之，〔六〕曰：昔者王田於囿，左轂鳴，軍左請死之。〔七〕曰：『吾見其鳴吾君也。』今越甲至，其鳴君豈在左轂之下哉！』」〔八〕唐鄭培詩「戎壘三和夕」，文苑英華改「和」作「秋」，不知孫子兵法「兩君相對曰和」。戰國策：「章子爲齊將，與秦軍交和而舍。」又楚策「開西和門」註：軍門曰「和」。〔九〕孟蜀牛嶠楊柳枝詞：「吴王宫裏色偏深，一簇煙條萬縷金。不分錢塘蘇小小，〔一〇〕引郎松下結同心。」松下，用古樂府小小歌「何處結同心，西陵松柏下」。〔一一〕牛詩用此意，詠柳而貶松，唐人所謂尊題格也。後人改作「枝下」，語意索然矣。瑩按：樂府「西陵松柏」之語，蓋用魏武遺教銅雀伎「望吾西陵墓田」意。蘇小亦伎，故比事用之耳。

〔一〕升庵集卷五二古書不可妄改：「古書不可妄改，聊舉二端，如曹子建名都篇：『膾鯉臇胎蝦，寒鼈炙熊膰。』此舊本也。五臣妄改作『炰鼈』，蓋『炰鼈膾鯉』，毛詩舊句，淺識者孰不以爲寒字誤而從炰字耶，不思寒與炰字形相遠，音呼又别，何得誤至於此。」

〔二〕鹽鐵論卷七散不足第二九：「食必趣時，楊豚韭卵，狗脂馬朘，煎魚切肝，羊淹鷄寒。」

〔三〕東漢文紀卷一〇崔駰：「牛膗、羊膾、炙鴈、煮鳧、鷄寒、狗熱，重案滿盈。」

〔四〕釋名卷四釋飲食：「韓羊、韓兔、韓鷄，本法出韓國所爲也。」

〔五〕御定全唐詩卷一二五王維老將行：「耻令越甲鳴吴軍。一作吾君。」

〔六〕說苑卷四立節：「越甲至齊，雍門子狄請死之，齊王曰：鼓鐸之聲未聞，矢石未交，長兵未接，子何務死之，爲人臣之禮邪？」

〔七〕說苑卷四立節：「雍門子狄對曰：臣聞之昔者王田於囿，左轂鳴車，右請死之。」

〔八〕說苑卷四立節：「而王曰：子何爲死車右？對曰：爲其鳴吾君也。王曰：左轂鳴者，工師之罪也，子何事之有焉？車右曰：臣不見工師之乘，而見其鳴吾君也。遂刎頸而死。知有之乎？齊王曰：有之。雍門子狄曰：今越甲至，其鳴吾君也，豈左轂之下哉。」

〔九〕歷代詩話卷五三三和：鄭培詩「戍壘三和夕」。吴旦生曰：「文苑英華改和爲秋，楊升庵辨其僞矣。」按：孫子兵法：「兩君相對曰和」。戰國策：「章子爲齊將，與秦軍交和而舍。」又楚策：「開西和門。」注：「軍門曰和。」韓非子：「左和右和，軍中左右門也。」

〔一〇〕丹鉛總録卷二三古詩後人妄改：「不忿錢塘蘇小小。」

〔一一〕丹鉛總録卷二三古詩後人妄改：「按：古樂府小小歌有云：『妾乘油壁車，郎乘青驄馬，何處結同心，西陵松柏下。』」

又曰：觀樂生愛收古書，言有一種古香可愛。〔一〕余謂此言末矣！古書無訛字，轉刻轉訛，莫可考證。余於滇南，見故家收唐詩紀事抄本甚多，近見杭州刻本，則十分去其九矣。刻陶淵明集，遺季札贊。草堂詩餘舊本，書房射利欲速售，減去九十餘首，兼多訛字，余抄爲拾遺辯誤一卷。先太師收唐百家詩皆全集，近蘇州刻則每本減去十之一。如張籍集本十二卷，今止三四卷，又傍取他人之作入之。王維詩，取王涯絶句一卷入之，詫於人曰「此維之全集」，以圖速售。今王涯絶句一卷，在三舍人集中，將誰欺乎？此其大關繫者。若一句一字之誤尤多，畧舉數條。如王渙李夫人歌「修嫮穠華銷歇盡」，〔二〕「修嫮」訛作「德所」。武元衡詩「劉琨坐嘯風清塞」，〔三〕訛作「生苑」。劉琨在邊城，則「清塞」字爲是，焉得有「苑」乎？杜牧詩「長空澹澹没孤鴻」，〔四〕今妄改作「飛鳥没」，〔五〕平仄亦拗矣。瑩按：此語不然，「飛鳥没」三字，起語甚健，「没孤鴻」乃常語耳。楊好靡弱之音，故不喜也。杜詩「七月六日苦炎蒸」，〔六〕俗本「蒸」作「熱」。瑩按：唐太宗詩云：「世皆苦炎熱，我愛夏日長。」杜或本此，何便以爲俗乎？「紛紛戲蝶過開幔」，俗本「開」作「閒」，不知子美父名「閒」，詩中無「閒」字。瑩按：子美父名「閑」，其字從木，乃防閑之義，與從月之閒、静字似不同。「還歡卜夜闌」，今俗本作「卜夜閒」。〔七〕「曾閃朱旗北斗殷」，〔八〕妄改「殷」作「閒」，成何文理！前人已辯之矣。劉巨濟收許渾手書，其詩「湘潭雲盡暮煙出」，〔九〕今俗本「煙」作「山」，亦是淺人妄改。湘水多煙，唐詩中「流日暮見湘煙」〔一〇〕是也。「煙」字大勝「山」字。李義山詩「瑶池宴罷留王母，金屋修成貯阿嬌。」〔一一〕俗本作「玉桃偷得憐方朔」，似小兒語耳。瑩按：此二本未易優劣，皆用内傳事，而王母與阿嬌，兩以婦人言，未免犯複，則不如用方朔事，而王母在其中也。書所以貴舊本者，可以訂訛，不獨古香可愛而已。

〔一〕升庵集卷六〇書貴舊本：「觀樂生愛收古書，嘗言古書有一種古香可愛。」

〔二〕御定全唐詩卷六九〇王渙惆悵詩十二首之二：「李夫人病已經秋，漢武看來不舉頭。得所一作修嫮。穠華銷歇盡，楚魂湘血一生休。」

〔三〕御定全唐詩卷三一七武元衡酬嚴司空荊南一作州見寄：「金貂再領一作入。三公府，玉帳連封萬户侯。簾捲青山巫峽曉，煙開碧樹一作雲凝碧岫。渚宫秋。劉琨坐嘯風清塞，謝朓題一作裁。詩月滿樓。白雪調高歌不得，美人南國一作陽臺相顧，國一作望。翠蛾愁。」

〔四〕御定全唐詩卷五二一杜牧登樂遊原：「長空澹澹孤鳥没，萬古銷沈向此中。看取漢家何事一作似。業，五陵無樹起秋風。」

〔五〕升庵集卷六〇書貴舊本：「今安改作孤鳥没。」

〔六〕九家集注杜詩卷四早秋苦熱堆案相仍時任華州司功：「七月六日苦炎蒸，對食暫飡還不能。每悉夜中自足蠍，況乃秋後轉多蠅。束帶發狂欲大叫，簿書何急來相仍。南望青松架短一作絶。壑，安得赤脚踏層冰。」

〔七〕升庵集卷六〇書貴舊本：「邀歡上夜闕，今俗本作卜夜閒。」

〔八〕九家集注杜詩卷三〇諸將五首：「曾閃朱旗北斗閒。子美父名閑，集中兩處用閒字，皆非，是謂吐蕃踐河隴陷京師也。」

〔九〕丁卯詩集補遺春日思舊遊寄南徐從事劉三復：「風暖曲江花半開，忽思京口共銜杯。湘潭雲盡暮山出，巴蜀雪消春水來。」

〔一〇〕升庵集卷六〇書貴舊本：「流欲暮見湘煙。」

〔一一〕李義山詩集卷中茂陵：「漢家天馬出蒲梢，苜蓿榴花徧近郊。內苑只知含鳳嘴，屬車無復插雞翹。玉桃偷得憐方朔，金屋修成貯阿嬌。誰料蘇卿老歸國，茂陵松柏雨蕭蕭。」升庵集卷六〇書貴舊本：「金屋妝成貯阿嬌。」

又曰：陝西近刻左克明樂府本，節郭茂倩樂府詩集，誤字尤多。如讀曲謌云：「逋髮不可料，憔悴爲誰覩。」〔一二〕「逋髮」，謂髮之散亂未料理也，今改作「通髮」，何解也。又烏棲曲云：「宜城酘酒今行熟。」〔二〕「酘酒」重釀酒也，不知何人改作「投泊」。「酘酒熟」則有理，「投泊」豈能熟也？雖郭本亦誤。按北堂書抄云「宜城九醞酒曰酘酒」，〔三〕并引此句。晉白紵舞辭「羅袿徐轉紅袖揚」，〔四〕何承天芳樹曲「微飈揚羅袿」，〔五〕皆誤「袿」作「鞋」。又曰寧戚飯牛歌「康浪之水白石爛」，康浪水在今山東，見一統志可考。〔六〕今樂府誤作滄浪之水。滄浪在楚，與齊何涉。〔七〕駱賓王文云：「觀梁父之曲，識卧龍於孔明；歌康浪之歌，得飯牛於寧戚。」〔八〕此可以證。近書坊刻駱賓王集，又妄改「康浪」作「康衢」，自是堯時事，與寧戚何涉也。又如梁蕭子雲上飛白書屏風十二牒，〔九〕李白詩「屏風九疊雲錦張」，〔一〇〕「牒」即「疊」也。宋詞「屏風疊疊開紅牙」，今改「疊」作「曲」，非。〔一一〕王季友觀（於）〔于〕舍人〔一二〕壁山水畫云：「野人宿在人家少。」唐音誤「人家」作「山家」。既云野人，何得少宿山家耶？杜牧之江南春云「十里鶯啼緑暎紅」，今本誤作「千里」。「千里鶯啼」，誰人聽得？「千里緑暎紅」，誰人見得？若作十里，則鶯啼綠紅之景，村郭樓臺，僧寺酒旗，皆在其中矣。〔一三〕瑩按：此亦不然。杜詠江南春，乃總言江南春景，非指一處，故下云『南朝四百八十寺』，若十里之中，如何容得許多寺，且十字亦犯複，自以千里爲是。又寄揚州韓綽判官云「秋盡江南草未凋」。〔一四〕俗本作「草木凋」，秋盡而草木凋，自是常事，不必説也，況江南地暖，草木不凋乎？瑩按：江南草木未嘗不凋，但稍遲耳。此詩杜牧在淮南，今壽州一帶。而寄揚州人者，蓋厭淮南之摇落，而羨江南之繁華。若作草木凋，則與「青山明月」、「玉人吹簫」，不是一套事矣。〔一五〕又如陸龜蒙宮人斜詩「草著愁煙似不春」，〔一六〕只一句便見墳墓悽惻之意。今本作「草樹如煙似不春」，「草樹如煙」正是春景，如何下得「不春」字？讀者往往忽之，亦食不知味者也。

〔一〕樂府詩集卷四六吳聲歌曲讀曲歌：「逋髮不可料，憔悴爲誰睹。欲知相憶時，但看裙帶緩幾許。」升庵集卷六〇樂府誤字：「逋髮不可料，憔悴爲誰覩。欲知相憶時，但看裙帶緩幾許。」

〔二〕樂府詩集卷四八梁簡文帝烏棲曲四首之二：「浮雲似帳月如鉤，那能夜夜南陌頭。宜城投泊今行熟，停鞍繫馬暫棲宿。」

〔三〕歷代詩話卷三八投：「梁元帝樂府『宜城投酒今行熟』。酘酒，重釀酒也。北堂書抄云：『宜城九醞酒曰酘酒』。」

〔四〕樂府詩集卷五五晉白紵舞歌詩：「陽春白日風花香，趨步明玉舞瑤璫。聲發金石媚笙簧，羅袿徐轉紅袖揚。清歌流響繞鳳梁，如驚若思凝且翔。……」升庵集卷六〇樂府誤字：「羅袿徐轉紅袖揚。」

〔五〕樂府詩集卷一九何承天芳樹篇：「芳樹生北庭，豐隆正徘徊。……梁塵集丹帷，微飈揚羅袿。豈怨嘉時暮，徒惜良願乖。」

〔六〕大清一統志卷一三四青州府：「康浪水在益都縣東。水經注：康浪水發劇縣西南峿山，北流注於巨洋，齊乘康浪水，即今香山南豬王河。三齊略曰：康浪水在齊城西南十五里康衢側，即寧戚叩角而歌之地。」

〔七〕升庵集卷七八康浪：「今樂府誤作滄浪之水，滄浪在楚，與齊何干涉也。……近書坊刻駱集，又妄改康浪作康衢，自是堯時事，與寧戚何干涉也？」

〔八〕駱丞集卷二上吏部侍郎帝京篇有啟：「君侯蘊明略以佐時，虛靈臺以照物，觀梁父之曲。識卧龍於孔明；聽康衢之歌，得飯牛於寧戚，是用異人翹首俊乂歸誠。」

〔九〕漢魏六朝百三家集卷八二梁簡文帝答蕭子雲上飛白書屏風書：「得所送飛白書縑屏風十牒，冠六書而獨美，超二篆而擅奇，乍寫星區時圖，鳥翅非觀，觸石已覺雲飛，豈特金璫便覩蟬翼。聞諸衣帛，前哲未巧，懸彼帳中，昔賢掩色。」

〔一〇〕李太白文集卷一一廬山謠寄盧侍御虛舟：「我本楚狂人，鳳謌笑孔丘。……廬山秀出南斗傍，屏風九疊雲錦張。影落明湖青黛光，金闕前開二峰帳。……」

〔一一〕升庵集卷六〇屏風牒：「唐詩：山屏六曲郎歸夜，宋詞：屏風疊疊開紅牙。今改疊作曲，非。」

〔一二〕哈佛燕京圖書館藏本、中復堂全集本（同治六年本）、叢書集成三編本、筆記小説大觀本等版本皆爲「於舍人」，今據御定全唐詩卷二五九觀于舍人壁畫山水所載「于公大笑向予説」，故改「於」爲「于」。

〔一三〕引自升庵集卷五七唐詩絶句誤字。

〔一四〕御定全唐詩卷五二三寄揚州韓綽判官：「青山隱隱水迢迢，一作遙遙。秋盡江南草木凋。二十四橋明月夜，玉人何處教吹簫。」

〔一五〕升庵集卷五七唐詩絶句誤字：「餘戲爲此二詩絶妙，十里鶯啼，俗人添一撇，壞了。草未凋，俗人減一畫，壞了。甚矣，士俗不可醫也。」

〔一六〕御定全唐詩卷六二九陸龜蒙宮人斜：「草著一作樹。愁煙似不春，晚鶯哀怨問行人。須知一種埋香骨，猶勝昭君作虜塵。」

又引范元實詩話曰：白樂天長恨歌工矣，而用事猶誤。「峩眉山下少人行」，明皇幸蜀，不行峩眉山也，當改云劍門山。瑩按：劍門乃入蜀大道，可云少人行乎。白以峨眉爲蜀中名山，其下人行甚少，以言蜀道艱難，常人且少行者。明皇以天子蒙塵至此，爲可悲歎耳！豈如博士作記里鼓耶！「七月七日長生殿，夜半無人私語時。」長生殿乃齋戒之所，非私語地也。華清宮自有飛霜殿，乃寢殿也，當改「長生」爲「飛霜」，則善矣。按：鄭嵎津陽門詩：〔一〕「金沙洞口長生殿，玉蕋峰頭王母祠。」則長生殿乃在驪山之上，夜半亦非上山時也。又云：「飛霜殿前月悄悄，迎風亭下風颸颸。」據此元實之所評，信矣！〔二〕

瑩謂元實，范祖禹子，秦少游壻也。升庵喜以考博談詩，未免好新尚異之過。如元實言以長生殿爲齋戒之所，自必有所本，固不敢妄定是非。若鄭嵎之詩可據，則驪山自有長生殿矣。驪山爲巡幸之所，華清宮之建，以湯泉在此，所謂離宮別館也。齋戒大事，豈有建至山上遊幸之理？若是齋宮，當在大内。考雍録云：「華清宮，開元十年建，初名温泉宮，天寶六載，始改華清。明皇每歲十月往幸，歲盡乃歸。」〔三〕與通鑑正合。〔四〕或十月有事，則十二月、正月，從無七月往者。白詩既云七月七日，則非驪山矣。若云齋宮，豈有擕妃嬪往者，似亦非齋宮也。此歌前以華清、温泉，與昭陽殿、蓬萊宮雜舉，未嘗以長生殿屬驪山，且亦鴻都道士虚渺之言，詩人迷離其詞，何可徵實耶？

〔一〕御定全唐詩卷五六七鄭嵎：「鄭嵎，字賓先，大中五年進士第，詩一首，津陽門詩並序。津陽門者，華清宮之外闕，南局禁闈，北走京道。開成中，嵎常得羣書，下帷於石甕僧院，而甚聞宮中陳迹焉。今年冬，自虢而來，暮及山下，因解鞍謀餐，求客旅邸，而主翁年且艾，自言世事明皇。夜闌酒餘，復爲嵎道承平故實。翼日於馬上輒裁刻俚叟之話，爲長句七言詩，凡一千四百字，成一百韻，止以門題爲之目云耳。」

〔二〕引自升庵集卷五六飛霜殿。

〔三〕雍録卷四温泉：「温泉在臨潼縣南一百五十步，新豐慶山皆其地，在麗山西北。十道志曰：泉有三所，其一處即皇堂石井，後周宇文護所造。隋文帝又修屋宇，並植松柏千餘株。貞觀十八年，詔閻立德營建宮殿，御湯谷湯泉宮，太宗臨幸製碑。咸亨三年名溫泉宮。唐年小録曰：開元十年置。實録與元和志則曰：開元十一年置，天寶六載，改爲華清宮。於驪山上益治湯井爲池，臺殿環列山谷。開元間，明皇每歲十月幸，歲盡乃歸。」

〔四〕資治通鑑卷二一二唐紀二八：「開元十一年冬十月丁酉，上幸驪山，作溫泉宮。甲寅還宮。」

升庵謂：「李太白始終學選詩，杜子美好者，亦多是效選詩，後漸放手，初年甚精細，晚年横逸不可當。」升庵此言良是。〔一〕六朝人詩，字句意格，無不精造生新，故少陵云「熟精文選理」。〔二〕李、杜大家，特變其貌耳。後人不知此理，輕易開口下筆，故流易淺俗，雖名家不免此病，其去古人之遠，莫不由此。

〔一〕此非升庵所言。朱子語類卷一四〇論文下：「李太白終始學選詩，所以好。杜子美詩好者，亦多是效選詩，漸放手，夔州諸詩則不然也。杜詩初年甚精細，晚年横逸不可當，只意到處便押一箇韻。」文獻通考卷二四二經籍考六九：「朱子語録曰：杜詩初年甚精細，晚年横逸不可當。」古今事文類聚別集卷九杜晚年詩：「杜詩初年甚精細，晚年横逸不可當。」李太白集注卷三四：「李太白始終學選詩，所以好。杜子美詩好者，亦多是倣選詩，後漸放手。夔州諸詩則不然也。朱子語類。」

〔二〕御定全唐詩卷二三一杜甫宗武生日：「小子何時見，高秋此日生。自從都邑語，已伴老夫名。詩是吾家事，人傳世上情。熟精文選理，休覓綵衣輕。凋瘵筵初秩，欹斜坐不成。流霞分一作飛。片一作幾。片，涓滴就徐傾。」

升庵說杜詩「白首重聞止觀經」，引佛經云：「止能捨樂，觀能離苦。」又云：「止能修心，能斷貪愛；觀能修慧，能斷無明。止如定而後能靜，觀如慮而後能得也。」〔一〕余謂捨樂、離苦二義，解止觀甚精，包括一切矣。修心修慧已是剩語，升庵更援定慮之義，似可不必。又解「波漂菰米沈雲黑」〔二〕四句，云：「皆有所本，但變化之極其妙耳。」〔三〕隋任希古昆明池應制詩曰：「回眺牽牛渚，激賞鏤鯨川。」便見太平宴樂氣象。今一變云：「織女機絲虛夜月，石鯨鱗甲動秋風。」讀之則荒煙野草之悲，見於言外矣。〔四〕西京雜記云：「太液池中有雕菰，紫籜綠節，鳧雛雁子，唼喋其間。」〔五〕三輔黃圖云：「宮人泛舟採蓮，爲巴人櫂歌」，〔六〕便見人物游嬉，宮沼富貴。今一變云：「波漂菰米沈雲黑，露冷蓮房墜粉紅。」讀之則菰米不收而任其沈，蓮房不採而任其墜，兵戈亂離之狀具見矣。杜詩之妙在翻古語，〔七〕因悟杜詩之妙，如此四句直下，與三百篇「牂羊羵首」，「三星在罶」同。〔八〕升庵此說甚好。

〔一〕升庵集卷五七止觀之義：「觀則慮而後能得也。」

〔二〕集千家註杜工部詩集卷一五秋興八首之七：「昆明池水漢時功，武帝旌旗在眼中。織女機絲虛月夜，石鯨鱗甲動秋風。波漂菰米沉雲黑，露冷蓮房墜粉紅。關塞極天唯鳥道，江湖滿地一漁翁。」

〔三〕升庵集卷五七凋菰：「客有見予拈波漂菰米之句而問曰：杜詩此首中四句，亦有所本乎。予曰有本。但云有本，但變化之極其妙耳。」

〔四〕引自升庵集卷五七凋菰。

〔五〕西京雜記卷一：「太液池邊皆是彫胡、紫籜、綠節之類。菰之有米者，長安人謂爲彫胡。葭蘆之未解葉者，謂之紫籜。菰之有首者，謂之綠節。其間鳧雛雁子，布滿充積，又多紫龜綠龜。」

〔六〕三輔黄圖卷四池沼：「廟記曰：建章宫北池名太液，周回十頃，有採蓮女、鳴鶴之舟。」又曰：昆明池中有龍首船，常令宫女泛舟池中，張鳳蓋，繡鳳爲飾，建華旗，作櫂歌。櫂，發歌也。又曰櫂歌，謳舟人歌也。雜以鼓吹，帝御豫章觀臨觀焉。」

〔七〕升庵集卷五七凋苽：「杜詩之妙在翻古語，千家注無有引此者，雖萬家注何用哉。」

〔八〕升庵集卷五七凋苽：「因悟杜詩之妙，如此四句直下，與三百篇『牂羊羵首』、『三星在罶』同。比之晚唐亂殺平人，『不怕天抽旗，亂插死人堆』，豈但天壤之隔。」

升庵解「舍南舍北皆春水」，〔一〕引韋述開元譜云：「倡優之人，取媚酒食，居於社南者，呼之爲社南氏，居於北者，呼之爲社北氏。」〔二〕杜詩正用此事，後人不知，乃改「社」作「舍」。〔三〕

余謂杜公卜居浣花溪者，取其偏僻也。故又有詩云：「幽棲地僻經過少。」〔四〕與此詩「舍南舍北皆春水，但見羣鷗日日來」，情景正同。若作「社南社北」，則是倡優繁華之地，與「幽棲地僻」全相反矣。何以云「皆春水」，又何以云「但見羣鷗」乎？且杜公雖狂放，亦何至自託倡優所居間，擇言不倫若此乎！宜爲錢牧齋之所糾也。

〔一〕御定全唐詩卷二二六杜甫客至原注喜崔明府相過：「舍南舍北皆春水，但見一作有。羣鷗日日來。花徑不曾緣客掃，蓬門今始爲君開。盤餐市遠無兼味，樽酒家貧只舊醅。肯與鄰翁相對飲，隔籬呼取盡餘杯。」

〔二〕通志卷二五氏族畧第一氏族序：「倡優之人，取媚酒食，居於社南者，呼之爲社南氏，居於北者，呼之爲社北氏。所以爲賤也。」

〔三〕升庵集卷六八社南社北：「韋述開元譜云：倡優之人，取媚酒食，居於社南者呼之爲社南氏。居於北者，呼之爲社北氏。杜子美詩『社南社北皆春水』，正用此事，後人不知，乃改社作舍。」

〔四〕御定全唐詩卷二二六杜甫有客：「幽棲地僻經過少，老病人扶再拜難。」

升庵又摘韓文公贈張曙詩云：「久欽江總文才妙，自歎虞翻骨相屯。」〔一〕以忠直自比，而以奸佞待人，豈聖賢謙己恕人之意哉！考曙之爲人，亦無奸佞似江總者。若曰以文才論，何不以鮑照、何遜爲比，而必曰江總乎！此乃韓公平生之病處，而宋人多學之，謂之占地步。心術先壞矣，何地步之有？〔二〕

余謂升庵此論，可謂深文矣！唐人推重江總文才，由來久矣。「前身應是陳江總，名總還須字總持」，〔三〕非唐人語乎！當時欽羡才人，以江總爲比，可見江總才名盛於唐代也。六朝才人多矣，獨言江總者，以其身入唐代，爲一朝文人之先聲也。韓公以江總稱張曙，不過以其文才相似稱之，且曰「久欽文才之妙」，語義甚明，何嘗以奸佞待之？虞翻謫廣州，韓公亦貶潮州，同一嶺南，故以自歎，何嘗以忠直自誇？如此論詩，是舒亶、李定輩有心鍛鍊「烏臺詩案」也，不亦大傷風雅乎！又如少陵以庾信比太白，又以自比，若以人品言之，則庾信以南朝人屈身北朝，歷事數姓，豈以譏太白且自譏耶！又如劉夢得送李僕射云：「稚子爭迎郭細侯」，〔四〕若必求其疵，則郭伋自哀、平間辟大司空，王莽時爲并州牧，及光武時，復爲并州，亦非佳士，安得完人而稱之，乃無語病哉！張曙，蜀人，升庵每誇蜀中名賢，疑昌黎輕之。又生平厭宋人言理學，遂泝源而誣及昌黎，豈洛蜀分黨之見，異代猶不能忘歟！此明人所以有正楊之作也。

〔一〕五百家注昌黎文集卷一〇韶州留別張使君：「來往再逢梅柳新，別離一醉綺羅春。久欽江總文才妙，自歎虞翻骨相屯。鳴笛急吹催落日，清歌緩送感行人。已知奏課當徵拜，那復淹留詠白蘋。」

〔二〕引自升庵集卷五四韓退之詩。

〔三〕御定全唐詩卷五四一李商隱贈司勳杜十三員外：「杜牧司勳字牧之，清秋一首杜秋詩。前身應是梁江總，名總還曾字總持。心鐵已從干鏌利，鬢絲休嘆雪霜垂。漢江遠弔西江水，羊祜韋丹盡有碑。」唐詩紀事卷五六杜牧：「又云杜牧司勳字牧之，清秋一首杜秋詩。前身應是梁江總，名總還曾字總持。心鐵已從干鏌利，鬢絲休嘆雪霜垂。漢江遠吊西江水，羊祜、韋丹盡有碑。」

〔四〕劉賓客文集卷二八奉送浙西李僕射相公赴鎮奉送至臨泉驛，書禮見徵拙詩，時在汝州：「建節東行是舊遊，歡聲喜氣滿吴州。郡人重得黃丞相，童子爭迎郭細侯。詔下初辭溫室樹，夢中先到景陽樓。自憐不識平津閣，遙望旌旗汝水頭。」

草堂寺

今成都西城外五里草堂寺，有康熙十年碑，司理朱嘉徵撰文曰：「益州西郊十里梵安寺，古刹也，亦名浣花溪寺，不知創自何代。杜少陵築室其西，自題曰『草堂』。今地以人重，因名草堂寺。」引曹能始名勝志。「冀國任夫人爲旭上人浣衲溪中，百花俱滿溪，由是名寺，蓋在公之前。」又引唐書：「肅宗上元元年，公至成都，寓浣花溪寺。二年，裴冀公冕出牧，爲公卜築浣花溪居云云。」〔一〕是但知寺在草堂前，而猶以草堂名寺在公後也。

余按：錢牧齋杜詩箋云：「北山移文李善註引梁簡文帝草堂傳曰：『汝南周（容）〔顒〕〔二〕昔經在蜀，以蜀草堂寺林壑可懷，乃於鍾山雷次宗學館立寺，因名草堂。』山茨所謂草堂之靈也。』〔三〕草堂寺自梁時已有之，故李德裕記云：『精舍甚古。』〔四〕甫卜居浣花里，近草堂寺，因名草堂。志云：『寺枕浣花溪，接杜工部舊居草堂，俗呼草堂寺。』」此大誤也。右錢義甚明，康熙十年，作碑者不見錢書，故仍沿俗說。今此碑具完，其文載通志，恐誤後人，特舉錢説正之，且知杜公以草堂名其居有所本，非漫然也。

〔一〕舊唐書卷一九〇下杜甫傳：「上元二年冬，黄門侍郎鄭國公嚴武鎮成都，奏爲節度參謀、檢校尚書工部員外郎，賜緋魚袋。武與甫世舊，待遇甚隆。……甫於成都浣花里種竹、植樹、結廬。」杜工部詩年譜：「上元元年庚子，公年四十九，裴冀公爲卜居成都西郭浣花溪。成都記：草堂寺，府西七里；浣花寺，三里。寺極宏麗，公卜居曰：浣花流水水西頭，主人爲卜林塘幽。公寓浣花，雖有江山之適，羈旅牢落之思未免，故二年之間，有赴青城縣……」

〔二〕哈佛燕京圖書館藏本、中復堂全集本（同治六年本）、筆記小説大觀本、叢書集成三編本皆爲「周容」。全蜀藝文志卷二三弔草堂：「草堂寺在蜀成都。文選注李善引梁簡文草堂傳曰：周顒昔經在蜀。」漢魏六朝百三家集卷八二下梁簡文帝徵君何子哲先生墓誌銘：「汝南周顒爲友。」故據以改「周容」爲「周顒」。

〔三〕牧齋初學集卷一一〇讀杜二箋下狂夫：「萬里橋西一草堂，百花潭水即滄浪。北山移文李善注，引梁簡文帝草堂傳曰：「汝南周顒昔經在蜀，以蜀草堂寺林壑可懷，乃於鍾山雷次宗學館立寺，因名草堂，亦號山茨，所謂草堂之靈也。」全蜀藝文志卷二三弔草堂：「亦號山茨，蓋蜀人謂草屋曰茨。成都之郊地名亦有蠶茨，今訛爲蠶絲矣。唐李太白客遊有懷故鄉，以草堂名其詩集，見于尤氏、鄭樵書目可證也。杜子美客蜀亦居草堂，今人徒知杜之草堂，而不知太白之草堂，又止知唐之草堂名天下，而不知實始于梁矣，因綴志詩并及之。」

〔四〕會昌一品集別集卷七重寫前益州五長史真記：「余以精舍甚古，貌像將傾，乃選其功德尤盛者五人，模于郡之廳。」

王阮亭毁鄧艾廟

王阮亭漁洋詩話言：奉使蜀中，道過劍州鄧艾廟，命地方官毁之，改祀姜維，且題詩曰：「劍閣至今思伯約，蜀巫翻祀棘陽兒。」〔一〕此事大快人心，風力不小。余按：唐人唐彦謙過鄧艾廟詩云：「昭烈遺黎死尚羞，揮刀斫石恨譙周。如何千載留遺廟，血食巴山伴武侯。」〔二〕則鄧艾有廟久矣。此人心之所同恨也。獨怪千百年宦蜀諸公，名賢不少，何以無人料理及此，直待漁洋一過客爲之，然後知興廢有數，雖血食一方之鬼，猶必有待而更替也。按：王象之蜀碑記，〔三〕隆慶府有魏太尉鄧艾神廟記，唐長慶四年刺史邢丹題。〔四〕又有鄧艾衞聖侯碑，唐中和五年刺史郭淮立石。〔五〕是唐時鄧艾之祀方盛，故唐彦謙不然之也。宋隆慶即今劍州。象之又云：「南平軍有姜維碑，在吹角壩穴内，相傳爲姜維碑，今已磨滅。」〔六〕余按：南平軍，今重慶府南川縣也，吹角壩在（溱）〔湊〕州堡。〔七〕象之云：「壩有古磨崖，風雨朘剥，苔蘚侵蝕，惟識建安二字，他不可辨。」〔八〕

〔一〕漁洋詩話卷中：「劍中西郭有小祠祀鄧艾，余以丙子再入蜀過之，語州守改祀姜維，賦詩示之云：『申屠曾毁曹瞞廟，常侍還焚董卓祠。劍閣至今思伯約，蜀巫翻賽棘陽兒。』」

〔二〕升庵集卷五五唐彦謙：「鄧艾廟云：昭烈遺黎死尚羞，揮刀砍石恨譙周。如何千載留遺廟，血食巴山伴武侯。」此即唐人題吴中范蠡廟云「千年宗國無窮恨，只合江邊祀子胥」之句也。

〔三〕王象之蜀碑記即輿地碑記目。

〔四〕輿地碑記目卷四隆慶府碑記：「魏太尉鄧公神廟記，唐長慶四年劍州刺史邢丹題。」

〔五〕輿地碑記目卷四隆慶府碑記：「鄧艾衞聖侯碑，在普安縣北十五里，唐中和五年八月，劍州刺史郭淮立石。」

〔六〕輿地碑記目卷四南平軍碑記：「姜維碑，在吹角壩，其始有一穴開，内有碑，相傳以爲姜維碑，今已磨滅。」

〔七〕哈佛燕京圖書館本、中復堂全集本（同治六年本）、叢書集成三編本、筆記小説大觀本皆爲「溱州堡」，今據輿地碑記目卷四南平軍碑記所載「湊州堡」改。

〔八〕輿地碑記目卷四南平軍碑記：「吹角壩古磨崖，吹角霸有古磨崖，風雨朘刻，苔蘚侵蝕，惟識其一二曰建安，其他不可辨。在湊州堡，去軍四十里。建安，漢獻帝年號。」

王陽明夢郭璞詩

王陽明夢郭璞示詩，極言王導之姦，寤而作紀夢詩。人少見其詩也，升庵詩話全載之。

陽明本不以詩鳴，景純作頗淺陋不類，蓋歿已千數百年，精靈雖存，不能以生前之工力望之矣。今録於此曰：

愼嘗反復晉書，目王導爲叛臣，頗爲世所駭異。後見崔後渠松窗雜録，亦同余見。近讀陽明紀夢詩，尤爲卓識，自信鄙説之有稽而非謬也。〔一〕其自序曰：「正德庚辰八月廿八，夕卧小閣，忽夢晉忠臣郭景純氏以詩示（余）〔予〕，〔二〕且極言王導之姦，謂世之人徒知王敦之逆，而不知王導實陰主之。其言甚長，不能盡録，覺而書其所示詩於壁，復爲詩以紀其畧。嗟呼！今距景純若千年矣，非有實惡深冤鬱結而未暴，寧有數千載〔之〕下，〔三〕尚懷憤不平若是者耶！」

詩云：「秋夜卧小閣，夢遊滄海濱。海上神仙不可到，金銀宮闕尚嶙峋。中有仙人芙蓉巾，顧我宛若平生親。欣然就語下煙霧，自言姓名郭景純。攜手歷歷訴衷曲，義憤感激難具陳。切齒尤深怨王導，深姦老滑長欺人。當年王敦覬神器，導實陰主相緣夤。不然三問三不答，胡忍使敦殺伯仁。寄書欲拔太真舌，不相爲謀敢爾云。敦病已篤事已去，臨哭嫁禍復賣敦。事成同享帝王貴，事敗仍爲顧命臣。幾微隱約亦可見，世史掩覆多失真。袖出長篇再三説，覺來字字能書紳。開窗試抽晉史閲，中間事迹頗有因。因思景純有道者，世移事往千餘春。若非精誠果有激，豈得到今猶憤嗔。不成之語以筮戒，敦實氣沮竟殞身。人生生死亦不易，誰能視死（猶）〔如〕輕塵。〔四〕燭微先幾炳易道，多能餘事非所論。取義成仁忠晉室，龍逢、龔勝心可倫。是非顛倒古多有，吁嗟景純終見伸。御風騎（箕）［氣］〔五〕游八垠，彼敦之徒草木糞土臭腐同沉淪。」

郭景純夢中詩曰：「我昔明易道，故知未來事。時人不我識，遂傳詭一技。一思王導徒，神器良久覬。諸謝豈不力，伯仁見其底。所以敦者仇，〔六〕罔顧天經與地義。不然百口未負托，何忍置之於死地。我於斯時知有分，日中斬柴市。我死何足悲，我生良有以。九天一人拊膺悲，晉室諸公亦可恥。舉目山河徒歎非，携手登亭空灑淚。王導真姦雄，千載人未議。偶感君子談，重與寫真記。固知倉卒不成文，自今當與頻譴戲。儻其爲我一表揚，萬世萬世萬萬世。」〔七〕

〔一〕升庵集卷四九陽明紀夢詩：「尤爲卓識真見，自信鄙説之有稽而非謬也。」

〔二〕升庵集卷四九陽明紀夢詩：「以詩示予。」

〔三〕升庵集卷四九陽明紀夢詩：「寧有數千載之下。」

〔四〕升庵集卷四九陽明紀夢詩：「誰能視死如輕塵。」

〔五〕升庵集卷四九陽明紀夢詩：「御風騎氣。」

〔六〕哈佛燕京圖書館藏本爲「敦者仇」，中復堂全集本（同治六年本）、筆記小説大觀本、叢書集成三編本皆爲「敦者儔」。升庵集卷四九陽明紀夢詩：「所以敦者仇，罔顧天經與地義。」故從哈佛本。

〔七〕引自升庵集卷四九陽明紀夢詩。

東坡開杭州西湖二條

升庵又云：東坡先生在杭州、潁州、許州，皆開西湖，而杭湖之功尤偉。其詩云：「我在錢塘拓湖淥，大堤士女爭昌丰。六橋橫絶天漢上，北山始與南（山）［屏］通。〔一〕忽驚二十五萬丈，老葑席卷蒼雲空。」此詩史也，而注殊略，今按宋長編云：杭本江海之地，水泉鹹苦，唐刺史李泌始引西湖水作六井，故井邑日富。〔二〕及白居易復浚西湖，所溉千餘傾。〔三〕然湖多葑，近歲廢而不理，湖中葑田，積二十五萬餘丈，〔四〕而水無幾矣。運河失湖水之利，則取給於江潮。潮渾多淤，〔五〕河行闤闠中，三年一淘，爲市井大患，而六井亦幾廢。公始至，〔六〕浚茅山、鹽橋二河，以茅山一河，專受江潮，以鹽橋一河，專受湖水。復造堰閘，以爲湖水蓄洩之限，然後潮不入市間。至湖上，周視良久曰：「今願去葑，〔七〕葑田如雲，將安所置之？湖南北三十里，環湖往來，終日不達。若起葑田，積之湖中爲長堤，以通南北，則葑田去而行者便矣。」堤成，杭人名之曰「蘇公堤」云。合是觀之，則公之有功於杭人大矣。〔八〕

嗚呼！治水之難久矣！宋之世修六塔河、（三）［二］股河，〔九〕安石以范子淵、李仲昌專其事，聽小人李公義、宦者黄懷忠之言，用鐵龍爪、濬川杷，天下皆笑其兒戲。積以數年，糜費百十萬之錢穀，漂没數十萬之丁夫，迄無成功而猶不肯止，績敗功圮。〔一〇〕而姦臣李清臣爲考官，猶以修河問策，欲掩護之。甚矣，宋之君臣愚且戇也。視東坡杭湖、潁湖之役，不數月之間，無糜百金而成百世之功，其政事之才，豈止十倍時流乎！升庵論蘇公此事，可謂善矣。

〔一〕升庵集卷七八蘇堤始末：「北山始與南屏通。」東坡全集卷二〇軾在潁州與趙德麟同治西湖未成，改揚州，三月十六日湖成，德麟有詩見懷次韻：「北山始與南屏通。」

〔二〕續資治通鑑長編卷四四二元祐五年五月壬辰：「民足水，故井邑日富。」

〔三〕續資治通鑑長編卷四四二元祐五年五月壬辰：「及白居易復浚西湖，放水入運河，自河入田，所溉至千傾。」

〔四〕續資治通鑑長編卷四四二元祐五年五月壬辰：「然湖水多葑，自唐及錢氏，歲輒開治，故湖水足用。近歲廢而不理，至是湖中葑田積二十五萬餘丈。」

〔五〕升庵集卷七八蘇堤始末：「潮渾濁多淤。」續資治通鑑長編卷四四二元祐五年五月壬辰：「則取給於潮，潮水渾濁多淤。」

〔六〕續資治通鑑長編卷四四二元祐五年五月壬辰：「軾始至。」

〔七〕升庵集卷七八蘇堤始末：「今願去葑田。」續資治通鑑長編卷四四二元祐五年五月壬辰：「今欲去葑田。」

〔八〕升庵集卷七八蘇堤始末：「則公之有功杭人大矣。予昔在京問之，杭之士大夫亦不知。今閲公詩注亦畧，故詳注之。」

〔九〕哈佛燕京圖書館藏本、中復堂全集本（同治六年本）、筆記小説大觀本、叢書集成三編本皆爲「三股河」。今據升庵集卷七八蘇堤始末：「宋之世修六塔河、二股河」。故改「三」爲「二」。

〔一〇〕升庵集卷七八蘇堤始末：「至其績敗功圮。」

余謂蘇公杭湖之事，後人有難繼者二：論語曰：「君子信而後勞其民，未信則以爲厲己也。」[一]夫濬湖，民之大利也，而二十五萬丈之葑田，主之者必衆矣，其肥也可食，其枯也可薪，民習已久，一旦去之，愚民必有沮之者矣。公以諫新法不便而出守，天下皆信其愛民，況杭人乎！信而勞之，故民見其利，不見其勞，一也。宋民以前有力役之征，大工大役，官得用其民，不盡給傭值。今世但有傭役，無力役，凡有工，官皆計工給值而後行，以二十五萬丈之葑田，掘而爲堤，此其夫工不少，則工費金錢甚鉅，而云無糜百金，此必不能行之事，時勢不同，二也。盡心民瘼者，惟先期大信於民，因其利而爲之，更相度時勢，不傷大費，庶乎其可耳。

郭璞江賦：「標以翠翳，泛以遊菰。[二]播匪藝之芒種，挺自然之嘉蔬。」升庵云：「菰即葑也，指爲嘉蔬，其美可知。[三]故詩云：『采葑采菲，無以下體。』」[四]長編即李燾原文，升庵頗有剛節。長編蓋本之子由所作墓誌。

又：按西湖去葑之議，本杭州舊制。史載：仁宗慶曆初，鄭戩知杭州，有錢塘湖溉民田數十頃，錢氏置撩清軍，以疏導淤滯。既納國後不治，葑土堙塞，爲豪族僧坊所占冒，湖水益狹。戩發屬縣丁夫數萬闢之，民賴其利。事聞，詔杭州歲治如戩法。[五]大約其後復弛，及東坡守杭時，葑復堙塞，公乃大修之耳。故知百世之利，非一時之功矣。爲下必因川澤興民利者，可不善所因乎？

〔一〕論語注疏卷一九子張第一九：子夏曰：「君子信而後勞其民，未信則以爲厲己也。」

〔二〕漢魏六朝百三家集卷五六郭璞江賦：「摽之以翠翳，泛之以遊菰。」

〔三〕升庵集卷七八葑田：「摽之以翠翳，泛之以遊菰。播匪藝之芒種，挺自然之嘉蔬。」又卷四四澤草芒種：「然王氏謂葑田即周禮之澤草芒種，未有據，猶切疑之。後讀郭璞江賦，云：『播匪藝之芒種，挺自然之嘉蔬。』賦江而云『芒種』、『嘉蔬』，又曰『匪藝』，又曰『自然』，非葑田而何哉？」

〔四〕毛詩注疏卷三匏有苦葉四章：「采葑采菲，無以下體。」

〔五〕宋史卷二九二鄭戩傳：「鄭戩以資政殿學士知杭州。錢塘湖溉民田數十頃，錢氏置撩清軍，以疏淤填之患。既納國後不復治，葑土堙塞，爲豪族僧坊所占冒，湖水益狹。戩發屬縣丁夫數萬闢之，民賴其利。事聞，詔杭州歲治如戩法。」

卷之十四

左擔道

杜公愁坐詩曰：「高齋常見野，愁坐更臨門。十月山寒重，孤城水氣昏。葭萌氏種迥，左擔犬（羊存）［戎屯］。〔一〕終日憂奔走，歸期未敢論。」夫羈旅窮愁之人，未有不急切思歸者。今目擊蜀道之險，反以奔走爲憂，至不敢論歸期，其愁思更何如乎！然葭萌左擔險矣，猶内地也，以余今日，則望左擔如故鄉矣。因反其意云：「白頭來異域，竟歲狎侏㒧。赦手人如堵，塗酥曝作醫。天中冰雪嶺，屋角鬼神旗。左擔休驚險，能歸亦解眉。」楊升庵說左擔云：按：太平御覽引李克〔二〕蜀記云：「蜀山自綿谷葭萌，道徑險窄，北來擔負者，不容易肩，謂之左擔道。」又李公胤益州記云：「陰平縣有左肩道，其路至險，自北來者，擔在左肩，不得度右肩。」〔三〕常璩南中志云：「自僰道至朱提有水、步道。（九）［水］道〔四〕有黑水及羊官水，道度三津，至險，難行。〔五〕故行者謡曰：『楢溪、赤（水）［木］，〔六〕盤蛇七曲。盤羊、烏櫳，氣與天通。庲降賈子，左擔七里。〔七〕又有牛叩頭、馬搏坂，其險如此。」據此三書，左擔道有三，綿谷，一也；陰平，二也；朱提，三也，義則一而已。朱提，今之烏撒，雲貴往來之西路也。

〔一〕集千家註杜工部詩集卷一〇愁坐：「左擔犬戎屯。」杜詩詳註卷一二愁坐：「左擔犬戎屯。一音諄，一作存。」御定全唐詩卷二三四杜甫愁坐：「左擔犬戎存。一作屯。」

〔二〕哈佛燕京圖書館藏本、中復堂全集本（同治六年本）、筆記小説大觀本、叢書集成三編本等皆爲「李克」，楊慎丹鉛餘録總録卷二杜詩左擔之句則載爲「李允」。蜀中廣記卷九六著作記第六蜀記：「後漢廣漢李尤伯仁撰，太平御覽引之。」太平御覽卷一九五道路：「任豫益州記曰：江油左擔道。案圖在陰平縣北，於成都爲西。其道至阻，自北來者擔在左肩，不得度擔也。鄧艾束馬懸車處。」因説法不一，故保留原文。

〔三〕引自丹鉛總録卷二杜詩左擔之句。

〔四〕哈佛燕京圖書館藏本、中復堂全集本（同治六年本）、筆記小説大觀本、叢書集成三編本等皆爲「九道」。華陽國志卷四南中志：「水道有黑水及羊官水。」故據以改「九」爲「水」。

〔五〕華陽國志卷四南中志：「至險，難行。步道度三津，亦艱阻。」

〔六〕哈佛燕京圖書館藏本、中復堂全集本（同治六年本）、筆記小説大觀本、叢書集成三編本等皆爲「赤水」。今據華陽國志卷四南中志：「楢溪、赤木，盤蛇七曲」。故改「水」爲「木」。

〔七〕華陽國志卷四南中志：「看都護泚，住柱呼尹。庲降賈子，左擔七里。」

古韻當辨方音

沈約以吴人作聲韻，其韻皆吴音也。四聲之説，初起南朝，一時文士，莫盛於南，故言韻者，莫不從之。自唐禮部以取士，更爲遵王之制矣。其實四聲出於五音，五音出於五方，水土之輕濁不齊，五方之言不同。其音者，天地自然之音也，烏得以一方之音而比齊之乎！古人書可以同文，未聞言可以同音者，文由人造，音自天成故也。宋以後漸覺沈韻之非，乃從六朝以前古人有韻之文，逐類求之。遞元、明以迄今日，古韻古音之學，乃大明矣。余少時讀吴才老、陳第、顧亭林、邵子湘、江慎修諸家之説，深喜之，而惜其於古人之音，往往彼此牽合，未能各以其方求之，猶不能得其真也。欲自三百篇爲主，下逮楚辭及周、秦、漢、魏諸子詩賦有韻之文，皆彙取其全。以地分人，再取其文，比附其音，訂爲一書，以求古音之真。嘗語友人，頗然其説。而蚤以饑軀奔走四方，及從宦後，吏事紛紜，不暇蒐討，此念至今猶耿。今老矣，方使外域，更何能言學。偶見楊升庵論沈約之韻，〔一〕未必悉合聲律，而今詩人守之如金科玉條，若作填詞，自可變通，甚取元人中原音韻之作。余因記此，姑引其端，以俟後來賢哲。周德清中原音韻，〔二〕余家有之，乃近世之音，非古音也，然亦可見南北音韻之大凡矣。

〔一〕升庵集卷二轉注古音略序：「古音略大抵詳於經典而略於文集，詳於周漢而略於晉以下也。惟彼文人用韻，或苟以流便其辭，而於義於古實無當，如沈約之雌霓是已，又奚足以爲據邪。今之所采必於經有裨，必於古有考，扶微學廣異義，是之取焉。」

〔二〕中原音韻提要謂二卷，元周德清撰。德清字挺齋，高安人。是書成於泰定甲子。原不分卷帙，考其中原音韻起例，以下列諸部字數正語作詞起例，以下即列作詞諸法，蓋前爲韻書，後爲附論，畛域顯然，今據此釐爲二卷，以便省覽。其音韻之例，以平聲分爲陰陽，以入聲配隸三聲，分爲十九部。……然德清輕詆古書，所見雖謬，而所定之譜，至今爲北曲之準繩。或以變亂古法詆之，是又不知樂府之韻本於韻外別行矣。

柳下惠

孟子稱柳下惠曰：「不羞汙君，不卑小官，進不隱賢，必以其道。遺佚而不怨，阨窮而不憫。與鄉人處，由由然不忍去也。爾爲爾，我爲我，雖袒裼裸裎於我側，爾焉能浼我哉！故聞柳下惠之風者，鄙夫寬，薄夫敦。」〔一〕七篇之中，凡再三言之。孔子亦稱其「言中倫，行中慮」。〔二〕而其妻之誄辭曰：「夫子之不伐兮，夫子之不竭兮。夫子之誠信而與人無害乎！屈柔從俗，不强察兮！蒙恥救民，德彌大兮！雖遇三黜，終不蔽兮！豈弟君子，永能厲兮！嗟乎惜哉，乃不世兮！庶幾遐年，今歲逝兮！嗚乎哀哉，魂神泄兮！夫子之謚，宜爲惠兮！」〔三〕合觀孔、孟之言，與其妻之謚辭，然後知柳下之德之全。當其生時，所見稱於人者，特其小焉者耳。傳記所載事衹二三，不足以彰其實，而孔子稱其「行中慮」，孟子稱其「進不隱賢」，其妻稱其「蒙耻救民」，意其爲士師時，政事之及於民者多矣。三黜之事，雖不可考，其爲不能枉道，以直見黜可知。孟子不稱其直而稱其和，其妻亦不稱其直而稱其惠，若與其自言不類者何也？直者，君子之一節，自好者優爲之，不足以盡柳下也。和者，其德之盛；惠者，其行之實，非柳下不足以當之。後世謚法全濫，至以和、惠二字爲中人之德矣。循名責實，無愧者幾人哉。嗟乎！宋、元以前，猶有私謚，是清議之所存也。私謚〔四〕廢而清議亡矣！大官貴戚，莫不以有謚爲榮，究之賢佞忠姦，公論仍在天下，又何嘗以一字爲輕重哉！師保之名，宋、明閹寺，且被之矣，易名之稱，復不足恃，是以人貴自立也。

〔一〕引自孟子注疏卷一〇上萬章章句下。

〔二〕論語注疏卷一八微子第一八：「謂柳下惠少連降志辱身矣，言中倫，行中慮，其斯而已矣。」

〔三〕春秋戰國異辭卷三僖公：柳下惠死，卒在僖二十六年後。門人將誄之，妻曰：「將誄夫子之德耶，則二三子不如妾之知也。」乃誄曰：「夫子之不伐兮，夫子之不竭兮。夫子之誠信而與人無害兮！柔屈從俗，不强察兮！蒙耻救民，德彌大兮！雖遇三黜，終不蔽兮！豈弟君子，永能厲兮！嗟乎惜哉，乃下世兮！庶幾遐年，今遂逝兮！嗚乎哀哉，魂神泄兮！夫子之謚，宜爲惠兮！」

〔四〕哈佛燕京圖書館藏本爲「私謚」，中復堂全集本（同治六年本）、筆記小説大觀本、叢書集成三編本皆載爲「私説」。今從哈佛燕京圖書館藏本所載。

楊升庵都鄙談

楊升庵譚苑醍醐説都鄙〔一〕二字甚確，今記於此：「都，何以訓美？都者，鄙之對也。左傳曰：『都鄙有章。』〔二〕淮南子云：『始乎都者，常卒乎鄙。』蓋天子所居輦轂之下，聲名文物之所聚，故其士女雍容閑雅之態生。今諺云京樣，即古之所謂都。相如傳「車從甚都」是也。〔三〕邊氓所居蕞爾之邑，狐狸豺狼之所嘷，故其閭閻（學）〔吝〕嗇村陋之狀出。〔四〕今諺云「野樣」，即古之所謂鄙。老子云『衆人皆有以，而我獨頑似鄙』〔五〕是也。」

〔一〕譚苑醍醐卷一都鄙。另升庵集卷七八、丹鉛餘録卷二亦皆載「都鄙」。

〔二〕春秋左傳注疏卷四〇：「子產使都鄙有章。注：國都及邊鄙車服尊卑各有分部。」

〔三〕左傳折諸卷一八子產使都鄙有章：相如傳：「車從雍容嫺雅，甚都是也。」

〔四〕哈佛燕京圖書館藏本、中復堂全集本（同治六年本）、筆記小説大觀本、叢書集成三編本皆載爲「閭閻學嗇」。今據譚苑醍醐卷一都鄙：「故其閭閻吝嗇村陋之狀出。」故改「學嗇」爲「吝嗇」。

〔五〕老子道德經卷上異俗第二〇：「衆人皆有以，以有爲也，而我獨頑似鄙，鄙似若不逮也。我獨異於人，我獨與人異也。而貴食母，食，用也。母，道也。我獨貴用道也。」

五嶺

升庵考五嶺〔一〕曰：裴氏廣州記云：「五嶺：大庾、始安、臨賀、桂陽、揭陽。」鄧德明南康記云：「五嶺者，臺嶺之嶠，五嶺之第一嶺也，在大庾。騎田之嶠，五嶺之第二嶺也，在桂陽。都龐之嶠，五嶺之第三嶺也，在九真。萌渚之嶠，五嶺之第四嶺也，在臨賀。越城之嶠，五嶺之第五嶺也，在始安。」「都龐」，水經注作「部龍」。「萌渚」，輿地志作「明諸」。徐廣曰：「五十萬人守五嶺。」淮南子曰：「始皇利越之犀角、象齒、翡翠、珠璣，乃使尉屠睢發卒五十萬爲五軍，一軍塞鐔城之嶺，一軍守九嶷之塞，一軍處番禺之都，一軍守南野之界，一軍結餘干之水。」註：「鐔城在武陵西南，接鬱林。九嶷在零陵，番禺在（海南）〔南海〕，〔二〕南野、餘干在豫章。」其說五嶺又不同，併志之於此。

余按：五嶺者，皆以南越言之。裴、鄧二説近是。小顏漢書注從裴説，見張耳陳餘傳。〔三〕淮南子乃言五軍所駐之地，不云五嶺，其文如「番禺之都」、「餘干之水」，豈可以嶺言耶！尉屠睢即尉佗也。徐廣與淮南子文不相應，未可强合。

〔一〕升庵集卷七六五嶺考。

〔二〕哈佛燕京圖書館藏本、中復堂全集本（同治六年本）、筆記小説大觀本、叢書集成三編本皆爲「海南」。今據升庵集卷七六五嶺考：「番禺在南海」，故改「海南」爲「南海」。

〔三〕漢書卷三二張耳陳餘傳：「秦爲亂政虐刑，殘滅天下，北爲長城之役，南有五嶺之戍」。

蠻婦席帽

余初至廣東，過大庾嶺，見婦人擔負者，首戴席帽如草笠，空其頂以出髻，有帷四垂，深約四寸，軒其前，輊其後。嗣至閩中，婦人擔負者亦然。嘗語友人曰：「此即古者女子出門擁蔽其面之義。」〔一〕寬大其帽，使可視地；深其帷，所以蔽面也。今乃淺其帷而軒其前，若以爲飾者，失古意矣。雖然，猶存古制彷彿，嶺以內未之見也。士大夫家則越、閩亦不然，蓋出以人輿，無事徒步，故不用耳。朱子守漳州，乃制婦人出門，以藍夏布一幅，圍罩其首及項，亦寬其前，使得視地。身穿大布寬衣，拄杖而行，皆良家婦也。妓女行則擎雨傘，半展以罩其首，爲良賤之分。至今漳州婦人，稱蔽首之布曰文公兜，衣曰文公衣，杖曰文公杖，蓋變古制而得其意者也。升庵云：「古時宮人騎馬，〔二〕多著羃䍦，全身障之。又首有圍帽，謂之席帽，垂絲網之，施以珠翠。今演劇中有之。至煬帝淫侈，欲見女子之容，詔去席帽，戴皂羅巾幗，而以席帽油之禦雨云。唐永徽中，皆用帷帽，施裙到頸，漸爲淺露。開元初，宮人馬上著胡帽，靚妝露面，古制蕩盡矣。今山西蒲州婦人出，以錦帕覆面，至老猶然。雲南大理婦人〔三〕戴次工大帽，亦古意之遺焉。」按：錦帕覆面，即朱子爲制之意。次工大帽，殆即閩、廣之制。

〔一〕禮記注疏卷二七內則：「女子出門，必擁蔽其面；夜行以燭，無燭則止。注：擁，猶障也。」

〔二〕哈佛燕京圖書館藏本爲「宮人」，中復堂全集本（同治六年本）、筆記小説大觀本、叢書集成三編本皆載爲「官人」。今從哈佛燕京圖書館藏本所載。丹鉛餘録總録卷七羃䍦考：「古者女子出門，必擁蔽其面，後世宮人騎馬多著羃䍦。」

〔三〕丹鉛餘録總録卷七羃䍦考：「雲南鄉中婦女。」

岷江即汶江

蜀之岷江，岷，古字作汶。史記引禹貢「岷嶓既蓺」，及「岷山之陽」，〔一〕「岷山導江」，皆作汶。〔二〕蘇秦傳：蘇代約燕王曰：「秦之行暴，正告天下，告楚曰：『蜀地之甲，乘船浮於汶，〔三〕乘夏水而下江，五日而至郢。』」皆指岷江而言。司馬温公類篇曰：「字通用也。」三國志：「蜀後主至湔，登觀坂，觀汶水之流。」〔四〕五代史：「蜀主王建貶衞尉少卿李鋼爲汶川尉。」徐無黨注：汶，讀作岷。〔五〕升庵以今讀作問，非。

〔一〕史記卷二夏本紀第二：「汶山之陽至於衡山。索隱：在長沙湘南縣東南。廣雅云：岣嶁謂之衡山。正義、括地志云：岷山在茂州汶川縣。衡山在衡州湘潭縣西十一里。」

〔二〕升庵集卷七七汶即岷："皆作汶，蓋古字通用也。"

〔三〕史記卷六九蘇秦列傳："秦之行暴，正告天下，告楚曰：『蜀地之甲，乘船浮於汶。』集解：駰案：眉貧反。索隱：即江所出之岷山。"

〔四〕元和郡縣志卷三三劍南道："蜀後主以建興十四年至湔江，登觀坂，看汶江之流。"

〔五〕引自升庵集卷七七汶即岷。

手勢酒令

唐人有手勢酒令曰："亞其虎膺，曲其私根，以蹲鴟間虎膺之下，以鈎戟差玉柱之傍。潛虬潤玉柱三分，奇兵潤潛虬一寸，死其三洛，生其五峯。謂之招手令。"〔一〕解之者曰："虎膺，謂手掌；私根，謂指節；蹲鴟，大指也；鈎戟，頭指；玉柱，中指也；潛虬，無名指；奇兵，小指也。死其三洛，謂彈其腕也。生其五峯，通呼五指也。"此名五指甚奇。余謂唐代佛書盛行，以五指屈伸作手勢，蓋佛經所謂手訣也，唐人戲效之爲酒令耳。升庵讀五代史，史肇宏與蘇逢吉飲酒，酒令作手勢。引唐人酒令，謂其類此。譏其"以將相大臣而爲此態，甚於側弁起舞，二人宜其罹禍"。〔二〕余謂漢、晉以後，酒宴之間，自爲起舞，各出新名多矣，何足譏耶。手勢令見通鑑胡注。

〔一〕資治通鑑卷二八九後漢紀四隱皇帝下：（乾祐三年五月）癸丑，王章置酒會諸朝貴，酒酣，爲手勢令。會飲而行酒令以佐歡，唐末之俗也。類説曰：「亞其虎膺」，謂手掌。「曲其私根」，謂指節。「以蹲鴟間虎膺之下」，蹲鴟，大指也。「以鉤戟差玉柱之傍」，鉤戟，頭指；玉柱，中指也。「潛虬潤玉柱三分」，潛虬，無名指也。「奇兵潤潛虬一寸」，奇兵，小指也。「死其三洛」，謂韠其腕也。「生其五峯」，五峯，通呼五指也。謂之招手令。蓋亦手勢令之類也乎哉！

〔二〕譚苑醍醐卷五酒令手勢：「然以將相大臣而爲此態，甚於側弁起舞矣。二人罹禍，不亦宜乎。」

古人書疏體式

余幼時見家存先薑塢編修及惜抱先生與人手啓，皆空其尾，書「敬餘」二字。蓋古人尺牘皆然，以俟友朋批答也。本以施於尊貴，王子敬作佳書與謝安，意其必留。安就其後批答還之，子敬大恨，是其事也。今時官中陳事公牘亦然，特詳。册有正副，正書於册，副則摘録事要，謂之簡文，以俟批示可否。上司録批於册首，留存公案而還其文，以存屬案。至奏疏、對策，則空其首幅，以待上批，更無副本。疏則括其所疏大畧，揭帖於前，以紙細書，謂之貼黄。考之於古，蔡邕獨斷載漢代章奏之式，所謂需頭者，蓋空其首一幅，以俟詔旨批答，陳請之奏用之。不需頭者，申謝之奏用之。〔二〕此其制之所仿也。古人奏事朝廷，其狀曰疏。國初臣下奏事皆用疏，其後分疏、摺二體。凡公事循例者，皆用疏奏上，發内閣中書稽核，票籤擬其可否，然後進呈取旨。其事尚未定，先陳事之情形，非定例可循者，則用摺。先至御前閱之，硃筆批示，或傳示軍機大臣擬旨。此制，初爲軍務機密行之，後遂非軍務亦然。分別題本爲疏，奏事爲摺。今内而部科，外而各省督撫、將軍，奏事有所論建舉劾，皆摺也。而及其身後，彙刻其文者，概以疏名之，乃文之耳。

〔一〕獨斷卷上：「章者，需頭稱稽首上書，謝恩、陳事詣闕通者也。」「奏者亦需頭，其京師官但言稽首，下言稽首以聞，其中者所請。若罪法劾案，公府送御史臺，公卿、校尉送謁者臺也。」「表者不需頭，上言臣某言，下言臣某誠惶誠恐，稽首頓首，死罪死罪。左方下附曰某官臣某甲上。文多用編兩行文，少以五行，詣尚書通者也。公卿、校尉諸將不言姓，大夫以下有同姓官，別者言姓。章口報聞，公卿使謁者將大夫以下至吏民，尚書左丞奏聞報可，表文報已奏如書。凡章表皆啓封，其言密事，得帛囊盛。」

行過江源詩

「我家江水初發源，宦遊直送江入海。」東坡金山詩句也。〔一〕余家江南，來此西域，過岷山江源，又三千餘里矣。更反其意〔二〕云：「海入江流是我家，江源行過路還賒。西來寒日多長景，爲伴羈人駐歲華。」

〔一〕東坡全集卷三遊金山寺：「我家江水初發源，宦遊直送江入海。聞道潮頭一丈高，天寒尚有沙痕在。……我謝江神豈得已，有田不歸如江水。」

〔二〕後湘續集卷四：「東坡詩云：『我家江水初發源，宦游直送江入海。』余行反是要爲一絕。」

棲鴉、曉日詩

家惜翁在鍾山書院日，有句云：「空庭殘雪尚飄蕭，時有棲鴉語寂寥。久坐不知身世處，起登高閣見江潮。」〔一〕乃深得寂静中境味語也。余頃寓察木多久之，境味不同，而白日荒寺，惟事筆墨，雖已近冬至，殊不覺晝之短。二鼓後，就枕熟睡，甫再醒，日已照窗間矣。窗外楊柳一株，上有棲鴉，時作獨語，憶惜翁詩，似有所得，未知同異也。爲句紀之云：「寒窗遲日度疎櫺，鷲嶺秋來已斷青。欲問此身真住處，棲鴉時復語空庭。」〔二〕又有曉日一首云：「曉日玲瓏照檻清，山高未許障光明。負暄無限茆檐叟，先動穹廬〔三〕挾纊情。」

〔一〕惜抱軒詩文集詩集卷八敬敷書院値雪。

〔二〕後湘續集卷四棲鴉。

〔三〕後湘續集卷四曉日：「先動窮邊。」

古韻標準

余始讀江慎修古音標準及四聲切韻表，言三代以上，即有聲韻。舉大司樂「皆均之以八聲」，言韻即古之均也，深服其論。頃見楊升庵譚苑醍醐云：「唐書樂志：古無韻字，均即韻也。五帝之學曰成均，均亦音韻。書曰：『命汝典樂教胄子。』〔一〕論語曰：『成於樂。』〔二〕是成均之説也。周人立太學，兼五帝及二代之名，東學爲東序，西學爲瞽宗，北學爲上庠，南學爲成均。宜學言語者處之成均。則均之爲韻也益明矣。〔三〕潘安仁笙賦：『音均不恒，曲無定制。』〔四〕註：均，古韻字。鶡冠子：『五音不同均，然其可喜一也』。唐書李綱傳引周禮『均工樂胥，不得列於士伍。』〔五〕據此則均之爲韻，其説舊矣。既恨向來讀書之少，復怪江氏當時何以未及此也。蓋楊所引固爲詳明。而大司樂之言，乃均之根據，江氏既得其根據，遂無事繁稱博引歟！

〔一〕尚書注疏卷二虞書舜典：「帝曰：夔，命汝典樂教胄子。傳：胄，長也，謂元子以下至卿大夫子弟，以歌詩蹈之舞之，教長國子中和祗庸孝友，直而溫，寬而栗。」

〔二〕論語注疏卷八泰伯第八：「子曰：興於詩。注：包曰興，起也。言脩身當先學詩，立於禮。注：包曰：禮者所以立身，成於樂。注：包曰：樂所以成性。」

〔三〕譚苑醍醐卷五均即韻：「則均之爲韻，義益明矣。」

〔四〕俗書刊誤卷五略記字義：「均即古韻字，笙賦：音均不恒，曲無定制。」漢魏六朝百三家集卷五二晉成公綏集嘯賦：「奏角則谷風鳴條，音均不恒，曲無定制，行而不流，止而不滯。」文選注卷一八成公子安嘯賦：「奏角則谷風鳴條，音均不恒，曲無定制。」

〔五〕譚苑醍醐卷五均即韻：「鶡冠子『五音不同均，然其可喜一也。』唐書李綱傳引周禮『均工樂胥，不得列於士伍。』」俗書刊誤卷五略記字義：「鶡冠子曰：『五聲不同均，然其可喜一也。』」

昌黎與大顛書

韓公與大顛書，世皆疑之。〔一〕余謂昌黎所惡於佛者，惡其徒之惑世誣民耳。若大顛者，清修一身，屏絶情欲，世間富貴榮利之事，一切不以累其身；貧賤威武患難之境，一切不以動其心。吾儒自反，或有未之能者，惡能不之致敬乎！世儒恥爲自反，徒負氣大言，豈孔子「無我」、「無固」之教哉！譬如告子之不動心及其言性，與孟子有水火之別，然孟子未嘗不敬其人。老子之書，與孔子六經相反，然孔子從之問禮，歎其「猶龍」，自謂「竊比」，何嘗有輕慢之意。世人不在道德真實處講求，惟於門户影響，苦爭閒氣，恐真儒不如是也。韓公無此書則已，如其有之，正韓公不可及處而疑之，無乃淺人之見乎！

〔一〕丹鉛餘録卷一〇：「朱子語録謂與大顛書，乃昌黎平生死案。嗚呼，晦翁之言抑何其秋霜烈日邪？愚考韓與大顛書刻石於靈山禪院，乃僧徒妄撰，假韓公重名，以尊其道，亦猶懷素假李白歌，稱其草書獨步也。懷素草書歌，人皆信其非白作，而獨以大顛書爲出於韓，何哉？李白作歌贈懷素不足以損白之名，而韓公以道自任，一與顛書則所損多矣，世人多不成人之美，雖心知其非，乃乘瑕蹈隙而擠之卓哉。」

禹生石紐鄉

易林：「舜升大禹石夷之野。」〔一〕後漢戴叔鸞傳云：「大禹生西羌。」〔二〕水經注：「禹生於蜀之廣柔縣石紐村。」〔三〕楊慎曰：「今之石泉縣也。石紐村今之石鼓山，其山朝暮二時，有五色霞氣。又有大禹採藥亭，在大業山，其地藥氣觸人，往往不可到。地志不載，聞之土人云。」〔四〕余按：舜生於餘姚，越人也，都在冀，而崩於蒼梧之野。禹生於石紐，蜀人也，都在安邑，而會稽有禹陵，蓋亦巡狩而崩，蜀爲禹生地。少習西羌，得江河二水之源，竊意伯鯀亦以此。故當時治水，莫有如其父子者，良有以也。

升庵謂太史公所探之禹穴，「即蜀石泉，謂之禹穴。其石杳深，人迹不到。儀封劉遠夫修蜀志，搜訪古碑，刻有禹穴二字，乃李白書，始知會稽禹穴之誤。」〔五〕余按：史記叙傳：〔六〕「二十而南江、淮，〔七〕上會稽，探禹穴，闚九疑，浮於沅、湘。」是時遷未入蜀也。則此禹穴自當從張晏說，以在會稽爲是。叙傳下又云：「遷仕爲郎中，奉使西征巴蜀以南，南畧邛、筰、昆明，還報命。」〔八〕蓋至此乃入巴蜀，距探禹穴之時遠矣，何得牽禹穴于蜀中耶！楊升庵説古事，多不考上下本文，又自以蜀人，喜張大之耳。李白書禹穴字，安知非好事者爲之乎！果使太白爲之，亦自錯誤，不足據也。

〔一〕焦氏易林卷四：「舜登大禹石夷之野」升庵集卷七八禹生石紐：「易林：大禹生石夷之野。」

〔二〕後漢書卷一一三戴良傳：「大禹出西羌。」升庵集卷七八禹生石紐：「大禹生西羌」。

〔三〕水經注卷三六沫水：「沫水出廣柔徼外。縣有石紐鄉，禹所生也。」

〔四〕引自升庵集卷七八禹生石紐。

〔五〕丹鉛餘録總録卷二禹穴：「按：蜀之石泉，禹生之地，謂之禹穴。其石杳深，人迹不到。頃巡撫儀封劉遠夫修蜀志，搜訪古碑，刻有禹穴二字，乃李白所書，始知會稽禹穴之誤。」

〔六〕叙傳即史記卷一三〇太史公自序。

〔七〕史記卷一三〇太史公自序：「二十而南游江淮。」

〔八〕史記卷一三〇太史公自序：「過梁楚以歸，於是遷仕爲郎中，奉使西征巴蜀以南，南畧邛、筰、昆明，還報命。」

川中傳諭使歸

十七日，成都、華陽二縣來書云：「相國傳諭兩呼圖克圖事，聞難結，宜即返，勿久留生玩。」

雲南山水

升庵雲南山川志曰：

玉案山，在雲南府城西二十五里，一名列和蒙山。秀麗，多泉石，〔一〕石有棊盤。山北平坡中，有三泉如盆池。郡人春日遊賞於此，山中有玉案蘭若。

金馬山，在府東二十五里，西至碧雞山，中隔滇池。山不甚高，而綿亘西南數十里。上有長亭，下有金馬關。

碧雞山，在西南三十里，東瞰滇澤，蒼崖萬丈，緑水千尋，月印澄坡，雲横絶頂，雲南一佳景也。漢宣帝時，方士言益州有金馬、碧雞之神，可祭祀而致。遣王褒往祀，至蜀而卒。顔師古言金形如馬，碧形如雞。〔二〕未知果否。

太華山，在碧雞西北。

敉雺山，在蒿盟州東四十里。世傳蒙世隆征烏蒙，得四女，歸至此山，四女遥望故鄉，俯仰歎息。忽山巔霧結三峯，蠻謂三爲敉，霧爲雺。〔三〕其山峭崒獨峻，登眺則雲南悉在目中，又名峻葱山。

滇池，在府城南，一名昆明池，一名滇南澤，周廣五百餘里，合龍盤江、黄龍溪諸水，滙爲此池。中産衣鉢蓮，花黰千葉，〔四〕蘂分三色。下流爲螳螂川，中有大、小卧納二山。史記：滇水源廣末狹，有似倒流，故曰滇。〔五〕漢武帝欲伐滇國，於長安西南穿昆明池象之，以習水戰。〔六〕

點蒼山，在大理城西，高千餘仞，有峰十九，蒼翠如玉，盤亘三百餘里。山頂有高河泉，深不可測。又有瀑布，諸泉流注，爲錦浪等十八州，〔七〕當作十八川。蒙氏封爲中嶽。

鳳羽山，在浪穹縣西南三十里。舊名羅浮山，相傳蒙氏細奴邏興時，有鳳翔於此，故名鳳羽。後鳳死，每歲冬，衆鳥哀弔其上，故又名鳥弔。至今土人於鳥來時，舉火取之。鳥見火，輒赴火自死。

九曲山，在洱海東百餘里，峰巒攢簇，〔八〕狀如蓮花，九盤而上，又名九重巖。上有石洞，人莫能通。

西洱海，在府城東，大理也。古葉榆河也，一名㳽海，又名西洱河。源自鄧川，合點蒼山之十八川而滙於此，形如人耳。周三百里餘里，中有羅筌、濃禾、赤厓三島及四洲、九曲之勝。下流合於樣備江。濃禾島，形如几案，故亦名玉案山。

〔一〕圖書編卷六七雲南山川：「秀麗，多泉。」

〔二〕滇畧卷二勝畧：「顔師古曰：碧形如雞，金形如馬，故名。一云以有鳳凰及龍馬隱見於上名之。顔説非也。」

〔三〕圖書編卷六七雲南山川：「注爲雩。」

〔四〕圖書編卷六七雲南山川：「花盤千葉。」

〔五〕圖書編卷六七雲南山川：「史記：滇水源廣末狹，有似倒流，故曰滇。」

〔六〕圖書編卷六七雲南山川：「瀑布泉，在府城西二十里，寶珠寺後崖，高千餘丈，泉自上注下，噴珠濺沫，清澈可愛。」

〔七〕圖書編卷六七雲南山川：「爲錦浪等十八川。」

〔八〕圖書編卷六七雲南山川：「峯岳攢簇。」

判丈山，在臨安府城南二十里，高千餘仞，中有三峯削出，形如筆架。昔段思平外舅爨判，死居其上，因名。有祠在焉。

碧玉峯，在寧州北五十里。巖石磷磷。下瞰撫仙湖，波光涵浸如碧玉。上有碧玉神祠，傍有石，如懸鐘，又名石鐘崖。

玉壁山，在定遠縣東六十里，(亭)[高]可千仞，〔一〕望之，色如玉壁。其東有鳳羽山，南有易者字疑誤。山，北有絶頂峯，皆丹崖壁(山)[立]，〔二〕高出羣山之表。

雪山，在麗江府西北二十餘里，一名玉龍山。條岡百里，巋巋十峯，上插雲漢，下臨麗水。其巔積雪，經春不消，巖崖澗谷，清泉飛流。異牟尋封爲北嶽。

九隆山，在司城南七里，山有九嶺，又名九坡嶺，沙河源出於此。昔有婦名沙壹，〔三〕浣絮水中，見沈木有感，〔四〕因孕，產九男。後沈木化爲龍，衆子驚走，惟季子背龍而坐，龍因舐其背。蠻語背爲九，謂坐爲隆，故名九隆。長而黠，遂以爲酋長。山下又有一夫婦，生九女，九隆兄弟娶之，種類遂繁。皆刻畫其身，象龍文於衣，皆着尾，世居此山之下。武侯南征時，鑿斷山脈，以泄其氣，有跡存焉。

哀牢山，在司城東二十里，本名安樂，夷語訛爲哀牢。絶頂有一石，如人坐，懷中有二穴，名天井。土人於春首，視水之盈涸，以卜歲之豐凶，至者見水溢，以爲吉兆。穴下相通，取左穴水，則右穴水涸，取右亦然。又山下有一石，狀如鼻，二泉出焉，一温一凉，號爲玉泉，故又名玉泉山。

博（兩）［南］山，〔五〕在永平縣西南四十里，一名金浪顛山，一名丁當丁山。極爲險隘，乃蒲蠻出没之所。

瀾滄江，經司城東北八十五里羅岷山下。漢明帝兵開博南，行者愁怨作歌：「漢德廣，開不賓。度博南，越瀾津。渡瀾滄，爲他人。」舊渡處，以竹索爲橋，〔六〕後廢。洪武末，鎮撫華岳鑄三鐵柱於岸以維舟。

〔一〕哈佛燕京圖書館藏本、中復堂全集本（同治六年本）、筆記小説大觀本、叢書集成三編本皆爲「亭可千仞」。今據圖書編卷六七雲南山川：「高可千仞。」大清一統志卷三七九楚雄府：「高可千仞。」故改「亭」爲「高」。

〔二〕哈佛燕京圖書館藏本、中復堂全集本（同治六年本）、筆記小説大觀本、叢書集成三編本皆爲「丹崖壁山」。今據大清一統志卷三七九楚雄府「皆丹崖壁立，高出群山之表」，故改「山」爲「立」。

〔三〕關於哀牢婦人名，有二説，一爲「沙壹」。後漢書卷八六南蠻西南夷傳：「哀牢夷者，其先有婦人名沙壹，居於牢山。」大清一統志卷三八〇永昌府：「後漢書西南夷傳：哀牢夷婦人沙壹居牢山。」二爲「沙壺」，明一統志卷八七永昌軍民府：「相傳昔有一婦人名沙壺，浣絮水中。」圖書編卷六七雲南山川：「相傳昔有一婦名沙壺。」姚瑩從後漢書所載爲「沙壹」。

〔四〕圖書編卷六七雲南山川：「觸沈木有感。」

〔五〕哈佛燕京圖書館藏本、中復堂全集本（同治六年本）、叢書集成三編本、筆記小説大觀本皆爲「博兩山」。圖書編卷六七雲南山川謂「博南山」，又謂「漢明帝兵開博南」。大清一統志卷三八〇永昌府：「博南山。」故據而改「兩」爲「南」，即「博南山」。

〔六〕圖書編卷六七雲南山川：「爲他人渡處，舊以竹索爲橋。」

方丈山，在鶴慶府城南一百里，巍然峻拔。山半有洞，中有池，深不可測。水滴巖下，如方響音。昔蒙氏羅閣鳳琢觀音像於壁，故又名觀音山。南詔名山凡十七，此其一也。

蒙樂山，在景東府北九十里，一名無量山。高不可躋，連亘三百餘里，中有石洞，深不可測。一峯特出，狀如崆峒，蒙氏封爲南岳。其南有泉，爲通華河，其北有泉，爲清水河，俱東入於大河。

烏蒙山，在祿勸州東北三百里，一名絳雲露山。北臨金沙江，山有十二峯，聳秀爲一州諸山之冠。八九月間，常有雪。其頂有烏龍泉，下流爲烏龍河。蒙氏封此山爲東嶽。

高黎共山，在司城東北一百二十里，一名崑崙岡，夷語訛爲高良公山。極高峻，介騰衝、疑當作越。潞江之間。冬月，潞江無霜，其山頂霜雪，極爲嚴沍。蒙氏封爲西獄。其頂有分水泉，〔一〕極清冽，行者咸（掏）〔掬〕〔二〕飲之。

臥獅山，在法寶山之南五里，以形名。高百丈餘，袤二里。〔三〕其下有洞，曰芭蕉，廣二尋，高稱之，深百五十步。其中石乳燦爛，有如蓮、如鐘、如傘之異，故又名石花。

雲巖山，在城北二十五里。高二百餘丈，盤三里許。雜木陰森，巖石深百步，中有石横臥於下，長丈餘。好事者鑿爲佛，建寺覆之，扁曰「雲巖臥佛」。其左有洞，洞門高三尺，深十丈餘。寺外築臺建門，臺下有池，東望泬漻，足爲佳麗。

羅岷，在城北八十里，即瀾滄江西岸。高千餘丈，延袤四十里。舊傳蒙氏時，有僧自天竺來者，名羅岷，常作戲舞，山石亦隨而舞，後没於此，後人立祠祀之。巖下時墜飛石，過者驚趨，俗謂之催行石。按：飛石本巖上野獸抛踏而下。相傳有人於將曉時，見石自江中飛上，霧中甚多。羅岷之南爲險山，勢極峻絶，邇年循鳥道，闢仄路，以通往來，行人便之。

易羅池，在龍泉門外九隆山麓，泉由地噴者九竇，滚滚沸出，不舍晝夜，郡人神之，因名曰九龍池。周遭〔三〕甃以磚石，内有荷花，夏月盛開。西岸有二亭，其一，舊名觀瀾，御史陰汝登重建，題曰「龍池春曉」。其一，跨沸泉之上，舊名偕樂，副使郭春震重建，題曰「九龍清派」。泉石澄清，游人絡繹，足爲一方形勝。

右滇中山川，升庵所記名勝畧備矣！地既僻遠，開闢最後，名人遊至者少，余因衞藏之紀，全録之。

〔一〕圖書編卷六七雲南山川：「其頂上復有泉。」

〔二〕哈佛燕京圖書館藏本爲「掏」，中復堂全集本（同治六年本）、筆記小説大觀本、叢書集成三編本皆載爲「掬」。圖書編卷六七雲南山川：「掬飲之」，故改「掏」爲「掬」。

〔三〕圖書編卷六七雲南山川：「其山俗名臥獅窩。」

〔四〕圖書編卷六七雲南山川：「周迴。」

唐宋人論文二條

唐人李華論文曰：「文章本乎作者，而哀樂繫乎時。本乎作者，六經之志也；繫乎時者，樂文、武而哀幽、厲也。〔一〕有德之文信，無德之文詐。皋陶之歌，史克之頌，信也；子朝之告，宰嚭之詞，詐也。〔二〕夫子之文章，偃、商傳焉，偃、商没而伋、軻作焉，蓋六經之意也。〔三〕屈平、宋玉哀而傷，靡而不遠，六經之道遯矣。淪及後世，〔四〕力足者不能知之；知之者力或不足，則文義浸以微矣。」

蕭穎士論文曰：「六經之後，有屈原、宋玉，文甚雄壯而不能經。賈誼文辭最正，近於治體。〔五〕枚乘、相如，〔六〕亦瓌麗才士，然而不近風雅。揚雄用意頗深，班彪識理，張衡宏曠，曹植豐贍，王粲超逸，嵇康標舉，〔七〕左思詩賦，有雅、頌遺風，干寶著論，近王化根源，此後曼絶無聞焉。〔八〕近日惟陳子昂文體最正。〔九〕」

右李、蕭二人之論，可謂得文章之大體矣，而不及昌黎、柳州、李習之之精，蓋各以所得言之耳。余合唐、宋以來，及本朝諸公至吾家惜翁之論，總括之曰：文章之道，惟志正而體贍，學博而思切，辭約而義精，氣足舉辭，光不掩質，是之爲美。至於繁簡、宏纖、曲直、微顯，則審時發情，各得其當，無有定也。願與深於此事者商之。

〔一〕李遐叔文集卷一贈禮部尚書孝公崔沔集序：「繫乎時者，樂文、武而哀幽、厲也。立身揚名，有國有家，化人成俗，安危存亡，於是乎觀之宣於志者曰：言飾而成之曰文。」

〔二〕李遐叔文集卷一贈禮部尚書孝公崔沔集序：「子朝之告，宰嚭之詞，詐也，而士君子恥之。」

〔三〕李遐叔文集卷一贈禮部尚書孝公崔沔集序：「偃、商歿而孔伋、孟軻作，蓋六經之遺也。」

〔四〕李遐叔文集卷一贈禮部尚書孝公崔沔集序：「論及後世。」升庵集卷五二李華論文：「淪及後世。」

〔五〕李遐叔文集卷一贈禮部尚書孝公崔沔集序：「賈誼文詞最正，近於理體。」

〔六〕李遐叔文集卷一贈禮部尚書孝公崔沔集序：「司馬相如。」

〔七〕哈佛燕京圖書館藏本、中復堂全集本（同治六年本）載爲「稽康」，筆記小説大觀本、叢書集成三編本爲「嵇康」。晉書卷四九嵇康傳，故據而改「稽」爲「嵇」。

〔八〕李遐叔文集卷一贈禮部尚書孝公崔沔集序：「嵇康標舉，此外，皆金相玉質所尚，或殊不能備舉。左思詩賦有雅頌遺風，干寶著論近乎王化根源，此外皆夐絶無聞。」

〔九〕李退叔文集卷一贈禮部尚書孝公崔沔集序：「近日陳拾遺文體最正。」

宋晏元獻論韓、柳二公文曰：「退之扶導聖教，劃除異端，則誠有功。若其祖述墳典，憲章騷雅，上傳三史，下籠百世，横行濶視於綴述之場者，子厚一人而已。」〔一〕晏公此論，世人多不謂然，而非無所見也。

王半山評歐文云：「積於中者，浩如江河之渟滀；發於外者，爛如日星之光輝。其清音幽韻，淒如飄風急雨之驟至；其雄詞閎辨，〔二〕快如輕車駿馬之奔馳。」又稱老泉之文云：「其光芒燦爛，若引星辰而上也；其逸駃奔放，若（抉）〔決〕江河而下也。」〔三〕

蘇子瞻論王半山云：「文字之衰，未有如今日者也，其原出於王氏。王氏之文，未必不善也，而患在使人同己。〔四〕自孔子不能使人同，顔淵之仁，子路之勇，不能以相移，而王氏欲以其學同天下。地之美者，同於生物，而不同於所生，惟荒瘠斥鹵之地，彌望皆黄茅白葦，此則王氏之同也。」〔五〕

善乎蘇子之言文矣！豈惟文哉，古今學術亦循是也。余嘗語友人曰：「天下之人不同貌，而同一好善惡惡之心；自古聖賢不同道，而同一樂天濟世之志；孔子六經不同文，而同一修己安人之術；千古忠臣孝子不同行，而同一竭力致身之義。世人不求其所以同，而惟於其不必同、不可同者。曲求其肖，彼即真肖，吾猶以爲非，况必不能肖哉！歷舉前人之論文者可以悟矣，家惜翁古文辭類篹之説，所以爲大公至正也。」

〔一〕丹鉛餘録總録卷一〇太白子厚：「晏元獻公嘗言韓退之扶導聖教，剗除異端，則誠有功。若其祖述墳典，憲章騷雅，上傳三古，下籠百世，橫行濶視於綴述之場者，子厚一人而已。」五百家注柳先生集看柳文綱目：「浮休先生云：扶導聖教，剗除異端，以經常爲己任，死而無悔，韓愈一人而已，非獨以屬辭比事爲工也。如其祖述典墳，憲章騷雅，上轢三古，下籠百世，極萬變而不華，會衆流而有居，逌然沛然，橫行濶視於綴述之場，子厚其人也。」

〔二〕丹鉛餘録總録卷一八稱贊文章之妙：「於雄詞閎辨。」

〔三〕哈佛燕京圖書館藏本、中復堂全集本（同治六年本）、筆記小説大觀本、叢書集成三編本皆爲「抉江河」。今據丹鉛餘録卷六稱贊文章之妙：「若決江河」，故改「抉」爲「決」。

〔四〕升庵集卷五二文字之衰：「而患在於好使人同己。」

〔五〕引自升庵集卷五二文字之衰。

和同

國語周史伯曰：今王「去和而取同。夫和，實生物同則不繼，以它平它謂之和，故能豐長而物生之，若以同裨同盡乃棄矣。故先王以土與金、木、水、火，雜以成百物，是以和五味以調口，剛四支以衛體，和六律以聰耳，正七體以役心，平八索以成人，建九紀以立純德，合十數以訓百體。出千品，具萬方，計億事，材兆物，務和用也。〔一〕聲一無聽，物無一文，味一無果，物一不講。王將棄是類而與剸同。天奪之明，欲無弊得乎！」此論和與同之得失，可謂盡之矣。左傳晏子辨和同亦云：「以水濟水，誰能食之。若琴瑟之專壹，誰能聽之。」〔二〕自古以來，能知和同之辨者鮮矣！平居空言，頗能了然，而臨事取人，仍不免於黨同伐異，良可歎也！

〔一〕國語卷一六鄭語：「收經入，行姟極，故王者居九畡之田，收經入以食兆民，周訓而能用之，龢樂如一。夫如是，龢之至也。於是乎先王聘后於異姓，求財於有方，擇臣取諫工而講以多物，務和同也。」

〔二〕春秋左傳注疏卷四九經二十年：「今據不然，君所謂可據亦曰可，君所謂否據亦曰否，若以水濟水，誰能食之。若琴瑟之專壹，誰能聽之，同之不可也。」

修己安人，守身治人

孔子言「修己安人」，〔一〕孟子言「守身治人」，〔二〕曰修、曰安者，順乎天，則行所無事，聖人之道也。曰守、曰治者，强力而行，務盡其道，賢者之事也。君子當行賢者之事，以求合聖人之道。有行之而不至者矣，未有不行而能至者也；有知之而不行者矣，未有行之而不知者也。

〔一〕論語注疏卷一四憲問第一四：「子路問君子。子曰：修己以敬。注：孔曰：敬其身。曰：如斯而已乎，曰：修己以安人。注：孔曰：人謂朋友九族。曰：如斯而已乎，曰：修己以安百姓。」

〔一〕孟子注疏卷七下離婁章句上：孟子曰：「事孰爲大，事親爲大。守孰爲大，守身爲大。不失其身而能事其親者，吾聞之矣。失其身而能事其親者，吾未聞之也。」

三大士佑人與鬼神同理

或曰：「世傳三大士靈蹟，豈皆妄歟！」曰：「曷爲其妄也，佛以覺世爲心，爲人作福，固佛之本願也。三大士者，皆以佛願爲願者也。世有大善至誠，往往獲佑於鬼神者，其靈爽昭昭矣。三大士之靈蹟，何殊於他鬼神乎？」天道無親，常與善人，三大士不能違天道而福惡人，明矣！人第强力爲善，百神罔不佑之，豈惟三大士哉！故曰：「鬼神不能禍福人也，人自求之。」孟子曰：「禍福無不自己求之者。」〔二〕今終日爲惡而求福利，鬼神必且惡之，三大士何異焉！明於鬼神之理，則洞然於三大士矣，不求身心，求三大士，何益！

〔二〕孟子注疏卷三下公孫丑章句下：「今國家閒暇及是時般樂怠敖，是自求禍也。禍福無不自己求之者。」

霍集占非回回種

欽定西域圖志曰：「回部世系，其始祖青吉斯汗爲第一世，〔一〕即元太祖也。子察罕岱〔二〕

爲第二世，太祖次子，分封回部者，是爲回酋之初祖，山南北皆其封地。哈喇拜蘇畢喇克〔三〕爲第三世，達瓦齊〔四〕爲第四世，巴爾當〔五〕爲第五世，巴圖爾博汗〔六〕爲第六世，圖墨訥〔七〕爲第七世，阿沽斯〔八〕爲第八世，海都〔九〕爲第九世，元世祖時，有海都叛王，非此人也。薩木布瓦〔一〇〕爲第十世，特木爾圖胡魯克〔一一〕爲十一世，克則爾和卓〔一二〕爲十二世，錫喇里〔一三〕爲十三世，錫喇瑪哈木特〔一四〕爲十四世，瑪木特〔一五〕爲十五世，玉努斯〔一六〕爲十六世，阿瑪特〔一七〕爲十七世，賽葉特〔一八〕爲十八世，阿布都里錫特〔一九〕爲十九世，阿布都喇伊木〔二〇〕爲二十世，巴巴汗〔二一〕爲二十一世，阿克巴錫〔二二〕爲二十二世，阿哈木特〔二三〕爲二十三世，莽蘇爾哈色木〔二四〕爲二十四世，阿布都勒拉爲二十五世，〔二五〕即順治十二年上表之葉爾羌回汗也。

〔一〕欽定皇輿西域圖志卷四八回部世系：「青吉斯汗族屬回部，舊汗名青吉斯爲第一世，以上無考。」

〔二〕欽定皇輿西域圖志卷四八回部世系：「子察罕代瑪瑪奇。」

〔三〕欽定皇輿西域圖志卷四八回部世系：「察罕代瑪瑪奇子哈喇拜蘇畢喇克。」

〔四〕欽定皇輿西域圖志卷四八回部世系：「哈喇拜蘇畢喇克子達瓦齊。」

〔五〕欽定皇輿西域圖志卷四八回部世系：「達瓦齊子巴爾當。」

〔六〕欽定皇輿西域圖志卷四八回部世系：「巴爾當子巴圖爾博汗。」

〔七〕欽定皇輿西域圖志卷四八回部世系：「巴圖爾博汗子圖墨訥。」

〔八〕欽定皇輿西域圖志卷四八回部世系：「圖墨訥子阿沽斯。」

〔九〕欽定皇輿西域圖志卷四八回部世系：「阿沽斯子海都。」

〔一〇〕欽定皇輿西域圖志卷四八回部世系：「海都子薩木布瓦。」

〔一一〕欽定皇輿西域圖志卷四八回部世系：「薩木布瓦子特木爾圖胡魯克。」

〔一二〕欽定皇輿西域圖志卷四八回部世系：「特木爾圖胡魯克子克則爾和卓。」

〔一三〕欽定皇輿西域圖志卷四八回部世系：「克則爾和卓子錫喇里。」

〔一四〕欽定皇輿西域圖志卷四八回部世系：「錫喇里子錫喇瑪哈木特。」

〔一五〕欽定皇輿西域圖志卷四八回部世系：「錫喇瑪哈木特子瑪木特。」

〔一六〕欽定皇輿西域圖志卷四八回部世系：「瑪木特子素勒坦玉努斯。」

〔一七〕欽定皇輿西域圖志卷四八回部世系：「素勒坦玉努斯子素勒坦阿瑪特。」

〔一八〕欽定皇輿西域圖志卷四八回部世系：「素勒坦阿瑪特子素勒坦賽葉特。」

〔一九〕欽定皇輿西域圖志卷四八回部世系：「素勒坦賽葉特子阿布都里錫特。」

〔二〇〕欽定皇輿西域圖志卷四八回部世系：「阿布都里錫特子阿布都喇伊木。」

〔二一〕欽定皇輿西域圖志卷四八回部世系：「阿布都喇伊木子巴巴汗。」

〔二二〕欽定皇輿西域圖志卷四八回部世系：「巴巴汗子阿克巴錫。」

〔二三〕欽定皇輿西域圖志卷四八回部世系：「阿克巴錫子素勒坦阿哈木特伊斯懇德爾。」

〔二四〕欽定皇輿西域圖志卷四八回部世系：「素勒坦阿哈木特子莽蘇爾哈色木。」

〔二五〕欽定皇輿西域圖志卷四八回部世系：「莽蘇爾子阿布都勒拉爲第二十五世。按：青吉斯與元（世）〔太〕祖同名，其支屬爲回部舊汗之子孫，故首列卷內。第二十五世以後式微無考，相傳舊居天山北。」

又曰：回教之祖派，噶木巴爾第一世，〔一〕同祖兄子阿里爲〔第〕二世，〔二〕鄂賽音〔三〕爲第三世，再努勒阿畢丁〔四〕爲第四世，瑪木特巴克爾〔五〕爲第五世，札丕爾薩氏克〔六〕爲第六世，木色伊喀則木〔七〕爲第七世，阿里伊木西里雜〔八〕爲第八世，賽葉特勒塔里布〔九〕爲第九世，阿布勒拉〔一〇〕爲第十世，阿布雜勒〔一一〕爲十一世，阿布都勒拉〔一二〕爲十二世，阿哈瑪特〔一三〕爲十三世，瑪木特〔一四〕爲十四世，沙喀三〔一五〕爲十五世，沙額色伊〔一六〕爲十六世，札拉里丁〔一七〕爲十七世，克瑪里丁〔一八〕爲十八世，布爾哈尼丁〔一九〕爲十九世，米爾氏瓜納〔二〇〕爲二十世，瑪木特〔二一〕爲二十一世，布喇尼丁〔二二〕爲二十二世，札拉里丁〔二三〕爲二十三世，瑪哈圖木阿雜木〔二四〕爲二十四世，瑪木特額敏〔二五〕爲二十五世，瑪木特玉素甫〔二六〕爲二十六世，伊達雅圖勒拉和卓〔二七〕爲二十七世，雅雅和卓〔二八〕爲二十八世，瑪罕木特〔二九〕爲二十九世，波羅尼都、霍集占爲三十世。〔三〇〕

〔一〕欽定皇輿西域圖志卷四八回部世系：「派噶木巴爾族屬秉持回教之祖，派噶木巴爾爲第一世。」

〔二〕哈佛燕京圖書館藏本、中復堂全集本（同治六年本）、叢書集成三編本、筆記小說大觀本皆載「阿里爲二世」，無「第」，今據欽定皇輿西域圖志卷四八回部世系：「派噶木巴爾同祖兄阿布塔拉布子阿里爲第二世」，故增補「第」字。

〔三〕欽定皇輿西域圖志卷四八回部世系：「阿里子伊瑪目阿三伊瑪目鄂賽音。」

〔四〕欽定皇輿西域圖志卷四八回部世系：「伊瑪目鄂賽音子阿里阿克伯爾阿里阿斯嘎爾伊瑪目再努勒阿畢丁。」

〔五〕欽定皇輿西域圖志卷四八回部世系：「伊瑪目再努勒阿畢丁子伊瑪木瑪木特巴克爾。」

〔六〕欽定皇輿西域圖志卷四八回部世系：「伊瑪木瑪木特巴克爾子伊瑪木札丕爾薩氏克。」

〔七〕欽定皇輿西域圖志卷四八回部世系：「伊瑪木札丕爾薩氏克子伊瑪木木色伊喀則木。」

〔八〕欽定皇輿西域圖志卷四八回部世系：「伊瑪木木色伊喀則木子伊瑪木阿里伊木西里雜。」

〔九〕欽定皇輿西域圖志卷四八回部世系：「伊瑪木阿里伊木西里雜子賽葉特塔里布。」

〔一〇〕欽定皇輿西域圖志卷四八回部世系：「賽葉特塔里布子賽葉特阿布都勒拉。」

〔一一〕欽定皇輿西域圖志卷四八回部世系：「賽葉特阿布都勒拉子賽葉特阿布雜勒。」

〔一二〕欽定皇輿西域圖志卷四八回部世系：「賽葉特阿布雜勒子阿布都勒拉。」

〔一三〕欽定皇輿西域圖志卷四八回部世系：「阿布都勒拉子賽葉特阿哈瑪特。」

〔一四〕欽定皇輿西域圖志卷四八回部世系：「葉特阿哈瑪特子賽葉特瑪木特。」

〔一五〕欽定皇輿西域圖志卷四八回部世系：「賽葉特瑪木特子賽葉特沙喀三。」

〔一六〕欽定皇輿西域圖志卷四八回部世系：「沙喀三子沙額色尹。」

〔一七〕欽定皇輿西域圖志卷四八回部世系：「沙額色尹子賽葉特札拉里丁。」

〔一八〕欽定皇輿西域圖志卷四八回部世系：「賽葉特札拉里丁子阿布都勒拉賽葉特克瑪里丁瑪哈木特。」

〔一九〕欽定皇輿西域圖志卷四八回部世系：「賽葉特克瑪里丁子賽葉特布爾哈尼丁。」

〔二〇〕欽定皇輿西域圖志卷四八回部世系：「賽葉特布爾哈尼丁子米爾氏瓜納。」

〔二一〕欽定皇輿西域圖志卷四八回部世系：「米爾氏瓜納子阿布雜勒賽葉特瑪木特。」

〔二二〕欽定皇輿西域圖志卷四八回部世系：「賽葉特瑪木特子賽葉特克瑪勒，賽葉特布喇尼丁，賽葉特阿哈瑪特。」

〔二三〕欽定皇輿西域圖志卷四八回部世系：「賽葉特布喇尼丁子賽葉特札拉里丁。」

〔二四〕欽定皇輿西域圖志卷四八回部世系：「賽葉特札拉里丁子瑪哈圖木阿雜木漠羅克瑪木特。」

〔二五〕欽定皇輿西域圖志卷四八回部世系：「瑪哈圖木阿雜木子瑪木特額敏，多斯和卓巴哈古敦阿布都哈里克，瑪木特伊布喇伊木伊薩木，瑪木特阿里阿拉勒顔，瑪木特色德克阿三，沙伊赫和卓阿布都勒拉。」

〔二六〕欽定皇輿西域圖志卷四八回部世系：「瑪木特額敏子哈色木、木薩、墨敏、瑪木特玉素布，多斯和卓子木斯塔帕。」

〔二七〕欽定皇輿西域圖志卷四八回部世系：「瑪木特玉素布子伊達雅圖勒拉和卓，喀喇瑪特和卓，堪和卓木斯塔帕子烏什和卓。」

〔二八〕欽定皇輿西域圖志卷四八回部世系：「伊達雅圖勒拉和卓子雅雅和卓，阿布都色墨特瑪哈氏和卓，阿三和卓，布喇尼敦喀喇瑪特和卓子阿布都哈里克墨敏愛三，烏什和卓子素賚滿。」

〔二九〕欽定皇輿西域圖志卷四八回部世系：「雅雅和卓子霍集占，瑪罕木特墨敏子木薩沙和卓，阿里和卓阿布都勒拉額色尹帕爾薩素賚滿子阿布都喇滿。」

〔三〇〕欽定皇輿西域圖志卷四八回部世系：「瑪罕木特子波羅尼都、霍集占，木薩子瑪木特，瑪木特額敏阿里布，阿里和卓子圖爾都，阿布都勒拉子阿克博托，額色尹子克新和卓，阿布都喇滿子阿布都訥色爾爲第三十世。」

又曰：「瑪罕木特子波羅尼都、霍集占，即大和卓木、小和卓木兩逆酋也。其第二十五世，共十二支，〔一〕析居布哈爾、痕都斯坦諸處。第二十六世之哈色木，後遷布哈爾，木薩爾後遷拜勒哈，世次不備載。西域水道記曰：「瑪木特玉素普之初遷喀什噶爾也，（士）〔土〕人〔二〕龐雅瑪，獻所居地爲寺，死即葬焉。墓在回城東北十里許，回人即墓爲祠堂，曰瑪咱爾。」〔三〕

魏源曰：「西域自唐以前，無論葱嶺西東，皆有佛教，無回教。其以回教稱者，自隋、唐之間始，且其教止盛行於極西，而未及葱嶺以東。其盛行葱嶺以東者，自明季始。教雖東行，而

山南各回城酋長，尚皆元太祖之裔，於回裔無與。其被滅於準夷，則自國朝康熙間始。」〔四〕

〔一〕欽定皇輿西域圖志卷四八回部世系：「其第二十五世之巴哈古敦，阿布都哈里克，瑪木特伊布喇伊木伊薩木，瑪木特阿里阿拉勒顏，瑪木特色德克阿三沙伊赫和卓，阿布都勒拉，共十二支。」

〔二〕哈佛燕京圖書館藏本、中復堂全集本（同治六年本）、筆記小說大觀本、叢書集成三編本等皆載爲「士人」。今據西域水道記卷一羅布淖所受水載，故改「士」爲「土」。

〔三〕西域水道記卷一羅布淖爾所受水：「瑪木特玉素布之遷喀什噶爾也，土人龐雅瑪獻所居地爲寺，死即葬焉。墓在回城東北十里許。回人即墓爲祠堂，曰瑪咱爾。周甃石欄，中列木格，標馬牛尾鹿角於其端，謂薦牲祈福也。」

〔四〕引自海國圖志卷三二西南洋葱嶺以東新疆回部附考下。

以此三事，證諸羣書，則其言西域自古皆佛教者，見於晉書鳩摩羅什傳，及晉僧法顯、魏僧惠生、唐僧玄奘使西域之記，見於魏書、舊唐書、宋史西域各傳，見於今日葉爾羌城內之古浮圖，阿克蘇城外數十里河岸之千佛洞及石佛洞，庫車城西六十里之大佛洞，皆像好莊嚴，梵經隸刻，是回疆之舊皆佛教，昭如星日。

其言回教舊在極西，明季始被葱嶺以東者，見於唐書西域傳之大食、波斯，西域傳之天方默德那，又見於回部之自叙世系此見西域圖志所引。及西域水道記。蓋隋、唐時，謨罕默德崛起天方，臣服諸國，創教事天，西域尊曰天使，語曰派罕巴爾。其地在葱嶺西萬餘里。二十五世始分十二支，適布哈爾、敖罕、痕都斯坦、克什彌爾、巴達克山諸國。至二十六世瑪木特玉素普，始東遷喀城，立寺行教，死即葬焉，即霍集占高祖，是爲新疆南路回教之祖。然仍以極西之祖國爲天堂，故回疆習教之人，終身必赴西海禮拜一次，是葱嶺東之有回教，近始明季，又昭如星日。

其言新疆回酋，國朝以前皆元裔者，見於元史、明史，見於欽定外藩王公表傳所載順治初年之上諭，康熙中之貢表與夫張勇、班第、黄廷襄先後之奏。蓋元時葱嶺以西，爲太祖駙馬賽馬爾罕封地；葱嶺以北之阿羅思欽察，爲太祖長子术赤封地；金山以北，爲太宗孫海都、篤娃、昔里吉等封地；葱嶺以東，天山以南，爲太祖次子察罕岱封地，建闆於葉爾羌，其苗裔分王南路各城。其見元史者，如于闐爲宗王阿魯忽所封，〔一〕見明史者，哈密爲元威武王所封，〔二〕皆察罕岱之孫。而朝廷別建南路元帥府於別什八里，北路元帥府於阿力麻里，以控禦之。元末，天山爲强臣脱歡所(距)〔踞〕，〔三〕别爲準部，於是元裔惟有天山南路。國初順治中，回酋表貢，尚以葉爾羌酋爲大宗，〔四〕稱臣成吉思汗裔，承蘇賚滿汗業，其諸弟分長八城，即元裔之二十五世也。至康熙中，並滅於準夷，拘各城元酋，遷之山北。雖康熙三十五年，滅噶爾丹時，縱回酋歸葉爾羌，亦終於不振。自後汗位遂絶。故乾隆蕩平準部時，各回城無復元裔。於是霍集占以回教横起據之，前此從無回教酋長表貢之事，是霍集占以前之皆元裔，非回裔，亦昭如星日。

而近日西域圖志獨以新疆南路從古皆回教，盡斥歷代西域傳之謬。然無以處夫唐以前也，則取元成吉思汗至順治初，凡二十五世之藩封，併移諸上古。謂其更在派罕巴爾以前，與元太祖同名，又以派罕巴爾即還喀城始祖，而無如回教祖墓，在天方極西，載在明史也。則析派罕巴爾與穆罕驀德爲二人，謂回城酋長，自元、明即皆回教，而順治間表貢之元裔酋長何人，竟置不問，於欽定外藩表傳之官書，亦置不問。推原其故，皆由明季回教由天方至喀城時，諸元裔酋長靡然奉之，故康熙初土魯蕃貢表，署千八十三年，此元裔改奉回教之證。故華人遂誤以元裔爲回裔，並誤以新疆自古皆回教，此皆鑿枘之至大者。今特盡録諸書於前，案而不斷，以昭慎重。

〔一〕元史卷一三五暗伯傳：「嘗親迎於敦煌，阻兵不得歸，乃客居於于闐宗王阿魯忽之所。」

〔二〕明史卷三三九西域一哈密衛：「哈密，東去嘉裕關一千六百里，漢伊吾盧地。明帝置宜禾都尉，領屯田。唐爲伊州。宋入於回紇。元末以威武王納忽里鎮之，尋改爲肅王。卒，弟安克帖木兒嗣。」

〔三〕哈佛燕京圖書館藏本、中復堂全集本（同治六年本）、筆記小說大觀本、叢書集成三編本皆載爲「距」，今改爲「踞」。

〔四〕哈佛燕京圖書館藏本爲「大宗」，中復堂全集本（同治六年本）、叢書集成三編本、筆記小說大觀本等版本皆載爲「太宗」。大、太同義，今從哈佛本。

唐書言于闐、疏勒，俗事祆神。〔一〕宋史言其佛寺外，有末尼寺及波斯寺。〔二〕此回疆舊兼有天祠之事，又豈得謂西域自古皆天主教乎？佛經屢言婆羅門外道，事大自在天祠，雖佛世不能盡絶，豈得謂天竺自古皆祆神教，無佛教乎？瑩按：此當云：「豈得謂自古皆佛教，無婆羅門教乎?」蓋祆神仍本婆羅門耳。唐時,長安有大秦波斯寺,今京師及澳門有天主堂,各省有禮拜寺,又豈得謂中國皆奉祆神,無他教乎?惟回疆南路之祆神,昔特間有其祀,不及佛教十分之一。至其數千里並爲一教,家喻户曉,佛教掃迹不行,則實始於明之末葉。不特此也,回鶻、回回,皆葱嶺以東國名,其教創於天方,本名天方教,不名回教。其葱嶺以西奉教各國,亦皆不名回回,猶之蒙古崇佛教,豈可并稱印度爲蒙古教耶?今中土稱天方爲回回教,并稱爲回回國,不知回部之去天方萬有餘里,正猶天主教行歐羅巴,即古之大秦,後人因并稱天主所生之如德亞爲大秦,不知實隔地中海也。

瑩按:「回回種類奉天方教者,今其人徧中國,已與齊民無異矣。而霍集占之遺孽,在敖罕者未除,如近日西域圖志,以元裔爲回裔,并謂新疆自古皆回回教,豈非更助逆焰乎!默深此辨,不可不使天下知之,且使回人知霍集占祖父,未嘗君長回部也。」

〔一〕舊唐書卷一九八西戎傳疏勒:「即漢時舊地也。西帶葱嶺,在京師西九千三百里,其王姓裴氏。貞觀中,突厥以女妻王。勝兵二千人。俗事祆神,有胡書文字。」

〔二〕宋史卷四九〇外國六于闐:「俗事祆神」。宋史卷四九〇外國六高昌:「佛寺五十餘區,皆唐朝所賜額,寺中有大藏經、唐韻、玉篇、經音等。……敕書樓,藏唐太宗、明皇御札詔敕,緘鎖甚謹。復有摩尼寺,波斯僧各持其法,佛經所謂外道者也。」

王文成古本大學說二條

王文成有旁註古本大學一卷，〔一〕朱竹垞經義考盛稱之，喜其與朱子立異也。〔二〕竹垞雖於聖人之道無所知，其好古也，正文中子〔三〕所謂「今之好古也，聚財者也」。〔四〕文人之習，厭故喜新，爭相誇尚，但知唐帖不如晉帖，周鼎不如商彝耳。其於古聖賢所以制作垂世教人之本義，則置不問，未嘗深思力行於身心家國也。講考古者，則喜而附和，遂競爲漢學，以駕宋儒而上之，究何益於身心家國之用乎！竹垞盛稱文成旁註古本大學之善，試問文成之學，在致良知，以誠意爲大學之主。竹垞之學，以淹博爲能，辭章爲美，其於文成，不啻千里之遠，況孔門明德親民之旨乎！講漢學者，於聖學之體，既未嘗究心，聖學之用，又未嘗從事，惟日孜孜於新異，假古勝今，自託經儒，此文成之所不屑爲者矣。雖然，六經之存，古本自爲可貴，譬日月經天，萬物各被其光；江河在地，鼹鼠各滿其腹。仁見爲仁，智見爲智，朱子之本，朱子之說也；戴記之本，戴記之說也；文成之註，文成之說也。執朱子所訂之本，遂棄戴氏原記之本不讀，文成古本之記不問，亦非也。今雖異域，何敢忘之。

〔一〕王文成全書卷三二年譜一：「（武宗正德）十三年七月，刻古本大學。」經義考卷一五九禮記二二：「王氏守仁大學古本旁釋，一卷，一本四卷，存。守仁自序曰：……錢德洪曰：先生在龍場時，疑朱子大學章句非聖門本旨，手録古本，伏讀精思，始信聖人之學本簡易明白，其書止爲一篇，原無經傳之分。格致本於誠意，原無闕傳可補，以誠意爲主，而爲致知格物之功，故不必增一敬字，以良知指示至善之本體，故不必假於見聞。書成，旁爲之釋而引以序。」

〔二〕經義考卷一五九禮記二二：按：「大學在小戴記中原止一篇，朱子分爲經傳，出於獨見。自章句盛行，而永樂中纂修禮記大全，並中庸、大學文删去之，於是誦習章句者，不復知有戴記之舊，陽明王氏不過取鄭注孔義本而旁釋之爾。近見無錫張夏輯雒閩源流録於陽明傳，謂其敘古本大學側倒置經文，反以是爲陽明罪，果足以服天下後世之心乎！」

〔三〕中説卷一〇杜淹文中子世家：文中子，王氏，諱通，字仲淹。其先漢徵君霸，絜身不仕。十八代祖殷雲中太守，家於祁，以春秋周易訓鄉里，爲子孫資。十四代祖述，克播前烈，著春秋義統。公府辟，不就。九代祖寓遭愍懷之難，遂東遷焉。寓生罕，罕生秀，皆以文學顯。秀生二子，長曰玄謨，次曰玄則，玄謨以將畧升，玄則以儒術進。玄則字彦法，即文中子六代祖也。仕宋，歷太僕、國子博士。常嘆曰：「先君所貴者禮樂，不學者軍旅，兄何爲哉？」遂究道德，考經籍，謂功業不可以小成也。故卒爲洪儒，卿相不可以苟處也，故終爲博士。曰：「先師之職也不可墜。」故江左號王先生。受其道曰：「王先生業，於是大稱儒門，世濟厥美。」先生生江州府君煥，煥生虬。虬始北事魏，太和中爲并州刺史，家河汾，曰晉陽穆公。穆公生同州刺史彦，曰同州府君，彦生濟州刺史，一曰安康獻公，安康獻公生銅川府君諱隆，字伯高，文中子之父也。傳先生之業，教授門人千餘。隋開皇初，以國子博士待詔雲龍門。時國家新有揖讓之事，方以恭儉定天下，帝從容謂府君曰：朕何如主也？府君曰：陛下聰明神武，得之於天，發號施令，不盡稽古，雖負堯舜之姿，終以不學爲累。帝默然曰：先生，朕之陸賈也，何以教朕？府君承詔著興衰要論七篇，每奏，帝稱善。然未甚達也。府君出爲昌樂令，遷猗氏、銅川，所治著稱。秩滿退歸，遂不仕。開皇四年，文中子始生銅川，府君筮之，遇坤之師，獻兆於安康獻公。獻公曰：素王之卦也，何爲而來，地二化爲天一，上德而居下位，能以衆正，可爲王矣，雖有君德，非其時乎，是子必能通天下之志。遂名之曰通。開皇九年，江東平，銅川府君嘆曰：「王道無敘，天下何爲而一乎？」文中子侍側，十歲矣，有憂色，曰：「通聞古之爲邦，有長久之策，故夏殷以下數百年，四海常一統也。後之爲邦行苟且之政，故魏晉以下數百年，九州無定主也。上失其道，民散久矣，一彼一此，何常之有。夫子之歎，蓋憂皇綱不振，生人勞於聚斂而天下將亂乎！」銅川君異之曰：「其然乎！」遂告以元經之事。文中子再拜受之。……仁壽三年，文中子冠矣，慨然有濟蒼生之心，西遊長安，見隋文帝。帝坐太極殿召見，因奏太平策十有二策，尊王道，推霸畧，稽今驗古，恢恢乎運天下於指掌矣。帝大悅，曰：「得生幾晚矣，天以生賜朕也。」下其議於公卿，公卿不悅，時將有蕭牆之釁。文中知謀之不用也，作東征之歌而歸。……（大業）十三年，江都難作，子有疾，召薛收謂曰：「吾夢顏回稱孔子之命曰歸休乎。殆夫子召我也，何必永厥齡，吾不起矣。」寢疾，七日而終。……仲尼既没，文不在兹乎。易曰：「黃裳元吉，文在中也。」請謚曰文中子。……

〔四〕中説卷四周公篇：子聞之曰：「古之好古者聚道，聚淳樸之性。今之好古者聚財，聚珍異之器。」

陽明既取古本大學爲之旁注，復自爲序曰：「大學之要，誠意而已矣。誠意之功，格物而已矣。誠意之極，止至善而已。〔一〕正心復其體也，修身著其用也。以言乎己，謂之明德；以言乎人，謂之親民；以言乎天地之間，則備矣。是故至善也者，心之本體也；動而後有不善。〔二〕意者，其動也；物者，其事也；〔三〕格物以誠意，復其不善之動而已矣。不善復而體正，體正而無不善之動矣，是之謂止至善。聖人懼人求之於外也，〔四〕而反復其辭，舊本析而聖人之意亡矣！是故不本〔五〕於誠意而徒以格物者謂之支，不事於格物而徒以誠意者謂之虚。支與虚，〔六〕其於至善也遠矣。合之以敬而益綴補之以傳而益離，吾懼學之日遠於至善也。去分章而復舊本，旁爲之釋，以引其義，庶幾復見聖人之心，而求之者有其要。噫！罪我者，其亦以是夫。〔七〕」

〔一〕王文成全書卷七大學古本序戊寅：「誠意之極，止至善而已矣。止至善之，則致知而已矣。」

〔二〕王文成全書卷七大學古本序戊寅：「動而後有不善，而本體之知，未嘗不知也。」

〔三〕王文成全書卷七大學古本序戊寅：「物者，其事也。致其本體之知而動，無不善，然非即其事而格之，則亦無以致其知。故致知者，誠意之本也；格物者，致知之實也。物格則知致意誠而有以復其本體，是之謂止至善。」

〔四〕王文成全書卷七大學古本序戊寅：「聖人懼人之求之於外也。」

〔五〕王文成全書卷七大學古本序戊寅：「是故不務。」

〔六〕王文成全書卷七大學古本序戊寅：「不本於致知，而徒以格物誠意者謂之妄，支與虛、與妄。」

〔七〕王文成全書卷七大學古本序戊寅：「噫！乃若致知則存乎心，悟致知焉盡矣。」經義考卷一五九禮記二二：「噫，罪我者，其亦以是夫。」

朱子學宗孔子

陽明講學，本於陸子，由收放心之說，而擴之爲致良知，與朱子顯異。明儒當時多非之，莫詳於羅整庵辨正三書，此明儒一大公案也。余何敢妄議先儒，第以孔子之言折衷之，似朱子之言爲得其正。孔子曰：「吾十有五而志於學。」〔一〕學者何？道是也。故又曰：「志於道。」〔二〕道體至大，無物可名，恐其墮於空虛也，必有所據依，乃不生於離畔，故曰：「據於德，依於仁。」〔三〕德仁二者，皆必於人事見之。舍人事而言德言仁，則師心自用，有認賊作子者矣。苟非從事於學，恐所謂德與仁者，猶未盡善也。曰「志於道」者，所志之本也；曰「志於學」者，道之所從事也。言道則高遠，言學則切近矣。學之從事奈何？曰文是也。孔子自言曰：「文不在茲乎！」是孔子所自命者文矣。孔子教弟子者，亦即以此。顏淵亞聖，其言夫子之善誘曰：「博我以文，約我以禮。」〔四〕匪惟顏子言之，即孔子亦曰：「君子博學於文，約之以禮，亦可以弗畔矣夫。」〔五〕又曰：「行有餘力，則以學文。」〔六〕由孔子、顏子之言觀之，則孔門之學可知矣。孔子又嘗自言之曰：「下學而上達。」〔七〕下學者何？文是也；上達者何？道是也。又曰：「我非生而知之，好古敏以求之。」〔八〕又曰：「多聞擇其善者而從之，多見而識之。」〔九〕中庸之稱孔子，則曰：「祖述堯、舜，憲章文、武，上律天時，下襲水土。」〔一〇〕皆孔子好古敏求之實也。

〔一〕論語注疏卷二爲政第二：子曰：「吾十有五而志於學，三十而立，注：有所成也。四十而不惑，注：孔曰：不疑惑。五十而知天命。注：孔曰：知天命之終始。」

〔二〕論語注疏卷七述而第七：子曰：「志於道。注：志，慕也，道不可體，故志之而已。」

〔三〕論語注疏卷七述而第七：「據於德。注：據，杖也，德有成形，故可據。依於仁。注：依，倚也，仁者功施於仁，故可倚。」

〔四〕論語注疏卷九子罕第九：「夫子正以此道進勸人有次序，博我以文，約我以禮，欲罷不能，既竭吾才，如有所立卓爾，雖欲從之，末由也已。」

〔五〕論語注疏卷六雍也第六：子曰：「君子博學於文，約之以禮，亦可以弗畔矣夫。注：鄭曰：弗畔不違道。」

〔六〕論語注疏卷一學而第一：子曰：「弟子入則孝，出則弟，謹而信，汎愛衆而親仁，行有餘力，則以學文。」

〔七〕論語注疏卷一四憲問第一四：「下學而上達。注：孔曰：下學人事，上知天命。」

〔八〕論語注疏卷七述而第七：子曰：「我非生而知之者，好古敏以求之者也。注：鄭曰：言此者勸人學。」

〔九〕論語注疏卷七述而第七：子曰：「多聞擇其善者而從之，多見而識之，知之次也。注：孔曰：如此者，次於天生知之。」

〔一〇〕四書章句集注中庸章句第三〇章：「仲尼祖述堯、舜，憲章文、武，上律天時，下襲水土。譬如天地之無不持載，無不覆幬；譬如四時之錯行，如日月之代明。萬物並育而不相害，道並行而不相悖，小德川流，大德敦化，此天地之所以爲大也。」

夫道有大小、精粗、醇駁不同，亦本末、體用、經權互異。生知之聖，莫如堯、舜，而一庭咨詢，何等懇切，未嘗師心自是也！周公思兼三王，其有不合者，仰而思之，夜以繼日。古昔聖人勤學好問如此，不敢自恃其資質之美如此。孔子自言與弟子之稱述又如彼，何嘗有若陽明之説者哉！陽明徒見孔子語曾子、子貢，皆有一貫之言，且謂非多學而識，以爲此乃孔門心法，其平日所言，乃教人淺近之法耳！試問孔門弟子，穎悟莫如顏子，其次子貢，孔子何不於其入門即教以精深，而以淺近者教之乎？可見學問之道，必先由粗入精，由淺入深，乃所謂「下學而上達也。」中庸明言之矣，曰：「君子之道，辟如行遠必自邇，辟如登高必自卑。」〔一〕又曰：「尊德性而道問學，致廣大而盡精微，極高明而道中庸，温知而知新，敦厚以崇禮。」〔二〕陽明截取孔子之言以教人，何怪人不肯從之乎！即如大學本書，明言「物有本末，事有終始」，〔三〕自格物致知，以至家國天下，先後次第，反覆言之。陽明則以誠意二字爲主，貫澈前後，自覺與「壹是皆以修身爲本」〔四〕之言有礙也，則又彌縫之曰：「修身工夫，只是誠意。」〔五〕夫中庸言聖人之德之實，無非一誠，造乎其極，則曰「至誠」，故又曰「不誠無物」。天下萬事萬物，莫不以此。身心、家國、天下，非誠其意，心何以正？身何以修？家何以齊？國何以治？天下何以平乎？然大學不曰「壹是皆以誠意爲本」，而曰「以修身爲本」者，發意猶在心内，虛無可見。惟身乃内外、人己、事物之交，莫能遁飾，必以此言，然後着落實際有把握也。此聖賢所以立法教人之苦心，亘萬世而無弊也。陽明深於禪者，禪家教人亦以筏喻，未渡河，必用筏，河既渡，筏當舍。今人尚未渡河，先教人舍筏，有是理乎？且陽明悟道已在貶龍場驛丞之後，並非少即能之。其未貶以前，亦嘗泛濫於百家之説，閲歷於萬物人事之交。及身遭憂患，澄心滌慮，然後得之。是其自己亦是用筏渡河之人，乃舍筏後，遂不以筏示人，可乎！十一月辛巳冬至後二日記。

〔一〕四書章句集注中庸章句第一五章：「君子之道，辟如行遠必自邇，辟如登高必自卑。」

〔二〕四書章句集注中庸章句第二七章：「大哉聖人之道，洋洋乎發育萬物，峻極于天，優優大哉。禮儀三百，威儀三千，待其人而後行，故曰苟不至德，至道不凝焉。故君子尊德性而道問學，致廣大而盡精微，極高明而道中庸，温故而知新，敦厚以崇禮。」

〔三〕四書章句集注大學章句經一章：「物有本末，事有終始，知所先後，則近道矣。」

〔四〕四書章句集注大學章句經一章：「自天子以至於庶人，壹是皆以修身爲本。」

〔五〕王文成全書卷一傳習録上：「工夫難處，全在格物致知上，此即誠意之事。意既成，大段心亦自正，身亦自修，但正心修身工夫，亦各有用力處。修身是已發邊，正心是未發邊，心正則中，身修則和。」

四庫書提要駁西人天學

四庫全書存目提要曰：

天學全函諸書：二十五言一卷，明利瑪竇撰。西洋人之入中國，自利瑪竇始。西洋教法傳中國，亦自此二十五條始。大旨多剽竊釋氏，而文詞尤拙。蓋西方之教，惟有佛書，歐羅巴人取其意而變幻之，猶未能甚離其本。厥後既入中國，習見儒書，則因緣假借，以文其説。乃漸至蔓衍支離，不可究詰，自以爲超出三教上矣。附存其目，庶可知彼教之初，所見不過如是也。〔一〕

又天主實義二卷，明利瑪竇撰。是書成於萬曆癸卯。凡八篇。首篇論天主始制天地萬物而主宰安養之。二篇解釋世人錯認天主。三篇論人魂不滅，大異禽獸。四篇辨釋鬼神及人魂異，天下萬物不可謂之一體。〔二〕五篇排辨輪迴六道，戒殺放生之謬，〔三〕而明齋素之意，在於正志。六篇解釋意不可滅，并論死後必有天堂、地獄之賞罰。七篇論人性本善，併述天主門士之學。八篇總舉泰西俗尚，而論其傳道之士所以不娶之意，并釋天主降生西土來由。大旨主於使人尊信天主，以行其教。知儒教之不可攻，則附會六經中上帝之説，以合於天主，而特攻釋氏以求勝。然天堂、地獄之説，與輪迴之説，相去無幾，特小變釋氏之説，而本原則一耳。

〔一〕引自四庫全書存目提要即四庫全書總目卷一二五子部雜家類存目二所載。
〔二〕四庫全書總目卷一二五子部雜家類存目二天主實意：「論天下萬物不可謂之一體。」
〔三〕四庫全書總目卷一二五子部雜家類存目二天主實意：「戒殺生之謬。」

又畸人十篇二卷，附西琴曲意一卷，明利瑪竇撰。是書成於萬曆戊申，凡十篇。皆設爲問答以申彼教之説。一謂人壽既過，誤猶爲有。二謂人於今世，惟僑寓耳。三謂常念死後，〔一〕利行爲祥。四謂常念死後，〔二〕備死後審。五謂君子希言，而欲無言。六謂齋素正旨，非由戒殺。七謂自省自責，無爲爲尤。八謂善惡之報，在身之後。九謂妄詢未來，自速身凶。十謂富而貪吝，苦於貧窶。其言宏肆博辯，頗足動聽。大抵攝釋氏生死無常，〔三〕罪福不爽之説，而不取輪迴、〔四〕戒殺、不娶之説，以附會於儒理，使人猝不可攻。較所作天主實義，純涉支離荒誕者。立説較巧，以佛書比之，實義猶其禮懺，此則猶其談禪也。末附西琴曲意八章，乃萬曆庚子利瑪竇朝覲京師所獻，皆譯以華言。非其本旨，惟曲意僅存，以其旨與十論相發，故附録於書末焉。

〔一〕四庫全書總目卷一二五雜家類存目二畸人：「三謂常念死候。」

〔二〕四庫全書總目卷一二五雜家類存目二畸人：「四謂常念死候。」

〔三〕四庫全書總目卷一二五雜家類存目二畸人：「大抵掇釋氏生死無常」。

〔四〕四庫全書總目卷一二五雜家類存目二畸人：「而不取其輪迴」。

又七克七卷，明西洋人龐迪我撰。書成於萬曆甲辰。其説以天主所禁，罪宗凡七。一謂驕傲，二謂嫉妒，三謂慳吝，四謂忿怒，五謂迷飲食，六謂迷色，七謂懈惰於善。迪我因作此書，發明其義，一曰伏傲，二曰平妬，三曰解貪，四曰熄忿，五曰塞饕，六曰防淫，七曰策怠。其言出於儒墨之門，〔一〕就所論之一事言之，不爲無理，而旨歸本敬事天主以求福，則其謬在宗旨，而不在詞説也。其論保守童身一條，載或人難以人俱守貞不婚，人類將滅。乃答以儻世人俱守貞，人類將滅，天主必有以處之，何煩過慮，其詞已遁。又謂生人之類，有生必有滅，亦始終成毀之常。若得以此終，以此毁，幸甚大願，則又詞窮理屈，不覺遁於釋氏矣，尚何闢佛之云乎。

又辨學遺牘一卷，〔二〕明利瑪竇撰。乃其與虞淳熙論釋氏書，及辯蓮池和尚竹窗三筆攻擊天主之説。齊固失矣，楚亦未得也。

〔一〕四庫全書總目卷一二五雜家類存目二七克：「其言出於儒墨之間。」

〔二〕哈佛燕京圖書館藏本、中復堂全集本（同治六年本）、筆記小說大觀本、叢書集成三編本等皆載爲「辨學遺積」，今據四庫全書總目卷一二五雜家類存目二所載：「又辨學遺牘一卷。」故改「積」爲「牘」。

又交友論一卷，則利瑪竇遊南昌，〔一〕與建安王論友道，因著是編以獻。其言不甚荒悖，然多爲利害而言，醇駮參半。如云友者過譽之害，大於仇者過訾之言，此中理者也。又云多有密友，便無密友，此洞悉物情者也。至云視其人之友如林，則知其德之盛；視其人之友落落如晨星，則知其德之薄。是導天下以濫交矣。又云二人爲友，不應一富一貧，是止知有通財之義，不知古禮惟小功同財，不概諸朋友，一相友而即同財，是使富者愛無差等，而貧者且以利合，又豈中庸之道乎？王肯堂鬱岡齋筆麈曰：「利君遺余交友論一編，有味哉，其言之也。使其素熟於中土語言文字，當不止是，乃稍删潤著於篇。」則此書爲肯堂點竄矣。

又西學凡一卷，明西洋人艾儒略撰。儒略有職方外記已著録。是書成於天啓癸亥，天學初函之第一種也。所述皆其國建學育才之法，凡分六科，所謂勒鐸理加者，文科也；斐録所費者，〔二〕理科也；默第濟納者，醫科也；勒義斯者，法科也；加諾搦斯者，教科也；陡録日亞者，道科也。其教授各有次第，大抵從文入理，而理爲之綱。文科如中國之小學，理科則如中國之大學，醫科、法科、教科者，皆其事業，道科者，則在彼法中，所謂盡性致命之極也。其致力亦以格物致知〔三〕爲本，以明體達用爲功，與儒學次第〔四〕畧似。特所格之物，皆器數之末，而所窮之理，又支離神怪而不可詰，是所以爲異學耳。

又靈言蠡勺二卷，明西洋人畢方濟撰，而徐光啓編録之。成於天啓甲子。皆論亞尼瑪之學。亞尼瑪者，華言靈性也。凡四篇，一論亞尼瑪之體，二論亞尼瑪之能，三論亞尼瑪之尊，四論亞尼瑪所同好惡之情，〔五〕而總歸於敬事天主以求福，其實即釋氏覺性之説，而巧爲敷衍耳。明之季年，心學盛行，西士慧黠，因摭佛經而變幻之，以投時好，其説驟行，蓋由於此。所謂物必先腐而後蟲生，非盡持論之巧也。

〔一〕四庫全書總目卷一二五雜家類存目二交友論：「利瑪竇撰。萬曆己亥，利瑪竇遊南昌。」
〔二〕四庫全書總目卷一二五雜家類存目二西學：「斐録所費亞者。」
〔三〕四庫全書總目卷一二五雜家類存目二西學：「格物窮理。」
〔四〕四庫全書總目卷一二五雜家類存目二西學：「與儒學次序。」
〔五〕四庫全書總目卷一二五雜家類存目二靈言蠡勺：「美好之情。」

又空際格致二卷，明西洋人高一志撰。西法以火、氣、土、水爲四大元行，而以中國五行兼用金木爲非，一志因作此書，以暢其説。然其窺測天文，不能廢五星也，天地自然之氣，而欲以强詞奪之，烏可得乎？適成其妄而已矣。

寰有銓六卷，明西洋人溥汎際撰。書亦成於天啓中。其論皆宗天主。又有圜滿純體不壞等十五篇，總以闡明彼法。案：歐羅巴人天文推算之密，工匠製作之巧，實逾前古，其議論夸詐迂怪，亦爲異端之尤。國朝節取其技能，而禁傳其學術，具存深意。

右四庫書提要辨駁西人天學，大旨如此。世未見西人書者，皆震驚疑怪，而不知其所以爲説。觀此則亦淺陋之甚耳，故悉録提要，俾無惑焉。魏默深有辨天方教、天主教二篇極詳善，文繁不能載也。

兵事不外戰守〔一〕

兵事不外戰守，戰在鼓氣，守在固心。氣不能鼓，不可戰也；心不能固，不可守也。何以鼓之固之，是在主者。夷務軍興以來，智慮之士紛紛陳策，友人方植之東樹，鄱陽陳伯游方海，皆以書生建議。伯游有禦寇、籌軍費二議，皆可用。植之所言尤得其本。若魏默深諸論，則已自刻於海國圖志中，是皆有可採者。然主兵不得其人，則亦空言無補而已。

〔一〕哈佛燕京圖書館藏本、中復堂全集本（同治六年本）、叢書集成三編本康輶紀行之目録皆不載此目，筆記小説大觀本的康輶紀行之目録則載。今據正文增入目録中。

卷之十五

一貫忠恕之旨

或問聖人「一貫」之旨，曰：「曾子明言之矣，『忠恕』是也」。〔一〕不必説向精微高妙，而精微高妙之至。忠者，盡己之心，即孟子所云：「盡其心者，知其性也。知其性，則知天矣。」〔二〕恕者，推己及人，即孔子告仲弓「己所不欲，勿施於人」。〔三〕又曰：「老者安之，朋友信之，少者懷之。」〔四〕孟子云「老吾老，以及人之老；幼吾幼，以及人之幼」是也。〔五〕忠以成己，恕以成物。中庸曰：「成己，仁也；成物，知也；性之德也，合外内之道也。」〔六〕成己則内聖也，成物則外王也，德不至於聖人，不可爲成己，功不及於天下，不可爲成物，此聖道之大全也。曰：「既有人己、内外，則貳之矣，曷爲其一也？」曰：「忠恕一物也，合而言之曰仁而已，仁以全愛爲心，成己者，愛己也；成物者，愛物也；已有未成，則己之愛未全；物有未成，則物之愛未全。全者何？生是也。天地之大德曰生，人物受生於天，莫不有其性命，一有傷焉，則無以全其生矣。如何而可以全其生乎？曰仁而已，仁於己之謂忠，仁於物之謂恕。人物雖有外内之分，而吾之仁則一，是之謂一貫。」曰：「德有五，曰仁、曰義、曰禮、曰智、曰信，今舉仁一德言之，可乎？」曰：「義者，所以正吾仁也，不得其正則辟矣。禮者，所以序吾仁也，不得其序則亂矣。知者，所以辨吾仁也，不得其辨則愚矣。信者，所以守吾仁也，不得其守則失矣。故仁爲天德之體。四德者，天德之用，輔仁道而行之。仁者譬其君，四德則公卿大夫士也。」帝典曰：「惟精惟一。」〔七〕中庸曰：「其爲物不貳。」〔八〕孟子曰：「不同道，其趨一也。一者何？曰仁也。」〔九〕

〔一〕論語注疏卷四里仁第四：「子曰：「參乎吾道，一經貫之。」曾子曰：「唯。」子出，門人問曰：「何謂也？」曾子曰：「夫子之道，忠恕而已。」」
〔二〕引自孟子注疏卷一三上盡心章句上。
〔三〕論語注疏卷一二顏淵第一二：「己所不欲，勿施於人，在邦無怨，在家無怨。」
〔四〕論語注疏卷五公冶長第五：「子路曰：「願聞子之志。」子曰：「老者安之，朋友信之，少者懷之。」」
〔五〕引自孟子注疏卷一下梁惠王章句上。
〔六〕引自四書章句集注中庸章句第二五章。
〔七〕尚書注疏卷三虞書：「禹有治水之大功，言天道在汝身，汝當升爲天子。人心惟危，道心惟微，惟精惟一，允執厥中。」
〔八〕四書章句集注中庸章句第二六章：「天地之道，可一言而盡也，其爲物不貳，則其生物不測。」

〔九〕孟子注疏卷一二上告子章句下：「三子者不同道，其趨一也。一者何也？曰仁也，君子亦仁而已矣，何必同。」

伊川師道尊嚴

楊龜山先生「程門立雪」〔一〕一事，學者盛稱之，余竊以爲疑。禮曰：「侍坐於長者，不命之退，不敢退。」〔二〕伊川先生瞑坐之時未命，故有待焉。宋儒教人半日讀書，半日静坐。平時常有瞑坐，弟子侍而不退。是日，瞑坐不覺成寐，久之，適門外雪盛，既覺，乃命之退耳。然禮又有之曰：「侍坐於君子，君子欠伸，撰杖屨，視日之蚤莫，侍坐者請出矣。」〔三〕此敬老之禮也。既言撰杖，則年逾六十可知，老者不以筋力爲禮，坐久，精神倦怠，侍坐者當望見顏色，不待命退而自請出，以便老者安息，不宜復拘命退之文也。宋代諸儒，惟伊川先生年逾八十，想其精神强健，必有過人者。然既因瞑坐成寐，則此時之倦可知，乃不請退，猶立待之，毋乃過乎！且父坐子立，禮也。師弟之禮，席間函丈，立則侍立，坐則侍坐。今伊川坐而龜山立，以此見伊川師道之過於尊嚴，龜山執禮之近於拘泥也。又疑明道之學，所得者粹然以和，其氣如春，其式如玉，類乎顏子。伊川之學，所得者肅然以厲，其氣如秋，其式如金，類乎孟子。朱子於二程之言，更不分别，統稱之曰程子。蓋明道先亡，伊川享年最永，門人所聞明道之言，多得之伊川故也。然所得不同，造詣差别，雖曰其道則一，譬如孟子之言，以爲即顔子之言，可乎？

〔一〕宋史卷四二八楊時傳：「至是，又見程頤於洛，時蓋年四十矣。一日見頤，頤偶瞑坐，時與游酢侍立不去，頤既覺，則門外雪深一尺矣。」

〔二〕禮記註疏卷二曲禮上：「侍坐於長者，屨不上於堂。」家禮卷一司馬氏居家雜儀：「喧呼於父母舅姑之側，父母舅姑不命之坐，不敢坐，不命之退，不敢退。」

〔三〕禮記註疏卷二曲禮上：「侍坐於君子，君子欠伸，撰杖屨，視日之蚤莫，侍坐者請出焉。注：以君子有倦意也。撰，猶持也。」

古人言恭敬有二義

宋儒講學，以敬静爲主，蓋本孟子「求放心」〔一〕之説，以此爲操存之功也。孔子亦云「修己以敬」，〔二〕又曰「敬以直内」，〔三〕敬之爲道，大矣。然聖門雅言，恭、敬二義，實有不同。其分言之，如曰「恭己，正南面而已」，曰「恭而安」，曰「恭而無禮則勞」，曰「恭則不侮」，曰「篤恭而天下平」，曰「柳下惠不恭」，曰「賢君必恭儉」，曰「恭者不侮人」。凡此言恭，皆修己之端莊也。曰「敬事而信」，曰「事君敬其事」，曰「爲禮不敬」，曰「居敬而行簡，以臨其民」，曰「敬鬼神而遠之」，曰「上好禮，則民莫敢不敬」，曰「臨之以莊，則敬」，曰「行篤敬」，曰「祭思敬」，曰

「爲人臣止於敬」，曰「敬大臣也」，曰「齊莊中正，足以有敬也」，曰「君子不動而敬」，曰「君臣主敬」，曰「禮，人不答反其敬」，曰「敬老慈幼」，曰「敬兄、敬叔父」，曰「迎之致敬以有禮」。凡此言敬，皆接物之誠肅也。其合言之，如曰「居處恭，執事敬」，曰「其行己也恭，其事上也敬」，曰「貌思恭，事思敬」，曰「恭敬之心，禮也」，曰「恭敬者，幣之未將者也」。恭以在己言，敬以接物言，其義分明若此。古銘辭曰：「火滅修容，戒慎必恭，恭則壽。」〔四〕亦以修己言也。丹書曰：「敬勝怠者，吉；怠勝敬者，滅。」亦以敬事言也。管子亦曰「内静外敬，能反其性。」〔五〕皆與後來言敬不同。

竊意恭字從心，謂兩手奉持一心，蓋執持其心，如所謂拳拳服膺弗失也。心有執持，體自端莊，無有妄動，而静在其中矣。正與宋儒主一無適同義。但以恭言，覺端莊之中，不失温和；以敬言，則誠肅之中，不免嚴厲耳。濂溪、明道，孔、顏之徒也；伊川、朱子，孟子之徒也；横渠，顏、孟之間也。諸儒資質不同，學問所得，氣象亦異。學者各以所近求之，不必一塗。然學明道，可以服王荆公；學伊川，不免洛、蜀之黨。夫學問必有所主，孔子之教人曰「主忠信」，〔六〕忠信者，誠實無妄之謂。人能誠實無妄，尚何放心之患哉！孔子教子張以忠信篤敬，並言此聖門之全功也。

〔一〕孟子注疏卷一一下告子章句上：孟子曰：「仁人，心也；義人，路也。舍其路而弗由，放其心而不知求，哀哉！
注：不行仁義者，不由路，不求心者，也可哀憫哉！人有雞犬放則知，求之有放心，而不知求學問之道，無他求其放

心而已矣。」

〔二〕論語注疏卷一四憲問第一四：「子路問君子，子曰：修己以敬。」

〔三〕論語精義卷二下里仁第四：又曰：「敬以直内，義以方外，敬義立而德不孤。」

〔四〕大戴禮記卷六：帶之銘曰：「火滅修容，戒慎必恭，恭則壽。雖夜解息，其容不可以苟帶，於寢先釋，故因言之也。」

〔五〕管子卷一六内業第四九：「去憂莫若樂，節樂莫若禮，守禮莫若敬，守敬莫若靜，内靜外敬，能反其性。」

〔六〕論語注疏卷一學而第一：「主忠信，無友不如己者，過者勿憚改。」

察木多跳神

二十七日，察木多山上，大詔跳神，倉儲巴請往觀宴，卻之。使人往視，云大詔内，刺麻數百，分行列坐於地誦經。廟外設場，刺麻二十四人，執五色旗，分立四方，二十四人各執鼓一面，分立東西而擊之。上坐刺麻三人，皆鳴大鈸。場中設銅鑪二，熱檀香。刺麻四人，二持大瓶，貯茶水，二持盤，盛青稞麵，覆之以錦。下立刺麻十五人，戴面具，或如神鬼，或如羊鹿，頭角詭異，身以彩畫洋布衣裙，手執器械。其外層又立刺麻十五人，不面具，戴高冠，頂上刻一小鬼頭，半其身，兩手上托如擎物狀。身著青綢大袍，闊其袖，肩披彩繪，如朝衣之披肩狀。前後綴長彩繐四，手執拂塵，地畫各人所立方位。聽鼓鈸之聲，則面具者舉器械，鬼頭冠者揚袖舉拂，應節迴旋而舞，但不歌耳。舞有數成，畢，則執瓶盤者，至舞者前，各出一小杯受茶及青稞麵，隨執瓶盤者下至山足河邊，設一假人皮，身手足皆具，伏於側岸，散其茶、麵而返。場之四角，各立刺麻一人，執鐵棒，謂之格死鬼，以鎮壓游觀者。是日，蕃人男婦雜集如堵墻云。余謂此即藏中刺麻爲蕃戲，以悦神人之意，在中國則村巫之陋耳。然夷人以爲誠信，不易其俗，雖佛教亦然。

歲暮雜詠詩

十二月初一日，與成之飲酒且醉，得七言五首，〔一〕云：「濁酒盈卮莫縱狂，漢書誰與醉滄浪。效顰幸免依梁竇，束髮先曾薄孔張。慘澹風雲空騁轡，徘徊歧路惜亡羊。多情一片天山月，照我殷勤似故鄉。」「巫峽丹楓思渺茫，不須玉露歎凋傷。九天鳴鶴曾垂地，六月飛蚊尚隱廊。鐵索縱横通佛國，金輪歷碌轉山王。破車殺馬從軍誓，林下誰知憂更長。」「老去方知世事艱，側身千古孰躋攀。木灰鹽莢思商筦，橇樺簞瓢訝禹顔。黄鵠漫尋天地闊，青松久謝水雲閒。少陵絶塞愁豺虎，落日孤城且閉關。」「青山何處覓埋憂，白髮蕭稍倦倚樓。星近不知霄漢迴，身危始覺海漚浮。碑尋邏些餘長慶，江問金沙更上游。聞道瑶池能宴飲，飄然還欲小神州。」「愛古誰能不薄今，古山今海自高深。功名已付闔棺論，著作常

懷覆瓿心。茶弼沙城喧鼓角，晏陀蠻水變鉛金。西來便到天盡處，枉事成連學撫琴。」〔二〕

〔一〕後湘續集卷四歲暮雜詠。此七言五首原文混而爲一，今按歲暮雜詠析分。

〔二〕後湘續集卷四歲暮雜詠：「茶弼沙國在極西，日落海中，聲過雷霆，城上每以千人鳴鼓吹角，亂其聲，否則人多震死。晏陀蠻國有井水，銅鉛錫鐵拭之，皆變黄金。」

察木多貪狡

察木多駐遊擊一員，守備一員，千、把總各一，統領江卡、乍雅、察木多、碩板多十三汛。糧務知縣一員，形勢可謂重矣。察木多夷情，雖不似乍雅桀驁，而貪狡過之。戍兵漢人雇用蕃婦者，歲飲河水。每歲終，剌麻皆使人索取水錢，他可知矣。

偶成二絶句

初六日，偶成二絶，云：「唐宋元明各有人，詩成不解若爲隣。欲尋羣怨興觀旨，袨服紅妝漫鬬新。」「歌行律句總心聲，風月江山别有情。底事樓頭翻水調，湘娥一夕淚縱横。」〔一〕

〔一〕後湘續集卷四偶成。

慰丁别駕詩

資斧久竭，貸於西賈，艱甚！延望省批不至，成之有憂色，詩以慰之。〔一〕云：「萬里乘槎欲到天，星霜迴首易經年。大官自惜封樁庫，異域難求公使錢。未必張騫留漢渚，還如夸父飲長川。人生逆旅尋常事，猶勝穹廬啖雪氈。」

〔一〕後湘續集卷四：余與丁成之資斧罄已三月，貸於茶賈，艱甚。延望省批不至，成之有憂色，詩以慰之。

蕃酒鴉頭

宜城〔一〕酒有九醞，古人謂之酘酒，以爲佳釀。酘字，田侯切，讀如豆。今時久不聞有此酒矣。蜀酒以大麴爲善，亦麥酒也，其去西北高粱之味頗遠。打箭鑪以西，並大麴不可得，蕃人以青稞爲之，甫釀微酸，即云成熟，蕃謂之冲，多飲亦能醉人。余令作酒者重釀之，稍可飲。戲爲詩〔二〕曰：「曾聞九醞自宜城，留得微酸亦有情。絶域逢人休道惡，須知薄醉勝清明。」東坡詩「惡酒如惡人」，〔三〕意彼時惡人猶可避耳，若處今日之地，尚能別其佳惡哉！蕃女多無夫，父母不問，聽自爲生，與妓無異。不知妝飾，但櫛髮洗面耳。察木多賣酒之家數十户，皆有蕃女，名之曰「沖房」。沖讀如銃。戍兵剌麻雜遝其中，歌飲爲樂。日釀青稞酒四五百桶。蕃人稱婦，無少長，皆曰「鴉頭」，蓋漢人教之也。爲一絶〔四〕云：「鴉頭三十曳氍毹，解唱夷歌不見夫。佛子健兒同一醉，不知何似舞巴渝。」〔五〕

〔一〕哈佛燕京圖書館藏本、中復堂全集本（同治六年本）、西藏學漢文文獻彙刻本皆作「宜城」。筆記小説大觀本、叢書集成三編本、古今遊記叢鈔、小方壺輿地叢鈔皆作「宣城」。李肇唐國史補卷下載「宜城之九醖」。元人宋伯仁酒小史載「宜城九醖酒」。今從哈佛等本所載。

〔二〕後湘續集卷四：「宜城酒有九醖者，古人謂之酘酒，以爲佳釀，今時久未聞矣。蜀酒以大麴爲上，清酒也，去西北高粱遠甚。打箭鑪以西，大麴也不可得，蕃酒以青稞爲之，甫釀微酸即云成熟，名之曰沖，酷嗜之，多飲亦能醉人。余久寓察木多，令造酒者三釀之，稍可飲。東坡云惡酒如惡人，彼時惡人猶可避耳，若處今日，尚能辨其佳惡哉，戲紀以詩。」

〔三〕東坡全集卷六金山寺與柳子玉飲，大醉，臥寶覺禪榻，夜分方醒，書其壁：「惡酒如惡人，相攻劇刀箭。頽然一榻上，勝之以不戰。詩翁氣雄拔，禪老語輕軟。我醉都不知，但覺紅綠眩。醒時江月墮，摵摵風響變。惟有一龕燈，二豪俱不見。」

〔四〕後湘續集卷四：「蕃女多無夫，其父母不問，聽自爲生，與妓無異。不知妝飾，衣氍毹，櫛髮洗面而已。察木多酒家數十，皆以蕃女當鑪，謂之沖房。沖讀如銃。戍兵剌麻雜遝歌飲其中，穢陋可憫。女無少長，皆曰鴉頭，似漢人之教也。」

〔五〕哈佛燕京圖書館藏本、中復堂全集本(同治六年本)、筆記小説大觀本、叢書集成三編本、西藏學漢文文獻彙刻本等皆爲「舞巴渝」,後湘續集卷四鴉頭詩爲「聽巴渝」。

夜坐詩

初六日,夜坐有作,〔一〕云:「男兒富貴劇堪憐,第近城南尺五天。受縛名王羞伍噲,失官故相敬迎賢。成都有桑八百樹,地下(更)[空]將〔二〕十萬錢。斥鷃鯤鵬莫相笑,御風列子亦泠然。」「入宫見妬〔三〕爲蛾眉,作客還聞叫子規。世事何嘗異今古,解人或許共懽悲。棲身遼海原無計,賣卜成都未是癡。天漢懸名辭不得,怪君終日下簾帷。」

〔一〕後湘續集卷四夜坐。原文不分,混而爲一,今據後湘續集卷四夜坐詩析分爲二。

〔二〕哈佛燕京圖書館藏本爲「更將」,中復堂全集本(同治六年本)、筆記小説大觀本、叢書集成三編本、西藏學漢文文獻彙刻本皆爲「空將」。後湘詩集卷四夜坐詩爲「地下空將十萬錢」,故改「更將」爲「空將」。

〔三〕哈佛燕京圖書館藏本、中復堂全集本(同治六年本)、筆記小説大觀本、叢書集成三編本、西藏學漢文文獻彙刻本等皆爲「妬」,後湘續集卷四夜坐詩爲「入宫見嫉爲蛾眉」。

月令節氣

蜀人李調元著月令氣候圖，引明人張鼎思云：「今甲午正月一日雨水，二月二日春分，三月三日穀雨，四月四日小滿，五月五日夏至，六月六日大暑，七月七日處暑，八月八日秋分，九月九日霜降，十月十日小雪，十一月十一日冬至，十二月十二日大寒。」〔一〕節氣之改，月與日符。考癸辛雜(著)〔識〕：「元至元甲午，正月一日立春，歷至十二月十二日小寒。自元至今，蓋四百年而再遇云。」〔二〕

瑩按：「張氏所云今甲午者，明神宗萬曆二十二年也。自元世祖至元三十一年甲午至是計之，裁三百年耳，言四百年者誤也。至元甲午年十二月節，各如其日之數。萬曆甲午年，則十二中氣月日各如其數。夫曆法推氣盈朔虚而置閏，故有大、小建之異，節與中氣，安得十二月皆與日符？不知當時之大、小建如何，乃十二月皆遞推一日也。元世祖至元十七年庚辰，頒行郭守敬授時曆，推算甚精，至甲午歲甫十餘年，斷不有悮。即萬曆中西洋曆、回回曆及中法并用，講求備至，更益精密。乃三百年而節氣日月符合如此，七政運行之嬴縮，誠有不可妄測者哉！」

本朝雍正十二年甲寅，正月一日戊寅，卯時立春，小建。二月二日戊申，丑時驚蟄，大建。三月二日戊寅，辰時清明，小建。四月四日己酉，寅時立夏，大建。五月五日庚辰，巳時芒種。六月以下不符。乾隆十八年癸酉，正月一日立春，大建。二月以後不符。三十七年壬辰，正月一日立春，小建。二月二日驚蟄，大建。三月以下不符。嘉慶十五年庚午，正月一日立春，小建。二月二日清明，小建。四月四日立夏，大建。五月五日芒種，大建。六月以下不符。道光九年己丑，正月一日立春，小建。二月二日驚蟄，大建。三月二日清明，小建。四月四日立夏，大建。五月五日芒種。六月以下不符。九十六年，而五見元日立春，則歲朝春猶爲常事矣。

〔一〕引自童山集文集卷一一月令氣候圖說。
〔二〕引自童山集文集卷一一月令氣候圖說。癸辛雜識續集卷下至元甲午節氣之巧三十一年：「正月初一日壬午立春。」「十二月十二日丁亥小寒。」

七政亂行

或問：「古人皆以七政亂行，占國之殃咎。自西法入中國，而推步家以爲七政自有行度，無關人事，則占驗家之説，遂可廢歟？」曰：「胡可廢也。試以譬言之，國有王公卿士，所以布政於四方者也。政有常經，布行有序，則四方受其福矣。王公卿士，或失其道，起居無節，號令不以其時，謂四方之民，安乎？否乎？王公卿士皆七政精氣之所主，故治亂禎祥，常相感應。或人事失修，則七政示變；或七政順軌，亦人事休和，數也而理存焉，烏可委諸度數，而不知所敬畏乎？西人不知道理，惟自矜其術，吾儒當明天道以教也，奈何反爲所惑耶？」

回教源流

西印度之阿丹國，唐以前名條支，唐以後爲波斯、阿丹、天方、默德那等國。新唐書曰：「波斯，居達遏水西，距京師萬五千里而羸，東與吐火羅、康國接，〔一〕北隣突厥可薩部，西南皆瀕海，西北羸四千里，接佛菻界。其先波斯匿王，大月（氏）［氏］〔二〕（王）别裔，因以姓爲號。〔三〕治二城，有大城十餘。祠天、地、日、月、水。〔四〕祠夕，以麝揉蘇，澤耏顔鼻耳。西域諸胡受其法，以祠祆。拜必交股。俗跣蹤，丈夫祝髮，衣不割襟，〔五〕青白爲巾帔，緣以錦。婦編髮著後。」「隋末，西突厥葉護可汗討殘其國，其孫奔拂菻，〔六〕國人迎立之。」「貞觀十二年，遣使朝貢，其王爲大酋所逐，奔吐火羅，半道，大食擊殺之。吐火羅以兵納其子。〔七〕龍朔初，天子方遣使者到西域，分置州縣，以疾陵城爲波斯都督府。俄爲大食所滅，不能國，西部獨存。」〔八〕

〔一〕新唐書卷二二一下西域下波斯：「東與吐火羅、康接」。

〔二〕哈佛燕京圖書館藏本、中復堂全集本（同治六年本）、筆記小説大觀本、叢書集成三編本皆爲「大月氐」。今據新唐書卷二二一下西域下波斯載「大月氏別裔」，故改「氐」爲「氏」。姚文衍「王」。

〔三〕新唐書卷二二一下西域下波斯：「王因以姓，又爲國號。」

〔四〕新唐書卷二二一下西域下波斯：「俗尊右下左，祠天地日月水火。」

〔五〕新唐書卷二二一下西域下波斯：「衣不剖襟。」

〔六〕新唐書卷二二一下西域下波斯：「殺王庫薩和，其子施利立，葉護使都部帥監統。施利死，遂不肯臣。立庫薩和女爲王，突厥又殺之。施利之子單羯方奔拂菻。」

〔七〕新唐書卷二二一下西域下波斯：「貞觀十二年，遣使者沒似半朝貢，又獻活褥蛇，狀類鼠，色正青，長九寸，能捕穴鼠。伊嗣俟不君，爲大酋所逐，奔吐火羅，半道，大食擊殺之。子卑路斯入吐火羅以免。遣使者告難，高宗以遠不可師，謝遣，會大食解而去，吐火羅以兵納之。」

〔八〕新唐書卷二二一下西域下波斯：「龍朔初，又訴爲大食所侵，是時天子方遣使者到西域分置州縣，以疾陵城爲波斯都督府，即拜卑路斯爲都督。俄爲大食所滅，雖不能國，咸亨中猶入朝，授右武衛將軍，死。始，其子泥涅師爲質，調露元年，詔裴行儉將兵護還，將復王其國，以道遠，至安西碎葉，行儉還，泥涅師因客吐火羅二十年，部落益離散。景龍初，復來朝，授左威衛將軍。病死，西部獨存。」

明史曰：「天方，古筠冲地，一名天堂，又曰默伽。水道自忽魯謨斯四十日始至，自古里西南行，三月始至。其貢使多從陸道入嘉峪關。」「嘉靖十一年，遣使來貢，稱王者至(二)[三]十七人。」〔一〕「天方於西域爲大國。〔二〕人皆頎碩。男子削髮，以布纏之。婦女則編髮蓋頭，不露其面。相傳回回教之祖曰馬哈麻，即謨罕驀德。首於此地行教，死即葬焉。墓頂常有光，日夜不熄。後人遵其教，久而不衰，故人皆向善。國無苛擾，亦無刑罰，上下安和，寇賊不作，西土稱爲樂國。瑩按：此夸詞也。俗禁酒。有禮拜寺，月初生，其王及臣民咸拜天，號呼稱揚以爲禮。寺分四方，每方九十間，共三百六十間，皆白玉爲柱，黄甘玉爲地。其堂以五色石砌成，四方平頂。内用沈香大木爲梁凡五丈，以黄金爲閣，〔三〕堂、垣、墉〔四〕悉以薔薇露、龍涎香和土爲之。守門以二黑獅。」鄭和使西洋時，傳其風物如此。又曰：「默〔那德〕〔德那〕，〔五〕回回祖國也，地近天方。宣德時，其酋長遣使偕天方使臣來貢，後不復至。相傳，其初國王謨罕驀德生而神靈，盡臣服西域諸國，諸國尊爲別諳拔爾，猶言天使也。國中有經三十本，凡三千六百餘段。其書旁行，兼篆、草、楷三體，西洋諸國皆用之。其教以事天爲祖，而無像設。每日向西虔拜。」「隋開皇中，其國撒哈八撒阿的幹葛思始傳其教入中國。迄元〔氏〕〔世〕，〔六〕其人偏於四方，皆守教不替。」「不食豬肉，嘗以白布蒙頭。」又曰：「阿丹國，在古里之西，順風二十二晝夜可至。永樂十四年，遣使表貢方物。」〔七〕「地膏腴，饒粟〔木〕〔麥〕。〔八〕人性强悍，有馬步鋭卒七八千人，鄰邦畏之。王及國人悉奉回回教。」

〔一〕哈佛燕京圖書館藏本、中復堂全集本（同治六年本）、筆記小説大觀本、叢書集成三編本皆載爲「二十七人」。據明史卷三三二西域四天方：「遣使偕土魯番、撒馬兒罕、哈密諸國來貢，稱王者至三十七人。」故改「二」爲「三」。

〔二〕明史卷三三二西域四天方：「天方於西域爲大國，四季常似夏，無雨雹霜雪，惟露最濃，草木皆資之長養。土沃，饒粟、麥、黑黍。」

〔三〕哈佛燕京圖書館藏本、中復堂全集本（同治六年本）爲「以黃金爲閣」。筆記小説大觀本、叢書集成三編本爲「以横金爲閣」。明史卷三三二西域四天方：「内用沈香大木爲梁凡五，又以黃金爲閣。」故從哈佛本。

〔四〕明史卷三三二西域四天方：「堂中垣墉。」

〔五〕哈佛燕京圖書館藏本、中復堂全集本（同治六年本）、筆記小説大觀本、叢書集成三編本皆爲「默那德」，明史卷三三二西域四默德那，故改「默那德」爲「默德那」。

〔六〕哈佛燕京圖書館藏本、中復堂全集本（同治六年本）、筆記小説大觀本、叢書集成三編本皆爲「迄元氏」，據明史卷三三二西域四默德那所載「迄元世」，故改「氏」爲「世」。

〔七〕明史卷三三二西域四天方：「遣使奉表貢方物。」

〔八〕哈佛燕京圖書館藏本、中復堂全集本（同治六年本）、筆記小説大觀本、叢書集成三編本皆爲「饒粟木」，據明史卷三二六外國七阿丹所載「饒粟麥」，故改「木」爲「麥」。

杭世駿景教續考曰：西域三教，曰大秦，曰回回，曰末尼。大秦則范蔚宗已立傳，〔一〕末尼因回回以入中國，獨回回之教，種派蕃衍。〔二〕

回回之先，即默那德國，國王穆罕默德生而靈異。天方古史稱：阿丹奉真宰明諭，定分定制，傳及後世。千載後，洪水泛濫。有大聖努海，受命治世，使其徒衆四方治水，因有人焉。此去阿丹降世之初，蓋二千餘歲。後世習清真教者，乃更衍其説，曰阿丹傳施師，師傳努海，海傳易卜欣，欣傳易司馬儀，儀傳母撒，撒傳達五德，德傳爾撒，爾撒不得其傳。六百年而後，穆罕默德生，命曰哈聽，猶言封印云。具見天方古史。

又言：國中有佛經三十藏，自阿丹至爾撒，凡得百十有四部，如討剌特，降與母撒之經名。則逋爾，降與達五德之經名。引支納，降與爾撒之經名。皆經之最大者。自穆罕默德按經六千六百六十六章，名曰甫爾加尼。此外，爲今清真寺所誦習者，又有古爾阿尼之寶命真經，特福西爾噶最之噶最真經，特福西爾咱吸堤之咱希德真經，特福西爾白索義之大觀真經，密邇索德之道行推原經，勒瓦一合之昭微經，特卜綏爾之大觀經，侏僑昧任，不可窮詰。而其隸在四譯館者，回回特爲八國之首，問之，則云：書兼篆、楷、草，西洋若土魯蕃、天方、撒馬爾罕、占城、日本、真臘、爪哇、滿剌加諸國，皆用之。今考其教之入中國者，自隋開皇中，國人撒哈八撒阿的幹思葛始，故明初用回回曆，其法亦起自開皇。至唐元和初，回紇再朝獻，始以摩尼至，其法，日晏食，飲水茹葷，屏湩酪。二年正月庚子，請於河南府、太原府置摩尼寺，許之。明洪武時，大將入燕都，得祕藏之書數十百册，稱乾方先聖之事書。中國無解其文者，太祖敕翰林編修馬沙亦黑、馬哈麻譯之，而回回之教，遂盤亙於中土而不可復遺矣。至於天方，則古筠冲地，亦名天堂，本與回回爲鄰，明宣德間始入貢，而今之清真、禮拜寺，遂合而一之。念禮、齋拜、朝五之類，月無虛夕，異言奇服，招摇過市，恬不爲怪，亦可謂不齒之民矣。右見道古堂文集。〔二〕

〔一〕范曄後漢書（四庫版）卷一一八西域傳與後漢書（中華書局版）卷八八西域傳均有「大秦」。

〔二〕道古堂文集卷二五景教續考：「獨回回之教，種族蔓衍，士大夫且有慕而從之者。其在唐時，史固稱其創邸第佛祠，或伏甲其間，數出中渭橋，與軍人格鬭，奪含光門魚契走城外。而摩尼至京師，歲往來西市，商賈頗與囊橐爲姦。李文饒亦稱其挾邪作蠱，浸淫宇內，則其可絕者，匪特非我族類而已，作景教續考。」

〔三〕道古堂文集卷二五景教續考。姚文引用，畧有改動。

西域圖志曰：「回人尊敬造化之主，以拜天爲禮，每城設禮拜寺。始生教主曰天主也，天主再世，號曰派噶木巴爾。〔一〕每日對之誦回經五次。〔二〕拜畢，則宣贊其義，畧云至尊至大，〔三〕起無初，了無盡，無極無象，無比無倫，無形無影，大造化天地主兒，凡有職之人，與夫誠心守教法者，莫不如是。每七日赴禮拜寺誦經一次，務集四人合誦，不論貴賤貧富皆然。回人通經典者曰阿渾，爲人誦經以禳災迎福。」又「回國前有得道者，如哈帕體和卓、布楚爾哈爾和卓輩，共有七人，每月四次，衆人餽送阿渾，向七和卓像禮拜誦經」。

西域聞見録曰：「回地始立教者，曰嗎哈木竒，回人稱之曰馬魯克、大也。牌罕帕爾。聖賢也。謂去今時乾隆三十七年，凡一千一百七十餘年。所傳經一卷，曰闊爾罕，凡三十篇。經内皆教人敬天、積福、行善。禁服紅赤，謂招兵劫之患。男服白，女服黑，謂火勝金，水尅火也。」

〔一〕欽定皇輿西域圖志卷三九風俗回部：「始生教主，曰派噶木巴爾。」

〔二〕欽定皇輿西域圖志卷三九風俗回部：「初次寅時，二次未時，三次申時，四次酉時，五次戌時。」

〔三〕欽定皇輿西域圖志卷三九風俗回部：「畧曰至尊至大。」

西域葉爾羌外諸國二條

七椿園謂：「西域一大國，曰塞克，在敖罕西，絕非回子種類。稱其王曰汗，部落數百處。」〔一〕「城池巨麗，人民殷富，居室寬廠整潔。人家院落中，各立木竿，向之禮拜。冬、夏和平，風俗坦白。」〔二〕「去葉爾羌二萬餘里，西北與俄羅斯薩穆接壤，或曰與阿喇克等國犬牙相錯，大抵世俗所傳之大西洋也。」〔三〕

〔一〕西域聞見録卷三外藩紀畧上：「部落數百處，各有統轄之人，然皆其汗之阿拉巴圖。事權歸一，無跋扈叛弒之事。」

〔二〕西域聞見録卷三外藩紀畧上：「冬、夏和平，風俗坦白。尚宴會，喜歌舞，以豬肉爲上饌，野牲爲常食。人多力善射，發必命中。佩標槍五枝，長四五尺，取物於百步之外，與敖罕稱勍敵也。」

〔三〕西域聞見録卷三外藩紀畧上：椿園氏曰：「塞克，西域最遠之國，去葉爾羌二萬餘里，西北與控噶爾薩穆接壤，或曰與阿喇克等國犬牙相錯。大抵皆世俗所傳之大西洋也。然而塞克之邦，風樸民醇，人無欺詐，尚氣節，敦廉恥，不得以其荒遠而鄙夷之也。」

魏默深曰：「既云接敖罕西，則去葉爾羌，不過二三千里，即至俄羅斯界，亦不過五千餘里。松筠奏疏：『敖罕西有布哈爾大國，統屬百餘城，介鄂羅斯、敖罕之間，不應更有他國也。』阿喇克即哈薩克之音轉，塞克即薩克之音轉，蓋布哈爾即西哈薩克國。哈薩克有四大部：左哈薩克，其東部；右哈薩克；塔什干，其中部；布哈爾，其西部也。此三部外，尚有北哈薩克，偪近鄂羅斯，不通中國，疑即此所謂阿喇克者歟？左、右二部爲古康居，西、北二部爲古大夏，而分有大宛西境。明時爲賽馬爾罕地，自明末賽馬爾罕分裂，敖罕得其十之三，布哈爾得其十之七。近日布哈爾又滅敖罕而有之，則兼并大宛、大夏之域矣。」〔一〕

瑩按：明史賽馬爾罕，〔二〕即漢罽賓地，隋曰漕國，唐復名罽賓。〔三〕元太祖蕩平西域，盡王諸王駙馬，〔四〕易前代國名以蒙古語，始有撒馬爾罕之名。去嘉峪關九千六百里。元末爲之王者，駙馬帖木兒也。「洪武二十年，首遣回回滿剌哈非思等來朝。」〔五〕默深按：明史「撒馬爾罕，即漢罽賓地」，此語沿王圻續文獻通考〔六〕之謬。賽馬爾罕沿約林河，今在敖罕西北，塔什干西南，則是古大宛、大夏地。敖罕、布哈爾，皆元撒馬爾罕所轄之地，與罽賓無涉。

〔一〕引自海國圖志卷三一西南洋北印度西北鄰部附録。姚文引用，畧有不同。
〔二〕明史卷三三二西域四撒馬兒罕：「撒馬兒罕。」
〔三〕明史卷三三二西域四撒馬兒罕：「唐復名罽賓，皆通中國。」
〔四〕明史卷三三二西域四撒馬兒罕：「盡以諸王、駙馬爲之君長。」

〔五〕明史卷三三二西域四撒馬兒罕：「洪武二十年九月，帖木兒首遣回回滿剌哈非思等來朝，貢馬十五，駝二。」

〔六〕欽定續文獻通考卷二四八四裔考西域：「元太祖平西域，命易屬賓地名賽瑪爾罕。賽瑪爾罕即漢濟必地，隋曰漕國，唐復舊名，皆通中國。帝蕩平西域，盡以諸王、駙馬爲之君長，易前代國名以蒙古語，始有賽馬爾罕之名。去嘉峪關九千六百里。元末爲之王者，駙馬特穆爾也。」

葉爾羌外諸國，莫詳於西域水道記，較西域聞見録爲覈。今録之曰：

塞勒庫勒，在葉爾羌城西八百里，爲外蕃總會之區。達外蕃凡三道：自塞勒庫勒南十四日程，曰巴勒提。又東南一日程，至其屬邑，曰哈普倫。哈普倫南十六日程，曰土伯特，即藏地。〔一〕由巴勒提西南行二十九日程，〔二〕曰克什米爾，地出砑蠟紙。又西南四十三日程，曰痕都斯坦，善鏤玉。以上皆各自爲部，不相屬。自塞勒庫勒西五日程，曰黑斯圖濟。又西南三日程，曰乾竺特，歲貢金一兩五錢。又西四日程，曰博洛爾，其地南即巴勒提，曾貢劍、斧、匕首。乾竺特西北九日程，曰拔達克山，其汗素爾坦沙獻霍集占首，貢刀、斧、八駿。又北五日程，曰塔木干。又北三日程，曰差雅普。又西南三日程，曰渾渚斯。又西北三日程，曰塔爾罕，與噶斯呢爲鄰。自黑斯圖濟至塔爾罕，皆噶勒察種也。博洛爾西二十日程，曰愛烏罕，亦曰喀布爾。乾隆二十七年，其酋〔三〕愛哈默特沙攻痕都斯坦，殺其汗，〔四〕其子〔五〕逃竄，愛哈默特沙〔六〕取札納巴特城，以伯克守之，自居拉固爾城。又統兵〔七〕至固珠喇特，攻克什米爾，執其頭目〔八〕塞克專。二十八年，貢刀及四駿。其屬邑曰拉虎爾，距葉爾羌六十二日程。

〔一〕西域水道記卷一羅布淖爾所受水：「即藏地也。」

〔二〕西域水道記卷一羅布淖爾所受水：「巴勒提西南二十九日程。」

〔三〕西域水道記卷一羅布淖爾所受水：「其頭人。」

〔四〕西域水道記卷一羅布淖爾所受水：「殺其汗阿里雅木吉爾。」

〔五〕西域水道記卷一羅布淖爾所受水：「其子阿里雅科瓦爾。」

〔六〕西域水道記卷一羅布淖爾所受水：「愛哈默特沙立阿里雅木吉爾之孫。」

〔七〕西域水道記卷一羅布淖爾所受水：「又統衆。」

〔八〕西域水道記卷一羅布淖爾所受水：「頭人。」

自塞勒庫勒北三日程，曰滾。又西北二日程，曰斡罕。又西北二日程，曰差特拉勒。分二道：北一日程，曰羅善，西一日程，曰克什南。〔一〕乾隆中，有與葉爾羌阿奇木伯克鄂對爲仇，肆凶暴，名曰沙闢機者，即克什南〔二〕頭目也。又西北二日程，曰達爾瓦斯。自滾以下，亦噶勒察種。達爾瓦斯北，爲喀爾提錦部布魯特。羅善北，爲霍汗。〔三〕霍汗〔四〕城東南，距塞勒庫勒十日程，其屬城曰瑪爾噶浪，在東北一日程。曰安吉延，〔五〕在東北三日程。曰窩什，在東南八日程。曰納木干，在西南二日程。曰塔什罕，在西北四日程。曰科拉普，在西北五日程。曰霍占，在西南五日程。其大伯克自稱曰汗，居霍罕城。其塔什罕城，舊爲舍氏和卓與摩羅沙木什二人分治。舍氏和卓漸强，摩羅沙木什被其侵奪，訴與霍汗，〔六〕乞師，復還侵地。舍氏和卓又會西哈薩克，〔七〕攻殺摩羅沙木什二子額爾德呢，遂攻塔什罕。丕色勒來援，哈薩克後得之，終入霍罕。霍罕與回部分界處，有二嶺，曰噶布蘭，曰蘇提布拉克，額德格納部布魯特居之。嶺東爲回部，嶺西爲霍罕。西十五日程，〔八〕曰布哈爾，亦大國，東南距塞勒庫勒，三十二日程。〔九〕曰拜爾哈，在東北三日程。曰噶斯呢，在西南，十日程。曰坎達哈爾，在西南，二十日程。

瑩按：「此云霍罕，蓋即敖罕，又曰浩罕，自瑪爾噶浪至霍占等，即所稱敖罕八城也。逆回張格爾遺孽，所居即此地。或云張格爾婦，敖罕女也。遺孽未除，不可不留意焉，故詳記此。」

〔一〕西域水道記卷一羅布淖爾所受水：「曰什克南。」所附圖則爲「克什南」。

〔二〕西域水道記卷一羅布淖爾所受水：「即什克南。」所附圖則爲「克什南」。

〔三〕西域水道記卷一羅布淖爾所受水：「霍罕。」

〔四〕西域水道記卷一羅布淖爾所受水：「霍罕。」

〔五〕西域水道記卷一羅布淖爾所受水：「曰安集延。」

〔六〕西域水道記卷一羅布淖爾所受水：「訴與霍罕額爾德尼伯克。」

〔七〕西域水道記卷一羅布淖爾所受水：「舍氏和卓又會西哈薩克及霍濟雅特之丕色勒伯克。」

〔八〕西域水道記卷一羅布淖爾所受水：「霍罕西十五日程。」

〔九〕西域水道記卷一羅布淖爾所受水：「其屬城曰鄂勒推帕，在東七日程。曰濟雜克，在東三日程。」

一腔熱血須真

或謂：余一腔熱血，何必掬以示人？余謂：君血自未真熱耳！所謂熱血者，視天下國家之事，皆如己事，視人之休戚痛癢，如己之休戚痛癢，展轉於懷，不能自已，夫是之謂熱血，豈可輕易言之耶！試思三教聖賢，苦心苦口，著書垂訓，所爲何事？千古忠臣義士，剖心瀝血，又是爲何？世人只知自己身家名利，於他人是非得失，不甚關痛癢。又習見世俗輕儇巧薄，以爲此處世之道當然也。不但古聖賢忠義之所以存心爲人者，未嘗體會，即前輩誠樸忠信之風，亦所未見，故見有正直不時趨者，則詫而怪之矣！此事存乎其人，豈口舌所能喻哉！昔方靈皋先生見人，苦口言事。一巨公謂人曰：「靈皋學問人品，誠不可及，惟好强聒，常使人厭。」當時論者皆哂此公以爲失言。嗚呼！惟好强聒，此靈皋之所以爲靈皋也。

鄉原亦不易及

今有以鄉原稱人者，其人怫然曰：「奈何薄我？」曰：「鄉原未易及也。」萬章曰：「一鄉皆稱原人焉，無所往而不爲原人。」〔二〕孟子曰：「非之無舉也，(刺)〔刺〕之無(刺)

「刺」也，〔二〕同乎流俗，合乎污世，居之似忠信，行之似廉潔，衆皆悦之。」君自問「己能及此否？」其人曰「未也。」曰：「君所自以爲是者，不過曰『何以是嘐嘐也？』言不顧行，行不顧言，則曰言之人，『古之人，行何爲踽踽涼涼？生斯（是）〔世〕也，爲斯世也，善斯可矣。』〔三〕君子所見不過如此，其賢於世俗之汶汶者，不已多乎！然而非狂狷之志。」或曰：「吾所謂狂者，内省諸己，無欲於人；外視衆人，若沈若浮；内藏我知，不示人技；不合我者，冷之而已。」余曰：「此老子之似也，庶不失己矣。」荷蕢有言曰：「深則厲，淺則揭。」

〔一〕孟子注疏卷一四下盡心章句下：萬子曰：「一鄉皆稱原人焉，無所往而不爲原人。孔子以爲德之賊何哉。」注：萬子即萬章。」

〔二〕哈佛燕京圖書館藏本、中復堂全集本（同治六年本）作「刺」，筆記小説大觀本、叢書集成三編本載作「刺」。孟子注疏卷一四下盡心章句下：「刺之無刺也。」故據以改「刺」爲「刺」。

〔三〕孟子注疏卷一四下盡心章句下。

王卡蕃狡詐阻差

初八日，察木多統領得乍雅守備報云：十一月二十六日，有噶噶小蕃搶王卡小蕃帳房、牛馬，傷人。王卡蕃亦率衆搶，傷噶噶蕃。二比互相防守。王卡頭人言：「若有差使，烏拉難進。」

示竹虛詩

竹虛乘醉，以書述志，寓見規之意。爲詩謝之，云：「顔壽彭殤未可齊，漫漫長夜叫天鷄。蚤聞寧戚歌牛角，晚讀蒙莊廢馬蹄。一錯已知成鑄鐵，三緘真願學爲谿。寸陰苦惜今垂老，又現曇花到海西。」

醉馬草

蕃地有草頗肥，馬誤食之輒醉，名醉馬草。馬産蕃地者，皆避之不食，内地馬貪其肥，則昏然欲睡，不能動，食矣。余初至察木多，圉人不知，誤引馬於山上食之，馬醉，乃悟。古云西域有藤爲杯，可解酒病，名消酲杯。余訪之，今已無，惟有木名札木札鴉，以爲杯椀，可解飲食毒耳，然亦不易得。嘗見乍雅二呼圖有一椀，外裹以金，其貴重如此。圖識云：「藏中木椀有二種，一名札木札鴉，木色微黄，堅潤有細紋，能避毒。一名渾拉爾，木色微黄，花紋畧大，亦能避毒，其價俱昂。」

僧齊己詩

五代僧齊己，以詩投錢武肅王曰：「一瓶一鉢垂垂老，萬水千山得得來。」〔一〕錢王大賞之。「得得」究作何解？明時蜀人李實蜀語曰：「小兒學行狀曰『𨁊』，亦作『得』。」陸魯望曰：「非得得行，不可適其下。」〔二〕觀此，乃知此句之妙。

〔一〕此將貫休詩誤爲齊己詩。十國春秋卷四七前蜀一三僧貫休：「又獻詩，有云：『一瓶一鉢垂垂老，萬水千山得得來。』高祖大悅，呼爲得得和尚，留住東禪院，賜賚優渥，署號禪月大師。」唐詩紀事卷七五貫休：「姓姜氏，字德隱，婺州蘭溪人。錢鏐自稱吴越國王，休以詩投之曰：『貴逼身來不自由，幾年勤苦蹈林邱。滿堂花醉三千客，一劍霜寒十四州。萊子衣裳宮錦窄，謝公篇詠綺霞羞。他年名上凌煙閣，豈羨當時萬户侯。』鏐諭改爲四十州乃可相見。曰：『州亦難添，詩亦難改，然閑雲孤鶴，何天而不可飛？』遂入蜀，以詩投王建曰：『河北河南處處災，惟聞金蜀少塵埃。一瓶一鉢垂垂老，萬水千山得得來。秦苑幽栖多勝景，巴歈陳貢愧非才。自慙林藪龍鍾者，亦得親登郭隗臺。』建遇之甚厚。二年，召令誦近詩，時貴戚皆坐，休欲諷之，乃稱公子行云：『錦衣鮮華手擎鶻，閑行氣貌多輕忽。稼穡艱難總不知，五帝三皇是何物。』建稱善，貴倖皆怨之。休與齊己齊名，有西岳集十卷，吴融爲之序。卒死於蜀。」

〔二〕甫里集卷一七丁隱君歌並序：「隱君姓丁氏，字翰之，濟陽人也，名飛舉。讀老子莊周書，善養生，能鼓琴。居錢塘龍泓洞之左右，或曰憩館耳。別業在深山中，非得得行，不可適到其下。」

笮橋

蜀有笮橋，李實曰：「笮，音作。」松潘、茂州之地，江水險急，既不可舟，亦難施橋，於兩岸鑿石鼻，以索絙其中。往南者北繩稍高，往北者南繩稍高，手足循索處，皆有木筩，緣之護手易達。不但渡空人，且有縛行李於背而過者。前漢西域傳「度索尋橦之國」，後漢書「跋涉懸渡」。〔一〕唐獨孤及云：「復引一索，其名爲笮。人尋半空，渡彼絶壑」〔二〕是也。余按：「今江卡至藏間道亦有之，謂之溜筒。人馬貨物，皆縛於筩而懸渡焉。惟十月後，水結堅冰，人可由冰上行，馬與重物則仍懸渡也。」

〔一〕丹鉛餘録總録卷二度索尋橦：「西域傳有『度索尋橦之國』，後漢書『跋涉懸度』。注：溪谷不通，以繩索相引而度。」

〔二〕丹鉛餘録總録卷二度索尋橦：「唐獨孤及招北客辭笮，復引一索，其名爲笮。人尋半空，渡彼絶壑。」唐文粹卷三三上獨孤及招北客文：「下不見底，空聞波聲。過者矍然，亡魂喪精。復引一索，其名爲笮。人尋半空，渡彼絶壑。」

烏鬼

杜詩「家家養烏鬼」。〔一〕注家以爲鸕鷀也。李實蜀語曰：「蜀人好祀壇神，名主壇羅公，黑面，持斧吹角，設像於室西北隅，去地尺許，歲暮則割牲延巫，歌舞賽之。」攷炎徼紀聞曰：「羅羅本盧鹿，而訛爲羅羅。〔二〕有二種：居水西十二營、寧谷、馬場、（渭）〔漕〕溪者，〔三〕爲黑羅羅，曰烏蠻。〔四〕居慕役者，爲白羅羅，曰白蠻。俗尚鬼，故曰羅鬼。」〔五〕今市井及田舍祀之，縉紳家否。杜詩之烏鬼即此。余意恐未必爾。

〔一〕御定全唐詩卷二三一杜甫戲作俳諧體遣悶二首之一：「異俗吁可怪，斯人難並居。家家養烏鬼，頓頓食黃魚。舊識能爲態，新知已暗疎。治生且耕鑿，只有不關渠。」

〔二〕炎徼紀聞卷四蠻夷：「而訛爲今稱。」

〔三〕炎徼紀聞卷四蠻夷：「馬場、漕溪者。」

〔四〕炎徼紀聞卷四蠻夷：「亦曰烏蠻。」

〔五〕炎徼紀聞卷四蠻夷：「亦曰白蠻，風俗畧同，而黑者爲大姓。羅俗尚鬼，故又曰羅鬼。」

蘇文忠公留題月日

王象之蜀碑記〔一〕有蘇文忠公留題，注引成都志云：「極樂院有文忠公壁間留題，『至和丙申季春二十八日，眉陽蘇軾與弟蘇轍來觀盧楞伽』，筆迹今存。」〔二〕余按：今存者，王象之謂作記時也。丙申爲宋仁宗嘉祐元年，何以公稱「至和丙申」？至和建元二，惟甲午、乙未，無三年，蓋是年改元嘉祐。公題詩時，方在蜀中，未之知也。明年，歐陽文忠知貢舉，公與子由登第矣。

〔一〕即王象之輿地碑記目。

〔二〕引自輿地碑記目卷四成都府碑記。

成都觀政閣記

蜀碑記「成都有觀政閣記」，注：「秦漢至唐領太守、刺史、節度使之職，有功績可考者，〔一〕畫像得二十八人，別圖於他閣，而榜曰觀政。呂大防成都志云二十有八人，〔二〕李冰、文翁、王遵、張堪、第五倫、廉范、种暠、〔三〕李膺、高眹、〔四〕諸葛亮、王濟、〔五〕高儉、陸象先、蘇頲、嚴武、〔六〕翟寧、韋皋、高崇文、武元衡、段文昌、李德裕、楊嗣復、杜悰、〔七〕魏謩、牛叢、〔八〕夏侯孜、高駢、陳敬暄。」

余按：此記不著何人作，畫像二十八人中，頗不倫第取其有功績於蜀中耳，其人之賢否，自不具論，非比雲臺之選也。視李文饒重寫益州五長史真記〔九〕抑有間矣。

〔一〕輿地碑記目卷四成都府碑記：「有政績可考而畫像存焉。」

〔二〕輿地碑記目卷四成都府碑記：「畫像存焉二十有八人。」

〔三〕輿地碑記目卷四成都府碑記：「和暠。」

〔四〕輿地碑記目卷四成都府碑記：「高膚。」

〔五〕輿地碑記目卷四成都府碑記：「王濬。」

〔六〕輿地碑記目卷四成都府碑記：「嚴弋。」

〔七〕輿地碑記目卷四成都府碑記：「杜琮。」

〔八〕輿地碑記目卷四成都府碑記：「牛篆。」

〔九〕輿地碑記目卷四成都府碑記：「重寫前益州立長史真記，李文饒撰。昔益州草堂寺刊畫前長史十四人，代稱絕跡。余嘗於數公子孫之家獲見圖像，乃知草堂繪事靡不逼真者。余以精舍甚久，貌像將頹，乃選其功德尤盛者五人，摹於君之廳記。」

龐士元有子

蜀碑記云：涪州有「涪陵太守闕，書〔一〕『漢涪陵太守龐肱闕』。肱，即士元之子。〔二〕淳熙中，賢良任子宜，〔三〕舟過涪陵，於小民家見漢隸隱然，遂載以歸。碑在左綿任賢良家，至今猶存」。余按：蜀志本傳：「統子宏，字巨師，剛簡有臧否。輕傲尚書陳祗，〔四〕爲祗所抑，卒於涪陵。」太守肱即宏也，士元有賢子，不可不表出之。

〔一〕輿地碑記目卷四涪州碑記：「其上書云。」

〔二〕輿地碑記目卷四涪州碑記：「龐肱者即龐士元之子也，劉後主時，嘗爲涪陵太守。」

〔三〕輿地碑記目卷四涪州碑記：「賢良任子過宣。」

〔四〕三國志卷三七蜀書七龐統傳：「統子宏，字巨師，剛簡有臧否，輕傲尚書令陳祗。」

成事不説當觀何事

或謂：「已誤之事，不必再議，徒滋是非。」余曰：子言即孔子「成事不説」〔一〕之意也，然當分別言之。齊陳恒弑君，何與魯事！孔子何以沐浴請討？「季氏舞八佾」，〔二〕「三家以雍徹」，〔三〕事行已久，孔子何以一再非議之？季氏已旅泰山，孔子何以責冉有弗救？非皆成事之後乎？後世唐明皇初寵祿山，赦其罪，張九齡爭之，不聽。祿山反，明皇幸蜀，乃思其言，時九齡已歿，猶遣使祭其墓，唐室所以能中興也。宋高宗信用秦檜，殺岳飛，忠義之臣貶竄殆盡。檜死，乃復張浚、胡寅、張九成等二十九人官，岳贈王爵，皆當時言官追論之，南宋所以能偏安也。若執「成事不説」一言，是蘇味道之模稜，豈聖意乎？

〔一〕論語注疏卷三八佾第三：「因周用栗，便云使民戰栗。子聞之曰：成事不説。注：包曰：事已成，不可復解説。」

〔二〕春秋左傳注疏卷二：「傳五年……今隱公特立此婦人之廟，詳問衆仲，因明大典，故傳亦因言始用六佾，其後季氏舞八佾於庭，知惟在仲子，廟用六。」

〔三〕周禮集説卷四春官宗伯：「揚子曰：『節莫差於僭，僭莫僭於祭，典禮既廢，三家以雍徹，季氏旅泰山，孔子深病之，然後知先王所防，豈不爲至哉。』」

西域物産

打箭鑪至藏地，物産亦各有同異。曰青稞，曰牦牛，長毛野牛。曰山羊，曰酥油，曰圓眼，似蘿蔔而圓，蠻種也。曰白菜，鑪城産也。

曰麩金，曰葡萄根木椀，曰鳳眼菩薩提子，曰貝母，曰冬蟲夏草，出撥浪工山，本草不載，性温煖，補精益髓。曰山羊，曰牦牛，曰牛毯，曰酥油，曰青酥，曰大麥，曰圓眼，裏塘産也。

曰白葡萄，曰葡萄根木椀，曰石榴，曰天鼠，似貓，皮可爲裘。曰水銀，曰犛牛，曰青稞，曰豆，豌豆也。曰麥，曰黄蠟，曰蜂蜜，曰酥油，曰白菜，曰圓根，曰韭菜，曰桃，曰李，曰西瓜，味皆劣。曰牡丹，曰芍藥，巴塘産也。

曰松蕋石，曰梨乾，曰葡萄，曰核桃，曰犏牛，曰綿羊，曰青稞，乍雅産也。

曰秔稻，曰生薑，曰黄蓮，曰麝香，曰熊膽，曰波裏凹，曰牛毯，曰牦牛，曰山羊，曰青稞，曰大麥，曰圓眼，曰豌豆，曰核桃，曰松蕋石，察木多産也。

曰鐵，曰騾，曰馬，曰鹿，曰鷄，曰牦牛，曰綿羊，曰酥油，曰牛毯，類伍齊産也。

曰犛牛，曰山羊，曰青稞，曰青金石，洛隆宗産也。

曰青稞，曰莜麥，曰牛，曰羊，曰酥油，碩般多産也。

曰麩金，曰銀礦，曰梨乾，曰核桃，曰馬，曰騾，曰牦牛，曰青稞，曰酥油，達隆宗産也。

曰犏牛，曰綿羊，拉里産也。

曰青稞，曰毛氈，曰青精石，曰大面氆氌，曰秔稻，曰大面偏單，曰大面羊毯，曰白菜，曰笋，曰竹片弓，曰竹箭桿，曰騾，曰大頭狗，工布江達産也。

曰秔稻，沼中畜水爲圩，多種之，其耕耨亦如中土，但牛具微小，有五頭作一具者。曰青稞，曰蠶豆，曰小麥，曰豌豆，曰菜子，曰黄豆，曰緑豆，曰四季豆，曰葱，曰蒜，曰蒝荽，曰白菜，曰莧菜，曰菠菜，曰萵苣，曰蘿蔔，曰圓根，曰藏核桃，曰藏杏，曰藏棗，曰鹽，後藏之札野克登察噶産鹽，多係於沙土中刨出，蕃民每資以易食物諸物。曰藏香，有紫黄二種，真者焚時，烟凌霄漢，蓋似珍寶屑成之。黑白香，白香亦名吉吉香，黑香亦名唵叭香。曰藏藺，曰藏䌷，曰氆氇，曰裁絨，曰細氈，即緞氇，天竺貴布也，見湟盤經。曰毪子，曰花䌷，曰花布，曰藏紅花，曰青金石，曰松蕋石，曰瑪瑙，曰琥珀，曰蜜蠟，曰珊瑚，曰硨磲，曰硇砂，曰阿魏，曰黄蓮，曰胡蓮，曰茜草，曰紫草茸，曰石青，曰桂皮，曰阿梨勒，諸書未詳，疑即梨也。曰木椀，其種有二，説已見前。曰馬，曰騾，曰驢，曰犏牛，曰犂牛，曰黄牛，曰羚羊，曰牦牛，曰青羊，曰綿羊，曰豬，頗小，至大不過五十觔。曰鷄，曰黄鴨，曰白鵰，曰蒼鷹，曰鴆，曰兔，曰狐，曰天鵞，曰細鱗魚，曰牡丹，曰西天花，即虞美人。曰剪碎絨，曰蜀葵，曰金盞，曰米囊花，曰芍藥，曰山丹，有紅白二色。曰賽蘭香，曰藏菊花，有紅黄二色。曰松，曰柏，曰白楊，曰來禽，西藏産也。

以上所記，余據衛藏圖識以較通志，大畧相同。惟志云：「藏中又有硼砂、馬品木，達賴池旁出者最佳，有紫黑二色。豌豆作莞豆，莜麥作蕎麥。」藏中又有金、銀、銅、錫、鉛，又有豋豆云，俱見舊唐書吐蕃傳。〔一〕又有藏紙，搗栢皮爲之，長徑丈，寬約二尺，質堅色白。此紙余及見之，乍雅兩呼圖克圖所具夷禀，皆此紙也。與英吉利夷紙同，特不及高麗之細緻光潔耳。藏中復有紫檀、梅花，圖識皆無。以余所見，巴塘有米囊花，甚多，與察木多皆有鷄、有魚。乍雅之昂地，出雪裏蓮花，有紅白二色，云可治血症。空子頂有黑木耳，甚肥脆，勝内地。察木多之包磝山中有白鷄，似雉，能飛而無尾，名馬鷄，即西藏賦所云「雪鷄大如鵞也」。又有小竹鷄如班鳩，雜色二種，味與雉鳩無異。兔狐頗多，亦有猞猁、水獺，則云來自藏中也。並記於此，以補諸書所未及。

〔一〕舊唐書卷一九六上吐蕃傳上：「其地氣候大寒，不生秔稻，有青稞麥、䜶豆、小麥、喬麥。畜多犛牛豬犬羊馬。又有天鼠，狀如雀鼠，其大如貓，皮可爲裘。又多金銀銅錫。」

西藏雙忠

喇薩有雙忠祠，祀傅公清及拉公布敦。乾隆十五年，傅公以都統與左都御史拉公駐藏。時朱爾墨特那木札爾，襲其父頗羅鼐郡王爵，不法。公裁抑之，遂有異志。公密以聞，上慮公孤懸絶域，不欲輕舉，命都統班第代拉公。未至，那木札爾反謀益亟，駐藏大臣一舉動，皆偵察之，禁郵遞，不得通，將盡誅異己者，潛結準噶爾爲外援。公知事發必死，與拉公密謀。十月十三日，稱有旨議事，使其黨羅卜藏達什召那木札爾。那木札爾以公勢孤，不之疑。二公登樓以待，止其衆於樓下，隨者僅四五人。公見之如平時，引入卧室，闔門親掣刀砍之，而僕從者復棓擊其首，立斃。羅卜藏達什在外聞格鬭聲，知變，抉牕跳走，告其壻第巴喇布坦。以賊衆至，焚樓，公手辦數賊，身被三傷，自到而死，拉公亦被創死。班公及四川總督策楞至，賊黨悉就捡誅。蓋渠魁已戮，無能爲也。事聞，詔書褒嘉，與拉公俱贈一等伯，入賢良、昭忠二祠。復命建雙忠祠，遣大臣致祭，子孫以一等子世襲。大學士福公康安，傅公姪也，五十六年至藏，新其祠而爲之碑。〔一〕

〔一〕衛藏通志卷六寺廟：雙忠祠，在龍岡，爲傅、拉二公建。乾隆十五年，朱爾墨特那木札爾謀逆，二公計誅之，爲其黨所害。乾隆五十八年，大將軍公福康安征剿廓爾喀班師回藏，爲之撰文勒石。其辭曰：雙忠祠在前藏大昭東北，向爲駐藏大臣行署，朱爾墨特那木札爾之難，駐藏大臣傅公、拉公死焉，署亦毁於火。番民感二公之忠烈，因其舊址，請立祠肖像以祀，蓋以二公大有造於衛藏也。傅公諱清，爲康安世父。乾隆十五年，公以都統奉命駐藏，左都御史拉布敦副之。時朱爾墨特那木札爾襲其父頗羅鼐郡王封，專藏事，多不法，公裁抑之，横如故。公廉其叛逆有迹，密疏請便宜從事，以絶後患。奏入，上以公孤懸絶域，未可輕舉，命都統班第代拉公，將明正其罪，以申國法。旨未至，反謀益亟，廣布私人，凡駐藏大臣一舉動，輒偵邏之；禁郵遞不得通，潛結準噶爾爲外援；藏中有異己者，將盡誅之，勢且延及達賴喇嘛。爲雄長一方之計，公如坐待其變，事發而公必死，誘而誅之，其羽翼已成，衆寡不敵，而公亦死。均之死也，毋寧變速而禍小，速與拉公定密計，以十月十三日，告其黨羅卜藏達什曰：召藏王來，有旨令議事。朱爾墨特那木札爾以公勢孤，聞召，不之疑，亦不設備。公與拉公登樓待之，止其衆於樓下，隨上者四五人。公見之顔色不動如平時，引入卧室，闔户，急掣佩刀砍之，中項而僕，從者競前以棓擊其首立斃。羅卜藏丹什在室門外，聞格鬥聲，知禍發，扶窗跳越，告其婿第巴喇布坦等，號召賊衆，須臾麇至，槍炮競發。環攻之，牆高而固，不能入，賊乃積薪樓下，烈焰四起，樓焚，賊遂攀援而登，公手刃數賊，身被三傷，力竭，自刎以殉。拉公亦中創死。吁！烈矣哉。夫衛藏距京師萬有餘里，公鎮其地，戍兵寡弱，外不足以制其力，內不足以奪其權。設朱爾墨特那木札爾竟舉兵反，番民性怯懦，勢必舉而從之，以向隸版籍之地，一旦陷賊，即使以身殉，事已無及，勞師糜餉，致貽聖主西顧，憂疇職是土，顧可以一死委其責耶。公獨奮不顧身，毅然定大計，乘其未發，誘而誅之，餘黨雖擾攘，而渠魁既殲，如瓦解冰泮，無能爲難，不旋踵而就縛，盡伏厥辜。公雖死，而全藏以安，國威以振，是非霍光之誘斬樓蘭所可同日語也。事定，班公及四川總督公策楞至藏，列二公死事狀上聞，天子震悼，下詔褒嘉忠烈，公與拉公贈一等伯，入賢良祠、昭忠祠。公乃入家祠從祀。子孫以一等子爵世襲罔替，恤忠録庸，延及苗裔。嗚呼！公之心其可慰矣。康安以五十七年奉命督師進剿廓爾喀來藏，謁雙忠祠，瞻拜遺像，距公殉節時，蓋四十餘年矣。藏番追念兩公遺澤，歲時奔走，香火不絕，至今猶有能道當時遺事者。惟碑碣缺如，堂廡垣牖，間有傾圮，爰于班師之日，葺而新之。且恐歲久遺迹或湮，敬書其事，以示後人。其時同殉者爲主事策塔爾、參將黃元龍，並爲位於廡以配食。傳曰：能捍大患則祀之。如公者，番之民雖百世祀可也。

感懷詩

是日，感懷有作〔一〕云：「絶域滔滔送歲窮，誰將長劍倚空同。奉槃曹味羞三北，瞻馬荀卿欲再東。遠水迷離縈客夢，蕃兒詰曲學華風。隴西老將頭如雪，醉尉宵來近幾逢。」

〔一〕後湘續集卷四臘日有懷。

川省批回

十二日，川省文至，督批宣太守報云：「二呼圖克圖既已返巢，該委員等即速回省，面詢情形，以憑具奏。」宣太守即日行知大呼圖克圖，移察木多文武，傳牌察東各站，使備烏拉。

釋迦剖母脇

佛書言釋迦剖母脇而生，儒者誕之。不知史記楚世家，陸終取於鬼方氏，〔一〕曰女潰。孕三年不乳，乃剖其左脇，獲三人焉，剖其右脇，獲三人焉。毛詩疏亦引之。吳越春秋：「女嬉吞薏苡而孕，剖脇而生高密。」〔二〕高密，即禹也。則剖脇而生，古有之矣。諸說皆在佛書未入中國前，後世自以目所未見，詫爲奇異耳！萬物之生育，不可以常理測者，豈少也哉？鬼方，即西域也，然則剖脇生子，固不足異。史記楚世家：「吴回生陸終。生子六人，〔三〕坼剖而生焉。」〔四〕風俗通：「陸終氏娶於鬼方，是謂女嬇，孕而三年不育，啓其左脇，三人出焉，啓其右脇，三人出焉。」〔五〕干寶曰：「先儒學士多疑此事。」譙允南作古史考，以爲作者妄記，廢而不論。余亦尤其生之異也。然按六子之世，子孫有國，升降六代，數千里間，迭至霸王，天將興之，必有尤物乎？若夫前志所傳，修已背坼而生禹，簡狄胸剖而生契，歷代久遠，莫足相證。近魏黄初五年，汝南屈雍妻王氏生男，〔六〕從右胳下水腹上出，〔七〕而平和自若，數月創合，母子無恙，此蓋近事之信也。以今況古，固知注記者之不妄也。天地云爲，陰陽變化，安可守之一端，概以常理乎？詩云：「不坼不副，無災無害。」原詩人之旨，明古之婦人常有坼副而産者矣。又有因産而遇災害者，故美其無害也。瑩按：「史記及風俗通本文如此，余前未檢，合二説而一之。今更録正之，并記干寳之言於此。」

〔一〕史記卷四〇楚世家注一索隱：「陸終取鬼方氏妹。」

〔二〕吴越春秋卷四越王無余外傳第六：「鯀娶於有莘氏之女名曰女嬉，年壯未孳。於砥山得薏苡而吞之，意若爲人所感，因而妊孕，剖脅而産高密。」

〔三〕史記卷四〇楚世家：「陸終生子六人。」

〔四〕史記卷四〇楚世家：「坼剖而産焉。」

〔五〕風俗通義卷一六國：「楚之先，出自帝顓頊，其裔孫曰陸終，娶於鬼方氏，是謂女潰，蓋孕而三年不育，啓其左脅，三人出焉，啓其右脅，三人又出焉。」

〔六〕史記卷四〇楚世家注一集解：「汝南屈雍妻王氏生男兒。」

〔七〕哈佛燕京圖書館藏本載「水腹」，中復堂全集本（同治六年本）、筆記小説大觀本、叢書集成三編本皆載爲「小腹」。史記卷四〇楚世家注一集解：「從右胳下水腹上出。」今從哈佛燕京圖書館藏本所載。

湘水二妃

自楚辭九歌有湘君、湘夫人，謂娥皇、女英二女之神。又禮記云：「舜葬蒼梧，三妃未從。」〔一〕文人相沿，太白遂有古別離之作。余嘗思之，舜生三十，徵庸，帝使二女事之。古者，女子二十而嫁，是二女小於舜十歲也。舜崩，年百有十歲，二女若在，亦近百歲矣。相從南巡，已似可疑，既從至湘水，何以不至蒼梧？或以九嶷嶺高難逾，抑或聞舜崩，而至於湘時，舜已葬，遂止湘，而終未可知也。水經注言：「舜之陟方也，二女(往)〔從〕征，〔二〕溺于湘江，神遊洞庭之淵，出入瀟湘之浦。」然則記云「三妃未從」，蓋言未從葬耳。後人爲廟，祀二女之神，宜矣，然猶作少女之貌，可乎？或云湘水之神，乃舜二女，非二妃也。帝王世紀：「舜長妃娥皇無子，次妃女英生商均，次妃癸比生二女，宵明、燭光。」〔三〕湘水之神，蓋宵明、燭光。故楚辭稱「帝子」，此帝指舜。

按：舜納癸比，生二女，其年不可考，即以在位後言之。計崩時，二女年亦非少，且不應無夫而同没於湘也，又不若二妃之爲近理矣。或曰：「古人善養顏色，雖老不衰。」艶妝玉貌，本後人想像爲之也，翠羽明璫，亦以後世服飾加之。譬如宣聖追封，塑像則爲王者之服矣，況楚人尚鬼，屈大夫時亦從俗爲辭耶！又疑舜生時，已禪位於禹，受命神宗，固在帝都。禹既受命，當行天子之事而巡狩。舜既不爲天子，何以百有十歲之人，猶遠狩蒼梧？此亦理事之不可解者！豈舜晚年禪位後，亦如黄帝之問道崆峒，故至蒼梧耶？黄帝之崩，世傳鼎湖昇仙，雖云出於方士不可信，然古帝聖神，其生死靈奇之蹟，亦豈後世經生所能臆度者哉！精華已竭，褰裳去之，當八伯和歌，星爛雲縵之日，帝意已敻乎遠矣！康成注禮記，謂「舜征有苗而死，遂留葬焉」。此説尤妄。舜禪禹時，有苗之格久矣。即使復叛，禹爲天子當征之，何爲舜往征之乎？

〔一〕禮記集説卷一六：「舜葬於蒼梧之野，蓋三妃未之從也。」

〔二〕水經注卷三八湘水：「二女從征。」

〔三〕卮林卷三鄭康成：「康成之論，本諸帝王世紀耳。世紀曰：『舜長妃娥皇無子，次妃女英生商均，次妃癸比生二女，宵明、燭光是也。』」

報啓行回川

十四日，宣太守定稿報川藏云：十八日，啓行旋省。

食色乃性之欲

告子曰：「食、色，性也。」〔一〕樂記曰：「人生而靜，天之性也；感於物而後動，性之欲也。」〔二〕二説必兼看，其義乃備。食、色，本皆物自外至，何以云性？蓋物雖外至，而有感斯動者，我也。我何以有感斯動，則欲之。故我本有此欲，然後外物能感，若我本無此欲，外物何能感動乎？感者，兩相交之謂也。食、色之感，不待教而能，受之於天，非性乎？然同一食、色而有邪正之殊，則非純乎天矣！故以爲性之欲，善乎孟子之言也，曰「養心莫善於寡欲」，〔三〕不曰無欲，而曰寡欲，甚以無欲之難也，可謂從容不迫矣。

〔一〕孟子注疏卷一一上告子章句上：告子曰：「食、色，性也，仁，內也，非外也。義，外也，非內也。」

〔二〕禮記注疏卷三七樂記：「人生而靜，天之性也；感於物而動，性之欲也。」注：言性不見物則無欲。」

〔三〕孟子注疏卷一四下盡心章句下：孟子曰：「養心莫善於寡欲，其爲人也，寡欲雖有，不存焉者寡矣。」

酬里中友人寄詩

方植之、馬元伯、光律原聞余西域奉使，皆寄詩見慰，各依其體寄酬。酬植之云：「深思好學邈先儒，頭白猶聞力著書。自守玄經貽范望，何須羽獵似相如。考槃、半字精無對，紅樹青山健有餘。念我題詩來異域，蓬萊征路欲迴車。考槃、半字，君自名詩集也。」君著作甚多，詩其一種也。「商聲古調入君絃，掩抑金徽幾歲年。召飲偶開元亮徑，卜居常近范公泉。余前歲歸，再飲君家，君極貧而甚廉，非其義一介不取。射蛟臺樹藏春艇，投子山鐘隔暮烟。自有醍醐堪灌頂，不煩薝蔔覓三千。何兆詩「薝蔔三千灌頂香」，君善解佛理，此翻用其意。」〔一〕酬光律原云：「黑髮歸田閱歲華，成書直欲滿千家。輪君終始神仙侶，老我遲回博望槎。自毀劉安鳴木鐸，虛鮮郭璞笑蘭葩。淮南子：「鐸以鳴自毀」。郭璞云：「蘭葩豈虛鮮。」黃河灌溉空前語，何似朱明天半霞。」〔二〕余昔嘗與律原書曰：「君如天半朱霞，云中白鶴，可望而不可及。某則如黃河之水，一曲千里，雖涓流細滴，亦足以灌溉田園，而兼挾風沙中，不免於污雜。」蓋三十年前語也。酬馬元伯兼壽其七十云：「譚經絳帳是家風，蚤歲才名冀北空。虎觀自通申魯說，君著有詩經。郎官常濟水衡功。畫圖出塞鳴笳壯，遼海還家得句功。不信龍眼山色好，看君七十少如童。」〔三〕

〔一〕後湘續集卷四寄酬方植之。
〔二〕後湘續集卷四酬光律原。
〔三〕後湘續集卷四酬馬元伯兼壽其七十。

西蕃曆法

曆法，今年無閏。察木多、乍雅皆用藏曆。本年蕃人有閏九月，今十二月，蓋蕃人之十一月也。今時憲書頒行外藩者，盛京、雅克薩城、黑龍江、三姓、伯都訥、吉林、朝鮮、琉球、越南。諸土司之地，則三雜谷、黨壩、綽斯甲布、金川勒烏圍、金川噶拉依、瓦寺、革布什咱、布拉克底、小金川美諾、巴旺、沃克什、明正、木坪，皆測其太陽出入晝夜時刻與節氣時刻。惟前後藏及察木多、乍雅、回疆、内外蒙古，雖隸版圖，設立王官，而不予頒律，時憲書亦未列其太陽出入時刻與節氣云。

憶伯兄詩

十月中，得家書，言伯兄近頗衰憊，心常憂之。以余比年多故，兄之衰有由來也。祀竈日念之，悽然有作，〔一〕云：「伯子傳聞近益衰，故鄉絶域不勝悲。百年身世常憂患，十口親情半別離。兄子繼光、以增，尚在閩中。買與神方遲大藥，昔在儀徵，慮兄晚歲患痺，得再造丸方，購備諸藥，惟水安息，苦不可得，致延未就。營成先兆慽靈龜。兄營葬先祖，近有蟻患，兄甚悔之，亟謀遷兆。入關一事聊馳慰，滿載歸鞍佛國詩。」

〔一〕後湘續集卷四：「冬初得家書，言伯兄近歲頗衰，心常憂之，以余比年多故，兄之衰有由來矣，祀竈日卻寄。」

西藏閏日

和泰庵西藏賦云：「減凶辰而閏日」，「別正朔以爲年。」自注：「藏中朱爾亥，如初一、初二、初三，初二日凶，則減去初二日，閏初三日，故無小建。」又云：「其正朔與中國不同，止有八大節，其交節之日，亦前後差數日。三年置閏，亦與中國異。」考舊説「西藏用地支而不用天干」，〔一〕非也。今見藏中紀年，如甲子年，則云木鼠；乙丑年，則云木牛；丙寅，火虎；丁卯，火兔；戊辰，土龍；己巳，土蛇；庚午，鐵馬；辛未，鐵羊；壬申，水猴；癸酉，水鷄。以此推之，亦六十甲子，仍用天干也。又引十六國春秋云：有趙敺傳，「河西燉煌人，善天文（算數）〔術算〕。」〔二〕據云傳自西域。瑩按：「今察木多與乍雅諸蕃地，年月置閏，皆與藏中無異，乃知不頒時憲書之所由也。」

〔一〕西藏志紀年：「西藏不識天干，惟以地支屬相。」

〔二〕哈佛燕京圖書館藏本、中復堂全集本（同治六年本）、筆記小説大觀本、叢書集成三編本皆爲「算數」，今據十六國春秋卷九七北涼録四趙敺傳：「趙敺，河西敦煌人，善天文術算，撰甲寅元曆一卷行於世。」故改「算數」爲「術算」。

載蕃酒詩

余既與成之别駕貸得蕃賈茶，值千金，謝都閫見贈博窩馬各一。余復買蕃酒一瓶，繫以詩〔一〕云：「西蜀靈芽萬里還，博窩駃騠耀塵寰。蕃兒忽訝歸裝富，更買新醪醉入關。」

〔一〕後湘續集卷四：「與成之别駕貸得西賈茶千金，謝都閫見贈博窩馬各一，余復買蕃酒一瓶，成行有日，誌喜。」

林制軍内召

聞少穆先生以九卿内召，喜而有作〔一〕云：「白髮丹心出玉關，清風皓月滿天山。五年中外同翹首，一夕烏孫報賜環。明詔應收父老淚，花磚仍冠上卿班。三吴故吏如存問，新探江源雪嶺還。」

〔一〕後湘續集卷四：「察木多歸，次聞少穆舊帥以九卿召還，喜而有作。」

察木多東還

二十八日卯刻，宣太守東還。巳刻，余與丁别駕發察木多。

四川復奏

二十六年二月十七日，宣太守至成都。二十七日，余及丁别駕、謝都閫續至。余上乍雅地形及左貢入藏二道圖，以備異日之用。四川覆奏曰：「宣守等行抵察木多查訊，各執己私，抗不遵斷。臣查二呼圖克圖管理地方已非一世，蕃衆依附者多，遽予斥革，固無此辦法。白瑪奚等聚衆滋事，本咎有應得，然亦由大呼圖克圖相逼而成。且大呼圖所屬之達末等互相爭鬬，咎亦相同。乃檢閱呼圖克圖等屢次譯禀，在大呼圖克圖非重辦白瑪奚等，斷難輸服。二呼圖克圖總欲如舊管事，各倉儲巴亦仍前安設，及不遂所欲，即請提審，或自颺散，似此頑梗，斷非口舌所能折服。惟地處口外，且皆西方黄教，蠻觸相爭，其於川藏往來差事、餉鞘、文報，并無阻誤，又未便懾以兵威。現控之件，據白瑪奚等稱，自二十二年後，并無劫殺，即大呼圖克圖亦不能確切指證。是大呼圖克圖在藏所控，已無可查辦，當即就此完結，毋庸提審，以免煩擾。該委員等，臣於接稟後，即批令回省，此後餉鞘、文報儻有阻誤之處，隨時查明懲辦。蓬州知州姚瑩，前于具稟後，不候批示，輒中途折回，經奏明摘去頂戴。今該呼圖克圖固執己見，不遵審斷，其所控之件，亦無可查辦，雖非委員等辦理不善，惟姚瑩前于具稟事件，不待回報，即自轉回，究屬非是，應請開復頂戴，仍交部議處。」

事下理藩院，議曰：「乍雅與前後藏不同，其呼圖克圖廟宇、徒衆、錢糧等級，皆不由官經理，是以理藩院則例不載，即乾隆五十八年，呼畢勒罕源流册檔亦無其名，因曾蒙賜封，始擬補入册檔。今呼圖克圖各執私見，蠻觸相爭，應如四川所奏，文報、餉鞘是否日久不悮，隨時查明，相機辦理，以妥夷情而肅郵政。」吏部議：「姚瑩罰俸一年。」均得旨：「如議行。」

卷之十六

附中外四海地圖説

歷代疆域沿革，中國通人猶難言之，矧四裔絶域，海外遐荒，其國地名稱，遠近方位，欲一一舉之，不其妄歟！然而無難也，在有心者求之耳！秦以前無論矣，自漢武窮兵大漠，通西域，而東南、西南諸夷，始見班、范諸史。北魏土宇，兼有中外，紀序尤詳。隋、唐、宋、遼、金、元、明四夷列傳，日益廣博，皆有徵矣，顧未有圖也。明成祖、宣宗，數遣中使至海外，遍歷諸國，頗以圖還，而人間未見。及萬曆中，西洋人利瑪竇，以萬國全圖來獻，維時廷臣多誕之莫信。其徒艾儒畧嗣作職方外記，世乃稍聞其説。然利圖亦在内府未出，變亂後，莫知所在。今惟傳艾儒畧圓圖一、方圖四，亦曰萬國全圖。崇禎中，湯若望本之爲坤輿全圖。

本朝康熙甲寅，南懷仁又有坤輿全圖之作，刻于京師。士大夫多與之遊，亦以西人外之，莫有究其説者。乾隆中，英吉利始通中國，又西南海舶日盛，則有南澳總兵陳倫炯著海國聞見録，圖海外諸國，辨其遠近、方位，是爲中國民間有圖之始。其書先播，後收入四庫。倫炯，閩人也。嘉慶中，海洋多盜，講修防者，乃爭購其書，亦第考中國沿海諸圖，至其海外全圖，仍茫如也。

道光己亥、庚子之間，尚書侯官林公，以英吉利事至兩廣，求粤人通曉西洋事者，得歐羅巴人所撰四洲志及澳門月報，凡以海洋事進者，無不納之，所得夷書，就地翻譯，于是海外圖説畢集。邵陽魏源固專勤世務而素以宏博聞者，得林公四洲志，更取平日考徵諸書，繁引而辨證之，更爲新圖，考其沿革，分別海岸海島，著海國圖志五十卷。起自漢代，以迄今時，首末俱備，而中外地輿形勢以全，可謂盛矣！

瑩以道光二十二年，備兵臺灣，獲夷酋顛林，上命訊其情形，更使顛林繪圖爲説以聞，惜其未備也。嘗取南懷仁、陳倫炯及顛林三圖，考其同異，別訂一圖，欲自成書，不果。今得魏著，余可輟筆，特不欲自棄其説，乃附於康輶紀行之末，以中多及兹事故也。

艾儒畧萬國全圖説

明萬曆中，西洋人利瑪竇進萬國圖誌，本西洋文字，中國無知者。上命西洋人龐迪我繙譯之，其本圖固藏内府也。其徒艾儒畧，以天啓三年本利、龐二家舊説，更潤色之，爲職方外紀。自叙云：「吾友利氏齎進圖誌，〔一〕已而吾友龐氏又奉繙譯西刻地圖之命，據所聞見，譯爲圖說以獻，但未經刻本以傳。今上御極，〔二〕儒畧偶從蠹簡，得覩所遺舊稿，乃更取〔三〕西來所攜手輯方域梗概，爲增補一編，〔四〕名曰職方外紀。」是此書此圖，實外域地圖之權輿也。至崇禎時，西人湯若望作地球圖，爲十二長圓形。

本朝康熙中，南懷仁又作坤輿全圖，大有增益。今攷外紀，艾圖爲圓圖一、方圖四。圓圖按天度經緯，劃三百六十度，著南北二極，及赤道、晝短、晝長三線，又作弧線，十度一規。方圖復據圓圖中五大(州)〔洲〕界，〔五〕按天度各自爲圖。圖既爲方，則晝線不免稍變，故作直線，十度一方，以定方域之準，頗爲精密。今復增虛線，以别五大(州)〔洲〕，〔六〕曰亞細亞，曰歐羅巴，曰利未亞，曰亞墨尼加，曰墨瓦辣尼加，并録其五大(州)〔洲〕〔七〕總圖界度解于左。

〔一〕職方外紀自序：「吾友利氏齎進萬國圖誌。」

〔二〕職方外紀自序：「迨至今上御極。」

〔三〕職方外紀自序：「乃更竊取。」

〔四〕職方外紀自序：「爲增補以成一編。」

〔五〕〔六〕〔七〕哈佛燕京圖書館藏本、中復堂全集本(同治六年本)爲「州」，筆記小説大觀本、叢書集成三編本爲「洲」。今據職方外紀卷首五大洲總圖界度解，故改「州」爲「洲」。

其解曰：天體一大圜也，地則圜中一點，定居中心，永不移動。蓋中心〔一〕離天最遠之處，乃爲最下之處，萬重所趨，而地體至重就下，故不得不定居中心，稍有所移，反與天體一邊相近，不得爲最下處矣。古賢有言，試使掘地可通，以一物縋下，至地中心必止，其足底相對之方，亦以一物縋下，至地中心亦必止。可見天圓地方，乃語其動静之德，非以形論也。地既圓形，則無處非中，所謂東南西北之分，不過就人所居立名，初無定準也。〔二〕天有南北二極，爲運動樞，兩極相距之中界爲赤道，平分天之南北。其黄道斜與赤道相交，南北俱出二十三度半。日躔黄道，正交赤道際，爲春、秋分規，〔三〕南出赤道二十三度半，爲冬至規，北出赤道二十三度半，爲夏至規。黄道之樞與赤道之樞，亦相離二十三度半，其週天之度，經緯各三百六十。

〔一〕職方外紀卷首五大洲總圖界度解：「蓋惟中心。」

〔二〕職方外紀卷首五大洲總圖界度解：「初無定準，地度上與天度相應。」

〔三〕職方外紀卷首五大洲總圖界度解：「日躔黄道，一日約行一度，自西而東，奈爲宗動，天所帶是以自東而西，一日一週天耳。日輪正交赤道際，爲春秋二分規。」

地既在天之中央，其度悉與天同。如赤道之下，與南北二極之下，各二十三度半。二極、二至規外，四十三度，分爲五帶：〔一〕其赤道之下二至規以内，此一帶〔二〕日輪常行頂上，故爲熱帶。夏至規之北至北極規，冬至規之南至南極規，此兩帶〔三〕因日輪不甚遠近，故爲温帶。北極規與南極規之内，此兩帶〔四〕因日輪止照半年，故爲冷帶。赤道之下，終歲晝夜均平。自赤道以北，夏至晝漸長，有十二時之晝，有一月之晝，有三月之晝，直至北極之下，則以半年爲一晝矣。往南亦然，以南北距度攷之，不得不然也。〔五〕其在東西同帶之地，凡南北極出入相等者，晝夜、寒暑、節氣俱同，但其時則有先後，或差一百八十度，則此地爲子，彼地爲午；或差九十度，則此地爲子，彼處爲卯，餘可類推也。居赤道下者，平望南北二極，離南往北，每二百五十里，北極出地一度，〔六〕南極入地一度。行二萬二千五百里，則北極正當人頂。〔七〕出地九十度，而南極入地九十度，正對人足矣。從南亦然，此南北緯度也。至于東西經度，〔八〕則天體轉環無定，隨方可作初度。〔九〕而天文家亦立一法算之，〔一〇〕以日行天周三百六十度，〔一一〕每時得三十度，〔一二〕如兩處相差一時，則東西便離三十度也。以此推之，〔一三〕東西之度，可攷驗矣。

〔一〕職方外紀卷首五大洲總圖界度解：「各二十三度半也，又二極、二至規外，四十三度，也分爲五帶。」

〔二〕職方外紀卷首五大洲總圖界度解：「此一帶者。」

〔三〕職方外紀卷首五大洲總圖界度解：「此兩帶者。」

〔四〕職方外紀卷首五大洲總圖界度解：「此兩帶者。」

〔五〕職方外紀卷首五大洲總圖界度解：「其熱不得不然也。」

〔六〕職方外紀卷首五大洲總圖界度解：「則北極出地一度。」

〔七〕職方外紀卷首五大洲總圖界度解：「則見北極正當人頂。」

〔八〕職方外紀卷首五大洲總圖界度解：「此南北經度也，至于東西緯度。」

〔九〕職方外紀卷首五大洲總圖界度解：「不可據七政量之，隨方可作初度。」

〔一〇〕職方外紀卷首五大洲總圖界度解：「而天文家又立一法算之。」

〔一一〕職方外紀卷首五大洲總圖界度解：「以宗動天一週，則日月行三百六十度。」

〔一二〕職方外紀卷首五大洲總圖界度解：「故每時得三十度。」

〔一三〕職方外紀卷首五大洲總圖界度解：「在兩處觀月食，各自不同，則知差一時者，其地方相離三十度。以此推之。」

古來地理家，〔一〕俱從西洋最西處爲初度，即以過福島子午規爲始，仿天度自西而東，十度一規，以分東西之度。故畫圖必先畫東西南北之規，後攷本地離赤道之南北，福島之東西幾何度分，〔二〕乃置本地方位。譬如中國京師，先知離赤道以北四十度，離福島以東一百四十三度，即于兩處經緯相交處，〔三〕得京師本位也。但地形既圓，則畫圖必于〔四〕極圓木毬，方能肖像。如畫于平面，則不免直剖之爲一圖，即橢圓形，自北極剖至南極，爲直剖。或橫截之爲兩圖，循赤道線剖之，爲橫截。故全形〔五〕設爲二種，一長如卵形，即直剖者。兩極居上下，〔六〕赤道居中。一圓如盤形，南北極爲心，赤道爲界。即橫截者，原書無此圖。又于二全圖外，各設爲一圖，〔七〕曰亞細亞，曰歐邏巴，曰利未亞，曰墨利加也，而墨瓦蠟尼加，〔八〕則國土未詳，圖不另立。圖中南北規，〔九〕規相等，皆以二百五十里爲一度，赤道之度亦然。其離赤道平行東西諸規，漸近兩極者，〔一〇〕其規漸小，里數亦以次漸狹，〔一一〕別有算法。其方圖者，〔一二〕畫線不免稍變，〔一三〕畢竟圓形之圖，乃得其真也。

圖所以輔書之成也，書非圖不顯，圖非書不明，原解辭多雜亂，頗難卒讀，大抵翻譯有誤也。因重加校勘，刪其繁蕪，正其訛謬，增其註解，蓋汰去沙礫，精金乃見。葉堂識。

〔一〕職方外紀卷首五大洲總圖界度解：「或但以里數考之，古來地理家。」

〔二〕職方外紀卷首五大洲總圖界度解：「幾何度數。」

〔三〕職方外紀卷首五大洲總圖界度解：「即于兩經緯線相交處。」

〔四〕職方外紀卷首五大洲總圖界度解：「畫圖于。」

〔五〕職方外紀卷首五大洲總圖界度解：「故全圖。」

〔六〕職方外紀卷首五大洲總圖界度解：「南北極居上下。」

〔七〕職方外紀卷首五大洲總圖界度解：「另各設爲一圖。」

〔八〕職方外紀卷首五大洲總圖界度解：「而墨瓦蠟厄加。」

〔九〕職方外紀卷首五大洲總圖界度解：「云圖中南北規。」

〔一〇〕職方外紀卷首五大洲總圖界度解：「則漸近兩極者。」

〔一一〕職方外紀卷首五大洲總圖界度解：「其規漸小，然亦分爲三百六十度，其里數以次漸狹。」

〔一二〕職方外紀卷首五大洲總圖界度解：「今畫圖爲方者。」

〔一三〕職方外紀卷首五大洲總圖界度解：「其畫線不免于稍變。」

艾儒畧萬國圖

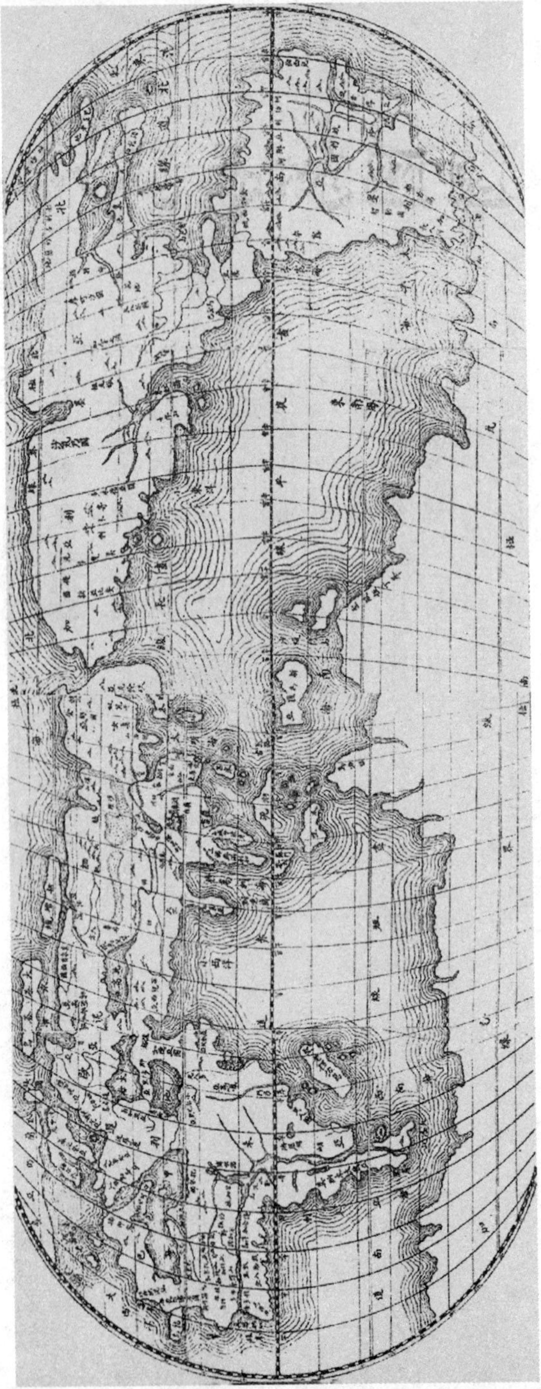

亞細亞洲全圖

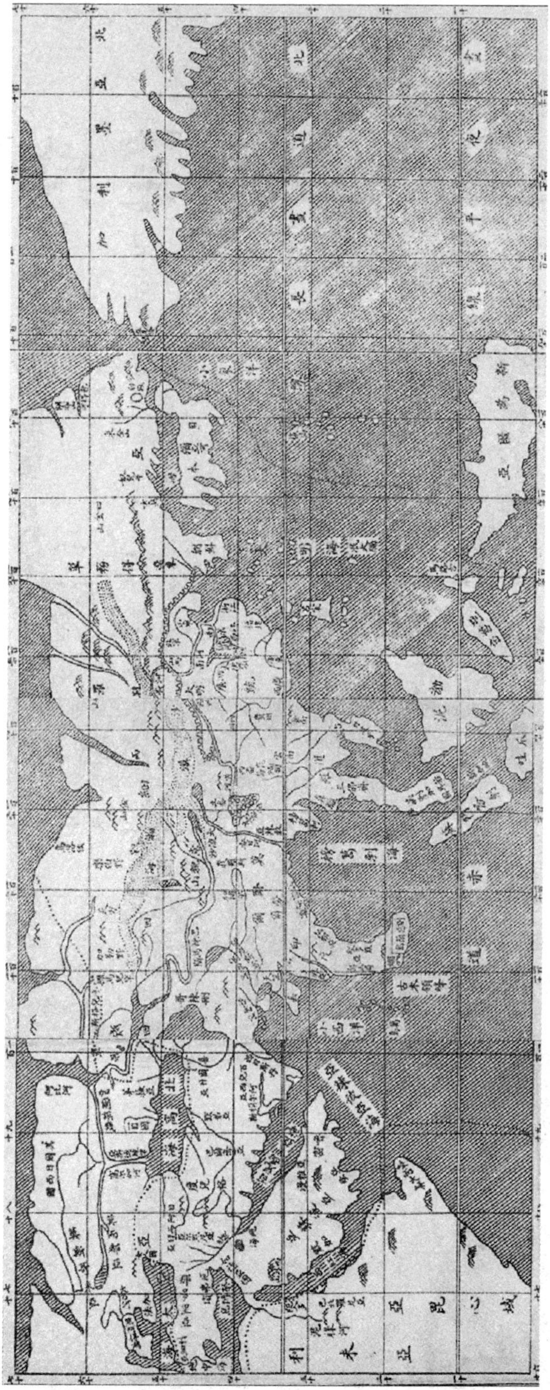

歐羅巴洲全圖

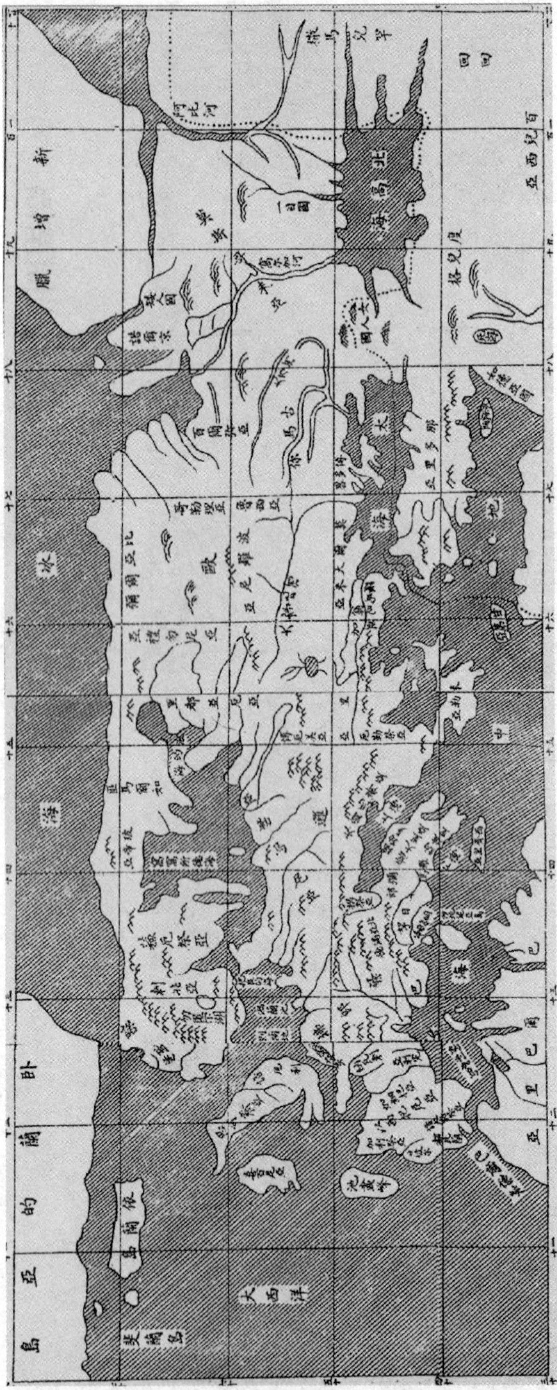

利未亞洲全圖

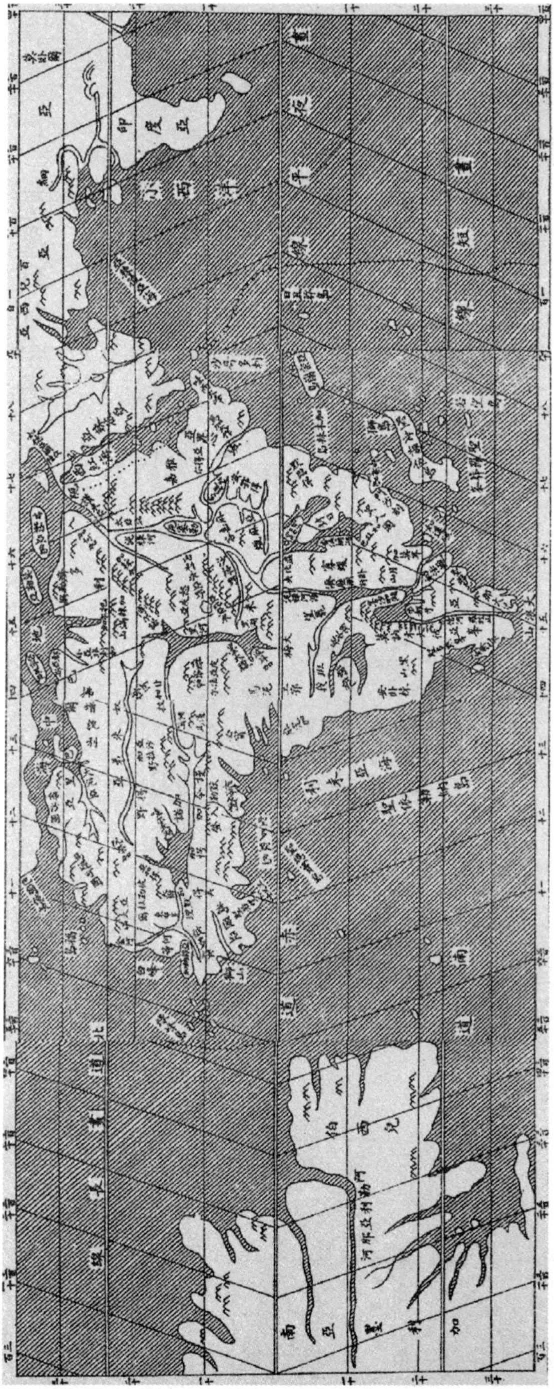

亞墨利加全圖

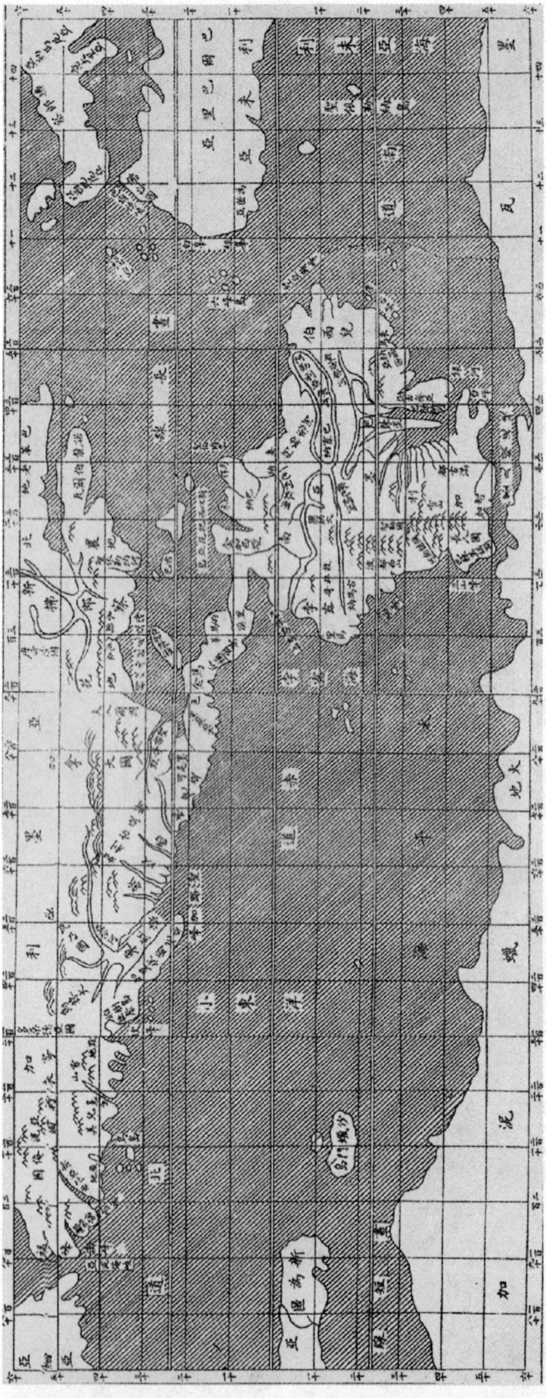

西人湯若望坤輿全圖説

湯若望作地球圖，爲十二長圓形，蓋自球之南北極，循環直剖之而成者也。北極居上，南極居下，赤道居中。赤道北二十三度半，爲夏至晝長線，又北四十三度，爲北極界線。赤道南二十三度半，爲冬至晝短線，又南四十三度，爲南極界線。其經緯亦各分三百六十度，每十度一規，又因圖未盡圓形，至兩極中尚差十度，復作兩圓以補之，各十二平分，而中心爲兩極，可合前圖，成圓球也。

湯若望地球圖

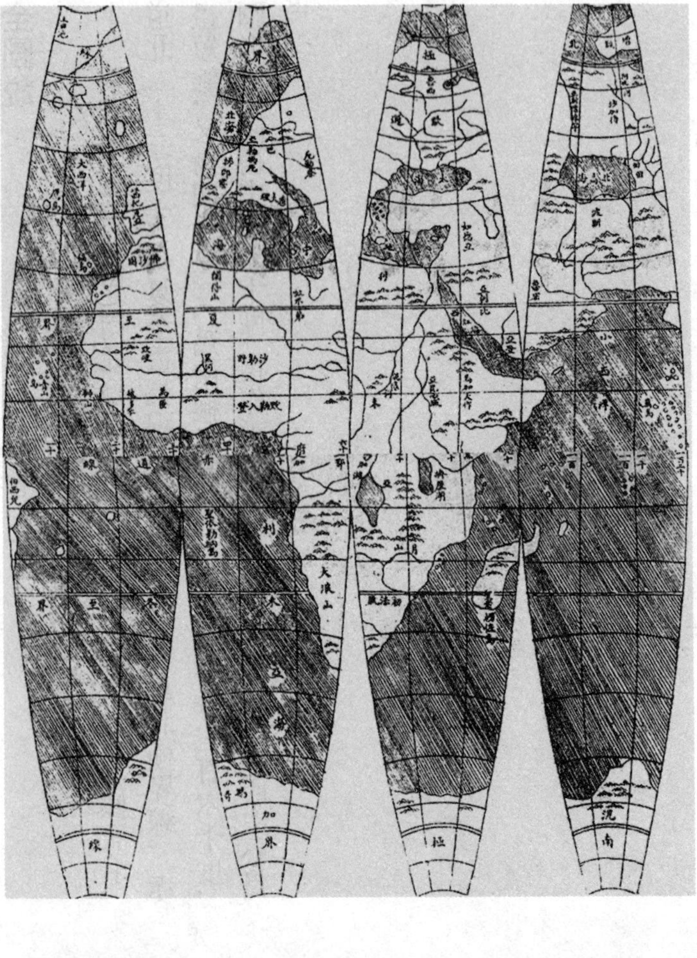

圖一

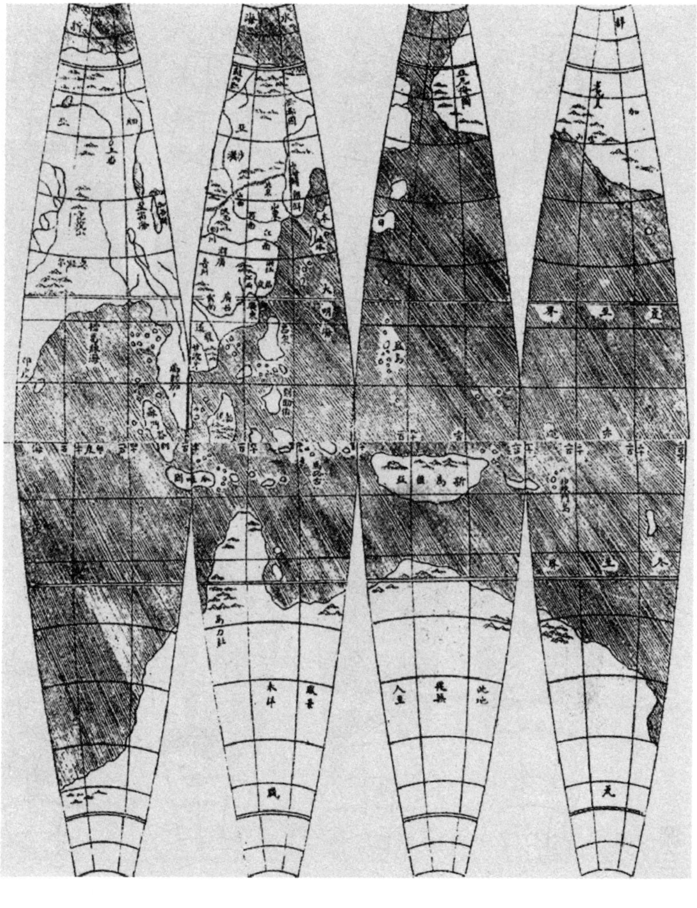

圖二

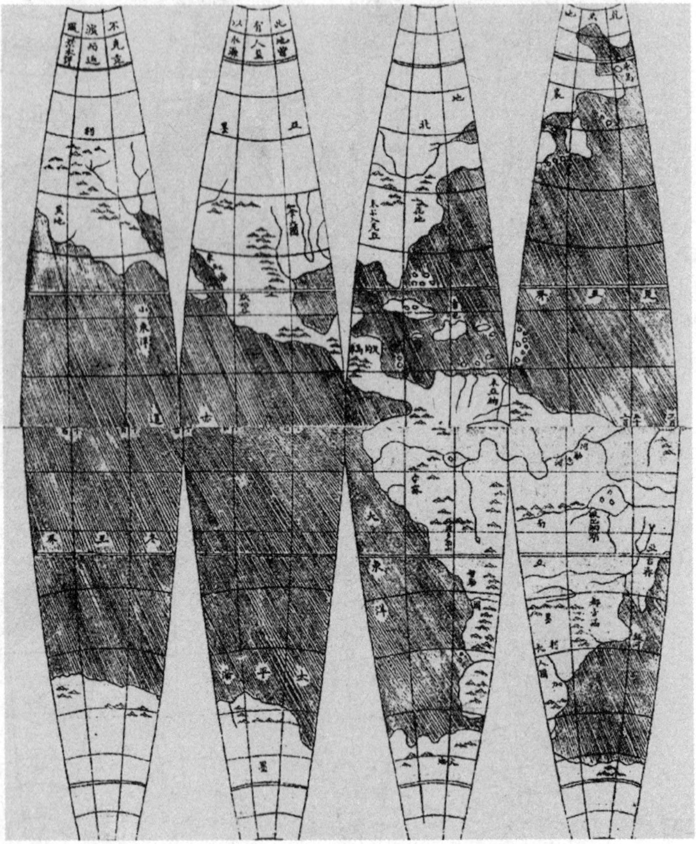

圖三

圖四

南懷仁坤輿圖畧

南圖凡二：以亞細亞洲、歐邏巴洲、利未加洲三洲爲一圖。東起日本小東洋，西至以西把尼亞大西洋，北至冰海增白蠟，南至則意蘭島南極下。又以南北亞墨利加洲、墨瓦臘尼加洲二洲爲一圖，蓋二洲轉出亞細亞、歐邏巴三洲後，其東接大西洋，其西即接日本小東洋也。地球本圓，亞墨利加二洲之東，乃亞細亞三洲之西；亞墨利加二洲之西，乃亞細亞三洲之東，猶夫天文之分南北極爲二圖耳。其圖各圍圓丈有五尺，山川、國名、異物甚多，字細如蠅。今縮之尺幅，不能全載，僅擇其大而顯著者圖之，故稱畧云。

南懷仁坤輿圖

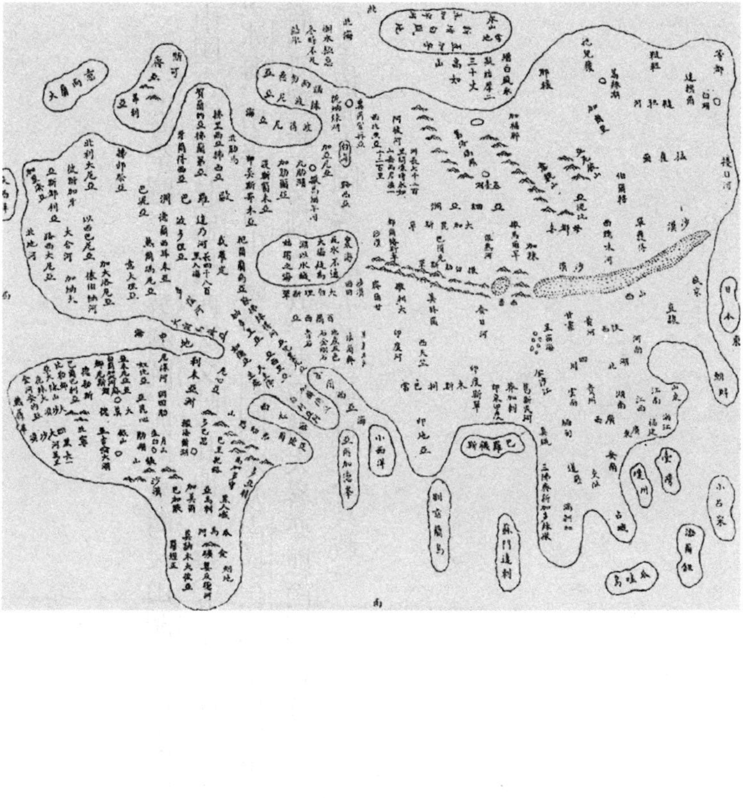

陳倫炯四海總圖

陳圖有六：一曰四海總圖，二曰沿海全圖，三曰臺灣圖，四曰臺灣後山圖，五曰澎湖圖，六曰瓊州圖。其云沿海者，指中國言之，東起盛京，西迄交阯，其他外夷不及也。四海總圖，乃東至日本，西至葡萄牙，北至冰海，南至大石山，總爲一圓圖，不及南懷仁之詳備，即異域國名、地名殊異，以得自海舶老商，所譯語音各别之故。然形勢大畧亦與南同，特無五洲之説耳。蓋陳，武人，未見南圖也。今依原本圖之。餘五圖皆習見，不具載。

陳倫炯四海總圖

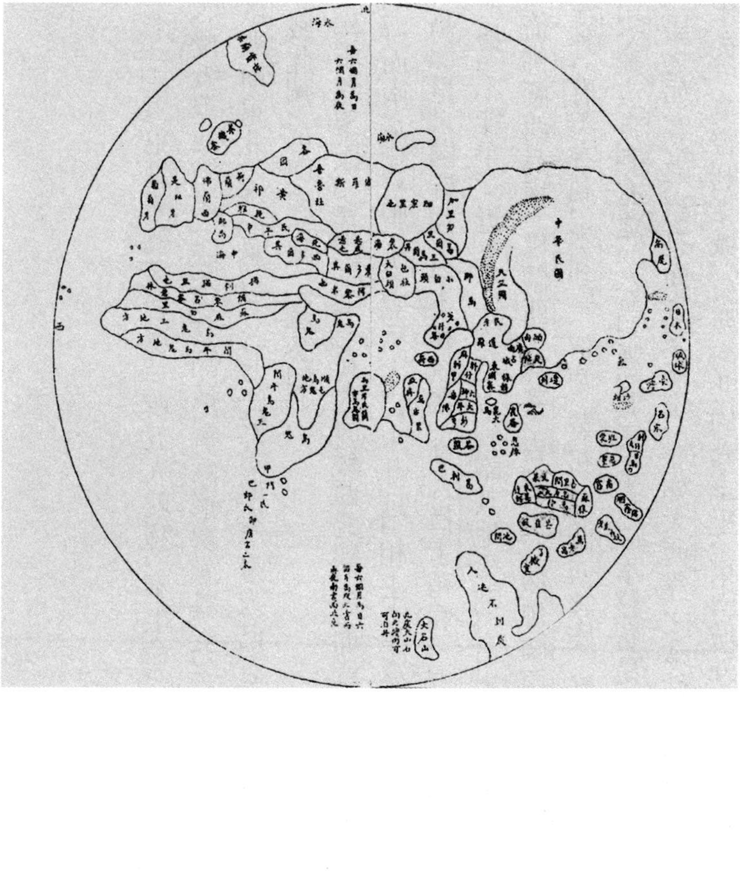

夷酋顛林繪圖進呈説

顛林者，英吉利酋，道光二十三年，犯臺灣就獲者也。酋五人就獲，奉上命，訊其國情，地去俄羅斯遠近。顛林能作圖，授紙筆使繪之。既得其國情，海陸形勢頗具，乃爲説并圖進呈。惜其僅知西南海陸事，自俄羅斯東北，未能悉也。其説詳余原奏，臺人已有刊本，今載魏著海國圖志中，兹録原説，併載此圖，可與南、陳二圖參閲。

英吉利國，又稱英機黎，或作膺吃黎氏，通稱紅毛。在大海極西北隅，四面皆海，其國都名蘭鄰，北枕大山，名哀鄰。隔海而南，與賀蘭、佛蘭西、大吕宋鄰近，相去皆千餘里。又有米利堅在其西南海中，相距約萬餘里。國皆强大，不相統屬，惟大吕宋稍弱。近中國之屬島，名小吕宋者，久爲英吉利所據，不能爭。近七十年，英吉利謂其地少利，吕宋始以金贖回。賀蘭亦常爲英吉利侵陵，倚佛蘭西爲援，佛蘭西大於英吉利也。然佛蘭西人不善經商。今廣東貿易之夷，自大西洋外，有英吉利、米利堅、賀蘭、黄祁、佛蘭西諸國，惟英吉利船多，年常六七十艘。諸國無公司，獨英吉利有之。公司者，其國王自以本錢貿易，故名。諸國至廣東十三行商，公建樓屋，居之如客寓，諸夷商去來無定，非如大西洋之常住澳門也。英吉利通商廣東，自云二百餘年矣。英吉利王城，東西南北周六十里，東南城外，車行半日即海。本國雖不甚大，人精巧，善製器械，以其强黠，脅制海中小國皆爲屬島。自王城稍西，海中一島名埃倫。又南爲弼𠹭喇，王城至此，舟行十五晝夜。弼𠹭喇之西北一島，名急時烟士。又西北爲那古士哥沙。又西南爲間拿叮，皆其所轄。弼𠹭喇之西南，隔海一大國，名米利堅，即華言花旗國之北境也。其北至南境，陸地大於英吉利數倍，船砲如之。英吉利入中國，必由其海面，故畏之。而於米利堅之東，據一小島名的賒士，設埠頭。又於的賒士隔海相對一高山，名散打連，亦設一埠頭。又於散打連之東名金山，設一埠頭。三處相望，其用心之密如此。義律即的賒士人也。自散打連而南爲士嬌也，自金山而南爲急卜碌，即海國聞見録所云呷也，蓋海中大地西南一角之盡處。由弼𠹭喇至急卜碌，舟行五十日夜，皆自西而南，自此後，則舟行轉向東北。初爲罵喇加時架，更東北爲罵哩詢，又東北，爲息賒鼇，又北爲士葛打喇，又北爲煙，其東爲望邁。自急卜碌至望邁，舟行五十日夜。更自望邁而南爲士啷，又東北爲袜打喇沙，北爲孟呀剌，即孟加剌。又東南爲磨面，又南爲槟榔嶼，一名新埠。又東爲罵叻格，即明史所云麻六甲也，前明本滿剌加國，爲佛郎機所滅，後歸賀蘭。英吉利有一地在其南，名孟姑倫，與賀蘭互易而有之，乃於其地之西，新開槟榔嶼爲大埠頭。又東爲新地波，自急卜碌至此，本皆黑鬼地，而英吉利據之，總稱牛撈油，華言無來由是也。自望邁至新地波，舟行二十五日夜。其東北即近安南，更舟行向東，七日夜即廣東。明史西洋利瑪竇言其國至中國九萬里，英吉利又在其北，海道可知。罵哩詢之極南，又有路士倫。

又東北，有蝶士爹鼇耶，皆英吉利屬島，佔自他國，以爲聚積貿易之所，謂之埠頭，蓋華言也。自埃倫至新地波，凡二十六島，皆設官主之。諸島在海中，相去或千里，或二三千里，勢相聯絡。其左右復有别島，或自爲國，或爲賀蘭及他國所屬者尚數十，而以英吉利爲最。此其海路之形勢也。

其陸路，自本國外，别無土地。國之東北，隔海而地相連者，爲士袜國、羅委國、叻倫國、顛麥國，一名黄祁國。更東爲什卑鼇國，又東爲撻地鼇國。其北即北海，極寒，冰厚二三丈，盛夏不解，人無敢往者。其國之東南隔海而地相連者，最近之東爲賀蘭國。自此而南爲拿打倫國、米莉氈國、佛蘭西國、捷羅那國、布度基，即華言大西洋國也。廣東澳門即大西洋所居，納税文官名加文打，華謂之番差，武官名知你蒟，華謂之兵頭。賀蘭之東，迤南爲鴉沙爾國、布路沙國、記利時國、埃地利國、大吕宋國，又東爲的記國。自西洋以東，如大吕宋、埃地利、記利時、布路沙至的記諸國，皆沿中海。此其國以東陸路之情形也。問以俄羅斯及回部，皆茫然不知，惟言賀蘭之東北爲羅沙國，又東稍南爲北叨思國，與海國聞見録載俄羅斯隔普魯社，即係黄祁、賀蘭之境相似。乾隆年間，俄羅斯女王即西洋國之女，則其相去當不甚遠，特地名、字音各别，或即所云羅沙，即北叨思也。顛林未至東北諸國，故不能明，然其所繪圖，與康熙年中，西洋人南懷仁之坤輿圖説，乾隆年中，總兵陳倫炯之海國聞見録，形勢大畧相同，二書收入四庫中，可以參攷。故大學士臣松筠，嘗爲臣姚瑩言俄羅斯大臣多西洋人。乾隆五十八年，英吉利貢使瑪噶爾言今俄羅斯之哈屯汗，本大西洋國女，乃前哈屯汗之外孫女也，其表兄襲汗，娶以爲妻。然則俄羅斯與大西洋世爲婚姻，英吉利本近大西洋，婦人爲王，其俗同，人之狀貌又同，則其近可知。俄羅斯人有在京者，傳詢當得其實。然英吉利既隔海，而俄羅斯尚隔黄祁、賀蘭、佛蘭西諸國，未必與英吉利交結，故顛林及律比皆不知之。若回部，則以南懷仁及陳倫烱之圖攷之，相去甚遠，所隔國尤多矣。至的記之東爲巳羅，又東爲茂加，又東南爲乜加喇，又北爲亞巴賒，又東北爲煙你士丹，皆烏鬼地。其自的記轉南，沿地中海而西者，爲衣接埠頭，爲禮卑鼇，爲埃治，也爲都利士埠頭，亦皆黑鬼地，正與海國聞見録形勢相同。顛林言伊船内本有四海各國全圖，船破失水，不知所在，今據所能記憶者圖之，其言或可信也。至其立國，自稱一千八百餘年，本無稽。然國俗王死無子，則傳位於女，其女有子，俟女死後立之，實已數易其姓，而國人尤以爲其王之後，足見其夷俗之陋。道光十八年，其國王死，無子，復無女，乃傳位於姪女，名役多厘里也，今二十二歲，招夫丙次阿不爾，稱爲邊連士亞弼，猶華言駙馬。生一子，今年二歲，異時女王死，即立爲國王。邊連士亞弼不理國事，大政則有三大臣，在女王左右議決之。其第一者，名馬倫侍，極貴。次二人，不知其名。其國文官少，武職多，大埠頭設文官，名羅洛堅，如中華督、撫。中埠頭設文官，名沙外廉叻洛堅，如中華知府。小埠頭設文官，名末士洛云，如中華知縣。諸埠頭均有大武官，名馬凝接，如中華總兵，其餘武官，不可悉數。此次統兵至定海之統帥，其人名沙連彌僕鼎查，其官爲比利呢布顛剃衣彌，最貴，一切由其調度。各官雖授自國王，有事故則彌僕鼎查遣代。其次主兵之官，爲賛你留，其人名沙有哥哈，即巴噶。又主船政之官，爲押米嘍，其人名沙外廉巴加，即思亞敕力巴敦。時皆在浙江。其在厦門管船者，官爲善用叻彌沙，人名時蔑，又稱士勿。在廣東、香港者，文官爲馬厘士列，華言爲馬禮遜，其人名賛臣。武臣爲善用哈沙，其人名禮也時。凡管理貿易及船政官，皆名甲畢丹，即明史所稱加必丹末，又稱急敦，如華言船主也。船上管黑夷者，頭目有正副，正名沙冷，副名燉底。大船一正五副，中船一正二副，小船一正一副。此次至内地夷船，名百餘隻，其實不過七十餘艘，且多貿易之船，配以夷官，非盡兵船也。又火輪船亦不過十隻，用以急遞信息，爲諸船導引。黑夷皆雇自諸島，月給工貲番銀一二三元至七八元，不下數十萬。其官自僕鼎查年給俸銀三萬元，以等遞減，小者亦數百元。凡造一船，費數萬計，炮械、火藥，貲用尤多。閉市後，洋貨不售，有私售者，貨價大減。用兵日久，復多喪失，亦自苦之。其女王之出，戴金絲冠，四面綴珠，身衣紅色多羅連長袍，或羽毛爲之，胸前繫金珠飾。乘大馬，上用平鞍，後有靠背，左右扶手，前後隨者，有步有騎。夷人見王不跪，惟免冠，手拔額上毛數莖，投地爲敬。其國人肌膚皆白，長身，貓睛，高鼻，類在京之俄羅斯，而髮拳黄，故稱紅毛。亦有肌白而髮黑者，不貴也。初奉佛教，後奉天主教，淨髭鬚。其産鴉片煙土者，凡三處：一爲的記，二爲望邁，皆出小土，每塊重六七兩。惟孟加剌出大土，每塊重四十五六兩。海外諸國，皆以其所有，易其所無，自洋布、多羅連、羽毛、紅木、紫檀、花梨、冰片、龍涎香、海參、燕窩、丁香油之類數十種，鴉片特其一。而望邁、孟加剌，皆英吉利埠頭，故其國貨船，此物獨多。各國人皆不食，即英吉利亦不自食，惟華人及黑夷多嗜之。凡貿易，諸船皆商賈自爲之，王收其税，亦有領國王本錢者。謹據夷囚顛林、律比供及圖，證以諸書如此。

夷囚顛林輿圖

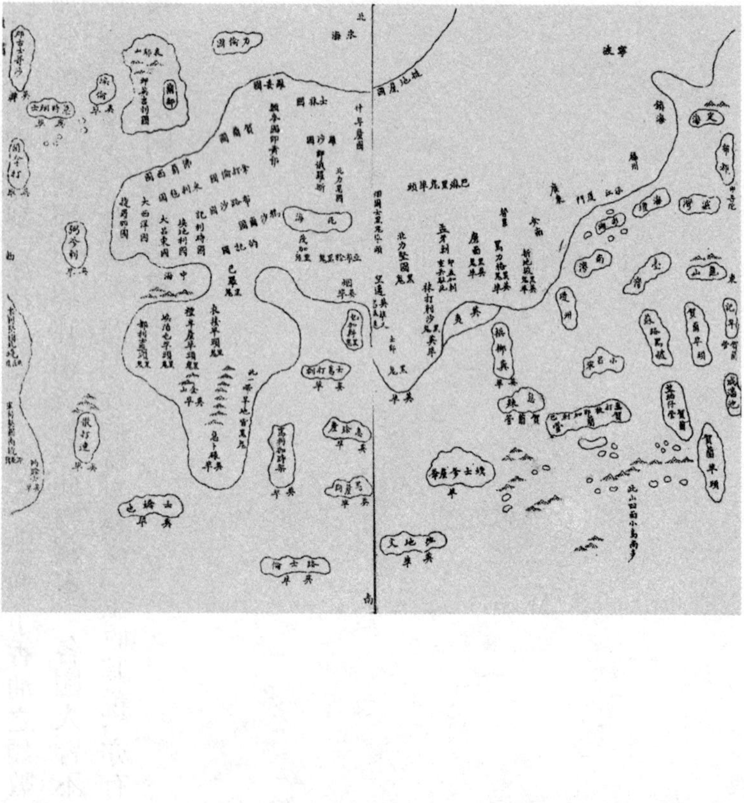

李明徹地球正背面圖説

粵人李明徹，字青來。著圜天圖説三卷，有地球正面、背面二圖。蓋粵人多通習西洋人説，以澳門爲諸國夷船所集，通譯者多故也。其圖亦以周天三百六十度割圜爲之，亦著赤道、晝長、晝短三線。所載外洋諸國，不及南懷仁圖之詳，而形勢無異。今載之以備參考。近南北極處，圜線甚狹，諸國不能容寫，閲者以意會之可也。

李明徹地球圖

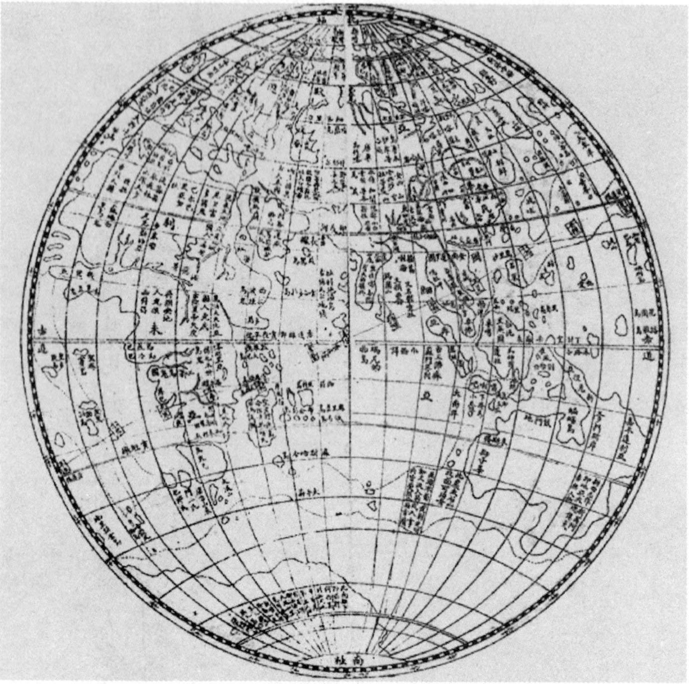

圖一

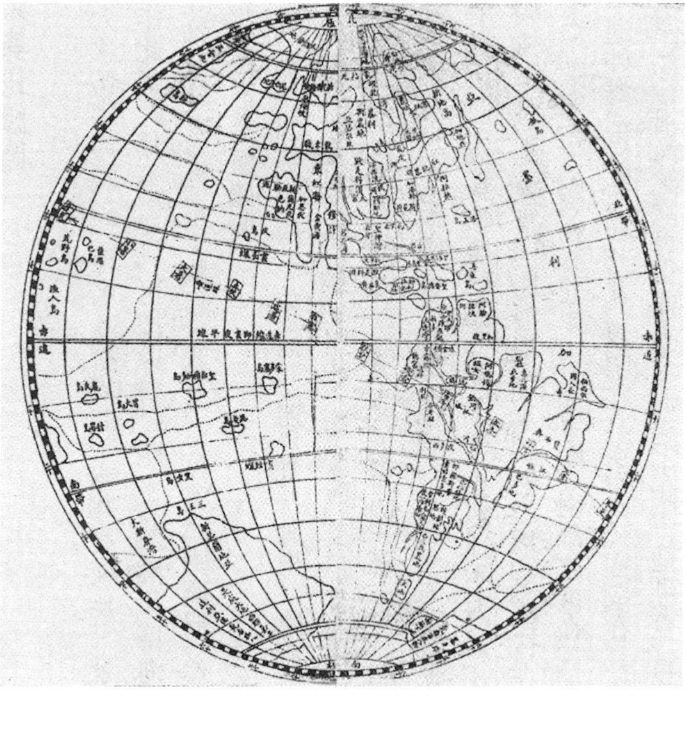

圖二

今訂中外四海輿地總圖

前載諸圖，方位大畧仿佛而國名、地名互有異同，或此有彼無。余更取魏默深書，以今時地名參互考訂之，作此圖。其不備者，可按原書。明乎此，然後四海萬國具在目中，足破數千年茫昧。異時經畧中外者，庶有所裁焉。余尚有英夷諸國圖册，俟得通夷文者譯之，詳加釐正，俾無舛誤，其所裨益當何如耶！

南懷仁圖有地中海，東自如德亞，西至布路亞，横亘幾及萬里。歐羅巴洲在其北岸，利未亞洲在其南岸，蓋大西洋海水之横入地中者也。西洋入地中海，其口外有巴爾德大峽，海舟至地中海，出入皆經此峽。惟如德亞在其東盡，聯貫二洲陸地，東西約二千里。如德之東即西紅海，則南洋海水之汊也。大西洋諸國海舟，至東南二洋諸國，須遶利未亞一大洲，道遠二萬餘里，故每以如德亞之間隔爲恨。又有洲中海者，在歐羅巴洲西北境内，小於地中海，寒牙里、耶馬尼、領墨、荷蘭、佛蘭西諸國在其南岸，綏林、那威、瑞國跨海地、領墨國跨海地、璉國皆在其北岸。此洲中海更東盡於南都魯機，爲泰海，歐寒特里國在其北岸，翁加里國、南都魯機在其南岸。又有裹海者，在亞細亞洲境内，四面不通外海，俄羅斯在其北，敖罕在其東，巴社回國在其南，南都魯機在其西。明乎二洲境内有此三海，然後沿海諸國可得而求矣，亦猶中國言地理者，當明四瀆也。

今訂中外四海總圖

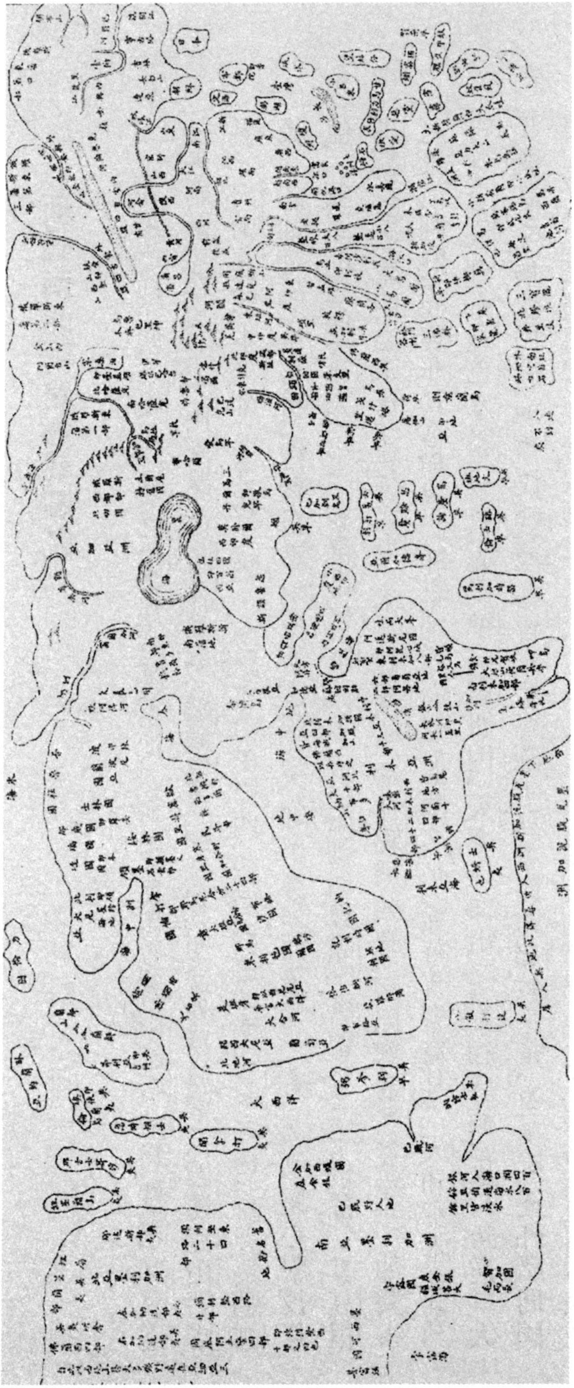

新疆南北兩路形勢圖説

新疆之地，南北兩路，皆以伊犂爲總匯重地。天山北路，以塔爾巴哈台爲極邊，其北邊外與哈薩克接界。天山南路，以喀什噶爾、葉爾羌爲極邊，其西邊外爲敖罕及巴達克山諸國界。天山北路，本準部厄魯特之種。南路自哈密以西，皆回部也。準噶爾之種，自大兵勦滅後，今其餘存之厄魯特，皆昔爲準噶爾所虐，賴天朝出水火而覆幬之者，久已傾心服役無他。獨回部之酋，自大、小二和卓木，爲隋、唐之世，始創回教謨罕默德之三十世孫。其高祖瑪默特者，當明之末年，遠從天方，東踰葱嶺，至喀什噶爾興教，諸回部翕然從之，一如蒙古之崇信剌麻，而實非其種類也。和卓木者，回子尊奉之稱，如華言聖裔耳。大和卓木那敦，一作波羅尼都，小和卓木霍集占，先爲準噶爾所因，天朝拯而出之，不知感德，反行叛逆。大兵既誅之，撫衆回部，與齊民無異，亦皆安堵百餘年矣。而布那敦之子，有逃匿邊外諸回國者，衆以爲瑪墨特之裔，皆保護之。故敖罕於道光六年，復助布那敦之孫張格爾爲逆，張逆旋已伏誅矣。道光二十二年，敖罕酋長亦爲西域大國布哈爾又作布噶爾。所滅。而布那敦之支種，猶有存者，在諸回部中，時復煽惑回衆云。然助張逆者，敖罕之酋也。布哈爾既滅敖罕，虜其酋長，實嘗告捷於卡倫。若乘此通好于布哈爾而控馭之，得布那敦之遺種而區處之，西邊庶可以久安矣乎！

自京師西至蘭州，三千八百八十五里，又西二千二百四十里，出嘉裕關外，爲安西州，又西九百里至哈密。哈密北行，過大雪山，名騰格里山，即古之天山也。其山亘數千里，西接葱嶺，南入痕都斯坦，山莫大于此，故古以天山名之。山以北，自巴里坤至伊犂，皆舊準部，山以南，皆回部也。哈密西行，天山南路七百七十里至闢展，又西二百餘里爲土魯番，又西八百餘里爲庫車，又西六百餘里爲阿克蘇，又西二百餘里爲烏什。自烏什而南八百餘里爲和闐，烏什西南九百餘里爲葉爾羌，烏什西南稍北又九百餘里，爲英吉沙爾，自烏什西南又稍北九百餘里，爲喀什噶爾。此其遠近之形勢也。哈密以西諸城，皆鎮以防兵，設參贊、辦事、領隊大臣，是爲鎮城，本回城之大者，皆以重兵守之。其左右仍各有回城參錯，以居回子。又有布魯特一種，在諸回城西北，與回子素仇，皆游牧于西北諸回城之間，此皆可爲我用以制諸回者也。阿克蘇以東皆安靖，烏什以西諸城，最易反覆。有事，則伊犂西踰冰山，出阿克蘇以應之。諸城只宜自爲防守，不能恃爲應援也。

自哈密而北，踰騰格里山三百里爲巴里坤，巴里坤西二百里爲古城。又西五百里爲烏魯木齊，又西千數百里則伊犂矣。塔爾巴哈台又名雅爾，在伊犂之北一千九百里，其西北邊外皆哈薩克界也。自伊犂而西約二千里，南踰冰山，可至喀什噶爾及阿克蘇一帶，故東以哈密爲通衢，西則以阿克蘇爲間道焉。總而論之，新疆北盡俄羅斯界，東盡喀爾喀界，西盡布魯特界，南盡烏斯藏界及青海。東西七千餘里，南北三千數百里，此其大畧也。今自京師至葉爾羌，并西北諸部爲一圖于左，皆依皇朝輿地全圖，而兼採諸家之説云。

北邊口外，自盛京、吉林、黑龍江不記外，以八旗蒙古爲首，蓋有内外旗之别。内旗者，科爾沁等四十九旗札薩克王公是也，外旗者，喀爾喀七旗札薩克王公是也。内札薩克十九旗，本元世後裔，共有六盟，游牧均相聯絡。其極東界連盛京、吉林者，爲科爾沁札賚特等十旗，謂之哲哩木盟。迤西，則有喀喇沁土默特等五旗，謂之卓索圖盟。其游牧，南與山海關外老邊、九關臺及關内喜峰口接，西與熱河圍場東崖口接。又圍場東北，有巴林、柰曼、敖罕、翁牛特、克什克騰等十一旗，謂之招烏達盟。迤西轉南，與直隸張家口外察哈爾八旗蒙古界接，有烏竹木親、霍齊特、阿巴噶、那爾、宿尼特等十旗，謂之錫林果勒盟。又西南，與山西歸化城土默特八旗界連，爲四子部落、烏喇特、茂明安等六旗，謂之烏蘭察布盟。又西南與陝、甘界連，爲鄂爾多斯等七旗，謂之伊克格盟。此即明之河套，西通寧夏者也。近寧夏，有阿啦善厄魯特親王一人，其游牧遥通青海，此爲内八旗之極西邊者矣。至喀爾喀者，其全部環包六盟游牧之外，亦元之後裔也。本兄弟七人，分居大漠，謂之七旗。自康熙二十七年，喀爾喀全部内附，乃定制以一札薩克爲一旗，凡四部八十札薩克，是爲八十旗。其游牧在阿拉善北，與科布多邊地相近者，爲札薩克圖汗部。東爲三音諾顔部，又東爲土謝圖汗部，又東爲車臣汗部。自此南與錫林果勒盟游牧界接，東與黑龍江將軍所轄呼倫貝爾、索倫

新疆南北兩路形勢圖

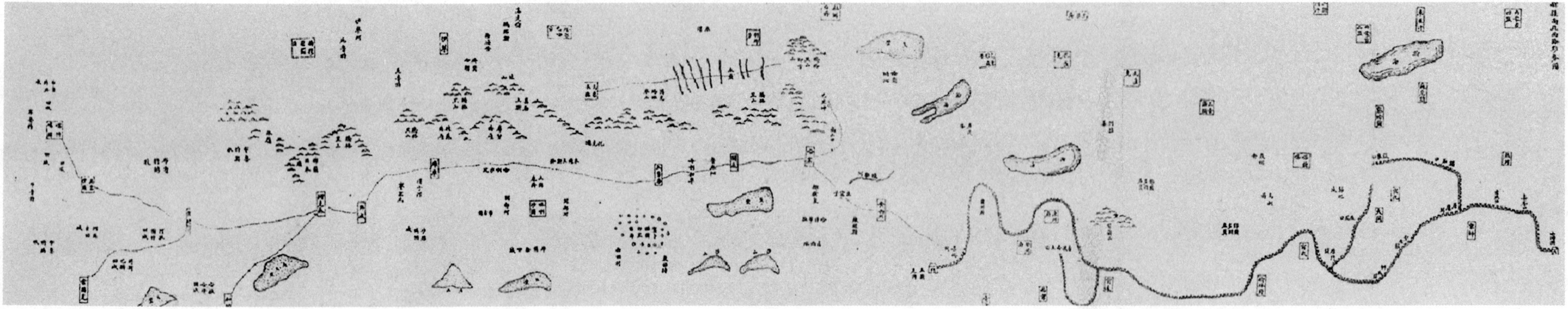

整張

達呼爾界接。右内外旗，凡六盟四部，均有特授之正、副盟長，其外則俄羅斯矣。

西域自漢、唐之世，皆隸王官，皆嘗設都護以鎮撫之。元代悉以皇子分藩諸部，當時區地，皆極分明，而後之學士文人，罕所討論。元世地志尤爲荒畧，漢書西域傳所載諸國，今在何處，未有確然指證之者。本朝底定新疆後，乃遣大臣馳往，勘其道里、疆域、山川，使儒臣蒐討而考證之。欽定西域圖志貫串漢、唐，大約今之伊犂，當古之烏孫；今之吐魯蕃，當古之車師前王庭；今之烏魯木齊，當古之車師後王庭；今之塔爾巴哈台，當古之北匈奴；今之左中部哈薩克，當古之康居；今之右部哈薩克及安集延、敖罕，當古之大宛；今之喀、葉二城，當古之疏勒、高車諸國；今之布魯特，當古之（循休）［休循］、捐毒；今之巴達克山，當古之烏秅；今之愛烏罕，當古之大月（氐）［氏］，殆其然也。

西邊外蕃諸國圖説

皇朝一統輿地全圖不載邊蕃外國，更無論未與朝貢之地矣。其遠者尚可姑置勿論，若其近邊諸國，時或侵擾于我，或臣服于我，烏可不悉其情形，以求撫馭之宜耶！七椿園作西域聞見録，頗及外藩，而不能詳其所在，亦時有傳聞之誤。

皇朝文獻通考四裔考中所載爲詳，而能實言近邊諸國之方位遠近者，則莫覈于西域水道記。按：水道記曰：塞勒庫勒，在葉爾羌城西八百里，爲外藩總會之區。達外蕃凡三道：自塞勒庫勒南十四日程，曰巴勒提。又東南一日程，至其屬邑，曰哈普倫。哈普倫南十六日程，曰土伯特，即藏地。〔一〕由巴勒提西南行二十九日程，〔二〕曰克什米爾，地出砑蠟紙。又西南四十三日程，曰痕都斯坦，善鏤玉。以上皆各自爲部，不相屬。自塞勒庫勒西五日程，曰黑斯圖濟。又西南三日程，曰乾竺特，歲貢金一兩五錢。又西四日程，曰博洛爾，其地南即巴勒提，曾貢劍、斧、匕首。乾竺特西北，九日程，曰拔達克山，其汗素爾坦沙，獻霍集占首，貢刀、斧、八駿。又北五日程，曰塔木干。又北三日程，曰差雅普。又西南三日程，曰渾渚斯。又西北三日程，曰塔爾罕，與噶斯呢爲隣。自黑斯圖濟至塔爾罕，皆噶勒察種也。博洛爾西二十日程，曰愛烏罕，亦曰喀布爾，乾隆二十七年，其酋〔三〕愛哈默特沙，攻痕都斯坦，殺其汗，〔四〕其子〔五〕逃竄，愛哈默特沙〔六〕取札納巴特城，以伯克守之，自居拉固爾城。又統兵〔七〕至固珠喇特，攻克什米爾，執其頭目〔八〕塞克專。二十八年，貢刀及四駿。其屬邑曰拉虎爾，距葉爾羌六十二日程。

〔一〕西域水道記卷一羅布淖爾所受水：「即藏地也。」

〔二〕西域水道記卷一羅布淖爾所受水：「巴勒提西南二十九日程。」

〔三〕西域水道記卷一羅布淖爾所受水：「其頭人。」

〔四〕西域水道記卷一羅布淖爾所受水：「殺其汗阿里雅木吉爾。」

〔五〕西域水道記卷一羅布淖爾所受水：「其子阿里雅科瓦爾。」
〔六〕西域水道記卷一羅布淖爾所受水：「愛哈默特沙立阿里雅木吉爾之孫。」
〔七〕西域水道記卷一羅布淖爾所受水：「又統衆。」
〔八〕西域水道記卷一羅布淖爾所受水：「頭人。」
自塞勒庫勒北，三日程，曰滾。又西北，二日程，曰幹罕。又西北，二日程，曰差特拉勒。分二道，北一日程，曰羅善；西一日程，曰克什南。〔一〕乾隆中，有與葉爾羌阿奇木伯克鄂對爲仇，肆凶暴，名曰沙關機者，即克什南〔二〕頭目也。又西北二日程，曰達爾瓦斯。自滾以下，亦噶勒察種。達爾瓦斯北，爲喀爾提錦部布魯特。羅善北爲霍汗，〔三〕霍汗〔四〕城東南，距塞勒庫勒十日程，其屬城，曰瑪爾噶浪，在東北，一日程。曰安吉延，〔五〕在東北，三日程。曰窩什，在東南，八日程。曰納木干，在西南，二日程。曰塔什罕，在西北，四日程。曰科拉普，在西北，五日程。曰霍占，在西南，五日程。其大伯克自稱曰汗，居霍罕城。其塔什罕城，舊爲舍氏和卓與摩羅沙木什二人分治。舍氏和卓漸强，摩羅沙木什被其侵奪，訴霍汗，〔六〕乞師復還侵地。舍氏和卓又會西哈薩克，〔七〕攻殺摩羅沙木二子額爾德呢，遂攻塔什罕。丕色勒來援，哈薩克後得之，終入霍罕。霍罕與回部分界處有二嶺，曰噶布蘭，曰蘇提布拉克，額德格納部布魯特居之。嶺東爲回部，嶺西爲霍罕。西十五日程，〔八〕曰布哈爾，亦大國，東南距塞勒庫勒三十二日程。〔九〕曰拜爾哈，在東北，三日程。曰噶斯呢，在西南，十日程。曰坎達哈爾，在西南，廿日程。

瑩按：此云霍罕，蓋即敖罕，又名浩罕，自瑪爾噶浪至霍占等，即所稱敖罕八城也。逆回張格爾遺孽所居即此地，或云張格爾婦，敖罕女也。遺孽未除，不可不留意焉。今據此記，繪具西域近邊屬國一圖。

〔一〕西域水道記卷一羅布淖爾所受水：「曰什克南。」所附圖則爲「克什南」。

〔二〕西域水道記卷一羅布淖爾所受水：「即什克南。」所附圖則爲「克什南」。

〔三〕〔四〕西域水道記卷一羅布淖爾所受水：「霍罕。」

〔五〕西域水道記卷一羅布淖爾所受水：「曰安集延。」

〔六〕西域水道記卷一羅布淖爾所受水：「訴與霍汗、額爾德尼伯克。」

〔七〕西域水道記卷一羅布淖爾所受水：「舍氏和卓又會西哈薩克及霍濟雅特之丕色勒伯克。」

〔八〕西域水道記卷一羅布淖爾所受水：「霍罕西十五日程。」

〔九〕西域水道記卷一羅布淖爾所受水：「其屬城曰鄂勒推帕，在東七日程。曰濟雜克，在東三日程。」

水道記言西邊外屬國詳矣。新疆識畧云：「距葉爾羌十三站者，曰瓦罕，曰綽禪，曰赫斯圖濟。距葉爾羌十五站者，曰沙克拉，曰什克南，曰羅善，曰乾竺特。距葉爾羌十八站者，曰達爾瓦斯，曰窩什。距葉爾羌二十站者，曰博羅爾，曰巴爾替。距葉爾羌二十三四站者，曰哈普隆，曰瑪爾噶朗，曰依色克。距葉爾羌二十七八站者，曰納木干，曰塔什干。距葉爾羌三十站者，曰霍占，曰科拉普，曰塔爾罕，曰渾渚斯，曰鄂勒堆拍。距葉爾羌三十七站者，曰濟雜克，曰拜哈爾。距葉爾羌三十九站者，曰圖伯特。即西藏。距葉爾羌五十站者，曰噶斯呢。距葉爾羌六十站者，曰坎達哈爾。距葉爾羌六十二站者，曰拉虎爾，雖通貿易，不能自達于天朝，或即各大國之附庸。」右說可補水道記之所未及，當參考之。

哈薩克分左右三部，左部在準噶爾西北，右部在準噶爾西，皆北界俄羅斯，東去塔爾巴哈台，南去伊犂，皆千里。其左部曰鄂爾圖玉斯，東西千里，南北六百里，環境皆山。西北境曰伊什河，地苦寒，其汗惟盛夏居之，餘時逐水草遊牧，廣莫蕃茂，谷量、牛馬、風俗、物産、文字，畧同準部。其右二部，曰齊齊玉斯，曰烏拉玉斯，亦稱中部、西部。其地東南接準部，南接布魯特、安集延、納木干諸部，西南踰塔什干西六百餘里，地在葱嶺上游，有哈喇庫勒，即釋典所謂阿耨達龍池，蓋崑崙之巔也。其哈沙斯河、錫爾洽河之間，岡嶺綿亘，北爲騰吉斯大澤，尚有北境接俄羅斯，至今未通中國。

布魯特分東、西部，東部五，西部十有五。東部在天山北，準部之西，南近葱嶺，距伊犂千四百里。每部長皆以鄂拓克爲名，舊游牧于特穆圖泊左右，爲準部所迫，西遷寓安集延。王師定伊犂，始復故地。其西十五部，則在天山南回部喀什噶爾城西北三百里，道由鄂什踰葱嶺而至。其部落每部所轄或二百餘户，或七百餘户，或千有三百餘户。乾隆中，共二十餘萬口，今殆倍之矣。皆以額德納部長之，逐水草游牧，衣冠風俗同東部。

敖罕，葱嶺以西回國也。有四城，俱當平陸。最西爲敖罕城，亦曰浩罕，又作霍罕，其渠居之。最東曰安集延，與布魯特毗連，去喀什噶爾城五百里，好賈遠遊，偏南北二路。從安集延西百八十里，爲瑪爾噶朗城，有二萬餘户。又西八十里，爲納木干城，萬餘户。納木干一曰柰曼。又西八十里，爲敖罕城，三萬餘户，皆濱那林河岸。四城皆有伯克，而敖罕城額爾德尼爲之長。又有塔什干等城，以三和卓分轄其衆，亦附庸于敖罕，故亦稱敖罕八城。然塔什干乃哈薩克族，實不盡屬敖罕也。其西，又有布噶爾國環之，世爲勍敵。敖罕風俗，畧同南路諸回城而驁勇倍之。

巴達克山，扼葱嶺之右，去葉爾羌千有餘里。西北至伊西洱河，有城郭，負山扼險，户口十餘萬。乾隆二十四年，逆回酋霍集占兄弟爲王師所敗，西奔巴達克山，詭言假道往墨克國謁其教祖，而縱兵肆掠。其酋素爾坦沙因執博羅尼都，而以兵攻圍霍集占，禽而拘之。副將軍富德進軍瓦漢城，移檄索賊。素爾坦沙以逆酋與己同牌罕巴爾之裔，欲縛獻，恐爲諸部所責。既而霍集占復陰約塔爾巴斯國，使攻巴達克山，而痕都斯坦國亦興兵謀奪霍集占兄弟，大軍又壓境檄索，乃圍霍集占兄弟于密室，殪之，而馳獻其馘，率所部十萬户及隣部博羅爾三萬户納款，乾隆五十年，尚入貢云。

愛烏罕，在巴達克山之西，大回國也。有三大城，曰喀賓，曰堪達哈，曰默沙特。其喀賓城，三面皆山，堪達哈城四面依山。其汗所都默沙特城，舊屬伊蘭部，爲愛烏罕所并，遂兼治。三大城，每城相距皆二十餘程，地廣數千里，北界布噶爾，南界痕都斯坦，東界巴達克山。勝兵十有五萬，惟火銃、刀、矛，無弓矢。重農桑，鮮物采，商旅罕至。自兼并痕都斯坦後，于是金絲之緞，工鏤之玉，奄曁傳令，聲明文物，出諸國上。乾隆二十七年入貢，爲中國回疆最西之屬國，于古爲大月氏境。再西爲默克等部，即回教祖國，中隔沙漠，過此即海。南有思布部落，過此亦海。皆古安息、條支境域，然其海皆西人所謂地中海，非大西洋之海也。以上見新疆識畧及松相國奏回疆事宜兼西域圖志。

克什米爾，在巴達克山之南，七椿園曰：「距葉爾羌西南，馬行六十餘日，中隔冰山，回子一大國也。其人深目、高鼻、黄睛、多鬚，衣圓領、窄袖，稱其君曰汗，所屬回衆數十萬户。」〔一〕余按：即古北印度地。

〔一〕西域聞見録卷三外藩紀畧：「克什米爾，回子一大國也。葉爾羌西南，馬行六十餘日可至，其國中隔一冰山，人畜至此。須土人駝牽而過，其險尤甚於木素爾達坂。其人深目、高鼻、黄睛、多鬚，衣圓領、窄袖，無髮辮，飲食尤多禁忌，禮拜尤虔，語言強半可通。稱其君曰汗，所屬回衆近百萬户。」

痕都斯坦，又作温都斯坦，蓋痕都，其國之名斯坦，則其王之稱，如稱汗、稱比耳，又作斯灘。其地在克什米爾之西南。七椿園曰：「自葉爾羌西南，馬行六十餘日，至克什米爾。又西南行，四十餘日，至痕都斯坦，水亦可通。兩地貿易之人，多資舟楫往來。所轄大小回城百有數十，亦回子一大國也。」〔二〕余按：此地即古之中印度，北接布哈爾，今爲布哈爾兼并其北境，英吉利據有其南境地。

〔一〕西域聞見録卷三外藩紀畧：「溫都斯坦，亦西域回國之大者也。葉爾羌西南，馬行六十餘日，至克什米爾。克什米爾復西南行四十餘日，至溫都斯坦，水亦可通。兩地貿易之人，多資舟楫之便，往來不絕。稱其王曰汗。其都城雄壯，周圍六十餘里，轄大小回城三百七十餘。」

布哈爾，一作布噶爾，在敖罕之西，痕都斯坦之北，回子極西之大國。地方數千里，兼并敖罕及痕都斯坦之地，即西域聞見録所云之塞克也。非準非回，别爲一種。稱其王曰汗。部落數百處，城池巨麗，人民殷富，居室廠潔。人家院落中，各立木竿而禮拜之。人多力善射，發必命中。〔二〕

〔二〕西域聞見録卷三外藩紀畧：「塞克，西域一大國也，在敖罕西，絕非回子種類。稱其王曰汗。部落數百處，各有統轄之人，然皆其汗之阿拉巴圖。事權歸一，無跋扈叛逆之事。城池巨麗，人民殷庶，居室寬廠整潔。人家院落中，各立一木竿，向之禮拜。冬夏和平，風俗坦白，尚宴會，喜歌舞。以豬肉爲上饌，野牲爲常食。人多力善射，發必命中。佩標槍五枝，長四五尺，取物於百步之外，與敖罕稱勍敵也。」

新疆西邊外屬國圖

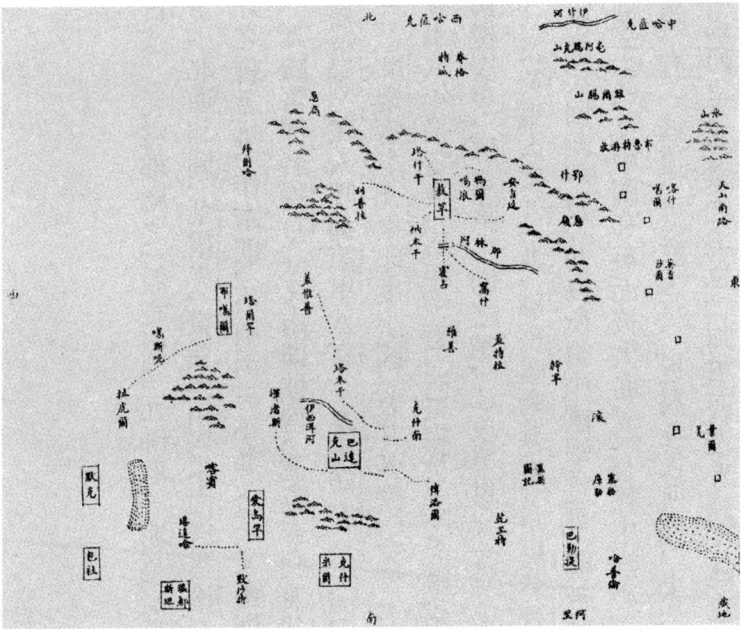

西藏外各國地形圖説

前後藏，本吐蕃地，又名唐古忒。元嘗郡縣之，設宣慰司元帥府。明爲烏斯藏。本朝復入版圖。其東北通青海、西寧交界，北通和闐、葉爾羌，東與四川，東南與雲南交界。後藏之南，聶拉木界外，爲廓爾喀所兼并之哲孟雄、作木朗、落敏湯三小部落。又南即廓爾喀所兼并之巴勒布及布魯克巴二國地。其國舊都名陽布。又南即披楞，蓋英吉利兼并東印度之地也。披楞西南爲孟加剌，明史作榜葛剌，藏人呼爲第里八察。本東印度一大國，爲英吉利所據，蓋東印度全境，已據其七八矣。廓爾喀本亦東印度小國，兼并各國，今皆名廓爾喀，藏人呼爲別蚌子。廓爾喀地自乾隆五十八年平定後，三年一貢，已爲我全藏藩籬，而與英吉利有隙。道光十八、九年間，英吉利初擾廣東，廓爾喀求助之餉，往攻第里八察。大臣不知第里八察即英吉利之孟加剌也，不許。及英夷大擾江、浙，廓爾喀乘其虚，自以兵往攻，直至孟加剌，大有破獲。英夷自閩、浙、廣東抽兵回救不及，乃以所得中國銀百萬，贖被擄男女千人以和。廓爾喀既以請助餉不與，有憾于我，又中國和英而彼大勝，益有輕中國心。先是哲孟雄與披楞隔界，有大山，甚險阻，無路，有一綫道，可容羊行。近爲英人所據，屯兵其上，鑿寬山道，可以長驅抵藏矣。後藏之西爲阿里，亦藏之境也。阿里西邊外爲拉達克，本有阿里半境，而爲達賴剌麻所有。道光二十年，嘗誘森巴入寇。森巴在拉達克之西北，其南爲白木戎，又南即通中印度之痕都斯坦，近亦爲英吉利所據矣。痕都斯坦之北爲克什米爾，即北印度也。又北則葱嶺前後諸國。痕都斯坦之西，爲包社大白頭回國。又西北則俄羅斯所據南都魯機地。近年英、俄二夷，在西北二印度之間搆兵，蓋俄羅斯之垂涎印度，亦猶英吉利之垂涎前後藏也。今爲此圖，俾吾中國畧知其形勢云。中國西邊與英吉利所有東、中二印度地，皆以黑線界之。

西藏外各國圖

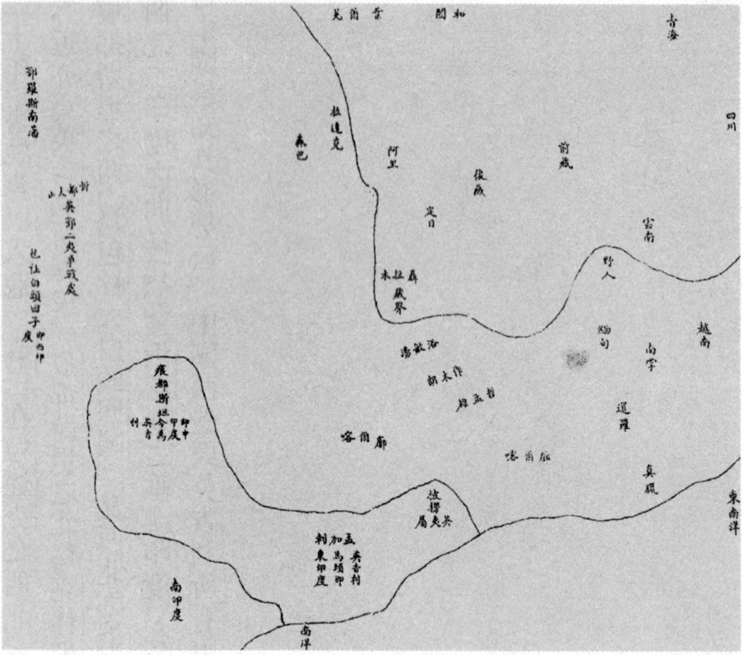
和闐
青海
四川
拉達克
森巴
阿里
前藏
後藏
定日
雲南
聶拉木
藏界
野人
緬甸
越南
南掌
作木朗
廓爾喀
暹羅
真臘
痕都斯坦
南印度
南洋
東南洋

乍雅地形圖説

乍雅地形，東西不足五百里，南北不足四百里。圖内外綫，是其疆域，内綫二，是兩呼圖克圖現在之分界也。自阿足至昂地，又自王卡至巴貢，大呼圖轄之。東自坑達，西至撒金拉，二呼圖轄之。本五倉儲巴分地，倉儲巴既分屬，故地亦隨之而分，非舊制也。大寺院二坐，一在乍雅，即通志所云正呼圖駐坐之處。一在烟袋塘，又名麻貢，即通志所云副呼圖駐坐之卡撒頂也。八日寺，乃大呼圖初次出避之小寺。察野寺，乃二呼圖初次出避之小寺。乍雅東界、南界外，爲唐古忒之江卡台吉所管。西南界外，爲唐古忒之左貢大營官所管。西北界外，爲察木多胡圖之地。正北、東北界外，爲德爾格特土司之地。東南界外，則三岩野蕃之地。皆駐藏大臣之所轄也。故乍雅形勢，不過彈丸，但馳檄界外諸蕃，四面蹙之，塞其走越，即無能爲。况兩呼圖内訌，人心叛散，兵威遥振，彼必惶懼聽命。我乃撫其順馴，討其頑梗，何所施而不可哉！自乍雅桀驁十年，諸蕃皆不直之。及再見阻辱，大臣莫之詰問，諸夷皆將效尤，其患甚多。乍雅一定，則全藏皆安矣。至入藏之道，舍乍雅外，尚有左貢一路，爲唐古忒轄地，藏中茶客往來，皆由于此。近十餘年，至藏委員回省者，皆取道左貢，以避乍雅。道光二十一年，達賴剌麻貢使，亦自此行至石板溝，復歸大道。若設台站，亦易事耳。

乍雅圖

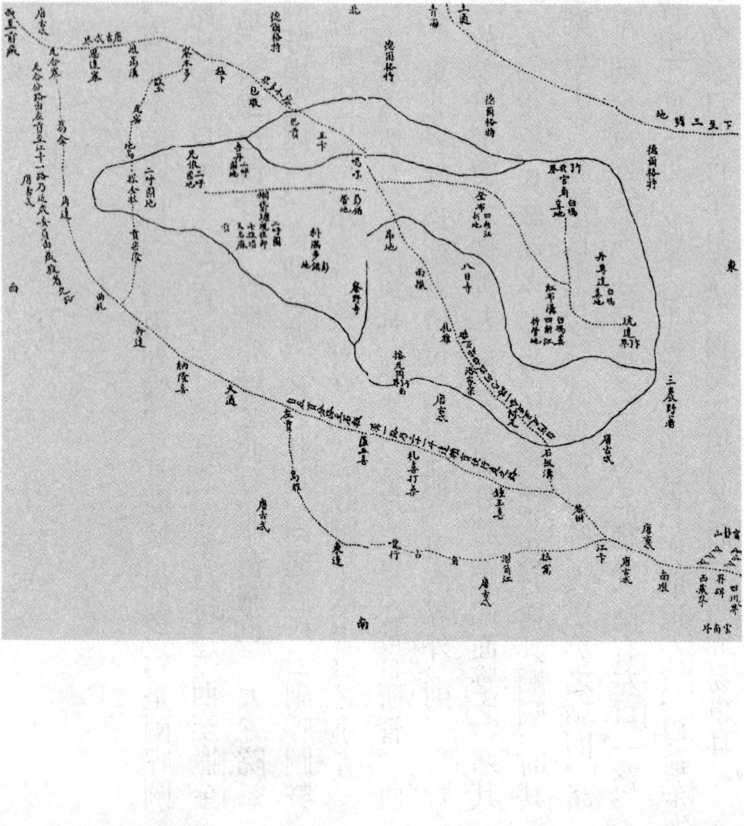

跋

康輶紀行一書，石甫先生在蜀中兩次奉使乍雅，撫諭蕃僧，記其途中道里遠近、山川風土，或博考古今，或暢言得失，或登樓遠眺，或臨流賦詩，感慨係之，所由作也。戊申夏，退還龍眠，重加繕寫，釐爲十六卷，列圖于卷末，命余繪成。復出全部，命余校正訛誤，并屬作記。竟讀再周，然後知此書因紀乍雅使事，而連及外蕃、天竺五印度，更廣求天方回回，并詳考西洋歐羅巴各國方域情事，諸教源流，又泛論古今學術，兼言天人、心性、政治文章，以及理數、星象、律曆、小學、雜藝之屬，無不備載。言皆徵實，義必折衷。嗚呼！可謂盛矣！然外蕃異域之事，學者罕習，讀此書者，亦第與山海經、十洲記諸書，同類並觀，而不知有裨國家實政，關乎世道人心，真濟世之津梁，豈徒資學人之博覽也哉！

先生夙夜在公，懋勤職業，而心閒若水，孜孜好學，用其心於人所不用之處，世不多覯。棠自慚學淺，敢不勉竭鄙思，以仰荅下問之勤乎！校讎卒業，用記蕪言。

同邑後學葉棠謹跋

跋（同治六年刻本新增跋記）

右康輶紀行十六卷，吾桐姚展和先生奉使西藏，撫諭諸蕃，隨時劄記之書。先生學問、文章、政事，海内知名久矣，著書若干種，皆雕板行世。先生于復恒爲姑丈，復恒少時，往來先生家，獲聞緒論。自粤西寇起，先生以憂勞卒軍中，及桐城陷没，此書藏板遂燬。去年冬，復恒來安福官舍，適外弟慕庭重刊先集，出是書，囑爲校對、繪圖。復恒細讀一過，觀其所記風土人情、山川形勢，實有證海國諸書之虚實，而救其罅漏者，又泛及天人、性命、學術、政治之源，星象、理數、制作、雜技之末，無實不是，無義不精。蓋先生身歷時艱，實有見夫事勢之杌棿，大懼于將來，因使車所止，窮考西方諸國，及異教源流，俾天下曉然，不爲蠻夷所欺，原其憂國憂世之心，豈不深遠也哉！復恒學識淺陋，無所闡明，讀先生書而環顧宇内，不禁廢然浩歎矣。校既竣，敬記數語于卷末，亦藉以不朽云。

同治六年孟夏月，同邑後學婣愚姪方復恒謹跋

參考書目（依書名字數筆畫排列）

元史　明宋濂等　北京中華書局一九七六年點校本
中說　隋王通（文中子）　臺北臺灣商務印書館一九八六年文淵閣四庫全書影印本
六弢　舊題周呂望撰　臺北臺灣商務印書館一九八六年文淵閣四庫全書影印本
史記　漢司馬遷　北京中華書局一九五九年點校本
卮林　明周嬰　臺北臺灣商務印書館一九八六年文淵閣四庫全書影印本
宋史　元脱脱等　北京中華書局一九七七年點校本
宋書　梁沈約　北京中華書局一九七四年點校本
明史　清張廷玉　北京中華書局一九七四年點校本
金史　元脱脱　北京中華書局一九七五年點校本
南史　唐李延壽　北京中華書局一九七五年點校本
茶經　唐陸羽　臺北臺灣商務印書館一九八六年文淵閣四庫全書影印本

茶疏 明許次紓 濟南齊魯書社一九九五年四庫全書存目叢書影印本
晉書 唐房玄齡 北京中華書局一九七四年點校本
家禮 宋舊本題朱熹 臺北臺灣商務印書館一九八六年文淵閣四庫全書影印本
通志 宋鄭樵 臺北臺灣商務印書館一九八六年文淵閣四庫全書影印本
芻言 宋崔敦禮 臺北臺灣商務印書館一九八六年文淵閣四庫全書影印本
桯史 宋岳珂 臺北臺灣商務印書館一九八六年文淵閣四庫全書影印本
國語 吴韋昭注 臺北臺灣商務印書館一九八六年文淵閣四庫全書影印本
常談 宋吴箕 臺北臺灣商務印書館一九八六年文淵閣四庫全書影印本
路史 宋羅泌 臺北臺灣商務印書館一九八六年文淵閣四庫全書影印本
蜀鑑 宋郭允蹈 臺北臺灣商務印書館一九八六年文淵閣四庫全書影印本
管子 周管仲著 唐房玄齡注 臺北臺灣商務印書館一九八六年文淵閣四庫全書影印本
雍録 宋程大昌 臺北臺灣商務印書館一九八六年文淵閣四庫全書影印本
滇考 清馮甦 臺北臺灣商務印書館一九八六年文淵閣四庫全書影印本
滇畧 明謝肇淛 臺北臺灣商務印書館一九八六年文淵閣四庫全書影印本
新序 西漢劉向 臺北臺灣商務印書館一九八六年文淵閣四庫全書影印本

鼠璞　宋戴埴　臺北臺灣商務印書館一九八六年文淵閣四庫全書影印本
漢書　漢班固　北京中華書局一九六二年點校本
遼史　元脱脱等　北京中華書局一九七四年點校本
論衡　漢王充　臺北臺灣商務印書館一九八六年文淵閣四庫全書影印本
獨斷　漢蔡邕　臺北臺灣商務印書館一九八六年文淵閣四庫全書影印本
釋名　漢劉熙　臺北臺灣商務印書館一九八六年文淵閣四庫全書影印本
蠻書　唐樊綽　臺北臺灣商務印書館一九八六年文淵閣四庫全書影印本
三國志　晉陳壽　北京中華書局一九五九年點校本
山海經　晉郭璞　臺北臺灣商務印書館一九八六年文淵閣四庫全書影印本
天中記　明陳耀文　臺北臺灣商務印書館一九八六年文淵閣四庫全書影印本
太玄經　漢揚雄　臺北臺灣商務印書館一九八六年文淵閣四庫全書影印本
日聞録　元李翀　臺北臺灣商務印書館一九八六年文淵閣四庫全書影印本
中州集　金元好問　臺北臺灣商務印書館一九八六年文淵閣四庫全書影印本
水經注　北魏酈道元　臺北臺灣商務印書館一九八六年文淵閣四庫全書影印本
文忠集　宋周必大　臺北臺灣商務印書館一九八六年文淵閣四庫全書影印本
文選註　梁蕭統編　臺北臺灣商務印書館一九八六年文淵閣四庫全書影印本

唐李善注

古詩紀　明馮惟訥　臺北臺灣商務印書館一九八六年文淵閣四庫全書影印本

古詩鏡　明陸時雍　臺北臺灣商務印書館一九八六年文淵閣四庫全書影印本

古微書　明孫瑴　臺北臺灣商務印書館一九八六年文淵閣四庫全書影印本

西藏志　不著撰人　拉薩西藏人民出版社一九八二年吴培豐整理本

西藏賦　清和寧　西北師範大學圖書館藏光緒壬午元尚居刊本

考古編　宋程大昌　臺北臺灣商務印書館一九八六年文淵閣四庫全書影印本

甫里集　唐陸龜蒙　臺北臺灣商務印書館一九八六年文淵閣四庫全書影印本

佛國記　南朝宋釋法顯　臺北臺灣商務印書館一九八六年文淵閣四庫全書影印本

長安志　宋宋敏求　臺北臺灣商務印書館一九八六年文淵閣四庫全書影印本

長興集　宋沈括　臺北臺灣商務印書館一九八六年文淵閣四庫全書影印本

青山集　宋郭祥正　臺北臺灣商務印書館一九八六年文淵閣四庫全書影印本

抱朴子　晉葛洪　臺北臺灣商務印書館一九八六年文淵閣四庫全書影印本

升庵集　明楊慎　臺北臺灣商務印書館一九八六年文淵閣四庫全書影印本

易傳燈　宋徐總幹　臺北臺灣商務印書館一九八六年文淵閣四庫全書影印本

肯綮録　宋趙叔向　民國學海類編　全宋筆記三編

括地志　唐李泰　北京中華書局一九八〇年賀次君輯校本
南軒集　宋張栻　臺北臺灣商務印書館一九八六年文淵閣四庫全書影印本
後漢書　南朝宋范曄　北京中華書局一九六五年點校本
禹貢論　宋程大昌　臺北臺灣商務印書館一九八六年文淵閣四庫全書影印本
前漢紀　漢荀悦　臺北臺灣商務印書館一九八六年文淵閣四庫全書影印本
神異經　漢東方朔　臺北臺灣商務印書館一九八六年文淵閣四庫全書影印本
真珠船　明胡侍　濟南齊魯書社一九九五年四庫全書存目叢書影印本
栟櫚集　宋鄧肅　臺北臺灣商務印書館一九八六年文淵閣四庫全書影印本
莊子注　晉郭象注　臺北臺灣商務印書館一九八六年文淵閣四庫全書影印本
酒小史　元宋伯仁　臺北臺灣商務印書館一九八六年文淵閣四庫全書說郛影印本
唐六典　唐張九齡　臺北臺灣商務印書館一九八六年文淵閣四庫全書影印本
唐文粹　宋姚鉉　臺北臺灣商務印書館一九八六年文淵閣四庫全書影印本
梅村集　清吴偉業　臺北臺灣商務印書館一九八六年文淵閣四庫全書影印本
逸周書　晉孔晁注　臺北臺灣商務印書館一九八六年文淵閣四庫全書影印本
梁谿集　宋李綱　臺北臺灣商務印書館一九八六年文淵閣四庫全書影印本
新疆賦　清徐松　西北師範大學圖書館藏光緒壬午元尚居刊本

童山集　清李調元　上海上海古籍出版社二〇〇二年續修四庫全書影印本
蜀碑記　宋王象之　臺灣藝文印書館一九六四—一九六九年民國金華叢書印發本
蜀檮杌　宋張唐英　臺北臺灣商務印書館一九八六年文淵閣四庫全書影印本
經義考　清朱彝尊　臺北臺灣商務印書館一九八六年文淵閣四庫全書影印本
新唐書　宋歐陽修　宋祁　北京中華書局一九七五年點校本
圖書編　明章潢　臺北臺灣商務印書館一九八六年文淵閣四庫全書影印本
精華録　清王士禎　臺北臺灣商務印書館一九八六年文淵閣四庫全書影印本
演繁録　宋程大昌　臺北臺灣商務印書館一九八六年文淵閣四庫全書影印本
輟耕録　明陶宗儀　臺北臺灣商務印書館一九八六年文淵閣四庫全書影印本
駱丞集　唐駱賓王　臺北臺灣商務印書館一九八六年文淵閣四庫全書影印本
鄴中記　晉陸翽　臺北臺灣商務印書館一九八六年文淵閣四庫全書影印本
諸蕃志　宋趙汝适　臺灣新文豐出版公司一九八五年叢書集成新編影印本
舊唐書　後晉劉昫等　北京中華書局一九七五年點校本
龍洲集　南宋劉過　臺北臺灣商務印書館一九八六年文淵閣四庫全書影印本
欒城集　宋蘇轍　臺北臺灣商務印書館一九八六年文淵閣四庫全書影印本

鹽鐵論　漢桓寬　臺北臺灣商務印書館一九八六年文淵閣四庫全書影印本
十國春秋　清吴任臣　臺北臺灣商務印書館一九八六年文淵閣四庫全書影印本
三輔黄圖　撰人不詳　臺北臺灣商務印書館一九八六年文淵閣四庫全書影印本
三國雜事　宋唐庚　臺北臺灣商務印書館一九八六年文淵閣四庫全書影印本
大易擇言　清程廷祚　臺北臺灣商務印書館一九八六年文淵閣四庫全書影印本
山堂肆考　明彭大翼　臺北臺灣商務印書館一九八六年文淵閣四庫全書影印本
太平御覽　宋李昉　臺北臺灣商務印書館一九八六年文淵閣四庫全書影印本
五代詩話　清鄭方坤　臺北臺灣商務印書館一九八六年文淵閣四庫全書影印本
中原音韻　元周德清　臺北臺灣商務印書館一九八六年文淵閣四庫全書影印本
文獻通考　元馬端臨　臺北臺灣商務印書館一九八六年文淵閣四庫全書影印本
方輿勝覽　宋祝穆　臺北臺灣商務印書館一九八六年文淵閣四庫全書影印本
毛詩注疏　漢鄭玄箋　唐陸德明音義　孔穎達疏　臺北臺灣商務印書館一九八六年文淵閣四庫全書影印本
丹鉛餘録　明楊慎　臺北臺灣商務印書館一九八六年文淵閣四庫全書影印本
丹鉛續録　明楊慎　臺北臺灣商務印書館一九八六年文淵閣四庫全書影印本

丹鉛摘録　明楊慎　臺北臺灣商務印書館一九八六年文淵閣四庫全書影印本

丹鉛總録　明楊慎　臺北臺灣商務印書館一九八六年文淵閣四庫全書影印本

水道提綱　清齊召南　臺北臺灣商務印書館一九八六年文淵閣四庫全書影印本

孔子集語　宋薛據　臺北臺灣商務印書館一九八六年文淵閣四庫全書影印本

孔子家語　魏王肅注　臺北臺灣商務印書館一九八六年文淵閣四庫全書影印本

子夏易傳　舊題卜子夏撰　臺北臺灣商務印書館一九八六年文淵閣四庫全書影印本

石林詩話　宋葉夢得　臺北臺灣商務印書館一九八六年文淵閣四庫全書影印本

左傳析諸　清張尚瑗　臺北臺灣商務印書館一九八六年文淵閣四庫全書影印本

白虎通義　漢班固　臺北臺灣商務印書館一九八六年文淵閣四庫全書影印本

册府元龜　宋王欽若等　臺北臺灣商務印書館一九八六年文淵閣四庫全書影印本

西京雜記　漢劉歆撰　臺北臺灣商務印書館一九八六年文淵閣四庫全書影印本
　　　　　晉葛洪輯

西溪叢語　宋姚寬　臺北臺灣商務印書館一九八六年文淵閣四庫全書影印本

西藏奏疏　清孟保　北京中央民族學院出版社一九八五年

朱子全書　宋朱熹　臺北臺灣商務印書館一九八六年文淵閣四庫全書影印本

州縣提綱　宋陳襄　臺北臺灣商務印書館一九八六年文淵閣四庫全書影印本

夾漈遺稿　宋鄭樵　臺北臺灣商務印書館一九八六年文淵閣四庫全書影印本
杜詩詳註　清仇兆鼇　臺北臺灣商務印書館一九八六年文淵閣四庫全書影印本
困學紀聞　宋王應麟　臺北臺灣商務印書館一九八六年文淵閣四庫全書影印本
宋史全文　撰人不詳　臺北臺灣商務印書館一九八六年文淵閣四庫全書影印本
東坡全集　北宋蘇軾　臺北臺灣商務印書館一九八六年文淵閣四庫全書影印本
坤輿圖説　清南懷仁　臺北臺灣商務印書館一九八六年文淵閣四庫全書影印本
吳越春秋　漢趙煜　臺北臺灣商務印書館一九八六年文淵閣四庫全書影印本
尚書大傳　清孫之逯輯　臺北臺灣商務印書館一九八六年文淵閣四庫全書影印本
尚書全解　宋林子奇　臺北臺灣商務印書館一九八六年文淵閣四庫全書影印本
尚書注疏　唐孔穎達疏　陸德明音義　臺北臺灣商務印書館一九八六年文淵閣四庫全書影印本
尚書通考　元黃鎮成　臺北臺灣商務印書館一九八六年文淵閣四庫全書影印本
尚書疏衍　明陳第　臺北臺灣商務印書館一九八六年文淵閣四庫全書影印本
尚書精義　宋黃倫　臺北臺灣商務印書館一九八六年文淵閣四庫全書影印本
尚書講義　宋史浩　臺北臺灣商務印書館一九八六年文淵閣四庫全書影印本
易圖明辨　清胡渭　臺北臺灣商務印書館一九八六年文淵閣四庫全書影印本

明一統志　明李賢等　臺北臺灣商務印書館一九八六年文淵閣四庫全書影印本
周子抄釋　明呂柟　臺北臺灣商務印書館一九八六年文淵閣四庫全書影印本
周易口義　宋胡瑗　臺北臺灣商務印書館一九八六年文淵閣四庫全書影印本
周易象辭　清黃宗炎　臺北臺灣商務印書館一九八六年文淵閣四庫全書影印本
周易衍義　元胡震　臺北臺灣商務印書館一九八六年文淵閣四庫全書影印本
周髀算經　唐李淳風注　臺北臺灣商務印書館一九八六年文淵閣四庫全書影印本
周禮注疏　漢鄭玄注　唐陸德明音義　賈公彥疏　臺北臺灣商務印書館一九八六年文淵閣四庫全書影印本
周禮集說　不著撰人　臺北臺灣商務印書館一九八六年文淵閣四庫全書影印本
癸辛雜識　宋周密　臺北臺灣商務印書館一九八六年文淵閣四庫全書影印本
炎徼紀聞　明田汝成　臺北臺灣商務印書館一九八六年文淵閣四庫全書影印本
孟子注疏　漢趙岐注　宋孫奭音義　臺北臺灣商務印書館一九八六年文淵閣四庫全書影印本
孟子集注　宋朱熹集注　臺北臺灣商務印書館一九八六年文淵閣四庫全書影印本
禹貢指南　宋毛晃　臺北臺灣商務印書館一九八六年文淵閣四庫全書影印本

禹貢錐指　清胡渭　臺北臺灣商務印書館一九八六年文淵閣四庫全書影印本
皇王大紀　宋胡宏　臺北臺灣商務印書館一九八六年文淵閣四庫全書影印本
重修玉篇　梁顧野王　臺北臺灣商務印書館一九八六年文淵閣四庫全書影印本
俗書刊誤　明焦竑　臺北臺灣商務印書館一九八六年文淵閣四庫全書影印本
後湘續集　清姚瑩　同治六年中復堂全集本
眉山文集　宋唐庚　臺北臺灣商務印書館一九八六年文淵閣四庫全書影印本
建炎雜記　宋李心傳　臺北臺灣商務印書館一九八六年文淵閣四庫全書影印本
唐史論斷　宋孫甫　臺北臺灣商務印書館一九八六年文淵閣四庫全書影印本
唐國史補　唐李肇　臺北臺灣商務印書館一九八六年文淵閣四庫全書影印本
唐詩紀事　宋計敏夫　臺北臺灣商務印書館一九八六年文淵閣四庫全書影印本
韋蘇州集　唐韋應物　臺北臺灣商務印書館一九八六年文淵閣四庫全書影印本
海國圖志　清魏源　上海上海古籍出版社二〇〇二年續修四庫全書影印本
容齋隨筆　宋洪邁　臺北臺灣商務印書館一九八六年文淵閣四庫全書影印本
鳴鶴餘音　元彭致中輯　濟南齊魯書社一九九五年四庫全書存目叢書影印本
湖廣通志　清邁柱等　臺北臺灣商務印書館一九八六年文淵閣四庫全書影印本
道園遺稿　元虞集　臺北臺灣商務印書館一九八六年文淵閣四庫全書影印本

蜀中廣記　明曹學佺　臺北臺灣商務印書館一九八六年文淵閣四庫全書影印本

詩林廣記　宋蔡正孫　臺北臺灣商務印書館一九八六年文淵閣四庫全書影印本

詩話補遺　明楊慎　臺北臺灣商務印書館一九八六年文淵閣四庫全書影印本

資治通鑑　宋司馬光　北京中華書局一九五六年點校本

說文解字　漢許慎　臺北臺灣商務印書館一九八六年文淵閣四庫全書影印本

爾雅注疏　晉郭璞注　臺北臺灣商務印書館一九八六年文淵閣四庫全書影印本
唐陸德明音義
宋邢昺疏

漁洋詩話　清王士禛　臺北臺灣商務印書館一九八六年文淵閣四庫全書影印本

漢官舊儀　漢衛宏　臺北臺灣商務印書館一九八六年文淵閣四庫全書影印本

論語全解　宋陳祥道　臺北臺灣商務印書館一九八六年文淵閣四庫全書影印本

論語注疏　魏何晏集解　臺北臺灣商務印書館一九八六年文淵閣四庫全書影印本
唐陸德明音義
宋邢昺疏

論語集注　宋朱熹集注　臺北臺灣商務印書館一九八六年文淵閣四庫全書影印本

論語精義　宋朱熹撰　臺北臺灣商務印書館一九八六年文淵閣四庫全書影印本

樂府詩集　宋郭茂倩輯　臺北臺灣商務印書館一九八六年文淵閣四庫全書影印本
澳門記畧　清印光任　張汝霖　揚州廣陵古籍刻印社一九八四年筆記小說大觀本
歷代詩話　宋吴景旭　臺北臺灣商務印書館一九八六年文淵閣四庫全書影印本
穆天子傳　晉郭璞注　清洪頤煊校　北京中華書局一九八五年叢書集成初編本
衛藏通志　清松筠　拉薩西藏人民出版社一九八二年
衛藏圖識　清馬少雲　盛梅溪　臺灣文海出版社沈雲龍主編近代中國史料叢刊第五十七輯
職方外紀　明西洋艾儒畧　臺北臺灣商務印書館一九八六年文淵閣四庫全書影印本
舊聞證誤　宋李心傳　臺北臺灣商務印書館一九八六年文淵閣四庫全書影印本
禮記注疏　漢鄭玄注　唐陸德明音義　孔穎達疏　臺北臺灣商務印書館一九八六年文淵閣四庫全書影印本
禮記集説　宋衛湜　臺北臺灣商務印書館一九八六年文淵閣四庫全書影印本
藏鑪總記　清王我師　上海著易堂印行小方壺輿地叢鈔第三帙

藝文類聚　唐歐陽詢　臺北臺灣商務印書館一九八六年文淵閣四庫全書影印本

譚苑醍醐　明楊慎　臺北臺灣商務印書館一九八六年文淵閣四庫全書影印本

鶴林玉露　宋羅大經　臺北臺灣商務印書館一九八六年文淵閣四庫全書影印本

續古今攷　元方回　臺北臺灣商務印書館一九八六年文淵閣四庫全書影印本

十六國春秋　魏崔鴻　臺北臺灣商務印書館一九八六年文淵閣四庫全書影印本

大清一統志　清佚名　臺北臺灣商務印書館一九八六年文淵閣四庫全書影印本

大唐西域記　唐釋辯機　臺北新文豐出版公司一九八五年叢書集成新編影印本

山水純全集　宋韓拙　臺北臺灣商務印書館一九八六年文淵閣四庫全書影印本

山海經廣注　清吳任臣　臺北臺灣商務印書館一九八六年文淵閣四庫全書影印本

王文成全書　明王守仁　臺北臺灣商務印書館一九八六年文淵閣四庫全書影印本

元和郡縣志　唐李吉甫　臺北臺灣商務印書館一九八六年文淵閣四庫全書影印本

太平寰宇記　宋樂史　臺北臺灣商務印書館一九八六年文淵閣四庫全書影印本

日下舊聞考　清于敏中　臺北臺灣商務印書館一九八六年文淵閣四庫全書影印本

古樂苑衍録　明梅鼎祚　臺北臺灣商務印書館一九八六年文淵閣四庫全書影印本

白香山詩集　唐白居易　臺北臺灣商務印書館一九八六年文淵閣四庫全書影印本

老子道德經　魏王弼注　臺北臺灣商務印書館一九八六年文淵閣四庫全書影印本

老子道德經　漢舊本題河上公　臺北臺灣商務印書館一九八六年文淵閣四庫全書影印本

西域聞見録　清七椿園　西北師範大學圖書館藏乾隆四十二年手抄本

西域水道記　清徐松　上海上海古籍出版社二〇〇二年續修四庫全書影印本

存研樓文集　清儲大文　臺北臺灣商務印書館一九八六年文淵閣四庫全書影印本

全蜀藝文志　明周復俊　臺北臺灣商務印書館一九八六年文淵閣四庫全書影印本

杜工部年譜　宋魯訔　臺北臺灣商務印書館一九八六年文淵閣四庫全書影印本

李太白文集　唐李白　臺北臺灣商務印書館一九八六年文淵閣四庫全書影印本

李太白集注　清王琦　臺北臺灣商務印書館一九八六年文淵閣四庫全書影印本

李義山詩集　唐李商隱　臺北臺灣商務印書館一九八六年文淵閣四庫全書影印本

李遐叔文集　唐李華　臺北臺灣商務印書館一九八六年文淵閣四庫全書影印本

宋百家詩存　清曹庭棟　臺北臺灣商務印書館一九八六年文淵閣四庫全書影印本

東溟文後集　清姚瑩　同治六年安福縣署刻本中復堂全集

牧齋有學集　清錢謙益　上海上海古籍出版社二〇〇二年續修四庫全書影印本

牧齋初學集　清錢謙益　上海上海古籍出版社二〇〇二年續修四庫全書影印本

忠正德文集　宋趙鼎　臺北臺灣商務印書館一九八六年文淵閣四庫全書影印本

春明退朝録　宋宋敏求　北京中華書局一九七九年唐宋史料筆記叢刊

荆楚歲時記　晉宗懔　臺北臺灣商務印書館文淵閣四庫全書影印本

徐霞客遊記　明徐宏祖　上海上海古籍出版社二〇〇二年續修四庫全書影印本

益州名畫録　宋黄休復　臺北臺灣商務印書館一九八六年文淵閣四庫全書影印本

惜抱軒詩集　清姚鼐　上海上海古籍出版社二〇〇二年續修四庫全書影印本

海國聞見録　清陳倫炯　臺北臺灣商務印書館一九八六年文淵閣四庫全書影印本

雪履齋筆記　元郭翼　臺北臺灣商務印書館一九八六年文淵閣四庫全書影印本

清江三孔集　宋孔平仲　臺北臺灣商務印書館一九八六年文淵閣四庫全書影印本

淮南鴻烈解　漢劉安　漢高誘注　臺北臺灣商務印書館一九八六年文淵閣四庫全書影印本

淮南子證聞　楊樹達　上海上海古籍出版社一九八五年

御定全唐詩　清曹寅等　臺北臺灣商務印書館一九八六年文淵閣四庫全書影印本

道園學古録　元虞集　臺北臺灣商務印書館一九八六年文淵閣四庫全書影印本

道古堂全集　清杭世駿　上海上海古籍出版社二〇〇二年續修四庫全書影印本

演繁録續集　宋程大昌　臺北臺灣商務印書館一九八六年文淵閣四庫全書影印本

劉賓客文集　唐劉禹錫　臺北臺灣商務印書館一九八六年文淵閣四庫全書影印本

燕冀詒謀録　宋王栐　北京中華書局一九八一年校注本
輿地碑記目　晉王象之　臺北臺灣商務印書館一九八六年文淵閣四庫全書影印本
續資治通鑑　清畢沅　北京中華書局一九五七年點校本
丁卯詩集補遺　唐許渾　臺北臺灣商務印書館一九八六年文淵閣四庫全書影印本
九家集注杜詩　宋郭知達　臺北臺灣商務印書館一九八六年文淵閣四庫全書影印本
六家詩名物疏　明馮復京　臺北臺灣商務印書館一九八六年文淵閣四庫全書影印本
文章辨體彙選　明賀復徵　臺北臺灣商務印書館一九八六年文淵閣四庫全書影印本
古文尚書冤詞　清毛奇齡　臺北臺灣商務印書館一九八六年文淵閣四庫全書影印本
石倉歷代詩選　明曹學佺　臺北臺灣商務印書館一九八六年文淵閣四庫全書影印本
甘肅藏族通史　洲塔　喬高　才讓　西寧青海人民出版社二〇〇四年
四庫全書總目　清永瑢等　北京中華書局一九六五年
四書章句集注　宋朱熹章句　臺北臺灣商務印書館一九八六年文淵閣四庫全書影印本
尚書地理今釋　清蔣廷錫　臺北臺灣商務印書館一九八六年文淵閣四庫全書影印本
周易經傳集解　宋林栗　臺北臺灣商務印書館一九八六年文淵閣四庫全書影印本
柏梘山房全集　清梅曾亮　上海上海古籍出版社二〇〇二年續修四庫全書影印本

皇朝文獻通考　作者不詳　臺北臺灣商務印書館一九八六年文淵閣四庫全書影印本

（雍正）四川通志　清黃廷桂等　臺北臺灣商務印書館一九八六年文淵閣四庫全書影印本

春秋戰國異辭　清陳厚耀　臺北臺灣商務印書館一九八六年文淵閣四庫全書影印本

春秋左傳注疏　晉杜預注　唐孔穎達疏　陸德明音義　臺北臺灣商務印書館一九八六年文淵閣四庫全書影印本

貞觀公私畫史　唐裴孝源　臺北臺灣商務印書館一九八六年文淵閣四庫全書影印本

真齋書録解題　宋陳振孫　臺北臺灣商務印書館一九八六年文淵閣四庫全書影印本

欽定大清會典　作者不詳　臺北臺灣商務印書館一九八六年文淵閣四庫全書影印本

欽定蒙古源流　清紀昀等　臺北臺灣商務印書館一九八六年文淵閣四庫全書影印本

御定淵鑑內函　作者不詳　臺北臺灣商務印書館一九八六年文淵閣四庫全書影印本

御選唐宋詩醇　作者不詳　臺北臺灣商務印書館一九八六年文淵閣四庫全書影印本

漁隱叢話前集　宋胡仔　臺北臺灣商務印書館一九八六年文淵閣四庫全書影印本

鄭峰真隱漫録　宋史浩　臺北臺灣商務印書館一九八六年文淵閣四庫全書影印本

（嘉慶）四川通志　清常明　楊芳燦等　成都巴蜀書社一九八四年

閱微草堂筆記　清紀昀　上海　上海古籍出版社二〇〇五年續修四庫全書影印本

論語集解注疏　魏何晏解　梁皇侃疏　臺北　臺灣商務印書館一九八六年文淵閣四庫全書影印本

穆天子傳西征　民國　顧實　北京　商務印書館一九三四年本

春秋公羊傳注疏　漢何休　唐陸德明音義　臺北　臺灣商務印書館一九八六年文淵閣四庫全書影印本

皇朝續文獻通考　清劉錦藻　上海　上海古籍出版社二〇〇二年續修四庫全書影印本

欽定續文獻通考　清紀昀　陸錫熊等　臺北　臺灣商務印書館一九八六年文淵閣四庫全書影印本

聖祖仁皇帝聖訓　清玄燁　臺北　臺灣商務印書館一九八六年文淵閣四庫全書影印本

會昌一品集別集　唐李德裕　臺北　臺灣商務印書館一九八六年文淵閣四庫全書影印本

（嘉慶）大清一統志　清穆彰阿　潘錫恩等　上海　上海古籍出版社二〇〇二年續修四庫全書影印本

續資治通鑑長編　宋李燾　北京　中華書局一九七九年點校本

五百家注柳先生集　唐柳宗元　臺北　臺灣商務印書館一九八六年文淵閣四庫全書影印本

五百家注昌黎文集　宋魏仲舉編　臺北　臺灣商務印書館一九八六年文淵閣四庫全書影印本

景教流行中國碑頌　唐釋景淨　上海上海古籍出版社二〇〇二年續修四庫全書影印本
欽定大清會典則例　作者不詳　臺北臺灣商務印書館一九八六年文淵閣四庫全書影印本
欽定皇輿西域圖志　清傅恆　劉統勛等　臺北臺灣商務印書館一九八六年文淵閣四庫全書影印本
漢魏六朝百三家集　明張溥　臺北臺灣商務印書館一九八六年文淵閣四庫全書影印本
中國藏傳佛教名僧録　唐景福　蘭州甘肅民族出版社一九九一年
集千家註杜工部詩集　臺北臺灣商務印書館一九八六年文淵閣四庫全書影印本
御選宋金元明四朝詩　清張豫章等　臺北臺灣商務印書館一九八六年文淵閣四庫全書影印本
御定全金詩增補中州集　清郭元釪　臺北臺灣商務印書館一九八六年文淵閣四庫全書影印本
聖祖仁皇帝御製文集　清玄燁　臺北臺灣商務印書館一九八六年文淵閣四庫全書影印本
第四集